第八卷 艺术评论

丰子恺集

人民文学出版社

作者像

1955年在莫干山芦花荡公园

1960年丰子恺和中国画院首批学员

1962年在日月楼作画

目录

/ 余 篇

雷声的伴奏
　　——管弦乐的话___3
《西洋音乐楔子》序言___15
画家的少年时代___16
关于"调子"___21
玻璃建筑___29
爵士音乐___33
商业艺术___35
诗人的平面观___50
将来的绘画___53
谈图画的形式与内容___60
谈图画的用具和材料___72
SWEET HOME___79
《艺术丛话》付印记___82
音乐的意义___83
音乐与人生___86
我的画具___89
谈自己的画
　　——《色彩子恺新年漫画》___97
参观郑仁山指画展览会___101

《人间相》序言 103

读画漫感 104

中国艺社第一届展览会序 110

观张公任国画展览会 112

看了潘韵画展后 114

西洋画之中国画化 115

艺术上的矛盾律 117

《口琴入门》序 123

漫画是笔杆抗战的先锋 124

《我们四百兆人》附说 125

歌曲《幼女之愿》附说 128

怎样唱歌 131

艺术必能建国 135

《漫画阿Q正传》初版序言 139

《大树画册》序 142

平凡 143

精神的粮食 145

工艺术 147

近世艺术教育运动 149

图画教育的效果 153

艺术与艺术家 160

怎样学习艺术 163

评中国的画风 174

《子恺漫画全集》序 184

《客窗漫画》序 __ 187

《战时漫画》序 __ 189

绘画改良论 __ 190

国画与国文 __ 212

画展自序 __ 215

《画中有诗》自序 __ 218

《音乐初阶》序说 __ 219

艺术的展望 __ 226

艺术的园地 __ 232

艺苑的分疆 __ 242

东西洋的工艺 __ 253

艺术的眼光 __ 262

《艺术与人生》序言 __ 272

《艺术学习法及其他》序言 __ 273

谈工艺美术 __ 274

文艺的不朽性 __ 279

艺术与革命 __ 282

画碟余墨 __ 285

现代艺术二大流派 __ 304

《人生漫画》自序 __ 313

艺术教育的本意 __ 315

《率真集》序 __ 320

漫画创作二十年 __ 322

艺术与人生 __ 328

漫画续展自序 338

生活艺术漫谈之一 341

《子恺漫画选》(彩色版精装本)自序 347

《又生画集》自序 349

《幼幼画集》自序 351

《劫余漫画》自序 353

《音乐十课》序言 354

《丰子恺画存》自序 357

钱君匋菊庵金石书画展序 358

中国艺术 360

香港画展自序 362

护生画三集自序 365

前进的生气蓬勃的乐曲
　　——钱君匋编选的《进行曲集》序言 370

鲁迅先生与美术 372

《音乐知识十八讲》序言 374

《绘画鲁迅小说》序言 376

音乐艺术的性状 378

音乐的起源与成长 389

乐曲的内容 396

古代及中世的音乐 407

近世的音乐 417

现代的音乐 431

歌剧乐剧与神剧 446

《世界大作曲家画像（附小传）》译者序 ___ 465

苏联的音乐 ___ 468

《子恺漫画选》（彩色版平装本）序言 ___ 479

《父与子》序言 ___ 480

《漫画阿Q正传》十五版序言 ___ 482

阿萨菲也夫 ___ 484

杜纳耶夫斯基 ___ 492

印度艺术展览介绍 ___ 500

美术与图画教学 ___ 503

《钱君匋刻长跋巨印选》序 ___ 509

《子恺漫画选》自序 ___ 510

中国美术家应该知道中国美术史 ___ 515

雪舟的生涯与艺术 ___ 516

费新我《草原图》读后感 ___ 528

《李叔同歌曲集》序言 ___ 531

看了齐白石先生遗作展览会 ___ 533

为儿童作画 ___ 535

回忆儿时的唱歌 ___ 537

《陈之佛画集》编者序言 ___ 543

《君匋书籍装帧艺术选》前言 ___ 545

护生画第四集后记 ___ 547

《上海花鸟画选集》序 ___ 548

《护生画集》（第五集）序言 ___ 549

《敝帚自珍》序言 ___ 550

余篇

雷声的伴奏[1]
——管弦乐的话

在十八世纪以前，西洋音乐注重人声的唱歌，而不注重乐器的演奏。乐器演奏从十八世纪渐渐发达，到了今日而盛行。故以前叫做声乐时代，现在叫做器乐时代。器乐时代的音乐比声乐时代的音乐进步得多。因为人的喉音力量有限，不能作复杂的表现；乐器则有各种的音色，各种的强弱高低，能够自由地表出作曲家的乐想，而作最复杂的表现。现在我要讲一段关于初提倡器乐时的故事给读者听。

十八世纪的初叶，德国有一位大音乐家，名叫亨代尔〔亨德尔〕（Georg Friedrich Händel，1685—1759）的，是提倡器乐最努力的人。同时德国有一位名叫罢哈〔巴赫〕（Sebastian Bach，1685—1750）的大音乐家，也提倡器乐，但罢哈没有充分研究器乐演奏的方法；亨代尔则努力研究各种乐器的合奏法，即所谓管弦乐法，管弦乐（orchestra）就是用管乐器和弦乐器合并演奏。乐器共有三种，其中最主要的是管乐器与弦乐器；此外尚有一种是打乐器〔打击乐器〕。三种乐器齐备而同

---

[1] 本篇是《西洋音乐楔子》的第九讲，原载1931年10月《教育杂志》第23卷第10号。

时合演，称为管弦乐，是音乐的最复杂的表演了。亨代尔在音乐上的大事业，便是管弦乐法的研究。他创行用喇叭类的乐器（即管乐）辅助弦乐器的演奏法。他搜集各种乐器，每器重用数具或十数具，又为各乐器特别作曲，使之合演壮大的管弦乐。故音量宏富，变化复杂，犹似大海中的怒涛骇浪的起伏，使听者无不震惊。有一天，亨代尔举行最大规模的管弦乐，台上排列演奏员数十人，各持一乐器。前面一班演奏员手持弦乐器，演奏乐曲的主要的旋律；后面一班演奏员各持管乐器或打乐器，为弦乐作伴奏。听众席非常拥挤，当时有名的音乐家，王公贵人，都出席听赏；国王乔治二世亦在听众席中。管弦乐开始演奏了，潮水一般的音乐奔腾而来，忽高忽低，忽抑忽扬，变化无限。满座的听众都出神了。

　　这正是早秋时候，天气阴晴不定。正在演奏管弦乐的时候，忽然黑云四布，风雨欲来。听众笼闭在音乐堂中倾听演奏，全不知道外间的情状，只听见演奏达于高潮的时候，台上一切乐器一齐鸣响，变出一种最强烈的音，轰轰然，隆隆然，压迫听众的感觉，使他们都畏缩。国王勃然变色，旋转头来向左右的侍臣说道：

　　"唉！何等奇特的音！何等惊人的伴奏！亨代尔的音乐真是伟大！"

　　刚才说过，台上的音乐已渐趋沉静，而那种轰轰然，隆隆然的声音依然鸣响在音乐堂的屋顶上。听众才知道这是雷声，是偶然并入在管弦乐的伴奏中的。国王辨别了雷声之后，脸上的严肃之色立刻变成笑颜，和左右群臣相视，大家哄笑了一会。但回想刚才的误听雷声为伴奏而认真地赞叹，不免带些难为情的样子。

看了这段故事，可知管弦乐在十八世纪初的亨代尔时代，早已有大规模的演奏了。雷声能被误认为伴奏，可知其管弦乐中的喇叭和打乐器的用法一定非常发达，而音乐的音量一定非常宏大了。现代管弦乐的发展已达于绝顶。现代有"千人交响乐"，即由千余人合演的管弦乐，又有应用大炮为伴奏的管弦乐。亨代尔的管弦乐虽然没有千人的组织，但是雷声可以并入伴奏，则其音量与用大炮为伴奏的管弦乐相去亦不远了。所以亨代尔是管弦乐的最初的大家。现今最进步的管弦乐法，都是根据了他的研究而来的。

现在我们就来谈谈管弦乐的话吧。管弦乐是现今音乐界最正大又最盛行的一种演奏。在音乐会繁盛的外国，管弦乐演奏是一般人日常惯见之事；但在我国，即使住在通都大邑的人，也很少听管弦乐的机会，人们只能在蓄音机的片子上听到管弦乐演奏的大概。良好的蓄音机，也能逼真地演奏，不过音量比真的演奏弱小得很。我们只听见蓄音片上流出极复杂的音乐，有清脆的，有沉重的，有急速的，有迟缓的，有的像繁弦急管，有的像巨鼓大钟。这种音是怎样地发出来的？倘使我们知道了它的演奏的情形，听起蓄音片来一定更多兴味；而且将来遇到真的管弦乐演奏，也可以知道它的内容组织的大概了。

先来谈一谈管弦乐所用的乐器。管弦乐所用的乐器，差不多就是西洋音乐上所有的一切乐器。西洋乐器（除键盘乐器而外）共有三大类，即弦乐器，管乐器和打乐器。细别之，可说有五种，即弦乐器中可分为弹弦乐器〔弹拨乐器〕与摩擦弦乐器〔弓弦乐器〕，管乐器中可分为木管乐器与金属管乐器〔铜管乐器〕，连打乐器共得五种。在以前的第四回讲话中，我已经把西洋一切乐器分类列举其名称了。现在再来谈谈这等乐器的性状及其在管弦乐团中的用途。

弦乐器是由弦线发音的。因其发音的方法，可分为两种：第一种，用爪类之类弹拨弦线而发音的，称为弹弦乐器。中国的琴、琵琶、三弦，也是属于这一类的。西洋管弦乐器中所常用的弹弦乐器，仅有一种，名叫"哈泼"〔竖琴〕（"harp"）。这乐器形似大弓，有弦线甚多，弹拨弦线而发音，似中国的琴瑟，其音丁冬，清脆而明朗。这是西洋最古的乐器，据说是由打猎的弓变形而造成的。管弦乐演奏时，"哈泼"大都位置在台上的左方的外角上（听者的左手），普通用一个至六个。其乐器比人身高大，这是最显著惹目的一件大乐器。弹弦乐器中除了"哈泼"以外，还有"六弦琴"（"guitar"，即"奇塔"〔吉他〕），"曼独铃"（"mandoline"〔曼陀铃〕）。但这两种乐器气品比较的狭小，管弦乐中是很少用的。

第二种用马尾毛的弓摩擦弦线而发音的，称为摩擦弦乐器。中国的胡琴，也是属于这类的。管弦乐中所用摩擦弦乐器为数最多。这是管弦乐中最主要的乐器，乐曲的主要的旋律，是由这种乐器演奏的。管弦乐中所用摩擦弦乐器，大小计有四种，由小而大，顺次称为"怀娥铃"〔小提琴〕（"violin"），"微渥拉"〔中提琴〕（"viola"），"赛洛"〔大提琴〕（"cello"）和"倍斯"〔低音提琴〕（"bass"）。这四种乐器同一形状，都有四根弦线，都用弓拉奏。只是大小各异，发音高低不同；后两种形体甚大，直立在地上而拉奏，故腹部的下端均有一尖脚，犹似旗子的竿的脚；最后的一种"倍斯"，腹部的上端作∧形，形式上的差异不过这几点。管弦乐团中最重用这四种乐器，而第一种最小形的"怀娥铃"尤为重要，差不多是管弦乐全体中的君主。现今的管弦乐中，都要用数十个怀娥铃。他们把怀娥铃分为两群，称为"第一怀娥铃"与"第二怀娥铃"。每群用十二个至十六个，或更以上。第一怀娥铃群位在演奏台的左外方，第二怀娥铃群位在演奏台的右外方，都在演奏台上占据最重要的位置。其余三种较大的乐器，位在这两群的后面。乐器个数也很多，"微渥拉"用十二个，"赛洛"用十二个，最大的"倍斯"也用八个（但多少没有一定）。演奏台上最近听众的重要的地方，都被这四种弦乐器占据了。因为这等弦乐器所奏的音乐，正是乐曲的最主要的旋律，所以音乐家重视它们，给它们位置在演奏台的前面，使它们易被听众听见，又易受指挥者的指挥。指挥者是指挥全曲演奏进行的人，犹似兵队中的司令官。他手执指挥棒，背着听众，立在演奏台的外口的正中的高台上，支配全体演奏员的动作。他的身旁，左边就是第一怀娥铃群，右边就是第二怀娥铃群，这两群重要的乐器都依照指挥者的命令而演奏。

指挥者的前面，即演奏台的正中，是管乐器群的位置。木管乐器位在外面，金属管乐器位在里面。因为木管乐器声音幽静，须放在更近听众的地方；金属管乐器声音强大，故须放在远离听众的地方。这些管乐器有时奏主要旋律，有时作伴奏。

木管乐器比金管乐器为重要，奏主要旋律的时候较多，故位置排在前面。

木管乐器中常用的有这几种，例如："富柳德"〔长笛〕（"flute"），是一种横吹的笛，管旁有复杂的瓣，用手按瓣吹出音阶。其音清脆，其数普通用三四支。小形的富柳德，称为"比可洛"〔短笛〕（"piccolo"），形态构造大致与富柳德同，不过发音更为锐利。管弦乐中不一定兼用富柳德与比可洛，有时仅用一种。管口略作喇叭形，吹口成弯曲形的，名曰"克拉理内德"〔单簧管〕（"clarinet"），这是管乐器中最重用的乐器，其数用三四个。管口作喇叭形的木管乐器尚有两种，其喇叭口作直线形的，称为"渥薄"〔双簧管〕（"oboe"），普通用三个，其喇叭口作圆球形的，称为"英吉利杭"〔英国管〕（"English horn"）普通只有一个。还有一种，喇叭口向上弯曲，形似旱烟筒，而吹口另有一弯曲细管附着在大管的横部的，名曰"倍诵"（"bassoon"），或称为"法各德"〔大管〕（"fagot"），普通用三四个。以上数种是管弦乐中常用的管乐器。这团体的音色，大都清脆而幽雅，类似中国的箫、笛，而音量较中国乐器为宏大，音色亦较为复杂。

金属管乐器，即喇叭之类，其发音在全体乐器中最为响亮而强烈，近听时喧聒难堪，故位在台的后面，远离听众席的地方。但它们也有特别效用，因为喇叭类的音色鲜明华丽，可以使乐曲音节嘹亮而生气活泼。故作曲家往往巧妙地使用这种喇叭，而造出特殊的效果。这种乐器都是黄铜制的，形状屈曲玲珑，光辉灿烂。军乐队和喜庆丧葬的仪式中所用的乐队，便是金属管乐器和打乐器（鼓等）结合而成的。管弦乐团中所常用的金属管乐器有这样的几种："可尔内"〔短号〕（"cornet"），是一种大形的喇叭，其弯曲管上装有复杂的瓣。"法兰西杭"〔圆号〕（"French horn"），其管弯成浑圆形，全体好像一个大的烟斗，其形状最为特别。"忒浪湃"〔小号〕（"trumpet"），形状大体似"可尔内"，瓣的机关较为简单。"忒隆蓬"〔长号〕（"trombone"），则管身细长，弯成 S 形。"邱罢"〔大号〕（"tuba"），管的弯曲形状与"可尔内"等相似，而吹口位在喇叭口的近旁。这些形状的变化，都是为了音色音量的关系而变化出来的。各种形状的管所发的音，各有其特色。管弦乐团中所用金管乐器，其数目大抵为三个或四个，也有特别多用的。

打乐器位在演奏台的最后方。这种乐器所发的音，强大而简单。它们大都不能演奏旋律，只能加强拍子，故在管弦乐中不甚重要，但也是不可缺少的。因为打乐器能使乐曲的节奏强明，效果显著。试看普通的军乐队，倘没有鼓而只有喇叭，其音乐必散漫而没有力强的效果。管弦乐中所用打乐器，有"大太鼓"〔大鼓〕（"bass drum"），"小太鼓"〔小鼓〕（"side drum"），就是普通军乐队中所见的铜鼓；有"丁帕尼"〔定音鼓〕（"timpani"），形似锅子，锅上张皮，锅下有架子；有"掀罢尔"〔钹〕（"cymbals"），形状就同我国的铙钹一样，是用两片圆形的金属相敲击而发音的；有"德来昂格尔"〔三角铁〕（"triangle"），是一根弯成三角形的钢条，用槌击之，发丁丁之声，犹如我国的磬；有"珰蒲铃"〔铃鼓〕（"tambourine"），是一面扁形的皮鼓，鼓的四周装有金属的小片，敲鼓则金属小片震响,与鼓声合成一种热闹的音响。管弦乐团中所用打乐器,普通每种不过一二具已足。

管弦乐中也有加用洋琴〔钢琴〕,风琴,六弦琴,曼独铃或别种乐器的;但普通最常用的,只是上述的几种。这三类乐器,对于一个乐曲的表现各有其特殊的用处:弦乐器演奏乐曲的主要部,管乐器做它的辅助,打乐器加强演奏的效果。拿一间房屋来比方,弦乐器好比柱,管乐器好比墙壁,打乐器好比窗户。实际听过管弦乐演奏的人,一定知道这比喻是很确切而有趣的。

管弦乐所用的乐器这样繁多,故其所奏的乐曲也是非常复杂而庞大的。这种大乐曲名曰"交响乐"("symphony")。交响就是各种乐器交互响出的意思。交响乐是一切音乐中最伟大最完全的表现。它的音量的宏大可以参与雷鸣与大炮。它的音域的广度,自最低音至最高音约六个音阶有余。管弦乐中各乐器所发的音,最低的是低音部谱表下方第五加线之下的音;最高的是高音部谱表上方第五加线之上的音,即其音域共为四十三音(六个音阶有余)。这些音都是交响乐中所应用的。演奏一曲交响乐,至短须费数十分钟;长大的交响乐须历数小时。这大曲的构造,普通分为四乐章(也有三乐章或两乐章的)。在以前第八讲中,我们已谈过乐曲的形式的话。那时曾经说起"朔拿大"〔奏鸣曲〕("sonata")和"交响乐"的两种乐曲名称。原来朔拿大交响乐,是同样形式的一种大曲;不过单为一二种乐器(例如洋琴,怀娥铃)作曲的,称为"朔拿大";为数十种乐器(即管弦乐)作曲的,称为"交响乐"。交响乐的作曲，自然比朔拿大复杂，作曲者必须对于各种乐器都有经验知识，必须顾到各种乐器的性质。所作的乐曲，不像唱歌乐谱的每行只有一个五线谱，也不像洋琴乐谱的每行只有两个五线谱，必须为各乐器设一五线谱，由十数个五线谱连成一行大谱。这大谱名曰"史可亚"〔总谱〕（"score"）。故交响乐曲一行须占一页，这一页上的许多五线谱的左端注明各种乐器的名称，规定某乐器演奏某个五线谱上的音乐，各乐器同时演奏，即成为交响乐。

交响乐作曲的困难，自不必说；就是"史可亚"的读法，也是很困难的事了，古人称读书聪明的人为"一目十行"，就是说他看一看可以看到十行文字。这句话拿来形容读"史可亚"的人，最为适当。"史可亚"有十余个五线谱重叠排列着，读谱的人必须同时阅读这十余个五线谱，才可知道管弦乐进行的状况。善读"史可亚"的人，就是管弦乐队的指挥者。

指挥者手执指挥棒，背着听众，立在演奏台的外口正中央的高台上。他立在这地方，眼睛可顾到一切演奏员的动作，他的身体高高地耸立着，为一切演奏员的目标，他们都服从指挥者的命令而动作。在指挥者的眼前安置一个放乐谱的架子，这架子名曰谱台，谱台上放着所演奏的乐曲的"史可亚"。指挥者一面阅读"史可亚"，一面用指挥棒指点演员的动作。乐曲应该高扬的时候，他高举指挥棒而用力舞动，又用身体表示昂奋的样子，演奏员就用力演奏。乐曲应该沉静的时候，他的指挥棒向下降低，又用身体表示退缩的样子，演奏员的用力也随之而消减。乐曲的速度，表情，曲趣，全靠指挥者用棒的举动和身体的跳舞来表出。故指挥者对于乐曲，必须充分理解其内容。同一名曲，因了指挥者的理解的深浅，而演奏的效果优劣不同。指挥者仿佛是在弹奏一座大洋琴。台上的一切演奏员仿佛是这大洋琴的键板。弹洋琴的人用手指按键板而奏曲，指挥者则用指挥棒按演奏员而奏曲。故指挥者是管弦乐团的主人，交响乐可说是他一人所演奏的。

亨代尔是研究管弦乐有大功的音乐家。他在十八世纪初叶就发起大规模的管弦乐演奏。他的演奏团中曾用第一怀娥铃十二人，第二怀娥铃十二人，赛洛和倍斯各四人以上，金管乐器每种二人以上，木管乐器更多，每种四人或六人，风琴，洋琴，也都加入。就演奏的形式而论，当时的管弦乐与现在的管弦乐相差无几了。但就演奏的乐曲而论，当时远不及现在的进步而深刻。因为在亨代尔的时代，交响乐尚未十分发达。亨代尔只研究乐器的合奏法，而没有研究乐曲的作法。在他以后，奥国又出一位大音乐家，名叫罕顿〔海顿〕（Franz Joseph Haydn，1732—1809）的，开始努力研究交响乐的作曲法。管弦乐演奏就更进一步。不久德国出了一位世界最大的音乐家，名叫裴德芬〔贝多芬〕（Ludwig van Beethoven，1770—1827）的，用非常的天才而专门研究交响乐，交响乐到这时候就大成功。世人说起交响乐，便想到裴德芬。

裴德芬生平的杰作，是九大交响乐。其曲顺次名为《第一交响乐》，《第二交响乐》以至《第九交响乐》。就中第三交响乐名为《英雄交响乐》，第五名为《运命〔命运〕交响乐》，第六名为《田园交响乐》，第九名为《合唱交响乐》。九大交响乐中最有名的，便是这有曲名的四曲。《英雄交响乐》是描写拿破仑的英雄气概的，曲趣雄壮。《运命交响乐》是描写裴德芬自己的生涯的不幸和奋斗的精神，曲趣悲痛。因为裴德芬抱着伟大的天才，但是他的耳朵聋了，这可悲的运命使他的天才不易自由发挥，然而他的精神非常力强而伟大，拼命和这可悲的运命奋斗，终于克服了这运命，成功了他的杰作。《田园交响乐》是描写田园中的山水花鸟的风景的，曲趣非常愉快。裴德芬平日爱好自然风景，他把小川的景色，雷雨的光景和田园生活的样子，用音乐描写而成为这名曲，使人听了好比看见田园的风景画。第九的《合唱交响乐》，在裴德芬的九大交响乐中尤为千古不朽的杰作。这是裴德芬两耳全聋以后的作品，裴德芬只用他的天才写出这首杰作，自己却没有听过它的演奏。聋子能够作曲，而且所作的又是千古不朽的杰品，真是奇怪的事！这是为了他的精神非常伟大，能克服凶恶的运命，故有这样的奇迹。第九交响乐是世人所最崇拜的音乐。现在还是不绝地在全世界各地被演奏着。前年裴德芬百年忌辰的一天，上海市政厅里也有外国人演奏这第九交响乐。现在蓄音机上也有这曲的片子，我们要听也不难了。这曲所以名为合唱交响乐者，因为其管弦乐中加用着人声的合唱。把人声当作一种乐器而加用在管弦乐中，是特别的办法。原来人声另有一种特殊的音色，为一切乐器所不能有。故管弦乐中加用了人声，其音色当然更加复杂，效果当然更加伟大了。

裴德芬以后，十九世纪中叶以来，研究管弦乐演奏法及交响乐作曲法的大音乐家很多。现在管弦乐演奏的进步发展，几乎达于绝顶了。人们赞美现代音乐的表现力的伟大,称之为"管弦乐的殿堂",又称之为"交响乐的水晶宫"。就是拿宫殿的建筑的壮丽来比方音乐的表现力的丰富的。努力于这宫殿的建设的人是谁?我们不可以不纪念,即亨代尔,罕顿,裴德芬以后,法国有大音乐家裴辽士〔柏辽兹〕(Louis Hector Berlioz,1803—1869),人们称之为"交响乐诗人";德国有大音乐家华葛纳尔〔瓦格纳〕(Wilhelm Richard Wagner,1813—1883),是乐剧的建设者;最近德国有大音乐家许得洛斯〔施特劳斯〕(Richard Strauss,1864—〔1949〕),人们称之为"音诗人";法国有大音乐家杜褒西〔德彪西〕(Claude Debussy,1862—1918),人们称之为"印象派音乐家";俄国有大音乐家史克里业平〔斯克里亚宾〕(Alexander Scriabin,1872—1915),人们称他的作品为"现代音乐最高水准"。这等伟大的音乐家,都是我们所要永远纪念的。

《西洋音乐楔子》序言[1]

去年我曾在《教育杂志》的《儿童艺术讲话》栏中连载关于绘画的讲话。其稿已结集,由开明书店出版为《西洋名画巡礼》。今年我续蒙该杂志嘱作关于音乐的讲话,本书就是今年的讲话稿的结集。我是以后期小学生或初中学生为对手而作这音乐讲话的。普通学生所应该知道的音乐知识和学习法,大体都包含在这十讲中了。

关于音乐,可以讲话的只有音乐知识及学习法的部分。音乐知识及学习法大都是枯燥的记述,不能引起少年人阅读的兴味的。然而除了枯燥的记述以外,又没有别的话可讲。不得已,我便用关于音乐大家的有兴味的逸话,作为每次讲话的开场白。这好比是在苦味的金鸡纳霜上面包了一层糖衣,使吞服时容易上口些。

但吞服金鸡纳霜须得全部吞下去,不可舐食了外面的糖衣而唾弃了里面的药!

二十〔1931〕年冬子恺记于嘉兴

---

[1] 《西洋音乐楔子》系作者关于西洋音乐基础知识和技法的讲话,1932年12月上海开明书店初版。1949年重版时改名《西洋音乐知识》。

画家的少年时代[1]

许多青年要我讲些关于西洋大艺术家的少年时代的话，说不拘哪一个人，不拘甚样的少年时代生活，只要是近代的人而有些意味的，都可以讲，但我没有读过近代诸大艺术家的详细的传记。即使有几册略记他们的生涯的书，也不在手头，无法查考，对于这题目觉得没有文章可做。偶然把从前自己所编的《西洋美术史》及《西洋画派十二讲》来翻一翻，在近代四大画家的略传里发见了一种奇妙的共通点：即世间所称为"新兴艺术的始祖"的四大画家，其少年时代不约而同地缺乏艺术的教养，都是成年后突发地变成画家的。这四人是近代画坛上最主要的人物，这奇妙的共通点似也富有意味。我就把这四人的少年时代的境况提出来讲讲，聊以塞责吧。

照理猜想，大艺术家的少年时代必然富有艺术的素养。倒转来说：少年时代必须充分具有艺术的环境与教养，长大起来才能成为大艺术家。现代四大画祖的少年时代却呈其反对方面的现象：他们在少年时代全不准备为艺术家，全无艺术的环境与教养。后来天才突发，立地成功，就在画史上开辟一新纪

---

[1] 本篇选自上海仿古书店《丰子恺创作选》1936年10月初版本。

元。这样的人生的步骤,在因果上是偶然的呢,抑是必然的呢?探索起来颇有兴味。

支配现代画坛而被尊崇为"新兴艺术之父"的赛尚痕〔塞尚〕(Paul Cézanne,1839—1906),幼时出身于法国马赛附近的乡村的小学校。父亲是一个银行业的商人,他命少年的赛尚痕入本地的法律学校,无非是欲兼的富贵。赛尚痕服从父亲的命令,把少年时代全部奉献于法律的研究。直到千八百六十二年,即二十三岁的时候,在法律学校毕业,来到巴黎,他的兴味突然转向艺术,从此没头于绘画的研究了。最初因文学家左拉(Zola)——他的同乡人——的介绍,结交了前印象派的大画家马内〔马奈〕(Manet),相与探讨画理。后来他认识了同派的大画家比沙洛〔毕沙罗〕(Pissarro)的作风,曾经描写印象派的绘画。但强烈的主观不使他循步印象派的后尘,不久他终于离去比沙洛而走他自己独得的道路。世间就有后期印象派——或称表现派——艺术的出现。未来派,立体派等新兴艺术都是"赛尚痕主义"的展进。现代一切摩登风的建筑与装饰,都是赛尚痕艺术的副产物。

赛尚痕的传道者谷诃〔凡·高〕(Vincent van Gogh,1853—1890)是荷兰一个牧师的儿子。少年时代在巴黎做商店的店员。但他是热情的人,性情不适于当店员,常受店主的驱逐。在巴黎辗转数处,生活终难安定。后来就到英国去做教会学校的教师。但教师又不是他所能安的职业,终于在二十八岁时归到故乡,承袭父亲的旧职而热心地向民众说教。他的本性中富有热情,对民众说教的时候,常用绘画为宣传教义的手段。

在这里他突然悟到:"只有艺术可以表现自己,只有艺术能对民众宣传真理!"为这确信所驱,他就猛然地向艺术研究中突进,作出许多热烈而刺激的现代风的绘画,留传为世间的至宝。

与上二人同时同风的,还有一个大画家,就是果刚〔高更〕(Paul Gauguin,1848—1903)。果刚的成为画家,也是突发的。他的少年时代,十七岁以前,在法兰西北方的一乡村中的学校里受严格的宗教教育。十七岁上毕了业,就承继他父亲的本业,到海船上做了水夫。自此至二十一岁,四五年间在海中的船上操劳,生活至为辛苦。果刚的幼年时代与少年时代全部是辛酸的。他三岁时,父母亲带了他移居秘鲁去,在途中父亲死了。孤儿寡妇两人到得秘鲁,全靠在秘鲁做总督的母舅照拂,在秘鲁住了四年。终于在客地上不能生活,果刚七岁的时候又随母亲回到亡父的故乡,就入那教会学校。果刚少年时代的境遇,可说是险恶的了。他出了学校之后,只得承继父业做水夫。但少年的果刚终于不堪航海的沉闷,就在二十一岁上舍弃了船,来巴黎的商店里做伙计。生活压迫他勉励,他当伙计很得店主的信用,不久升了经理,生计日渐富裕,后来娶妻生子,竟做了巴黎的 bourgieois〔资产阶级分子〕。然而果刚志不在此,他渐渐厌恶财产与家室,而倾向于艺术方面。"艺术"真是人生的可怕的陷阱!果刚三十五岁上没头于艺术,十年之后,"艺术"竟使他抛弃家庭,财产和欧洲,而逃入大西洋中的一个荒岛上,去度彻底的艺术的生活了。果刚少年时代不近艺术,一旦爱着了,便抛弃家庭财产而没入于其中,好像出家为僧一般。艺术在果刚看来是一种宗教。

近世画坛的四始祖，除上述的三人外，还有一位亨利·卢骚〔亨利·卢梭〕（Henry Rousseau，1844—1910）。这四人的艺术观相同，画风相同，其少年时代的不受艺术的教育也相同。卢骚的父亲是巴黎附近的乡村中的一个洋铁工匠，母亲是不受教育的一个村女，卢骚幼时连普通教育也不曾受完全。二十余岁上就被派遣到墨西哥去当兵。不久又回到巴黎，参加普法战争。战后他曾为税关的职员，又开文具商店。他是未受充分的教育的人，他的思想很简朴，感情很真率，他像原始人或小孩子一般地度送他的前半生，到了四十岁，方才学习绘画。苏老泉[1]二十七岁学文，我国人视为求学迟暮的特殊的文学家。卢骚比之苏老泉，是更特殊的"大器晚成"的艺术家了。卢骚四十岁上开始学画，不入学校，不请先生，完全是无师自学。实际，他的画完全是他的儿童一般的纯朴的感觉的发现，无法请先生教导。纯朴正是近代艺术的主要的要素。所以他的创作可为现代画风的代表作。

我不知道四位画家的少年时代的详细的生活状况，所能为读者道的，只是上述的这一点。他们在少年时代都不学艺术，而在中年以后都成大名。这暗合是必然的呢，还是偶然的呢？我想可以这样地解说：他们在少年时代都失学，是偶然的；但在中年以后都成大名，是必然的。何以言之？大艺术家原不一定要在少年时代失学，大器不一定晚成，他们原是偶然相同的。但禀赋丰足的艺术的大天才，都有不屈不挠，而在无论何时一触即发，一发不可遏的特性。尤其是为了现代的艺术与从

---

[1] 即北宋散文家苏洵。

前的艺术性状大异：从前的艺术是客观的，现代的艺术是主观的；从前的艺术是偏重理智的，现代的艺术是偏重感觉的。故从前的艺术创作需要工夫，现代的艺术创作需要眼光；从前的艺术家大都要从长期的刻划磨炼而养成，现代的艺术家可由天才的顿时觉悟而突发。推广去想：要学习从前的绘画，可以用工夫去钻研，要学习现代的绘画，却不能单靠工夫，第一须有丰富的天才与敏锐的感觉。读者倘没有知道赛尚痕以后的现代绘画与从前的绘画的差别，请参看我所编的《现代画派十二讲》，现在不暇详述。现在我所认为有意味而足以告读者的，便是因四大家的生涯而想起的现代艺术的特殊的性状，读者要学习现代的绘画，单靠刻划模仿的工夫是不行的，必须有丰富的天才。天才是先天的，先天不足的人对于现代绘画就绝望了吗？不然！有敏锐的感觉也可学习现代的绘画。磨炼感觉，可以补充绘画的先天的不足。绘画的先天不足的人倘欲学习绘画，不可从手的描写上磨炼，须从眼的感觉上磨炼。具体地说：多描不如多看，多看不如多想。不理解现代艺术的人，可因多见多闻多思考而理解起来，却不能单靠摹写而进步。因为见闻与思考是精神全部的涵养，摹写是指头局部的技巧。研究精深的现代艺术，不像研究从前的写实画一般地可从手指局部着手，必须由全人格的思想精神上开始。天才一旦发露，思想精神一旦觉醒，立地可成大艺术家，少年时代的有否素养原是不成问题的事了。

廿一〔1932〕年七月二十五日，于上海

关于"调子"[1]

前天在某商店买玩具,听到邻柜上一个买口琴的青年和两个店员的问答,颇有所感。曾经故意在那玩具柜上流连一下,想听完这幕趣剧。

青年问:"这种口琴多少钱一只?"

店员甲回答:"每只×元×角。"

青年问:"这两只是一样的么?"

店员甲检视乐器,答道:"不一样,这是C调的,那是F调的。"

青年问:"C调与F调有什么不同?"

店员甲回答:"吹起来声音不同。"

青年先拿口琴衔在嘴里,吹缩一下。再同样地实验另一只。他似乎不信任自己的耳朵,再用眼睛来仔细视察它们的孔。似乎在孔中也看不出什么不同来,便说:"一样的!没有什么不同呢!"

店员暂不回话,从青年手里夺下口琴来,用手把青年所残留着的唾液一抹,自己衔在口里急速地滑奏一遍,肯定地说

---

[1] 本篇原载1932年11月20日《社员俱乐部》第2号。

道:"不同不同,你拿去吹起来自然不同的!"但他知道自己没有拿出明白的证据来。因为那口琴顽强得很,在他口中所发出的仍是在青年口中时所发的几个音,不肯曲承其意而明白地表出C调与F调的不同来。所以他的肯定中似乎含有几分暧昧,他立刻撇开这问题,继续追问那青年究竟要不要买。

但那青年同口琴一样顽强,一定要问出C调口琴与F调口琴的差异来。店员甲努力撇开这问题而转到"你究竟要不要买"的问题上去。这时候我在感情上颇想出来代他答复青年。因为在他们的两次的实验的时候,旁观的(应说旁听的)我早已觉察C调与F调的确然的不同,但人类生活的隔阂和世智都教我作壁上观。结果店员甲用了上海商界所通用的"你打棒"[1]一类的话,和青年几乎要闹翻了。

店员乙就出来调停。他告诉青年说:"这种口琴货式都是一样的。你只要想,同样的价钱,货式当然同样。C调与F调,由各人自己欢喜,现在我们给你自己吹,挑选,总算好了。"

我的玩具交易早已完结,不好再在那店里逗留。我不等这幕趣剧的了结就中途告退了。但在途中回想这光景,颇有感想。这青年大概是完全没有学过音乐的,连C调与F调的差别都不知道。不知怎样的奇缘使他想学口琴?(看他的样子不是替人代买,似是自己要学的。)这两个店员这样缺乏音乐的常识,实在太不应该!假如他们曾在小学读书,应该知道C调和F调的不同;不然,他们的店里既然卖了音乐器,这一点起码

---

[1] 上海方言,意即"你开玩笑"。

的音乐的常识也是应该具有的。但这也不好偏咎他们，也许他们的小学里的先生不曾教他们，或者他们的老板没有给他们收得这种知识的机会。我记得从前在日本，到乐器店里买东西时常和店员们谈论昨夜的音乐会的演奏。现在北四川路一木洋行里的商人，一方面在柜上营业，一方面在教人学习怀娥铃〔小提琴〕，店里挂着"怀娥铃教授"的招牌。这样想来，我们中国的一般人的音乐程度和日本人比较起来，真是差得远了。穿着西装的堂堂的中国青年，和中外观瞻的上海地方的发卖乐器的大商店里的店员，都不知道 C 调与 F 调为何物。我国人民的教育程度的低劣于此可见一斑。这班人空口高呼"抗日"和"抵制日货"，难道就会制胜了日本？我真怀疑！

今日的见闻，使我更加确信现在中国一切文艺中，音乐要算最低劣了。绘画和音乐，在现在的中国都是冷门，少有人过问的。但绘画似比音乐发达一些。就教育上看，专门教授绘画的机关比专门教授音乐的机关多。就一般社会上看，美术也比音乐通行些，在四五年前我早已感到。那时上海开全国美术展览会，我在那会刊上的文字中曾经说过这样的话：

> 约四十年前，欧洲艺术教育运动的先驱者利希德华尔克（Alfred Lichtwark）有一天看见柏林街头的卖花人不像向来地把花朵编成死板板的花束，而就把摘下来的野花照其自然状态放置在花篮中，携向街头叫卖，这位关心民众美育的先生心中十分感动，认为这是在德意志民众趣味史上划一时期的大事件，曾经用谐谑的语调向艺术教育界宣

说：这是关系重大的一事！百年之后，法国学生将在历史教科书中读到"千八百九十年为新趣味开始之年，柏林市上从此废止花束，而开始买卖自然状态的野花"的课文。

前天我在上海的文具店里听见"木炭画纸"这个名词在学徒的唇上说得十分纯熟流畅，恍然悟到上海美术研究者的增多，与十年前情形悬殊了。十年之前，商店里还没有这种商品，商人还没有知道这个名词。我曾经用"代金引换"的邮寄办法向日本的文房堂购来木炭画纸和木炭。以后我就疏远画具，十年来不曾向中国社会要求过这种用品。这一天在那文具商店中看了这情形，我的感动几同利希德华尔克在柏林街上看见野花时一样深切，十年来上海的美术研究者的确增多了，现今中国的美术界的确比十年前大进步了。

我国的美术在四五年前早已给我看见普及的痕迹，但我国的音乐到今日还使我看到这样的趣剧，真是相形见绌了。我希望不久的将来，我国的音乐也给我与利希德华尔克看见野花时同样的感动。

我在上面说过"我在他们的两次的实验中早已觉察 C 调口琴与 F 调口琴的不同"。本刊的读者也许要问我怎样听出它们的不同来。省得你们在自习册上提出问题寄来讨覆，就在这里附说一下罢。现在不是在那商店的柜上，没有人类生活的隔阂和世智阻拦我的口，我就把当时想代替店员甲告诉那青年的话在这里补说了罢。

音阶不是在两个地方有半音的么？你只要听辨半音的所在，就可以捉到音阶的主音（do）。两只口琴上的主音的高低不同（相差一个完全四度），低的一只是 C 调的，高的一只当然是 F 调的了。

读者听了这几句话也许明白了。假定那个青年还不懂，向我讨添，我就再说得详细点罢：音阶上有七个字，do re mi fa sol la si。凡乐器上的高低不同的许多音，都是许多音阶的连续，口琴也是三四个音阶连续着的。在这许多音的连续中，从一音阶的第七音 si 到次音阶的第一音 do 之间，和各音阶中央的 mi fa 之间，其距离比其余的每两音间的距离狭一半，名曰半音。故口琴上每相邻两孔所发的音的高低距离不外两种，较广的，名曰全音；较狭的，名曰半音。把口琴上的音从低向高顺次奏下去，只听见经过一个半音之后，隔开两个全音又来一个半音。再隔开三个全音，又来一个半音。以后半音常是这样交互出现。你只要记到，三个全音之后出现的半音，是 si do，音阶的主音（do）就被你捉到。捉到主音，就容易比较其高低而分别其调子了。——但这是照音乐理论而说的辨别法。在实际上，因为音阶上全音半音的间隔保住一定的规则，故稍经音乐训练的人，都能在一群音中直接由感觉认识音阶上的七个音。换言之，即能直接由感觉找到主音。读者不妨向风琴或钢琴上去试试看：闭了眼睛，随手在键板上摸到一音，由此向左或向右顺次弹过去，弹过七八个音之后，便可知道刚才随手摸着的是 C 调长音阶上的什么音。这便是根据了上述的理论或感觉而知道的。

口琴的分别为 C 调与 F 调等，一是为了合奏的便利，二是为了各曲的需要。合奏之时，例如分二部或三部合奏，则各人所用的口琴要同一调子，才可和合。又如独奏之时，某曲宜用某调，曲谱上都有注明，有的不许移换。所以口琴的演奏家宜备各种调子的乐器，才可自由应用。

看了这里所说的第二项，读者或许又要疑问："F 调等不过比 C 调升高了些，音阶的构造都仍是一样。照理都可通用，只要由各人看自己的喉音的高低而任意选择某调，何必在乐曲上注明，而且不许移换呢？"

对于这问题的答复，就要用到稍深一些的乐理了。原来高低不同的各调，其内部的构造虽然同样，但趣味不同。这趣味的不同，在音乐训练愈深的人，愈能明白感知。这是比较的高深的一种乐理，初习音乐的人辨别起来自然要困难些。但多听多练习，也可以渐渐感得。就最常用的调子而论，C 调的趣味庄重，朴素而简明。F 调的趣味力强而带些牧歌的。C[1] 调则华丽而愉快。你们看，校歌等大都用 C 调，抒情写景的歌大都用 F 调，跳舞曲进行曲大都用 G 调。

法国有名的音乐理论者拉微涅克〔拉威涅克〕（Alexandre Jean Lavegnac，1846—1916）和同国有名的作曲者裴辽士〔柏辽兹〕（Hector L.Berlioz，1803—1869），都曾用他们的精锐的感性来分别音乐上各种调子的趣味。现在把这两人的所见并列一表在这里，以供好乐者的研究。

---

[1] "C"似应为"G"。

调		调的趣味	
		拉微涅克说	裴辽士说
长调	C	单纯，素朴，简明，但平凡，单调。	庄重，然缓漫且漠然。
	升 C		少漠然，多典雅。
	降 D	魅惑的，柔和，平静。	庄严。
	D	华美，华丽，活泼。	华美，热闹，但带几分平凡。
	升 D		缓漫。
	降 E	音响的，力强，骑士的。	庄严，相当地音响的，柔和的庄重。
	E	有光辉，温和，欢喜。	华丽，壮丽，高贵。
	F	牧歌的(恋歌的)，素朴。	精力的，力强。
	升 F	粗暴。	华丽，锐利深刻。
	降 G	优和，稳静。	少华丽，多优美。
	G	田舍风的，愉快。	稍华美，稍平凡。
	升 G		缓漫，但高贵。
	降 A	优和，追从的，又壮丽。	柔和，秘密，非常高贵。
	A	简明，音乐的。	华丽，典雅，欢喜。
	降 B	高贵且典雅，优雅。	高贵，然不分明。
	B	精力的。	高贵，有音响的光辉。
	降 C		高贵，但不甚音响的。

调		调的趣味	
		拉微涅克说	裴辽士说
短调	C	阴气的，剧的激烈的。	阴气的，不甚音响的。
	升C	残忍，刻毒，又非常阴暗。	悲凄，音响的，典雅。
	降D		严正，不甚音响的。
	D	严正，热中。	悲悼的，音响的，稍平凡。
	升D		缓漫。
	降E	显著的悲哀。	非常漠然，又非常悲哀。
	E	悲哀，激烈。	断金声，稍平凡。
	F	不快，无骨，精力的。	不甚音响的，阴气，激烈。
	升F	粗杂，又轻快，空气的。	悲凄，音响的，锐利深刻。
	G	忧愁的，羞耻的。	忧愁的，相当地音响的，柔和。
	升G	非常阴暗。	不甚音响的，悲哀，典雅。
	降A	哀念，不放心。	非常缓漫，又悲哀，但高贵。
	A	单纯，素朴，悲哀。	相当地音响的，柔和悲哀，稍高贵。
	降B	葬式的又神秘的。	阴气的，缓漫，嘎声的，但高贵。
	B	野蛮的，阴暗但力强。	非常音响的粗野，不吉，激烈。

玻璃建筑[1]

佛经里描写西方极乐世界的殿宇的壮丽，曾用"琉璃"等字。我没有到过西方极乐世界，不知道所谓琉璃的殿宇究竟怎样壮丽，只住在这婆娑世界里想象那光景，大概是玻璃造成的房子吧。其实，佛教徒要表示出世的境地的极乐，而借用婆娑世界里的琉璃、玛瑙、珊瑚等物质来描写，弄巧成拙，反使西方极乐世界的状况陷于贫乏而可怜了。因为用那些物质来建造的房屋，在物质文明极度发达的婆娑世界里都是可以做到的。现在的欧洲已有"玻璃建筑"流行着了。

现代艺术潮流的变迁真是迅速！我们小时候传闻欧洲艺术的盛况，只知道十九世纪的绘画如何发达，音乐如何热闹。那时的欧洲艺术，承继着十九世纪的余晖，还是绘画、音乐中心的时代。过了不到二十年，再看现代的欧洲的艺术界，已迅速地变成电影、建筑中心的时代了。绘画已被未来派、立体派等所破坏，而溶化于电影中。无形的交响乐远不及实用的摩天楼的能适应物质文明的现代人的欲望。结果，最庞大而最合实用的建筑，在现代艺术界中占了第一把交椅。最初用铁当作柱，

---

[1] 本篇原载 1933 年 3 月《现代》杂志第 2 卷第 5 期。

有所谓铁骨建筑；最近又用玻璃当作壁，有所谓玻璃建筑了。铁骨建筑改变了房屋的外形的相貌，玻璃建筑又改变了房屋的内面的情趣，使现代建筑改头换面，成了全新的式样。我从印刷物上看见它们的照片，便联想到文学中所说的水晶宫和佛经中所说的琉璃殿，惊讶文学的预言已经实验，西方极乐世界已经出现在地球上的西方了！

听说提倡玻璃建筑的是德国人显尔巴尔德（Scheerbart）。他曾在千九百十四年发表一册书，名曰《玻璃建筑》（*Glasarchitektur*）。他这册书是奉献于新建筑家陞德（Bruns Taut）的。于是陞德做了该书的实行者，在当时侃伦〔科伦〕的 Werkbund〔同人〕展览会中建造一所玻璃屋，即所谓 Glashaus，作为对显尔巴尔德的答礼。这是现代玻璃建筑的发端。现在已有更进步的玻璃建筑在欧洲流行了。我没有读过显尔巴尔德的著作，但在日本人的摘译中看到过该书第一章里的一段，觉得颇惹感想：

> 我们通常在笼闭的住宅内生活。住宅是产生我们的文化的环境。我们的文化，在某程度内被我们的住宅建筑所规定。倘要我们的文化向上，非改革我们的住宅不可。这所谓改革，必须从我们生活的空间中取除其隔壁，方为可能。要实行这样的改革，只有采用玻璃建筑。使日月星辰的光不从窗中导入，而从一切玻璃的壁面导入。——这样的新环境，必能给人一种新文化。

我没有身入现代欧洲的玻璃建筑中,只有温室有几次走进去过。玻璃建筑当然不是把人作花卉而造的放大的温室。但看到显尔巴尔德的"日月星辰的光不从窗中导入而从一切壁面导入"的一句话,我便回忆对于温室的所感而憧憬于玻璃内的新环境。

记得有一次我被友人引导到某处的花园里的大温室中去看花。我对于温室这种特殊的建筑,比对于无数美丽的花兴起更深的赞叹。当时我正热中于看星,每天晚上必挟了星宿盘,衔背兼充灯用的纸烟,到门外的空地上去看星。我想,假如我的房子同这温室一样,坐在房间内通夜可以看星,春夏秋冬四季都可看星。不但星而已,天界的风雨晦明等种种庄严伟大的现象,都可自由地完全地看见,而由此得到高深的启示,岂非我生的幸福。回想我的生涯中的种种愚痴,迷妄,苦恼,烦闷和悲哀的发生,都是为了热中于世间而忘却了世外的缘故;都是为了注目于地上而忽视了天上的缘故,都是为了房屋的形式使我低头,把我笼闭,不许我常常亲近天界的伟大的现象而觉悟人世的虚妄藐小的缘故。地上的建筑真不合理:中国式的房屋两檐前遮后掩,加以高似青天的粉墙,所见的天只有一线。西洋式的房屋室内六面拦阻,加以重重的帏幕,所见的天只有一块。试登高处眺望都市的光景,所见中国式的房屋都像棚,西洋式的房屋都像笼。躲在棚下或在笼中的人,哪里得来生活的幸福?近世人道日薄,房屋的防御日坚,那些棚愈加遮掩得密,那些笼愈加拦阻得紧,住在里面,真像钻进洞里一般。钻在洞里的东西,哪里得来广大的智慧?以洞为环境的东西,哪里得来文化的向上？所以近世的人都低头而注目于地上，地上的生产，地上的物质。物质文明急速地进展，而置精神文明于不顾，这就算文化的向上么？物质文明急速地进展，现在已经达到玻璃建筑的地步。我希望住在玻璃建筑里的人抬起头来看日月星辰的光，而注意于精神的文明。我希望显尔巴尔德的话实验："这样的新环境必能给人一种新文化。"我希望西方极乐世界出现在地球上的西方。

廿一〔1932〕年十二月廿八日于江湾

爵士音乐[1]

江西音乐教育月刊社向我征稿，我久不从事音乐教育了，愧无可观的贡献，只能略写些感想：

近来为病所困，蛰居乡间，难得到都市去走一遭。自己虽久不弄音乐，然别人的唱歌奏乐，常常把音浪送到我的耳中来。在乡间时，常常送到我耳中来的，是一班小学生或工人们所唱的一种柔媚圆滑的歌声；到都市时，常常送到我的耳中来的，是无线电或蓄音机所发的一种粗噪激昂的音乐，前者是我国流行的一种小歌剧，后者是外国传来的"爵士音乐"。

我起初听到这两种音乐时，都感到"浅率"。我们的耳朵曾经听过十九世纪诸大作家的精微奥妙的 sonata〔奏鸣曲〕，symphony〔交响乐〕，何尝惯听这种东西？然而这种东西的蔓延力很大，日渐风行。到现在，乡间不学音乐的人都唱小歌剧，都市的街道上充满着爵士音乐之声了。据我推考它们的普遍风行，实有原因，而是现代音乐的倾向的一种。

"浅率"在艺术上是不良的，但在普及上是良导的。现代

---

[1] 本篇原载 1933 年 12 月 31 日《音乐教育》（江西省推广音乐教育委员会）第 1 卷第 8、9 两期合刊。

社会的大众，有几个人受过专门的音乐教育？有几个人经过高深的音乐训练？尤其是我国社会的大众，有几个人知道 sonata, symphony 的名字？有几个人见过 piano〔钢琴〕，violin〔小提琴〕的影子？然而人类大家有音乐爱好的本能，大家有音乐享乐的欲望。高深的 sonata 与 symphony，须要有了长年的训练，然后能演奏或欣赏。这是大众所不能办到的事。只有"浅率"的音乐，能无条件地适合于一般人的音乐本能而普及于大众。

"爵士"是 Jazz 的译音。这是最近在美洲产生的一种音乐，即所谓"Jazz music"。据说，Jazz 这文字，由于 Charles 转讹而来。Charles 是一个有名的鼓手的名字。故爵士音乐重用太鼓（drum），节奏非常强明，拍子非常迅速。类似向来的舞曲 Fox trot，而趣味更为粗率。没有音乐训练的人，一听见 Jazz music 的演奏也会感动而手舞足蹈起来。爵士的所以风行现代，便是为此。小歌剧是构成简单的小曲，听了几近人人会唱。据我的感觉，小歌剧"柔媚圆滑"，爵士音乐"粗噪激昂"。用"浅率"二字来形容这两种音乐，小歌剧该分得一个"浅"字，爵士该分得一个"率"字。

为社会大众的音乐教育计，"柔媚圆滑"不如"粗噪激昂"。为艺术的价值计，"浅"亦不如"率"。艺术大众化时必然浅率化，是一件憾事。国货的小歌剧不如花旗牌的爵士，又是一件憾事啊！

一九三三年十二月一日于石门湾

商业艺术[1]

一年之前,《新中华》诞生号向我征文时,我曾写过一篇《最近世界艺术的新趋势》[2]。现在《新中华》又要出《新年号》了,编辑先生命我再写一篇这一类的文字。想到时光过去的迅速,看到艺术变态的复杂,要讲现代艺术的话,觉得茫无头绪,不知从何说起。只是近来读了日本艺术论者板垣鹰穗氏的几册书,觉得他的论旨很可赞佩。便引借他的话材,加以自己的感想,再写这一篇文字,聊以塞责。

诞生号所载《最近世界艺术的新趋势》一篇文字,大旨是说:"最近世界的艺术的变化,是由少数人的玩赏品趋向多数人享受的大众艺术。"换言之,是"由为艺术的艺术趋向为人生的艺术"。然而现在正在变动期中,故状态非常复杂。新旧并存,莫衷一是,流派对峙,势均力敌,演成非常复杂的现代艺术的万花镜。故一部分人在那里高呼"大众艺术""普罗[3]艺术"。另一部分人在探求"感觉的陶醉""艺术的法悦"。像德

---

[1] 本篇选自《艺术丛话》。

[2] 该文原载 1933 年 1 月 10 日《新中华》创刊号。

[3] 普罗,即 proletarian(无产阶级的)或 Proletariat(无产阶级)音译的略称。

国，普罗绘画非常发达，各地有"普罗生活画家"的团集，又有所谓"德意志革命造型美术协会"的机关。然而个人的，主观的"表现主义"的绘画，在本国并未完全消灭；康定斯基（Kandinsky），可可修卡〔考考施卡〕（Kokoschka）等的画风在世间各国仍有不少承继者。又如美国，大战后普罗绘画宣扬甚盛，其机关杂志《解放者》被禁止后，又有所谓《月刊劳动者》，所谓《新兴大众》继续而起，竭力宣传。但一方面欧洲的古代的名画仍在以重价销售于美国；旧时代的作品每年仍在美国产生巨额的复制品。又如俄国一方面有"革命俄罗斯美术家协会"努力提倡大众易解的，平易显明的写实画法，但他方面无对象的构成派绘画———一种感觉的游戏———还是不绝地出现于世间。至如我们中国，情形更加复杂，差不多外国一切画风，在中国都有承继者，古典画派，浪漫画派，写实画派，在中国画界都有存在；而后期印象派，表现派，立体派，似乎在青年画界中尤为盛行。跟了时代潮流而提倡大众艺术的人也有，不过其力集中于文学界。在绘画界，还极少听到这种呼声。虽然也有提倡"产业美术"的话，但在实际上，还是古风的中国画的中堂，立轴，屏条等卖得起钱。于是求生产的人就不高兴研究工艺美术，而宁愿投拜老画家之门，跟他学习山水，花卉，翎毛的画法。这状态也可谓复杂之极了！这是现代世间各国的共通的倾向。艺术界因为一时代的艺术，必以一时代的社会生活状态为背景。资本主义与社会主义的抗争，资本阶级与无产阶级的对立，在现今的世间到处皆是。以这种抗争及对立为背景的艺术界，当然有共通的复杂性。这复杂的现代艺术界中最触目的现象,便是以这两者为背景的两种艺术的对峙。

以无产阶级为背景的艺术,如前文所说的"普罗艺术",力求大众的易解,便于替主义作宣传,这可称之为"宣传艺术"。以资本阶级为背景的艺术,力求形状色彩的触目,便于替商业作广告,这可称之为"广告艺术"。两者以相反对的两种主义为背景,以相对峙的两种社会为中心。然而两种艺术的情状,在根本上有共通的一点,即皆以"煽动大众"为主要目的。因为宣传就是广告,广告无非宣传。从前的艺术家,伏在山林中的画室里研究气韵与传神,创作高深的杰作,挂在幽静的画廊里,受极少数的知音者的鉴赏。现代的画家须得走出画室来参加于社会,为社会运动作 poster〔招贴画,广告画〕,向大众宣传其主义;或者弃山林而入都会,为商业考察建筑的形态,计划样子窗的装饰,描写广告的图案,向大众劝诱购买其货品。宣传主义与劝诱购买,内容的性质虽然不同,但其表面的手段实为一致,都是要"煽动大众"。在去年那篇文字中,我曾举一个譬喻:从前的艺术品仿佛盆栽,供在书斋或洞房中,受少数人的欣赏;现在的艺术好比野花,公开在广大的野外,受大众的观览。其所以公开于大众者,为的是要借此于诱惑大众,煽动大众。所以现在的造型美术的倾向,形式竞尚奇特,色彩竞尚强烈。凡最容易牵惹大众的眼而煽动大众的心的,便是价值最高贵的艺术。艺术的效果等于宣传的效果。这状态在现今的商业大都市中最为露骨。

在今日,身入资本主义的商业大都市中的人,谁能不惊叹现代商业艺术的伟观！高出云表的摩天楼，光怪陆离的电影院建筑，五光十色的霓虹灯，日新月异的商店样子窗装饰，加之以鲜丽夺目的广告图案，书籍封面，货品装潢，随时随地在那里刺射行人的眼睛。总之，自最大的摩天楼建筑直至最小的火柴匣装饰，无不表出着商业与艺术的最密切的关系，而显露着资本主义与艺术的交流的状态。

从前所称崇的"为艺术的艺术"，现在变成"为广告的艺术"了。从前所标榜的"艺术至上主义"，现在变成"艺术商业化"了。十余年前，世间的艺术论者高呼"出象牙塔"！艺术家果在这十余年中应了这呼声，而渐渐地走下象牙塔，来加入到大众的社会里。不料一进社会，又被资本主义所雇佣去了。

前世纪末与本世纪初在欧洲出现的各种所谓"新兴艺术"，例如超现实派，立体派，构成派，未来派，象征派等，在今日已渐被商业艺术的大潮流所淹没了，这种艺术原是欧洲大战后一班小资产阶级的人们的娱乐物，只宜供少数人的主观的享乐，感觉的游戏，本来不能独立为一种适合时代潮流的艺术主义。故到了普罗与布尔[1]相对峙的现今的世间，它们就失却其独自的立脚地而被商业艺术所利用。例如从前的超现实派的绘画，现在已被应用于流行杂志的封面图案上，从前立体派雕刻，现在已被利用作服装商店的样子窗中的"广告人形"（"mannequin"；"manikin"）。从前的构成派的构图，现在已被应用为商店样子窗的装饰或宣传用的草帽的纹样。从前的所

---

[1] 布尔，即 bourgeois（资产阶级的）或 bourgeoisie（资产阶级）音译的略称。

谓"纯粹电影",现在已被用作"宣传电影"。象征时代的所谓"光的音乐",现在已被用作都市之夜的照明广告了。资本主义把前代一切艺术的技法采取搜集起来,造成一种商业艺术,当作自己的宣传手段。"为艺术的艺术",现在竟一变而为"为商业的艺术"了。

如前所述,商业艺术的主要目的是煽惑大众,劝诱购买。故一切商业艺术,就具有一种共通的特色,便是"触目"。这是商业艺术的第一条件。在这条件之下产生的商业艺术,就有种种新奇的现状。从最小的地方说起,例如近来所盛行的广告字体,非常新奇,过于新奇而使人不能认识其为何字者,亦常有之。这种实例非常多:展开报纸来就可以看见几个,买几本书来也可在书封面上看到几个,走出街上又可在壁上的广告上看见不少,商店的招牌都用新奇的图案字。这种字体风行甚广,近来书店里似已有专教人这种字的写法的书籍出版了。它所以能够风行的原故,就为了它的形态新奇而"触目",易于牵惹大众的注目,宜于为商品作广告,合于商业艺术的第一条件。然而字体变化得过于新奇,使人不认识其为何字,不知道某一家商店,与某一宗货品,岂不反而妨害了广告的效力!有人说此无妨,看报的人对于不认识的图案字,每每欢喜详加审察,以好奇心探究其为何字,探究出了之后势必还要向人提出这广告的图案字而众相评论其字之巧拙。能使人详加审察而群相评论,不是效力最大的广告么?

再举一力求"触目"的商业艺术的例,便是商店的门市的装饰。大玻璃的"样子窗"("show window")是门市装饰的一大题目。旧式的样子窗装饰，只知用繁复的装饰，例如华丽的结彩，精细的戏剧人形。现在上海昼锦里一带的商店，用这种样子窗装饰的还是不少。但这是幼稚的广告，只知道滥用"华丽"，而不知道"触目"的方法。新式的商店的样子窗，不求华丽但求触目。如前所述，利用构成派绘画的构图样式，是其一种。其法大概是用色彩的纸条或布幅，作种种的形态，或放射形，或漩涡形，或像立体的画面，或仿几何形体模样。加之以人工照明，或电灯，或霓虹灯，使光与色错综而成为非常触目的光景。这是用形状，色彩，光线的构成的技术来制作"样子窗艺术"的一例。还有一种求触目的装饰法，是利用时事为题材。例如在战争的时候，样子窗装饰便取用与战争有关系的题材。在过年的时候，便取用与岁暮或新年有关系的题材。在盛唱航空救国的时候，便取用飞机为题材。与时事有关的题材，会力强地牵惹行人的注目，故这是最巧妙的广告手段。这种手段在报纸上的广告中用处尤妙。用了与时事有关的题目来骗诱阅报者细读一篇与时事无关的商业广告，在现今的状态之下也成了一种商业艺术！一行大字："各要人一致承认"，下面小字里所说的原来是卖牙膏的广告。

　　人工照明的广告艺术，现在更加进步了。从前是滥用电灯，一个店面上装他数千百盏，照耀得比白昼更亮。后来不用这般笨法子，而在电灯上装活动的开关，使它们忽明忽灭，交换流轮地映出广告的字眼，不同的色彩或种种复杂的明灭变化。这比较以前的方法，"触目"的效果更大。现在再进一步，废止琐碎的电灯，改用清楚强明的霓虹灯，且在霓虹灯上应用明灭的活动机关，再在其活动上加以谐调的节奏，使观者得快美的感觉。其地位亦不限于样子窗中，大都高据在商店的屋顶，以牵引远近四方的大众的注目。现代都市之夜，无数人工照明的广告在黑暗的天空中作竞夺人目的战争。这状态在夜的上海便可见到。

广告艺术中最伟大而又最"触目"的，无过于现代都市的商店建筑了！现代的商业都市中最盛行的建筑约分四种：第一，银行建筑，是资本的机关，可称为金融的殿堂。第二，摩天楼，是各种商卖的事务所，写字间。第三，百货公司，是商品的消费机关。第四，剧场，游戏场，是娱乐的消费机关。走进世界的商业大都市中，最触目的一定是这四种大建筑。就上海而论，南京路及外滩一带，建筑最呈伟观。考其性质，大半是银行，事务所，百货公司及剧场。但上海在世界还是次等的都市，在巴黎，柏林，尤其是北美的纽约，芝加哥等大都市中，商业建筑的艺术更呈莫大的伟观。

细考这种建筑，可知其已经变更建筑本来的目的。它们不仅为住居的"实用"，又为着"广告"的效力。不但如此，像最近的尖端的新建筑，实在为"广告"者多而为"实用"者少。例如高层的摩天楼，是现代商业都市的最触目的东西。纽约的最高层建筑听说有七八十层之高；上海近年来添加了许多所谓"高房子"，一二十层的也有不少。这些建筑的所以取高层者，普通都以为是要节省地皮。都会里的地皮价格昂贵，故建筑层愈多愈经济。但据经济学者的实际的计算，并不如此。高层建筑的收得利益，以六十三层为限。超过六十三层的高层建筑，工料费极大，计算起来反不经济。因为建筑超过六十三层以上，需要特殊的支柱，及特殊的升降机〔电梯〕装置。所多得的房屋的出息，抵不过柱及升降机的费用。但在纽约，芝加哥等处，超过六十三层的建筑很多。商人们岂有不会打算之理？他们明知道在房屋的出息上没有利益，但在"高"的广告上可以在无形中收得多大的利益，所以大家竞营高层建筑。建筑愈高愈"触目"，即广告的效力愈大。所以在纽约，芝加哥地方，高层建筑好像森林一般地矗立，表演着资本主义的空中的战争。由此可知高层建筑的目的，非为住居的"实用"，乃仅为"广告"。故建筑在现代已变成商业上最大的一种"广告艺术"，摩天楼可说是"商业的伽蓝"。

现代建筑既为广告艺术，其形式上当然有特殊的变化。广告艺术的第一条件是"触目"，于是建筑形式亦以"触目"为第一义，而以实用为第二义。故现代的商业的伽蓝，建筑的目的往往为外观而牺牲。其最显著的例有二：第一种是在现代建筑上故意采用古风的样式，以求形式的"触目"，因而获得宣传的效果。第二种是应用尖端的新样式，以光怪陆离的外观来牵引人目，以此作为广告的手段。

就第一种而论，在现代建筑上故意采用古风样式的，其例在纽约，芝加哥等处甚多。有的大厦，故意用中世纪欧洲寺院建筑所用的 Gothic〔哥特的，哥特式的〕形式。在五六十层的高层建筑上，加以 Gothic 风的尖塔，或者全部取寺院塔形式。这种建筑，外观非常奇特，使人发生"时代错误"的感觉。但商人的用意，正是欲以这"时代错误"的怪现状来牵惹人的注目。这好比教一个摩登女子头上戴了古代的紫金冠而站在大都会的广场中为商店作广告，看见的人谁不注目？广告的效力自然极大了。这种建筑的取用古代样式，于实用全无关系，显然是专为广告的。不但为此，用古风的样式究竟靡费而不合于实用，这种建筑的目的实为形式而牺牲。根本地想，这种商店的性质实与古代的寺院殿堂无异，同是一种专重外形而不合实用的建筑。从前是基督的寺院，现在的可说是财神的殿堂。

好古更深的，在现代建筑上应用希腊，罗马，埃及的神殿的大柱列式。其最著的例便是银行。希腊的 Parthenon 神殿〔帕提侬神庙〕四周的大理石柱列，埃及的 Karnak 神殿〔卡纳克神庙〕的巨大石柱列，不料会在二千年后的今日的商场中复活起来！银行的爱用大石柱的行列，一半出于其重传统的思想，一半是为商业作广告，但全然不为实用。那种大石柱，工料费很大，而于建筑的坚牢上并非必要。这是仅乎排列在建筑的表面，用以增加银行的威信，而作触目的广告的。眺望银行的外观，正如一座神殿，那些石柱合抱不交，高不可仰；神圣不可侵犯之相，凛凛逼人，真像一座神殿。不过这神殿里面所供养的是一群事务员。

日本东京的三井银行的建筑，就是用罗马风的壮丽的石柱行列的一例。据论者说，这些石柱全为壮观及广告之用，于实用上非但无益，而且有害的。因为那些石柱非常巨大，每一根的工本需费数万元。讲到用处，与坚牢上全无关系，反而因了那些柱体积庞大，遮住外光，使室内光线幽暗，因而减低事务员办事的能率。出了数百万的金钱而买得工作能率的减低，日本的商人何苦而出此愚举？但据说这并非愚举，这柱列对于威信上及广告上有莫大的利益。日本有谚云："三井只有建筑费"。原来三井银行是全靠这建筑的形式而立脚的。因为这些柱列的壮丽，是以夸示金融资本的威力，而取信于国内的储金人。又在他方面，这座建筑特请西洋人承包。因这关系，其对于外国的交易往来也就圆滑顺利。只要有了这笔建筑费，偌大的银行就好立脚了。这样说来，建筑虽为外观而牺牲其目的，商人却因此大获其利。然而这种时代错误的矛盾的现象，在建筑艺术上是不希望的。这是现代艺术受资本主义的蹂躏。

上面所说是建筑目的为外观而牺牲的第一例，其第二例是尖端样式的新建筑。这种光怪陆离的新建筑，盛行于德国，大都是百货商店。其形式最奇特触目。约分两种：一种是在建筑的外部大胆地使用横长的窗，使建筑形似汽船。又一种是在建筑的四周尽量地使用玻璃，使建筑形似水晶宫。前者在德国著名的实例，是有名的新建筑家孟台尔仲〔门德尔松〕（Mendelssohn）所造的"Schocken〔朔肯〕百货商店"。这百货商店在德国共建三座，而以倪姆尼芝〔开姆尼兹〕（Chemnitz）地方的一座形式最为尖端的新颖。这工程完成于一九二六年至一九二八年之间。建筑并不很高，仅九层，外面全不见柱，只见横长的窗，好像横行的柳条花纹，又好像横卧的高层建筑。夜间，九层的室内全部照明，远望只见横卧而并行的许多粗条的金光，样子非常新奇。这新奇的要点，在于一反向来的"直长"为"横长"。向来的建筑，无论何时代何样式，皆有"直长"这共通点。即无论何种建物的形式，总是以土地为根基，像植物一般地向上生长的。中世纪的 Gothic 建筑盛用尖塔顶，建物全体的光景好像一丛怒生的春笋，又像一把冲天的火焰，"直长"这特点更加显明。又如纽约，芝加哥的高层建筑，摩天楼，尤为极度的"直长"的建筑形式。在数千年的"直长"建筑史上忽然另辟蹊径，改用横长的样式，不可谓非孟氏的独创。这独创的成功，由于机械的发达与铁的利用。向来的建筑，以木，石，土为主材。到了机械发达的近代，就添用铁为建筑材料。有铁骨建筑，铁筋建筑，后来便纯用铁材。例如现今号称世界最高的巴黎的 Eiffel 铁塔〔埃菲尔铁塔〕，便是纯用铁造的。用木材，石材，土材的建筑，以柱为骨子，建物的外面必然见柱，外柱为旧式建筑上的力学的必要条件，必须表露在建物的外部。因此旧式建筑形式，必然是"直长"的。现在用了铁材，柱可以深藏在建物的内部，不必表露于外。于是在建筑式样史上另开一新纪元，而产生了"横长"的新建筑。孟台尔仲便是这样式的完成者。Schocken 百货店的繁昌，一半是由这新建筑的广告得来的。这建筑的样式，可算得是极尖端的新颖的了。但究竟它的实用性如何？建筑家间没有人说过，不得而知。只知这建筑的唯一的好处，是外形的美观，白昼眺望，但见白壁的地上画着横窗的黑条；黑夜眺望，窗中的内光尤为美观。这建筑的目的已经变更，本身便是商店一个巨大的广告艺术。

第二种尖端的新建筑，是玻璃建筑。玻璃的盛用，也是最近建筑上的一大特色。最初提倡的人，是德国人显尔巴尔德（Scherbart）。他曾在千九百十四年发表一册书，名曰《玻璃建筑》。书的第一章里说:"我们通常在笼闭的住宅内生活。住宅是产生我们的文化的环境。我们的文化,在某程度内被我们的住宅建筑所规定。倘要我们的文化向上,非改革我们的住宅不可。这所谓改革,必须从我们所居住的空间取除其隔壁,方为可能。要实行这样的改革,只有采用'玻璃建筑',使日月星辰的光不从窗中导入,而从一切玻璃的壁面透入。——这样的新环境,必能给人一种新文化。"他这倡导当时就在德国建筑界得到热烈的共鸣,玻璃建筑从此出现在地上。最初仅用于住宅,不久就被资本主义所利用,盛用玻璃于摩天楼及百货商店的建筑上。这样式流行世界各大都市,本地德国的商店建筑,应用玻璃最盛。上述的 Schocken 百货店,也是盛用玻璃的一例。巴黎的 Citroën〔雪铁龙〕汽车公司,尤为"玻璃的浪漫",可算是现代玻璃商业建筑的代表作。那建筑分六层,全体四周皆用数丈见方的大玻璃,由铁格镶成一大玻璃笼。正面入口处上下贯穿一大穴,六层的内容皆望见。每层中陈列汽车,供顾客选购。总之,这房屋全体犹似一个巨大的样子窗(show window)。这种建筑的工程与材料,费用很大;然而商人们的滥用玻璃,并非为了采光,与显尔巴尔德提倡玻璃建筑的用意完全不同。他们的用意,是借这新颖的建筑材料与奇离的建筑形式来作商业的广告。就实用上讲,汽车的陈列处不需要多量的外光。现在人工照明非常发达。要光亮时尽可用人工的设备,无必需于自然界的光。且如百货商店,尤不宜滥用玻璃。日光过多地射入,于商品的保存大有损害。可知商业建筑的盛用玻璃,乃借此新颖的材料来作触目的广告。这与前述的爱用古风石柱行列同一用意。爱用古风的石柱行列，取其极古；爱用玻璃建筑取其极新。极新的样式与极古的样式，同样地能牵引观者的注目，故同为现代广告艺术所采纳，合理与否，在所不计。这显然是资本主义蹂躏的艺术的状态。

如上所述，可知现代商业大都会中的建筑，其实用的目的常为广告的外观而牺牲，因而产生时代错误的及尖端的种种建筑样式。注重广告是资本主义社会的必然性；然而这与造型美术的必然性常不一致，因而演成矛盾的状态。照造型美术的必然性而论，建筑的最重要的约束是"合目的性"。建筑既是以人的住居为题材的一种实用美术，则形式无论如何变化，务须合于这题材的目的。换言之，凡实用美术，在保住合目的性的范围内，可以自由变更其形式。譬如一把椅子，目的是求其"宜坐"。在宜坐的范围内，椅子不妨变更其形式与材料，太师椅也好，沙发椅也好；竹制也好，木制也好，钢管制也好。但倘形式非常新颖而不宜于坐，则不但实用上感到不便，眺望的感觉上亦颇不快。建筑的目的是求其"宜住"。在宜住的范围内，建筑不妨自由变化其式样。完美的建筑，一切构造与装饰，皆合于住的题目。住的题目不同，或住神，或住人，或住家庭，或住大众，建筑的构造与装饰亦随之而变化。务求与题目相合，全体作有机的构成，便是合目的性的建筑。就小部分而言，双扉宜用于私人住屋，大铁门宜用于公共建筑。故意在低小的私人住屋上装两扇大铁门，触目固然够触目了，然而于实用上颇不相宜，于感觉上尤不快适。现代的商业艺术的状态正是如此。

商业艺术的来由，在于资本主义发展的时代。十八世纪末叶，法国曾有画家为外科医生描绘招牌，是为商业艺术的起源。自此至今，约一百五十年间，资本主义的势力日渐进展，积到极度发达的现代。商业艺术亦随之而日渐成形，直到机械文明的今日而极度繁荣。艺术被社会政策所利用，原是历代常有的现象。古代遗留下来的伟大的纪念物，往往明显地表露着一时代的政策的意图的秘密。例如希腊的 Parthenon 神殿，在表面上是雅典市的守护神的供奉处，其实是借此以收揽民心。当时雅典全市成为一大工场，国家对于人民支给与战争时同量的工资，市民专心一意，拿全部的精力去对付神殿的营造，便演成文化灿烂的黄金时代。又如拿破仑时代的盛行战争画尤为支配阶级的政策的最露骨的表示。拿破仑信任当时的画家达微〔大卫〕（Louis David），派他做美术总督。达微也会奉承拿破仑，专力描写拿破仑的英雄的事迹，在画布上赞颂君主的伟大。于是君主与画家，互相扶助，互相标榜。拿破仑的用意，借画家的巧妙的手腕来表出自己的英姿，最容易获得民心。因为时值十九世纪初叶，正是绘画艺术最富大众性的时代，以绘画宣扬威力，最为得力。在对方面，画家的用意，用绘画把拿破仑赞颂为最大的英雄，图自己的荣达亦最便利。故当时的战争画，皆由拿破仑自己详细指定题材，自述其英雄的行为，而令画家竞作绘画。最能把拿破仑英雄化的，便是最优的作品，赏赐这画家以巨额的奖金，或高贵的官位。故在当时，凡大作品必是宣传拿翁的英雄的绘画，宣传愈力，作品的价值愈高。宣传的价值等于艺术的价值了。

现代的商业艺术，与拿破仑时代的战争画同一性质，同是社会政策利用艺术的一例。但以今比昔，程度更为深进。达微的绘画，题材虽然都是拿翁赞颂的丑态，但仅论绘画的技法，端庄，典雅，微密，谨严，仍不失为一代的宗匠。美术史上有三大繁荣时期，第一是古代希腊，第二是中世意大利文艺复兴，第三是十九世纪的近代美术，近代美术的发起是古典派，而达微被推为古典派的首领。因为达微的艺术自成一派，具有独立的艺术样式，足为后代的文化的先导。可知他的艺术，于"宣传"的效果之外，同时又具备艺术的效果的"快美"。凡艺术必伴"快美"之感。"快美"是一切艺术所不可缺的第一条件。

试看现代资本主义治下的商业艺术，对于这第一条件实有很大缺憾！试乘火车，眺望窗外的风景，常有占据建物全壁的大字"金鼠牌"，"骨痛精"，强硬地加入在一片景色之中，非常触目，然而很不调和。到处的都市，城邑，乡村的外观，都被这种唐突的广告所污损了。试行都市的街道，则奇形怪状的招牌，从四面八方刺射行人的眼睛，只求触目，不顾美丑，污损了街道的整洁，又给观者以嫌恶的印象。嫌恶由你嫌恶，广告的宣传目的毕竟被他达得的。不但如此，愈能刺射人目而使人嫌恶，广告的效果愈大。他们只管要你看见，不管你看见时的欢喜或嫌恶。因此之故，艺术的丑恶者，往往是广告的有效者。于此又见资本主义蹂躏艺术的现象。

廿二〔1933〕年岁暮，为《新中华》作

诗人的平面观[1]

画家对风景作平面观。故能撤去眼前远近各种景物的距离，把它们看作一幅天然画图，而临写在平面的画纸上。诗人对风景也用这般看法，因此而获得写景的妙句。

李白诗句云："山从人面起，云傍马头生。"想像一群人和马行在万山之中，眼前最接近的是同行的人的面和马的头。人面与马头之外都是山和云。云山与人马，在实际上当然隔着很远的距离。把这距离撤销，当作云山是紧贴在人马的后面的背景而观看，则在峰回路转的时候，便见"山从人面起，云傍马头生"的光景。这必须亲历其境而直观地感得，不是伏在室中的书案上可以造作出来的。故可谓之诗中的写生画。

"云傍马头生"之"云"当然不是近云。并非人走到白云深处，而看见有云缭绕于马头之旁。因为近云即雾，雾必埋却人马全体，不会傍马头而生。从人面起的山也一定是远山。因为远山形小，与近处的人面差不多大小（此理实验便知），故容易撤去距离而看作"从人面起"。若是近山，则形状必比人面大得多。即使用平面观也只能看作衬在人背后的屏障，即所谓

---

[1] 本篇原载 1934 年 1 月 1 日《文学季刊》创刊号。

"山屏雾障",却不配说"山从人面起"了。云与山,在实际上前者是气体,后者是固体;前者是轻清而变化无定的,后者是笨重而固定不动的。但在惯用"平面观"的诗人的眼中,二者仿佛是同一种东西。故曰"夏云多奇峰",又曰"青山断处借云连"。

刘禹锡诗句云:"秋景墙头数点山。"这句子也是用李太白的看法得来的。李太白看见山从人面起来,刘禹锡看见山堆在墙头,同是撤销距离的平面观的看法,不过近景人面换了墙头。推想实景:刘家的矮墙外稍远处有几个山,诗人从墙内相当地点望去,恰见几点山尖露出在矮墙头上。我何以知道刘家的墙是矮墙,又墙外的山在于稍远处呢?照远近法之理推想,能看见墙头上露出山尖的光景的,只有两种情形:第一种,家靠近山旁,四周有高墙,即可在屋里望见墙头上露出来的山尖。第二种,家离山稍远,则四周必是矮墙,也可在矮墙头上看见远山的尖。除此以外,靠近山旁而用矮墙,则墙上露出大半个山,不能称为"数点";离山稍远而四周筑了高墙,则在屋里看见墙比山高,一点山也不能见了。故照远近法之理推测,只有前述两种情形可拟。但照诗人的生活推想,似宜取第二种,即离山稍远而四周用矮墙。因为山太近不配称"数点",而高墙中似乎不是诗人所居之处。

王维诗句云:"山中一夜雨,树杪百重泉。"山中落了一夜雨之后,泉水重重而出。山脚上有树木。隔着树木看泉水,用平面的看法时,即见泉水在树杪流着。这一例所异于前例者,是距离的更近。前例是云山对人马,山对墙。现在是泉对树，距离更近。要撤销二物间的距离，而作平面观，距离愈近愈容易，距离愈远愈困难。例如山与云，离人马极远，便像天然的背景或屏障，容易拉它们过来贴在人马上。但如室内的桌与椅，案上的壶与杯，距离极近，除了作写生画的时候以外，普通总看作一远一近地成纵队排列，不易把它们拉拢来作平面观。故对远距离物作平面观易，对近距离物作平面观难。树杪对泉水相距甚近，王维原是画家，故能对之作平面观而吟成此句。

同样的例，可举龚翔麟的词句"树杪有双鬟，春风小画栏"。双鬟对树杪的距离，想来比泉水对树杪更近了。想像那光景，大约是一个高楼的画栏内坐着一个梳着双鬟的女子，画栏外有树木，树木大约是杨柳，杨柳的杪比栏杆稍高，比女子的面孔稍低。诗人从树木外的远处用绘画的看法眺望此景，便看见青青的树杪上载着一个盈盈的双鬟女子的胸像，树杪旁边露出大约是朱色的画栏，便吟"树杪有双鬟，春风小画栏"之句。第一句倘不是用撤销距离的平面观来解说，而照方面讲，就变成很可怕的局面：一个纤纤弱女爬到了树的杪上，非常危险！若不赶快用飞机去救，她将难免为绿珠[1]第二了。

---

[1] 绿珠，西晋时石崇的爱妾，后石崇被逮，她坠楼自杀。

将来的绘画[1]

从各方面观察，将来的绘画，必然向着"形体切实"与"印象强明"两个标准而展进，形体切实是西洋画的特色，印象强明是东洋画的特色。故将来的绘画，可说是东西合璧的绘画。——不过，这所谓东西合璧，不是半幅西洋画与半幅东洋画凑成一幅，而是两种画法合成一种。不在纸上凑合，而在画者的心中、眼中和手上凑合。不是东洋画加西洋画，须是东洋画乘西洋画。不是东西洋画法的混合，须是东西洋画法的化合。

东西洋两种画法比较起来，互相反对的差别有四点：

第一，西洋画向来是"如实"描写的，故其画类似照相。布置取舍固然与照相不同，但在一局部物体中，如实描写，与照相相类似，像写实派以前的西洋绘画，这点特色尤为显著。反之，东洋画向来是"摘要"描写的，故其画中之物与实物迥异，坦白地表示这是绘画，并无模仿或冒充实物的意图。画的世界与真的世界判然区别。故看画时感得实际世间所无的特别强明的印象。

---

[1] 本篇选自《艺术丛话》。

第二，西洋画的布置向来"紧张"。一幅画中，往往自上至下，自左至右，装满物体，近景、中景、远景，往往俱收并取在一幅画中。凡眼前所见布置美好的状态，皆可以如实描写之，使成为绘画。故其画一见就有真切之感。反之，东洋画的布置向来都"空松"，往往把天地头留出很多，着墨的只有画纸的一部分。有时长长的一条立轴中，只在下端孤零零地画一块石头，或者一株白菜，不画背景，留着许多的白纸。因此一幅画中的主要物体非常显著，给看者以非常强明的印象。

第三，西洋画由"块"组成，例如所谓没骨画法，印象派以前西洋画中盛用之。其法照物体实际的状态描写。不用显明的线条，只在块与块相交界处略略用线分割。然其线不是独立的东西，只是各块的境界，与照相中所见的相近似。故西洋画非常逼真。反之，东洋画由"线"构成，线除了当作形体的境界以外，又具有独立的意义，有面积，有肥瘦，有强弱，有刚柔。有时竟不顾形体而独立地发展，成为石的种种皴法，及四君子的种种笔法。故东洋画坦白地表明它是画，不是模仿实物。因为实物上是只有界限而没有独立的线条的，因此东洋画的表现非常触目。

第四，西洋画因为如实地描写，紧张地布置，不显示线条，所以一幅画中必然有统一的中心，稳固的根基，表出一种"完成"的实景。反之，东洋画因为摘要地描写，空松地布置，又用独立的线条，故一幅画中没有统一的中心，物体都悬空地局部地写着，表出一种"未完成"的趣味。故西洋画所写的是常见的现象，东洋画所写的是奇特的现象。

由上述的四种差别，可知西洋画法的特色是"形体切实"，东洋画法的特色是"印象强明"。例如现在前面走来的是个女人，用西洋画法在油画布上表现起来，是照现在望见的状态描写，虽不奇特，而很逼真，一望而知为一个行路的女人。倘用东洋画法在宣纸上表现起来，是看取其人的特点，加以扩张变化，而夸大地描写。虽不逼真，然而"女"的特点非强明地表出着，试看古画中的仕女，大都头大身小，肩削腰细，形体上完全不像世间的人。然古代女子的纤弱窈窕的特点，强明地表出着。

近世纪以来，东西洋两种画法已开始握手。乾隆年间，意大利人郎世宁把西洋画法混入中国画法中，描出一种西洋画化的东洋画。大致像现今流行的一种月份牌画，而技术高明得多。十九世纪末，法兰西人赛尚痕〔塞尚〕（Cézanne）把中国画法混入西洋画中，创制一种东洋画化的西洋画，成为近代西洋画界的主潮。二十世纪以来，汲其泉流的画家，世间到处皆是。现在中国的油画家，也有不少人受着赛尚痕的影响，在那里描写中国画化的西洋画。本来是自己家里的东西，给别人拿去改装了一下，收回来似乎新奇些。但其实也并非完全为此。现今的世间，自科学昌明，机械发达，而交通日趋便利以来，东西洋的界限渐渐地在那里消灭，有的东西早已不分东洋西洋了，例如轮船、火车、电报、电灯等，原是西洋的东西，但是现在普遍地流行于世界，不认它们为西洋独有的东西，为的是这种东西最便利于人生，比世间一切舟、车、通信方法、照明方法都要进步。就被全世界所采用了。艺术上也是如此：例如音乐，绘画，建筑。东洋虽然也有固有的技术，也曾经发达过。但是在现代，都不及西洋的发达而合于现代人的生活。所以现在的西洋音乐法，已成为世界音乐法，被全世界的学校的音乐科所采用了。现代的西洋画法，已成为世界的画法，被全世界的学校的图画科所采用了。现代的西洋建筑术，也将成为世界的建筑术，"洋房"这名称将渐渐地被废除了。故赛尚痕一派的画法，其实也不完全是西洋画法，不妨认之为现代的世界的画法，照这画派的展进状态看下去，将来一定还要发达，同时东西洋画风和合的程度一定还要进步，即东洋的"印象强明"与西洋的"形体切实"两特色，将更显著地出现在将来的绘画中。

这不是凭空猜拟，有着社会的必然性。今后世界的艺术，显然是趋向着"大众艺术"之路。文学上早已有"大众文学"的运动出现了。一切艺术之中，文学是与社会最亲近的一种。它的表现工具是人人日常通用的"言语"。这便是使它成为一种最亲近社会的艺术的原因。故一种艺术思潮的兴起，往往首先在文学上出现，继而绘画、音乐、雕刻、建筑都起来响应。故将来世界的绘画，势必跟着文学走上大众艺术之路，而出现一种"大众绘画"。大众绘画的重要条件，第一是"明显"，第二是"易解"。向来的西洋画法，其如实的表现易解而欠明显。向来的东洋画法，其奇特的表现明显而欠易解。兼有西洋画一般的切实和东洋画一般的强明的绘画，最易惹人注目，受人理解，即其被鉴赏的范围最大，合于大众艺术的条件。

中国画的描写，有许多地方太不肖似实物了。例如远近法，在中国画中全不研究。因此物体的形状常常错误。山水，人物，因为都是曲线，远近法的错误还可以隐藏，看不出来。但中国画描写到器物及家屋，就几乎没有一幅不犯远近法的错误。中国画所可贵的，就是不肯如实描写，而必描取物象的精华，而作强烈明显的表现。反之，西洋画的描写，太肖似实物而忠于客观了。过去的大画家的名作，例如米叶〔米勒〕（Millet）的《拾穗》（The Gleaners）、辽拿独〔列奥纳多·达·芬奇〕（Leonardo da Vinci）的《晚餐》[1]（The Last Supper）等，铜版缩印，看去竟同照相一般。若能选集照样的人物和地点，竟可以扮演起来拍一张照，以冒充名画。这种如实的描写，对观者的刺激力很缺乏。照相一般的东西，使人看了不会兴奋起来。唯其可贵的，是逼真而易于理解。无论何人，看了都有切身之感，因为画中所写的就是眼前的现实的世间。把这两洋的绘画的特长采集起来，合成一种新时代的世界艺术，在理论上与实际上都是可能的事。

这种新时代的绘画，在现今的世间已有其先驱。最近盛行的版画、宣传画（poster）以及商业的广告画，皆是其例。版画用黑白两色，用线条，用单纯明显的表现，近于东洋风的插画。一方面又用切实的明暗法，远近法，构图法，仍以西洋画风为基础。最近新俄版画非常杰出。中国也有人在那里研究木版画了。像《现代杂志》所附刊的版画集，里面有许多新颖可喜的作品。然每每觉得，看了旧派西洋画之后看这种版画，好像屏息了许久之后透一口大气，感觉得怪爽快。看了中国画之后看这种

---

[1] 指《最后的晚餐》。

版画,又好像忽然从梦境里觉醒,感觉得很稳妥似的。

主义、运动的宣传画,则明了与易解,尤为必要的条件。为了欲引大众的注意,常把物象的特点扩张地描写;为了欲使大众易解,常用文字为补充的说明。至于商业的广告画,则不顾美丑,一味以易解与触目为目标。甚至丑恶的形态,不调和的形态,只要具有牵惹人目的效果,就都算是"商业艺术"。其实这种不能算为艺术,只是资本主义扩张的一种手段。若强要称它为艺术,这种艺术已被资本主义蹂躏得体无完肤了。不过,在求大众的普遍理解的一点上,这里面也暗示着未来时代的健全的新艺术的要点——切实与强明。

现代艺术论者称这种新时代的艺术为"新写实主义","单纯明快,短刀直入"。这八字真言,可谓新时代艺术的无等之咒。现代各种艺术,都以此为主导的倾向而展进着。

例如建筑,排斥从来的繁琐的装饰,而以实用为本位,取简单朴素的形式,像德意志现代盛行的新建筑便是其例。上海也有这种新建筑样式出现了,像天通庵车站旁新近改造的日本海军陆战队兵营便是其一例。

又如文学,现代德意志小说界盛行的"新写实主义",就是出现于文学上的"新写实主义",用现实社会的现象为主题,取纯化洗练的笔法。又有 proletarian realism(普罗[1]写实主义)的小说,取报告的形式,作为大众教化的一种手段。其形式简洁明快,有如 poster〔招贴画、宣传画〕的绘画。

---

[1] 普罗,即 proletarian(无产阶级的)音译的略称。

又如演剧，舍弃古风的心理描写，而取简洁明快的性格描写，务求场面转换的多样与快速，以集中观者的注意。演剧与文学本有密切的关联，现代小说与现代演剧当然取一致方向。

又如所谓商业艺术，商店的样子窗的装饰也取单纯明快的式样，不复以浓丽繁华为贵，西洋的商店的 show window〔橱窗〕装饰，也颇不乏快美的作品。大概取适度变化，使观者感觉爽快，同时以简洁的技术，把商店性格化，作为广告手段。例如服装店里的人体模型（manikin），为样子窗装饰中最富艺术味的题材，那里模型取种种姿势，用种种雕塑法，施以适宜的背景。若能忘记了商业广告的用意而观赏，正像一幅立体的绘画。

又如现代的照相术，也跟着同方向进步着。不复如前之模仿印象派绘画，而注重镜头机械能力的写实。现今的艺术的照相，不复印象模糊而带着玄秘感伤的趣味，贵乎简明地撮取物象的性格，短刀直入地表现 volume〔景深〕的效果。

绘画当然与上述诸艺术同源共流。以前（指二十世纪初）流行的所谓"新兴艺术"，如立体派、未来派、构图派等以圆形记号为题材的绘画，在今日都成过去的东西。现在的绘画，向着"新写实主义"的路上发展着。新写实主义所异于从前的旧写实主义（十九世纪末法国 Courbet〔库尔贝〕等所倡导的）者，一言以蔽之：形式简明。换言之，就是旧写实主义的东洋化。

二十三〔1934〕年四月廿四日为《前途》作

谈图画的形式与内容 [1]

一·二八[2]以来，中国注重内容意义的图画相当地发达。抗日救国，航空救国，抵制劣货，提倡国货，收回失地，复兴民族等意义，常常取了图画的形式而表现，或者添附了图画的装饰而宣传。淞沪血战图，投笔从军图，卧薪尝胆图，睡狮图，醒狮图等，是其最普通的例。这种画风影响于学校的图画课，使一·二八以来的图画成绩，内容意义也忽然丰富了。这是我国民的爱国精神的造型的表现。其来源虽然是不幸，其精神确实可喜。但这犹之"颜色之戚，哭泣之哀"，也不过使"吊者大悦"罢了。照艺术科的原理，学校对于这类注重内容意义的宣传画应取如何的教学方针？我现在就来谈谈关于这问题的私见。

所谈的既然是艺术，我们先得把艺术的现代的定义看一看。辛克莱说："一切艺术都是宣传。"除了印象派一类纯粹形象美的艺术之外，这话是对的。但我们须得补足说明：艺术的宣传，是"用美的形式来表示一种意义"，使这种意义容易地，

---

[1] 本篇原载 1934 年 9 月 10 日《教育杂志》第 24 卷第 1 号。
[2] 指 1932 年上海"一·二八"事变，下同。

强烈地，深刻地印象于群众的心目中，而造成一种时代精神。例如：埃及时代的坟墓建筑（金字塔），用"伟大"美的形式来表示帝王的绝对威权；希腊时代的神殿建筑，用"谐调"美的形式来表示共和的自由精神；中世纪基督教时代的寺院建筑（如 Gothic〔哥特式〕），用"崇高"美的形式来表示教皇的无上神圣。这种都是利用艺术来宣传一种主义，藉以收买群众的心。但其所利用之艺术，必须具有一种"美的形式"，方能容易地，强烈地，深刻地把他的主义印象于群众的心目中。倘使没有"美的形式"，而只有赤裸裸的一种意义，其宣传力便不强，同时其物就变成一种告示，而根本不成为艺术了。

所谓"美的形式"，必定是暗示的，象征的。例如"伟大"象征帝权，"谐调"象征共和，"崇高"象征教权等。凡当非常的时代，艺术必然负着很大的宣传的使命。上述三种时代都是其例，现代也将被数入在内。故辛克莱的话"一切艺术都是宣传"，在现代是很适用的。

现在我们再就图画而论：近年来世间宣传画非常发达。所谓宣传画者，主要的有两种，即资本主义方面的广告画与社会主义方面的宣传画的相对峙。而在中国呢，广告画独多：街道上，车站里，报纸上到处皆是；墙壁上有很大的金鼠牌香烟，屋顶上有很高的力士香皂，还有公共汽车载了美女牌冰结涟，凡拉蒙止痛药片而在各处奔走。其次，关于党国政治的标语画也颇发达。一·二八以后的几个月里，抗日救国的标语画贴满了各处。有地方当局绘制的，有艺术学校绘制的，也有普通学校绘制的。他们在文字里应用许多感叹号来唤醒民众，在绘画里应用许多红颜料来描火和血画得"声泪俱下",使人看了触目惊心。听说当时有许多学校,对于此种标语画的制作非常热心,图画先生停止了图画教课,领导学生协力绘制,到处去张贴。虽然这种画后来或被风雨侵蚀了,或被商店的广告画遮蔽了,但是这种画风从此保留在学校里。抗日救国的标语画后来渐被视为过时货。而别处应用这种画法的地方很多:例如剿匪,拒毒,卫生,拥护,打倒,欢迎,提倡,本来只写几个字的,近来常添描些画。这可说是一·二八以后的图画成绩的一种特产。我曾经偶然到几处学校里去参观,看见校舍内的墙壁上琳琅满目,处处是绘图标语。有爱国的标语,有三民主义的语录,有校训,格言。每图的角上均注明某年级绘。可知这些标语画就是本校图画课的一种成绩。我看到这种标语的多而且工,想到学校的图画课时间有限,疑心他们图画课是不教别种画而专教标语画的。

一·二八后数月,教育部所颁行的课程标准中,此种画的教练亦列举在内。小学美术课程标准,第三、四年级的作业要项中就有"讽刺画","寓意画"。初中图画课程标准的教法要点中,也有"标语画,新闻画等之练习指导"一项。可知学校的励行此种绘画,是根据新颁课程标准的。

这种标语画,就是 poster 之一种。poster 是现代画家的一种新课题。自从机械文明极度发展以来,印刷术非常昌明,绘画不复全靠手腕下描出来的原作,而向印刷的机械上去探求新的技法了。poster 便是现代机械化的绘画中主要的一种。在他方面,现代社会阶级的对峙形式日益紧张,资本主义和社会主义在各方面作剧烈的抗争。poster便是他们的抗争的一种手段。在资本主义方面，利用这机械化的绘画作煽动大众的传单。简要的画法，鲜明的印刷，大量的生产，在宣传上确是最有效力的一种手段。现今世间各国的画界，都有这种画在那里盛行。苏俄的poster中，尤不乏简洁明快的佳作。可知其已在现代的画坛上占据了一个重要的位置。在阶级争斗熄灭以前，这种画不会衰落，一定是日趋发达的。但这种画在学校的图画教课上，应处什样的地位？是很可注意的一个问题。

如前所述：艺术是用"美的形式"来表示一种意义；"美的形式"必是"暗示的"，"象征的"。在非常的时代，绘画不能沉酣于纯粹形象美的陶醉里，标语画原可取入图画课中；若能顾全"美的形式"，即便图画课业全部是标语画，亦无不可。但在事实上，这种画容易放弃形式美而偏重内容。偏重之至，图画课将变成社会公民课之一部分，而不成为艺术科。这是要谨防的一点。

现在一般学生的好尚，据身任图画教师者告诉我，大都不欢喜写生画，而欢喜有意义的，有实用的画。因为意义和实用，比较形状和色彩容易使人发生兴味。譬如令学生描写三只香蕉和两只苹果，画的内容只是几只水果，别无意义，其内容平淡。画好了之后，即便成绩最佳，也只有挂在壁上看看，至多当作一种装饰，别无实用之处。因此对于静物写生，教的人也缺乏兴味，学的人也没精打采。反之，倘改课以爱国的标语画，譬如描一幅越王勾践卧薪尝胆图，任你写实风的想像画也好，装饰风的图案画也好；水彩画也好，单色画也好；因了其故事的兴味,其爱国的精神,以及其对于今日的中国状态的切合,无论男女老幼,看了都会赞叹感激。因此画的时候兴味特别好:设想勾践作什样的表情,卧在什样的薪上,尝着什样的苦胆,比较观察香蕉的形象,描写苹果的曲线,兴味切实得多。画好之后题上"卧薪尝胆"四个图案字,或者加以更明显的别的爱国标语,再在标语下面使劲地写一个,二个,或三个"!",便好像身体力行了一件爱国的行为,身心爽快而安慰。这幅画挂在成绩室里也好看,挂在会客室里也适宜,拿出去展览尤为漂亮而时髦。他如总理遗像,也是富有内容和实用的画材。尝见各学校或机关中,挂着各种形式的自制的总理遗像。有的用黑白两色画成,有的剪纸贴成,有的买丝绣成,甚至有的用虫的死骸制成(杭州浙江省展览会中有一幅"虫制总理遗像"。乃用一种像米粒大小的黑色的虫粘在纸上,凑成总理的头貌和胸部。其制法类似西洋古代工艺的 Mosaic 即剪嵌细工,不过所用的材料是一种害虫的死骸。)若能在描这种画的时候,同描苹果香蕉时一样地注重其形象(形状、明暗、色彩等)的美,不妨尽管让他们多多益善地去描。反正可以同样地达到图画教课的正目的,又附带地产生可供实用的画幅,何乐而不为呢?但不幸而一味偏重这种画的时候,往往容易放弃图画教课的正目的,而同时决不会有良好的画幅产生。因为这(想像画、图案画等)是图画练习的应用,不是图画课的基本练习。缺乏基本练习而专描应用画,便是舍本逐末。除了特殊才能者以外,决不会因多描应用画而获得图画的进步;也决不会描出可观的应用画来。取譬喻来说,这犹之教国语,不注重读国语教科书,而令其学习写信,作讣闻。即使学得好,这岂是国语教课的正目的么?国语教课书中的初步练习课,并不以内容为中心而以文法为主。内容是"小黄狗玩皮球"也好,是"写大字用大笔"也好,教学的目的无非求其字法句法文法的通顺。同理,图画课的初步教学,也不以内容为中心而宜—画法为主。内容是苹果也好,香蕉也好,教学的目的无非求其形象的正确与美。文法通达了,一切应用文都不难做。同理,画法学会了,一切应用画也不难描。

标语画形式近于图案画,内容近于漫画之类的一种绘画。这在绘画上是一种应用画。作应用画必须具有充分的图画基本练习。基本练习充足后,一通百通,一切画都容易学;不从基本练习入手而直接描应用画,乃舍本逐末的躐等办法,除特殊的天才者以外,大都是终于失败的。故图画教学,不可疏忽形式的练习而偏重内容的兴味。形式美是造型美术(绘画、雕刻、建筑)的身体,内容美是其灵魂。两者在各时代互有消长,但不可偏废。

西洋的画界,在十八世纪以前向以内容画为主,所有的名作都是宗教画、历史画、肖像画。像文艺复兴期诸大家,都是宗教画的作者;路易十四及拿破仑时代诸大家,都是历史画及肖像画的作者。到了十九世纪印象派发生,绘画从内容的转变而为形式的,无名的风景,简单的静物,都成了杰作的题材。其次的后期印象派,野兽派等也都如此。成了绘画不讲所描为何物而但求形状色彩笔法构图等画面形式美的倾向。这倾向过分时,虽有"网膜战胜头脑"的讥评,但在学术上,却是绘画的归于自己的领域。利用这种画风来练习图画技法,最为适当。自从这倾向极端偏重,走入了没有自然物形体可辨而仅有形象美的所谓"立体派"、"构成派"等以后,到了现代,画坛上又起反动,舍弃了纯形象美的绘画而又归复于内容画。poster画便是其例。普罗意识的美术家所标榜的宣传画尤为其主例。他们反对仅供观赏笔情墨趣的形象美的绘画(印象派以后的绘画都属此种,中国古画大部分属于此种)。而主张用绘画来表达意思,以为宣传主义,帮助劳工运动的一种手段。倘能不放弃形象美,这也是一种现代的绘画。但倘放弃形象美于不顾,只要宣传有力即认为佳作,我们便不能承认其为一种艺术。因为他们视艺术的价值为等于宣传的效力,就同广告画的专求触目而不顾美丑一样,便是把艺术根本毁灭了。无论人类思想如何动摇,社会状态如何变迁,眼对于形状色彩的美感和耳对于音乐的美感总是存在的。这犹之口对于饮食滋味的快适之感,是终古以来永远不变地存在的。那么无论在何种时代,形象美的艺术必有存在的必要。世间若有普罗意识的美术家主张放弃形象美的绘画艺术,这一定是动乱时期一种暂时的过激状态,决不是为未来艺术奠定新的基础。

学校的图画的不宜偏重内容兴味而应该注重形象美的教学,谈到这里其理由自然明白。再就形象美谈一谈,以补足上面的说明。

我们的眼睛感到美的时候,其美长不固定在于外界事物上,而必出现于其人工配合上。所以对于绘画,我们决不能限定描写风花雪月的美,而描写劳工运动的不美;或者描写劳工运动的美，而描写风花雪月的不美。例如我们看见花间飞舞的蝴蝶觉得其比钉住在薄雾标本的玻璃匣子里的蝴蝶美观，并非花间的蝴蝶自身特别美丽之故。又如看见放在青草地上的黄牛觉得其比系在牛棚里的黄牛美观，也并不是系在棚里的黄牛特别丑之故。这都是为了其环境不同，因而美丑悬殊。自然美有关于环境，即艺术美有关于人工的配合。所以同一苹果香蕉，初学者的写生练习与赛尚痕〔赛尚〕（Cézanne）的静物杰作，其美的价值高下悬殊。故美术的定义，是"内具美的价值的人工形体"。一切宗教美术，像西洋的基督教的绘画，像中国的佛像雕刻，寺院的建筑，在宗教信仰衰落的现代，所以仍不完全失却其美术的价值者，便是为了那宗教画的画面的形象美，那佛像的相貌姿势的感觉美，那寺院的造型的形态美，依然没有损失的原故。平心静气，不要存着一丝先见的观念。而往寺院里去看那些名手雕刻的佛像，至少必有片刻的时间为其庄严的形象美所感动（形象包含形状和色彩两面）。色彩的配合及于感觉，又另有各种的作用：马路上禁止通行时为什么用红灯？准许通行的时候为什么用绿灯？佛教装饰为什么用黄色？丧事为什么用白色或黑色？苏俄为什么叫做赤俄？读者可由此想见色彩的社会的效果。

　　可知制作绘画，不是为自然物作造型的记录，是用自然物的形状和色彩来作美的配合以传达一种感情或意义。自然物的造型的记录，是博物图、照相等。绘画上虽也有写实派，但这决不是照相式的写实，仍是含有多量的形色配合的意匠的。古今东西曾有许多忠于写实的画家：文艺复兴前意大利画家乔托

（Giotto）作《基督的磔刑》这幅大画时，为欲观察人间临死的苦痛的表情，曾经把做模特儿的男子认真杀死，拿破仑时代的画家达微特（David）为欲描写大革命的战争画，曾经冷然地欣赏一个横死在战地上的亲友的死骸。中国画家为了要描山水，有深入岩壑中，或行万里路者。世间虽有这等写实的逸话，其实这等都是从外面观察而造作的趣谈，在画家的制作中，决不是同照相一般详细记录自然的。民众的心理，不拘古今东西，大都认为绘画美术的极致就是自然的在纸上的再现。故美术逸话中有不少认为"肖似活物"就是"美"的逸话：希腊古画家才乌儿西斯〔宙克西斯〕（Zeuxis）画的葡萄，有鸟飞来啄食。日本画家三熊思考画的樱花会引蝴蝶来集；古法眼画的马晚上会跑到田里去吃水，被农人追逐，逃回画中，明朝看画中的马的四只脚上统是田泥。中国北朝画家杨子华画的马，到晚上也会作嘶声。这种都是后人要极言画家技实之高而夸张或造作出来的逸话，真个如此，美术都变成妖法，画家都变成魔术师了。

　　画家作画决不单求肖似活物，画家对于画的内容（即实物）与形式（即形象美），大都用"象征"的表现法。象征云者，就是用形状色彩的配合的美来引诱人感觉一种情趣或意义。如开始所说，伟大象征帝权，谐调象征共和，崇高象征教权。便是我么看见博物图中所描的蝴蝶不及绘画中所描的蝴蝶的美，便是为了前者没有经过人工的美的配置，没有象征的作用，而后者已由画家观察而描表蝴蝶所特有的美的情调，具有象征的效力的原故。换言之，便是因为绘画中的蝴蝶是蝴蝶的象征的表现的原故。

所以画家不肯把自然如实描表，必须加以自己的所感（就是画家的个性）而描写。西洋的基督教名画中，同一题材由许多画家反复描写，而各人的表现各不相同：《最后的审判》，是米侃郎琪洛〔米开朗基罗〕（Michelangelo）的杰作，也是丁德来德〔丁托列托〕（Tintoretto）的杰作。"最后的晚餐"由四位大画家描写过，即卡斯塔玉（Castagno），琪郎达约〔基朗达约〕（Ghirlandaio），辽拿独〔列奥纳多·达·芬奇〕（Leonardo），与丁德来德的杰作。"亚当夏娃"也有四位大画家描写过，即马萨乔（Masaccio），拉费洛〔拉斐尔〕（Raphaello），米侃郎琪洛，与房爱克〔凡·爱克〕（Van Eyck）的杰作。至于"圣母子图"，反复描写的画家，自乔德以至拉费洛之间，更是不计其数。这等画现今还被保存在世间，各幅有各幅独得的美，决不因了内容题材的雷同而减色。因为我们从美术所得的最深的感动，不在于客观的内容意义，而在于画家的个性所创造的形式。

优良的美术，必定一方面是作家的个性的成果，同时他方面又尽着社会的任务。希腊自由市民的团结精神，是神殿建筑的影响所造成。中世基督教的盛行是 Gothic〔哥特式〕寺院建筑的暗示所使然。拿破仑的雄图，是其奖励美术与竞赛历史画所助成的。中国六朝佛教的发达，也是"南朝四百八十寺"等建筑及浮图佛像等佛教美术所有以致之的。故美术是社会的。大美术家的个性溶化在自然物的形象美中而结成的美术品，能使万众共感，能统一万众的心。

故无视形象美而专重内容意义的人，反对赏观画而专重劳工运动宣传画的人，其见解的疏浅可知。森口多里论普罗艺术，说："普罗意识的美术家，欲从无产阶级的生活相上创生新的写实主义，应该使人间共感的对象跟了他们的生活意识而展开新的局面来；不应该为作宣传。倘是为作宣传，他们不如用科学——社会科学——来诉之于人的理性。普罗美术家的任务，应该是显扬急于生产的无产大众的人生价值，而诉之于人的情操——情操的社会性。"又说："社会科学把普罗方面的真理诉之于民众的理智，而使他们理解；反之，艺术则把他诉之于民众的情操，而使之观照。但像无产阶级运动的画法拙劣的poster，只能说是社会科学的幽默的旗帜，不能称为艺术。"

能纯正地把平民社会的生活相诉之于人的情操的，在已往的大画家中，要算米叶〔米勒〕（Jean Francois Millet）。他的作品中有可爱的心酸，平凡的伟大，和平的奋斗和沉静的愤慨。是最易催人共感的绘画。其中有一幅《倚锄的男子》，描写一个为过分的劳作所伤的野兽一般愚蠢而丑陋的农人，在田中倚着锄头休息的情景。美国的老诗人马克哈姆（Edwin Markham）曾为这幅画写一篇诗，诗中有两节大意是这样，"神明依照自己的样子而创造的人类中，产生这样卑贱无知的野兽似的农夫，实在是社会的不公平与权力压迫所使然。把神明依照自己的样子而造的人虐待到这地步的阶级与权势，在大审判的庭前应该处以何等的罪！""未来将如何处置这男子？当世界末的旋风来掀动这世界的时候，教他如何回答神的诘问？倘使这可怕的哑人沉默了数千万年之后，到了最后的审判的庭前，神明问他'谁给你造成这副样子？'他老实回答的时候，那班造成他这副样子的君主们应该处何等的罪？"（原诗见开明版拙著《西洋画派十二讲》。）罗曼罗浪〔罗曼·罗兰〕所作的《米叶传》中引证米叶自己关于这幅画所说的话："人们说我的《倚锄的男子》是故意描写丑态，我对于这评语觉得很奇怪，眼看见命定非汗流满面而不能生活的人时，把心中所起的感想率直地描表出来，难道是不可以的么？有人说我反对乡村的风景美。其实我在乡村中所发现的，比风景美更多。……"可知创作者无意于宣传，却获得比宣传更有力的鉴赏。可惜近来世间的画家，都不喜描这类的画，他们不是放弃内容而极端注重形式（像立体派、构成派），便是放弃形式而极端注重内容（像那种普罗美术家的宣传画）。

小学美术课程标准，五六年级的作业要项中有欣赏描写平民生活的西洋画一项。我以为像米叶的作品该是此项作业的适当的材料。其他散见在现行各刊物上的平民生活描写的画，因为描写的对象是中国目前社会的状态，看起来比看西洋人的画更多切身之感，也是可以酌量采取的欣赏的材料。同时也可当作练习作画的模范。因为这等画内容与形式相融和，内容的意义与形式的象征能协力地把一种时代相诉及于吾人的情操。

谈图画的用具和材料 [1]

假定现在我当了中学的图画教师，我想教学生注重铅笔画、钢笔画和毛笔画。

理由是这样：一则可以节省图画材料的费用，二则可以使图画"日常生活化"。

图画的用具和材料中，有许多实在太奢侈，给普通学生学涂鸦似觉可惜，近于暴殄天物。而在一方面，现在的学生大都穷困，教他们自己去买，他们都因陋就简；强迫他们预先缴足了用品费而由先生代他们慷慨购置，似乎对不起有许多真穷的家长。

不必说油画，就是教学生描水彩画，若要置备充足而优良的图画材料，也须费不少的钱。颜料要优良必须买英国货。英国货的水彩颜料，每瓶不过像小指头大，其中最贵的要一块多钱一瓶。水彩画笔要优良必须买貂毛笔。貂毛笔口上镶着闪亮的金属，笔杆上刻着美丽的金字；形式很好看，但价格中号的每支要一块三四角，大号的每支三四元，最小号的每支也要六七角。水彩画纸要优良必须买 What Man 纸、O.W 纸或 Kent

---

[1] 本篇原载 1934 年 10 月 10 日《教育杂志》第 24 卷第 2 号。

纸。这种纸质地厚实而坚固,拿起来摇两摇,廓廓地作声,好像摇一片洋铁。纸面纯白而作美丽的纹路,好像初积的一片雪,不必说涂上丹青去,就是看看也觉爽快。然而这种纸要六七角或一块多钱一张,每张比报纸要小,只能裁四张或六张小小的水彩画纸。不用这种贵族的纸,且降一等,用木炭画纸作水彩画,固无不可。但上等的木炭纸,每打要两三块钱,中号的每打一块三四角。每张只抵半张报纸大小,只能作四开。这样算来,每一张画的纸价大约是小洋一角或半角。然而有几位专门学校出身的图画先生看见了便不以为然,他们以为这种纸太坏,没有资格作"艺术"品的材料。写生用具要优良必须买外国制的书箱、书架、三脚凳、阳伞、伞杖。取其制品精巧,形式优美,携带便利。然而这样置办一套,至少要十多块钱。若买了中国货,有几位留学回来的图画先生看见了便不赞成,他们以这等用具太笨拙了,不配供"艺术家"的使用。他们力求图画用品的精良,其用意似乎不在于"工欲善其事,必先利其器",而在于更高远之处。仿佛绘画艺术是"神圣"的,画家的手腕上落下来的,好像笔笔都有鬼;一幅画便好像张天师划的一道符,内中含有"意想不到的效力"。所以用具材料非取竭尽人力的最上品不可。画家指着了"杰作"教学生说:"这里有笔的 touche〔笔触〕","这里有色的 value〔价值〕","这里有形的 volume〔体积感〕","这里有线的交响乐","这里有艺术的生命"。故艺术品的材料非精良不可。于是学生伸着头细看,侧着耳朵静听;似觉一时虽然不容易了解,跟先生学习下去,将来总会懂得。便把节省下来的零用钱去买上等的图画材料,好像乡下人在菩萨面上用钱,"明中去,暗中来",不觉得可惜了。

不描水彩画,就用色粉笔罢。然而上等的色粉笔也要数元一匣。而且纸张更费,那种有绒毛有 Pastle〔色粉〕的画纸,纸面正像绒毛的骆驼绒;但价钱也与骆驼绒相差无几。其次等的,是一种灰色等的厚纸,价钱同水彩画纸也相差无几。若因陋就简,买几毛钱一箱的色粉笔,买马粪纸来代替色粉笔画纸,专门美术家的先生看见了又要说"不行",将不屑同你改画了。画好之后,你的色粉笔画倘要成为"作品",又须另添种种的费用;第一须买定照液来喷上,使粉末胶住在纸面,永不脱落,使成为不朽的"艺术"。若要讲究,这种定照液不能用火酒松香合制的木炭画用定照液,须得向巴黎罗夫郎公司去买另一种细致的,色粉画专用的定照液。第二,你的色粉笔画须得配镜框。因为虽然喷过定照液,画面受摩擦或风吹,还怕粉末脱落,故非把它永远镶进在玻璃框内不可。这个玻璃框,照专门美术家说,须得视画的性格而取适宜的花边,若宜用细纹的金边,便须费二三块钱。有时画框里面还要衬纸,衬纸的颜色也须与画的性格相称。故衬纸须备种种色彩,至少须到上海的大纸店内去购办,乡村间是无论如何办不到的。

学图画必须如此奢侈么?我以为不然,在有钱的专门的画家,当然不妨尽量地用精良的画具画材。因为他们多出些钱不成问题,他们的画也相当地像个样子,材料精良是应该的。但在学生,尤其是普通中学的学生,请他用精良的画具画材,实在是冤枉地浪费。图画材料奢侈,不一定容易达到图画课的目的。用俭省的图画材料，也可同样地获得图画科的效果。我想：初中学生对于"彩色画"，不一定要当成"作"的能力，具备了"看"的能力已经够了。初中学生的"作"画，只须以"形体描写"为主眼。一则他们没有许多工夫去学专门的画道，每星期两小时的工夫只许学些"形体描写"。二则他们不是学做专门画家，没有创造作品的必要，学得些绘画的基础技能——形体描写——已经够了。故与其因陋就简，用廉价羊毛笔当水彩画笔，用报纸当图画纸，用马粪纸代替色粉画画纸，还不如爽爽快快地不学色彩画，就用平日写字的铅笔、钢笔或毛笔来当作画笔，就用平日写字的纸头来当作画纸。羊毛笔也可以，自来水笔也可以，两B铅笔也可以；道林纸也可以，报纸也可以，元书纸也可以——只要描得出的笔和描得上的纸，都可用以达到"形体描写"的目的。这样，有钱人家子弟可以免得暴殄天物，没有钱的父母可以减轻些担负。图画是一样地学了。

教学生铅笔画、钢笔画或毛笔画，除省费以外，又可使图画"日常生活化"。因为铅笔、钢笔或毛笔，是我们日常生活上的用具。使这种用具兼作画具，图画便可"日常生活化"了。从来的画具，例如木炭条、水彩笔、油画刷、色粉笔、Crayon〔蜡笔〕、色铅笔等是专门的画具，除了描画以外没有人用。于是我们似觉描画必须用那种专门画笔，日常的笔——铅笔、钢笔、毛笔——是只供写字而不宜描画的。因此描画的练习机会便很少。只在画具陈列出着的时候可以练习描画，但这种时候是很少的。倘惯用写字的笔描画，则随处有画具陈列着，练习描画的机会就多了。无论画案上、账桌上，总有铅笔、钢笔或毛笔。无论拍纸簿、信笺纸或英文抄本上撕下来的纸，都可以当作画纸。差不多随时随地有练习描画的机会了。这样图画便可"日常生活化"了。譬如我们谈天，谈到各人听见的某种东西的模样，不必费许多说话，也不必凭空作手势，只要拿起随便什么笔和随便什么纸来画个大家看看，比说话和作手势明白得多。又如说起某人的相貌，不必用"鹅蛋脸"、"瓜子脸"、"倒大脸"，或者"出胡子的"、"戴眼镜的"、"剃和尚头的"等不完全的形容词来说明，也只要拿起随便什么笔来在随便什么纸上画一个，大家一看就知道，又明白，又有趣。又如托木匠做一个画架，你可照你欢喜的形式和构造画一个给他看。告诉一个人路径的走法，只要把各处标识的建筑物的形象画给他看，再加以平面的地图，那就同亲自领他去走一遭差不多了。假如欢喜画，你写伙食零用账时嫌"萝蔔"两字笔画太多，不妨画它一个，下面写"一百二十文"，谁都知道这就是"萝蔔一百二十文"。倘你今天买一把阳伞或剪刀，你记账时不妨画它一把，比写字容易、明白，而有趣得多。

记得我们小时候在私塾里读书的时候，用普通文具兼作画具的办法是很通行的。我们候先生出门去了，大家从字簿子上撕下纸来画戏文里所见的人物，黑面孔张飞、长胡须关云长、双枪陆文隆、大头鬼、小头鬼，或者种种故事里的人物的想像图。但这在私塾里是犯禁的。等到先生回来了，大家赶快藏过，否则须吃手心。其实这画非常有趣，又非常有意义。我所谓图画的日常生活化，便是这种伴着趣味的日常见闻的绘画的表现。可惜那时候私塾里没有图画课，这种画不得好好地发展。但是说也奇怪，到了私塾废而学校兴，图画成了正式的功课之后，这种日常生活化的可亲的图画反而没有人描了，而且好像是大家不会描了。推求其原因，大约是画具独立的所致。学校有图画课，规定星期几的第几点钟描图画，就好像画必须在这时间内描，别的时间是不许描画的；规定水彩笔和象牌纸是描画的用具，就好像描画非用水彩笔和象牌纸不可，别的笔和纸是不许用以描画的。这样一来，人的生活对图画就渐渐疏远起来，终于使他们只能描龌龌龊龊的石膏模型木炭画，两只苹果，一块布。而逢到要描个理化实验图，博物形态图，或者要托木匠司务定做一个画架的时候，他们拿了钢笔或毛笔反而描不出正确的图样来了。这显然是图画与生活的分离。学校图画课中的画，现在已成了一种定型：不是一把茶壶和两个杯子，便是三个苹果和一块布。不是一个花瓶和两瓣落红，便是一顶草帽和一本书。这些画我们已经看厌了。图画先生每学期把这几件法宝捧进捧出教学生学写生画，恐怕也已捧厌了。学生终年画教室里讲桌上的几件瓶罢罐头，恐怕也已画厌了。学校的图画已成了一种与生活无关的定型，同以前的八股文一样。尤其是学了水彩画、色粉笔画、油画等专门画法之后，画的定型更加明显；静物老是这几种花头，风景也老是这几种花头，可谓"千篇一律"，无聊至极。

自己以前也曾教人描过这种千篇一律的画。可是久已不教了。假如将来我有一天再做图画教师，我一定要试行废除这种千篇一律的画，而教学生把图画"日常生活化"。化之之法，据现在想，宜先从画具改革入手，即如开篇所说，注重铅笔画、钢笔画和毛笔画，使学生触处皆是画具。同时，还要把画的题材开放，注重一切物件的形态描写，使学生触处皆是画题。用画助谈天，用画记帐，用画写日记，用画通信，是再好勿有的图画课业。

二十三〔1934〕年八月二十八日于杭州

SWEET HOME[1]

西洋歌谣中有一首脍炙人口的小曲,叫 Home, Sweet Home 的,我在学生时代热烈地爱它,曾经在月明之夜,以蹲坑为名,独自离开自修室,偷偷地走到操场的僻远的一角里,对着明月引吭高歌这小曲,后来又曾在东京旅舍中用 violin〔小提琴〕学奏它的 variation〔变奏曲〕。为了奏不纯熟,有一晚我自誓,须得连习五十遍方可就睡。结果妨碍了隔壁人的安睡,受了旅舍主人的警告。这是约二十年前的事了!现在说起来,当时的情景憬然在目。

我爱这小曲,为了当时的心情和这曲的旋律与歌词有些儿共鸣共感。那旋律的开始,很不明显,后低音静静地导出,使人不知不觉。开始之后,音节又很不流畅,一收一放地,好像非常吃力的样子。因此唱完第一行,使人几乎透气不转。这好比成人的哭,胸中万斛的哀愁,被理性的千钧之力所压抑,难以钻出。不能像小孩子啼哭似的痛快地发泄。然而一种难言之隐,在音节中历历地表现着。第一行沉痛地,第二行婉转地;

---

[1] 本篇选自上海仿古书店《丰子恺创作选》1936 年 10 月初版本。"Sweet Home"意即可爱的家。

第三行兴奋而沉痛地；第四行兴奋而婉转地；第五行转入沉静，好像痛定思痛；第六行又兴奋，好像尽情一哭。这旋律正是一个乡愁病者的呜咽的夜哭的音乐化（曲谱见 *101 Best Songs*〔《101 首佳曲》〕或开明版《英文名歌百曲》）。

我，一个头二十岁的少年，为什么爱唱这般哀愁的音乐呢？因为我初离慈母的家，投身远地的寄宿学校，不惯于萍水生活的冷酷，恋慕家庭生活的温暖，变成了乡愁病者。我心中常想"我不高兴读书了，我要找妈妈去"，但是说不出口，积闷在胸中，而借这小曲来发泄。这小曲的歌词中，更有使我共感的词句：

Be it ever so humble, There's no place like home, [1]

我的家是在一个小乡镇上，只是一间低小浅陋的老屋，可谓 humble〔简陋〕之至。我的学校，在于繁华的都市中，是一所高大进深的洋房。我的身体被关在这所洋房中，然而我的梦魂萦绕于那间老屋里。正如那歌词中所说。

An exile from home, Splendor dazzles in vain. [2]

当时我觉得学校和社会的生活都不及家庭生活的温暖。我觉得在学校里，社会里，都不及在家庭里的安心。亦如那歌词中所咏：

Give me the peace of mind, dearer than all. [3]

---

[1] 大意是：尽管家里简陋不堪，可是没有哪一处比得上家。

[2] 大意是：背井离乡来到他方，繁华美景在我眼前空自炫耀。

[3] 大意是：赐我宁静安详，这比世间一切都更宝贵。

以上原是我少年时代的话,是约二十年前的往事了,现在我早已离开少年时代,经过青年时代,而深入中年时代,境遇和心情都与往昔大异了。每逢听到或唱到这歌曲的时候,我仍旧感到一种 sweet〔甘美〕,但这不复是 home〔家〕的 sweet,只是一种回忆的甘味,因为 home 的 sweet 毕竟不是人类的真的幸福的滋味!这是由世间 bitter〔苦〕所映成的。世间越是 bitter,家庭越被显衬得 sweet,而 *Home, Sweet Home* 的歌曲越是脍炙人口。到了世间没有人爱唱这歌曲的时候,人类方能尝到真的幸福的滋味。

廿三〔1934〕年十一月十三日

《艺术丛话》付印记[1]

我近年来应各杂志征稿,写的大部分是关于美术音乐的短文,长文及译文。每期我从杂志上撕下发表稿来,塞在一个竹篮里,向来没有工夫去回顾。最近偷闲打开竹篮来看看旧稿,发现很厚的一叠!惊讶之余,继以感慨。这些密密地排印着的活字,一个个都是从我的右腕上一笔一笔地写出来的!我过去数年间的生活,一半是消磨在这一叠旧纸里的!

就为了这一念,我决意把这一叠旧稿修改,整理,结集,付印。前月已把短文结集为一册,付开明排印,定名为《艺术趣味》。清样已经送来校过,不日可以出版了。现在再把长文和译文结集起来,成为这一册,再付排印。这只是我消失在过去中的数年间的生活所遗留的一些痕迹。至于有没有结集出版的价值,现在且不顾了。

廿三〔1934〕年岁暮,子恺记

---

[1] 《艺术丛话》系 1935 年 4 月上海良友图书印刷公司出版。全书共十三篇。

音乐的意义[1]

我们的感觉中,视觉与听觉两者,性质特异,称为"高等感觉"。其所以称为高等者,有两个原因。第一,其他的感觉,如味觉、嗅觉等,意义浅薄,不须修养与进步。视觉与听觉则意义深刻,且必须因修养而进步。第二,其他的感觉,感觉的对象常只限一人(或少数人)所占有。例如一粒糖,被张三吃了,只限张三一人感觉甜,他人不得与之共享;要共享时必须把糖分开,减少各人所享受的分量。视觉与听觉就不然。例如一幅画或一曲歌,张三、李四、王五、赵六等大众皆得平等地看或听,决不因了人多而减少享受的分量。因这原故,视觉与听觉被称为高等感觉。人类为高等感觉造出两种艺术来即"视觉艺术"与"听觉艺术"。视觉艺术中主要者是美术(绘画、雕塑、建筑),听觉艺术中主要者是音乐。

故美术是用眼观赏的形状与色彩所构成的艺术,音乐与之相对,是用耳听赏的声音所构成的艺术。

自然界中有种种声音,叫做自然音。自然音中可听赏的很

---

[1] 本篇选自上海开明书店出版的《开明音乐教本·乐理编》(丰子恺、裘梦痕合著)1935年初版本。

多，例如风声、水声、鸟声是感觉最快美的。然而这等不能算是音乐，因为艺术的构成必合于理法。自然音必须加以整顿，使合于艺术的理法，方才成为音乐。

试听风声萧萧，由低音渐渐升高，或由高音渐渐降低，漫然地不分步骤。水声潺潺，昼夜不息地响着，冗长而全无条理。鸟声嘤嘤，虽有一种特色，而非常单调。人类听了这些自然界的美音，就设法给它们整理，而创造音乐。整理方法，例如在风声中发现音有高低之别，就把其高低加以限制，且在其间划分一定的阶级。这样，便造成 do，re，mi，fa，sol，la，si 的"音阶"。故音阶可说是风声的艺术化。又如在水声中发现音有强弱长短之别，就把其强弱长短加以部署，规则地划分段落。这样，便造成所谓三拍子、四拍子等的"拍子"及各种的节奏形式，故拍子和节奏可说是水声的艺术化。又如在鸟声中发见音有独得的特色，就把这点性状推广起来，在人声中区别"音色"各殊的种种声部，又造出"音色"各殊的种种乐器。故"声乐"与"器乐"可说是自然界的美音的艺术的发展。前述的音阶中的音，先后继续地组织起来，即成为旋律，同时并行地组织起来，即成为"和声"。由自然音整理而产生音乐，可列表如下：

$$
音\begin{cases}高低\to 音阶\to \begin{cases}旋律\\和声\end{cases}\\强弱\\长短\end{cases}\to 拍子，节奏\\音色\to 声乐，器乐\end{cases}音乐
$$

用音阶中的音构成旋律配成和声。合了拍子的规则,取了节奏的形式,而在某种人声或某种乐器上表现时,即成为音乐。故音乐可说是"合于理法的声音所构成的艺术"。

音乐与人生 [1]

一定有多数的学生感到：上音乐课——唱歌——比上别的课更为可亲，音乐教室里的空气比别处的空气更为温暖。即此一点，已可窥见音乐与人生关系的深切。艺术对于人心都有很大的感化力。音乐为最微妙而神秘的艺术。故其对于人生的潜移默化之力也最大。对于个人，音乐好像益友而兼良师；对于团体生活，音乐是一个无形而有力的向导者。

个人所受于音乐的惠赐，主要的是慰安与陶冶。

我们的生活，无论求学、办事、做工，都要天天运用理智，不但身体勤劳，精神上也是很辛苦的。故古人有"世智"、"尘劳"等话。可见我们的理智生活很多辛苦，感情生活是常被这世智所抑制而难得舒展的。给我以舒展感情生活的机会的，只有艺术。而艺术中最流动的、活泼的音乐，给我们精神上的慰安尤大。故生活辛劳的人，都自然地要求音乐。像农夫有田歌，舟人有棹歌，做母亲的有摇篮歌，一般劳动者都喜唱山歌，便是其实例。他们一日间生活的辛苦，可因这音乐的慰

---

[1] 本篇选自上海开明书店出版的《开明音乐教本·乐理编》（丰子恺、裘梦痕合著）1935年初版本。

安而恢复。故外国的音乐论者说："music as food。"其意思就是说，音乐在人生同食物一样重要。食物是营养身体的，音乐是营养精神的，即"音乐是精神的食粮"。

音乐既是精神的食粮，其影响于人生的力当然很大。良好的音乐可以陶冶精神，不良的音乐可以伤害人心。故音乐性质的良否，必须审慎选择。譬如饮料，牛乳的性质良好，饮了可使身体健康；酒的性质不良，饮了有害身体。音乐也如此，高尚的音乐能把人心潜移默化，养成健全的人格；反之，不良的音乐也会把人心潜移默化，使他不知不觉地堕落。故我们必须慎选良好的音乐，方可获得陶冶之益。古人说，"作乐崇德"。就是因为良好的音乐，不仅慰安，又能陶冶人心，而崇高人的道德。学校中定音乐为必修科，其主旨也在此。所以说，音乐对于个人是益友而兼良师。

团体所受于音乐的支配力更大。吾人听着或唱着一种音乐时，其感情同化于音乐的曲趣中。故大众同听或同唱一种音乐时，大众的感情就融洽，团结的精神便一致。爱国歌可使万民慷慨激昂，军歌可使三军勇往直前，追悼歌可使大众感慨流泪，便是音乐的神秘的支配力的显示。古人有"乐以教和"的话，其意思就是说，音乐能使大众的心一致和洽。故自来音乐的发达与否，常与民族的盛衰相关，其例证很多：我国古时周公制礼作乐，而周朝国势全盛，罗马查理大帝（Charlemagne，768—814）的统一欧洲，正是"格列高里式歌谣〔格里哥利圣咏〕"（上代罗马法王〔教皇〕Gregory I〔格里哥利一世〕所倡的音乐）发达的时代。普法战争以前的德国，国势非常强盛。当时国内音乐也非常发达,裴德芬〔贝多芬〕（Beethoven）、修裴尔德〔舒柏特〕（Schubert）、孟特尔仲〔门德尔松〕（Mendelssohn）、修芒〔舒曼〕（Schumann）、勃拉姆斯（Brahms）等大音乐家辈出,握世界音乐的霸权。又如西班牙国力衰弱时,国内不正当的俗乐非常流行,日本江户时代盛行淫荡的俗乐,国势就很衰弱。凡此诸例,虽然不能确定音乐的盛衰是民族盛衰的原因,但至少是两者互相为因果的。郑卫的音乐[1]被称为"亡国之音"。可知音乐可以兴国,也可以亡国。所以说,音乐对于团体是有力的向导者。

今日的中国,正需要着这有力的向导者。我们的民族精神如此不振,缺乏良好的大众音乐是其一大原因。欲弥补这缺陷,需要当局的提倡,作家的努力和群众的理解。这册教科书的效用只及于最后的一项而已。

---

[1] 春秋战国时郑卫两国的音乐有"乱世之音"之称。

我的画具[1]

我欲为《太白·小品文漫画特辑》写一篇关于漫画的文章，而想不出题材。一学生见我对着稿纸苦思，率尔而告曰："就请谈谈先生自制的速写簿吧。"我说："这是写生帖，与漫画关系很少，不配在这里谈。"但他说："漫画必须从这现实的世间取材，即必须由广义的写生入手。写生正是漫画的基础。就请先谈这基础工作的工具吧。"我首肯了。写出下面的一篇话，寄给《太白》，作为我第一次的文字投稿。

我的画具，分室内和室外两种。但室内用的画具，也可以说没有。因为它们就是平常写字用的毛笔和纸，不一定要特设；虽然近来制了些缘缘堂画笺，但画时不一定用画笺，而且画笺常常被当作信笺用。有的信笺，比我的画笺得用得多。只是有格子的要不得，外国纸的要不得。前者纸上不清脱，描上画去好像全体用了网纹锌版，后者不吃水，笔头描上去滑来滑去，不肯听话。最肯听话的是吃水的中国纸。宣纸固然最好，但本连史，毛鹿纸，以及韧皮纸，煤头纸，我觉得都宜于描

---

[1] 本篇选自陈望道编《小品文和漫画》（上海生活书店 1935 年版）。原载 1935 年 3 月《太白》第 1 卷《小品文与漫画》特辑。

画。笔头描上去，它们会立刻深深地接受。那笔迹好像不是我描上去的，而是纸上生成的一般。而且反应极灵：你用饱笔，它会显出饱笔的特色来；你用渴笔，它会显出渴笔的特色来，效果种种不同。洋纸就没有这般好处。笔迹浮而不实，墨水饱渴差别亦少，所以我不喜用。我倘到了外国，要描画而一时买不到中国纸，我想可以买白色的吸水纸代用，用度也许能和宣纸相似。倘买不起吸水纸，不妨买 toilet paper〔草纸〕代用。

室外的画具，就是我自制的速写簿了。这册速写簿，是我最近才发明的。发明之后，觉得比以前便利得多。先把以前的不便利品说一说，再来谈我这件宝贝吧。

我以前走出室外写生，有一时带一本 sketch book〔速写簿〕。那是用象牌图画纸订成的一册小书，书旁有一个插铅笔的皮圈，书面和书底各有一根黑带，可以束住。全书可纳入衣袋中。然而我恨了这册书。因为它给我许多不便：第一，我欢喜把自己的"得意之作"撕下来，用图画钉钉在壁上看看。它的装订是英文抄本式的，撕了一张，连带地落下了对面的一张，撕一张等于撕两张。若不把对面的一张拿下，下次出门写生时将书一翻，纸片纷纷地落下来，好像飞机分送传单，有时竟把我所要写的模特儿吓掉，使我描不成画。若要拿下对面的一张，有时却寻不着它，误撕了别的一张，顷刻把书册子弄得尽薄，不成样子。第二，象牌纸不是好东西，我最不欢喜看它的纹路。铅笔描上去的痕迹，好像显微镜底下的某种纤维。而且铅笔屑浮起在纸上，一擦就模糊。第三，那带子完全是有妨工作的赘物。我们在路上遇到可入画的模特儿时，速写之不暇，岂有工夫解带？有的模特儿，例如挑了担子赶路的人，正在游戏的孩子，姿势变化非常迅速。像我，形状记忆力薄弱的人，非看到就记录不可。倘要解开带才可描画，那印象早已逃走了。我自己虽然永不把带结住，然而别人常常代我结住。仔细的人借看了我的画册，必定把它结好——有时深恐结得不牢，特为我打两个结——然后奉还。手痒的孩儿们看到我这画册，顺手翻弄了一会，最后拿带子来练习结绳细工，给我连打上七八个结，然后自去。这等时候假如我发见了画材而急索画具时，就大碰钉子，等到解开了七八个结，画材早已杳然了。于是我寻一把剪刀来，把带子双双剪去，杜绝后患。然而这画册还有一最大缺点，使我不能继续用它。为的是它的张数少，价钱贵。连撕掉的在内，我有时一天要用一册。每册大洋三角，照每天用一册计算起来，每月要出一客半包饭的价钱。后来我和它绝交，改用了另一种。

另一种是大形的，活叶的速写簿，上下有两块木的夹板，装订边上有几个铜板大的铜圈，里面的画纸的装订边上打着圆洞，由铜圈穿住。画可以自由拿出，纸可以自由加入，是这速写簿的唯一的好处。好处唯一，坏处却有不少：第一，仍是坏在太贵。那纸张也是一种纹路像植物纤维的厚纸。时来高的一叠，数数张数看不过三四十枚。我要是整日在外面跑，有时每天一叠是不大够用的。第二，是坏在太大。那两块木板先已占了不少的体积，就只这两块板，已经不能纳入衣袋里，出门必须像学生上学一般地夹了它走。印象派以来的西洋画家，出门写生时要背到画箱，三脚凳伞杖袋，和油画布的木框而走路，好像火车站上的脚夫。我携带这一册木夹板的速写簿，比起他们来其实便利得不可说了。然而我还嫌不便。为的是，我的写生，情形同他们不同。他们在野外找到了一处好风景，是要搭起架子来，撑起三脚凳来，张起写生伞来，坐在那里画它半天的。我哪有这样的规模？我写生好比吃香烟，频频地要写，而且写一张画比吃一支香烟快到不知几十倍。原来我只用铅笔速写对象的 outline〔轮廓〕而已，一幅画要不到一分钟。若是对象贫乏，感兴不来，半天不画一张的时候也有；若是对象花样丰富，感兴勃发，写画就比吃香烟勤得多，因这原故，我的写生簿用不用没有定规，非同香烟匣一样可以藏在衣袋里随身带走不可。现在这两块夹住的一叠画纸，又大又厚，那几个铜板大的铜圈又隆起在一边，身上没有地方可以安置它，只得每次出门夹了它走。若是忘记带了，看到好对象时索画册不得，放走了最可惜。若是到小茶店里泡一碗茶，或是到朋友家坐一坐，临走时容易把册子遗忘在那里，不幸而至于丧失。而且夹了这一册铜圈子订成的木夹板簿子而出门，最容易惹人注意。邻近的孩子们会在背后指点着说："这老倌[1]又去画图形了，我们去看！"便三五成群地跟着我走，我好像是个变戏法的或是一副糖担，惹起许多人的注目。到了茶店里，撑茶店的人大都是空闲不过的，见了这一册东西大家要借看。"这里一部黄包车！""那里一个大亲娘！"看出了滋味便要从头翻到底，不肯还我。你翻了我翻，我翻了他翻，一传十，十传百，这册书

---

[1] 这老倌，杭州方言，意即：这个人。

竟无归还物主的时期了。在这时候我倘发见了画材,肯放弃者只得放弃之,可记忆者只得记忆之,遇到不能记忆而又不肯放弃的画材,我只得向翻阅者讨回来写。于是左右背后拥了一大堆的观者,你一声,我一句,终于把我所要写的对象吓走,弄得我的写生"半而不结"。有一次,我这册速写簿终于遗忘在不知哪里的一所小茶店里,不知下落了。我不可惜,反而欢喜。我换用了另一种速写簿。

这另一种速写簿非常简陋。只是六个铜板一册的比香烟匣稍大的拍纸簿和一支铅笔。其实它们只是一本拍纸簿和一支铅笔,没有称为速写簿的资格。只因它们运命好,补得一个好缺,拍纸簿就一变而为速写簿。我所以取用这一种速写簿的意思,第一,是为了以前两种名为速写簿的东西,都是名不符实的。不如这简陋的东西的合于实用,便于藏在衣袋里,而且不易失掉,失掉了也容易办一册。第二,是为了它的纸张——是最普通的报纸——粗劣,使我描起来反而胆大,因而成功较多。这句话我须得略加解说:毛笔画我欢喜用中国纸,铅笔画我欢喜用洋纸。这好像是两对天成的佳偶。然而洋纸大都是看相很雄厚的。我的画技太小,临着了看相雄厚的纸,心中起一种恐缩,腕上的筋肉失了气力,描上去线条发抖,不容易成功。听说人家能把几块钱一瓶的油画颜料像泥水匠用石灰一般地刷到几块钱一尺的大幅油画布上去,刷成不可名状的"色彩的音乐"。我真是太惜物了,或者是太穷相了。对着区区的一枚象牌纸,我的铅笔尖逡巡不下,要试了几试才走笔。定要换了六个铜板一本的报纸簿,我才敢大胆地涂抹,而涂抹的结果往往比前满意。不但比前满意而已,我回到家里正式作画,用毛笔和中国纸从速写簿的铅笔稿子里取材时,往往不能描得像铅笔稿子这样自然,有时就把铅笔稿撕下来,涂上墨,剪贴在画中。这时候我便想起:绘画表现也同音乐演奏一样,是可一而不可再的。音乐演奏的趣致各人不同,而同一人演奏同一曲,今日与昨日趣致也不同,日间和夜间趣致又不同。描画何尝不然?兴到下笔,其画自有趣致;后来依样临摹,趣致就完全不同,有时竟成另一幅了。兴到下笔时,必须放胆,其画方有精神。若存畏缩之心,手腕发抖,趣致便表不出来。欲求放胆,第一须避自己所不欢喜的画具,第二须避去自己所不欢喜的环境。我用了上等图画纸便画不出,到了莫干山上也画不出,大约是画具与环境不适自己好尚之故。说也奇怪,拿上等毛毫笔对付精制玉版笺时,我非但不觉胆小,反觉"得其所哉"。这难道是"中国人宜用中国货"的原故?

然而这种拍纸簿出身的速写簿,终于又使我用厌了。为的是:一者铅笔没地方插,二者头上的胶水不牢,放在衣袋里摸进摸出了几次,一片一片地脱胶,变成一张一张的小纸片。一阵风来,又像飞机发散传单一般。而且保存也大不容易。于是我就发心,自制一册速写簿。

所谓自制的速写簿,是合于这几个条件的:(1)小形而软面,可与香烟匣一并纳入中国衣服的衣袋中的;(2)纸张可以自由取出或加入的;(3)旁边可以插铅笔的;(4)书的形状色彩使人不讨厌的。

为了(1)(3)和(4),我从日本文房堂制的速写簿上撕下一张连铅笔套的米色的封面布来，裁一裁小，当作我自制速写簿的封面。米色近于白，而是旧的；又近于黄，而是暗的。这种颜色于室外最相宜，它能够隐藏，不使人注目。我拿在手里，它就同我的肤色相似，远望分别不出来，被画的对象就不易注意我在画他而改变其姿势了。我好比做扒手，所以力求隐藏，不使对方觉察。不过我所扒的不是他的钱袋，而是他的姿势。世间到处贴着"谨防扒手"的警告，人们对我这姿势的扒手也谨防起来。觉察了我正画他的人，有的就逃避，有的表示不愿，至少改变其态度，变成不自然而不堪入画的样子。也有少数慷慨地让我扒的人，或自己凑上来教我扒的人。然而我却不要扒他们，因为他们的姿态大都不好，不值得扒。因这原故，我的写生务求隐藏，务使对方不知不觉。画具的简小与平凡，是隐藏的一个重要条件。

为了（2），我在速写簿的封面与底面之间的脊上穿两个洞，装进两颗皮鞋上的小铁圈，穿进一根黑色的带子。买些报纸，托纸店照这封面连底面的大小切碎了，拿出一叠来放在封面连底面之上，用带子束住，对折起来，便成一册自制的速写簿。这叠纸画完了，可以把带解开，取出旧稿保存，而换入新纸。这样，旧稿可以一律地保存，而速写簿可以久用不竭。

若在外国，这种东西自有画具商店源源地供给你，大小形色随意选择。但在我国这环境内，我要速写簿只得自制。现今关于衣食的商店都在那里倒闭，遑论美术商店的发达？所谓美术商店，也只是无系统地贩卖些舶来货，对于我们描画的人不能有求必应的，在中国，一个人求得到饭吃似乎大事已定，无须再讲什么文化艺术的需用品。小小一册速写簿的事,也能使我发些牢骚。

一九三五年二月十九日于杭州肖𬇙

谈自己的画[1]
——《色彩子恺新年漫画》

开明书店发行的《中学生》杂志今年一月号,附送一张用中国纸彩色印的我所画的立幅,叫做《色彩子恺新年漫画》。我在广告上看到这个名称,觉得好笑。因为自己被两个形容词夹住了摆在一个名词上面,似觉有些儿不自然。

然而我不敢怪这名称的不自然,因为我的画比这名称更不自然,这立幅简直是画错的!

数万的《中学生》读者,大概都没有发现我的画的错处。不然,何以一两个月来只有寄宣纸来向我索立幅的信,而不见指摘我这立幅的错误的信呢?又何以有人肯拿这立幅去装裱,使这错误的画也会高揭在裱画店里的壁上呢?但也许不然:早已有人看出这立幅的画错,在那里议论。不过他们不屑,不愿,或不便用文字宣布出来使我坍台。

但我似乎不需要台,在这里自己拆坍了:我这立幅是画错的;至少,是画得很笨拙的。容我自白:

画错在什么地方呢?请看这幅画:近景是岸,岸上有一株长松。远景也是岸,岸上有半个朝暾透出在地平线上,正在发

---

[1] 本篇据作者遗物中之手稿。曾于何时发表于何处,待考。

射光芒，驱逐那上面的云翳。中景是一叶小舟，靠近此岸，正在向着彼岸的朝暾进发。画错的就在这地方。请看那船里，共有四个人，两个穿童子军装的青年，一个坐在船头，一个坐在船尾。还有两个少女，并坐在船舱中，他们都面向着朝暾，背向着观者；他们都在打桨。船尾的人右手持桨的中部，左手持桨的柄端，他是以桨代舵的。其余三个人的桨，中部都系住在船舷上。三人大家用两手执持柄端而一俯一仰地推扳。朋友告诉我："你画错了！这三人都在倒扳桨，这船不能达到光明的彼岸，却在那里向后退了！"不错，这三支桨是合杠杆作用的。中部系住在船舷上的是支点，柄端是力点。入水的桨叶是重点。把桨叶伸入水中而扳进桨柄，船当然向后退，退到撞破在此岸上。这真是很大的错误了。

然而我可以辩：他们三人都是"推桨的"，不是"扳桨的"。推桨者，当桨叶入水时，把桨柄向前推；出水时向后扳。船也会前进。图画不像电影地能显示过去未来的动作，你安知船头上俯着的青年不是刚才推尽一桨，而是正在开始扳进一桨呢？你又安知道船舱里仰着的两少女不是正在开始推桨而是刚才扳尽一桨呢？

朋友笑了一笑告诉我："你的手通年拿笔杆，没有拿过桨，不知此中甘苦，这强辩分明是无用的。你知道么：推桨很吃力，进行又很迟缓，且推进时桨叶出水而在空中，轻飘飘的；身体若不用劲，容易向后翻倒。聪明的舟人决不肯取这划法。即使你的话不错，这船里的青年少女们都是'出力不讨好'的笨人。我告诉你：你应该教他们'向后转'，面向着观者而背向着光明。这样,既可省力,又可速达,还可以用笑嘻嘻的脸孔来讨好观者,岂非一举三得么?"

我听了这话,恍然若悟。次日起一个早,跑到湖边雇一只船,把船头向着朝暾,就亲自来演习推桨的工作。果然觉得很吃力,很迟缓,一不用劲又很容易翻倒。而且又被船老大笑。他忠告我:"先生,你一定要向着太阳光,太吃力了!我劝你还是调转来,把屁股向着太阳光,舒服得多呢!"我曾经一度听从他的劝告;但立刻又调转来,情愿出力不讨好。因为我在舒服了之后发觉一大缺憾,就是不见了太阳,背向了光明。屁股上不生眼睛,心中时时着急,不知我的船是否对正了光明之路而前进?因此我宁愿吃力些,迟缓些,用劲些,而仍取我那划法。由听别人笑我笨拙吧。只要能面向着光明前进,我心就安。这时候我悟到了向朝暾划船的两条哲理:你倘要省力,要速成,要舒服,要不被人笑,须得背光明。你倘要向光明,只得吃力一点,迟进一点,用一点劲,再被人笑几声。

啊!我这立幅画错了!对不起印刷工人和书店,要他们花费许多工本来印送,还在其次。第一是对不起读者,这画上写明"廿四年元旦为《中学生》读者作",仿佛是在恭喜发财的元旦劝青年吃力,迟进,用劲,又被人笑。这是何等重大的罪过!因为现在的世间,实利第一,大家尽量地求省力,求速成,求舒服。谁肯为了这些吃不得的光明而干出力不讨好的事呢?

当这立幅还未印刷的时候,原有善意的友人指摘这画中的事实的错误。但我固执地不听,就把画发表了。"一言既出,驷马难追。"何况数万张"色彩子恺新年漫画"的立幅交邮差分送到数万读者的案头,而我又并没有一匹驽马,怎样追得回来呢?让我错到底,笨到底吧。不但在这里自白了我的错和笨,又在这里登了一个润例的广告,开始卖我那种错而笨的画。这篇文章也可说是广告的广告。

廿四〔1935〕年三月一日于杭州皇亲巷六号

参观郑仁山指画展览会 [1]

仁山君的温和态度，曾给我很深的印象。所以七八年不见了，昨天他来访时我还能历历记忆他在美专听我讲美术史的印象。他的指画已有深造，这回开着江山助赈的指画展览会了。他把目录送我，我约他明日去参观他的展览会。

今天是星期日，下午我同了我的姊姊和女儿们同去参观。进了会场，仁山君和旧学友公仁君都来招待。我从公仁君手里接了一支香烟，就默默地向这百余幅作品逐一欣赏。但女孩子们时时用疑问来扰我，"这幅山水难道用指头画得出？""画上的题字用指头怎么写呢？"我也觉得奇怪，无法回答，只是相与惊叹。

看完了画，仁山君邀我们到招待室里去喝茶。他似乎听见女孩子们的疑问，在闲谈之后，就用指蘸墨伸纸，画给我们看。大家又惊奇地欣赏。他的大拇指转侧自然，画出来的线条，浓淡肥瘦，无不如意。他画好了，要我也画些留个纪念。我正看得手痒，兴之所至，不自量力，也用大拇指蘸墨，在纸上涂抹起来，座上的人都笑，连窗外的小孩子们都笑了。因为

---

[1] 本篇原载 1935 年 5 月 8 日《东南日报·沙发》第 2318 期，署名子恺。

另有友人约着游湖,我揩去了大拇指上的墨水,略谈一下就辞去了。

坐在西湖船中起了一些感想:第一,是用指代笔的一事,据我在尝试中所感到的,用指比用笔如意。心目中的印象由指头直接传达于纸上,比通过了竹管和羊毛而间接传过,痛快得多。不过在像我这样的外行,不免嫌肉笔欠尖,画时常想找一个绞笔刀来把指头一绞才好。第二,他的画布局都能满足我的欣赏,其中题曰"松下横琴待鹤归"的一幅,尤能引我回想。设想自己若早生了五百年,看了这幅画一定更有切身的兴味。可惜生在二十世纪了,对他这幅画只感到布局的美宇。其他的画亦然。第三,仁山君鬻画助赈,我看见定购的已经不少。这展览会可谓善举。古人云:"诗文字画,皆丰岁之珍,饥年之粟。"仁山君的画能直接变了粟而救济江山的穷民,使我走进展览会闻到一种香气,好似东坡所谓"夏陇风来饼饵香"。昨天仁山君来访时嘱我看后写些感想。游了湖归寓,就写这些给他。

二十四 [1935] 年五月五日

《人间相》序言 [1]

在上世,绘画用于装饰。故原始之绘画为图案。如五云,万字,龙鳞,凤彩之类,皆世间之调和相也。

当盛世,绘画用以赞美。故人称美景曰"如画"。如明山,秀水,佳人,才子之类,皆世间之欢喜相也。

至末世,绘画用为娱乐。故俗称"描画"曰"画花"。如草、木、虫、禽、风、花、雪、月之类,皆世间之可爱相也。

吾画既非装饰,又非赞美,更不可为娱乐;而皆人间之不调和相,不欢喜相,与不可爱相,独何欤?

东坡云:"恶岁诗人无好语。"若诗画通似,则窃比吾画于诗可也。

廿四〔1935〕年六月子恺记

---

[1] 《人间相》系作者的画集,1935年8月上海开明书店初版。1945年12月上海开明书店出版的画集《都市相》中,作者亦手书此文作序言。

读画漫感[1]

近来我的习惯：晴天空闲时喜看画，雨天空闲时喜读文；白昼空闲时喜看画，晚上空闲时喜读文。自己觉得这习惯非出于偶然，有着必然的理由。这理由是画与文的性质和晴昼与雨夜的感情所造成的。画与文性质各异：看画不必费时，不必费力，一秒钟即可看出画的大意；多看几分钟也尽有东西看得出来，时间和眼力脑力都很自由。读文就没有这么便当，一篇文章大意如何？思想如何？非从头至尾通读一遍不能知道。就是"一目十行"，也要费一歇儿时光；而且你试想，"一目十行"的目，相当地吃力呢！讲到人的感情，在晴天，白昼，若非忙着工作的时候，窗外的风日有时会对我作种种诱惑，使我的心旌有些儿动摇不定。若是没有出游的勇气与地方，不得已而要找几册书消闲，势必找画册，看时可以自由一些。倘找书看，若非很有兴味或很轻快的书，往往不易潜心阅读。能潜心读书的，只有雨天，或晚上的空闲时光。那时外界的诱惑都消失，窗外的景色对我表示拒绝，我的心才能死心塌地的沉潜于书中。——但这也不是常事，疏懒之极，雨夜也无心读书，只是

---

[1] 本篇原载 1936 年 1 月《文学》月刊第 6 卷第 1 期。

闭目奄卧在床上看画，不过所看的是浮出在脑际的无形的画。

藏画藏书的贫乏，可以用方法救济。其法，每一种书看了一会之后，便真个把它们"藏"起来。或者用纸包封，或者锁闭在特别橱里，使平日不易取阅。过了一年半载，再取出来。启封展读的时候，感觉上如同另买了一部新书。而书的内容，一半茫然，一半似曾相识，好似旧友阔别重逢，另有一番滋味。且因今昔心情不同，有时也会看出前次所未曾见到的地方来，引为至乐。这办法，我觉得对于画册尤为适用。因为有的文章，看过一遍便可不忘，即使藏了好久，拿出来重读时也不会感到什么新鲜。绘画是视觉美的东西，根本用不到记忆，其欣赏离不开画本。故久别重逢，如同看曾经看过的戏，听曾经听过的曲，每次都觉得新鲜的。

上月我患足疾，回到乡间的旧栖去静居了一个月，有一天乘闲，拿出从前封藏着的两包画集来，在晴窗下浏览，一包是《北平笺谱》；又一包是《吴友如画宝》。这两部书不是同时买来的，也不是同时封藏的。记得我先买《吴友如画宝》，看了一遍就封藏。后来又买《北平笺谱》，看了一遍也就封藏。现在同时发开两包，好像一时买了两部新书，倍觉高兴。而同时欣赏这两部画集，又不期地发见了它们的奇妙的对照。似乎是有意选择这两部书，来作本文的话材的。

所谓对照，就是这两种画册给我的感想完全相反，各具一种特色，各自代表着一种画坛上最主要的画风。《北平笺谱》是郑振铎、鲁迅两先生所辑的，内容都是画笺。然而这种画笺大都已经失却了"笺"的实用性，而成为一种独立的绘画，专供欣赏之用了。北平人是否如此看待它,我不得而知。只是我的案头假如有这样的一刀信笺,我决不愿意用"某某仁兄阁下"等黑字去涂盖这些绘画。所以我否认它们为信笺,却把它们看作一种小型的略画。《吴友如画宝》可说是清末画家吴友如先生的作品的全集(他长期为画报作画,作品极多。但这册《画宝》中各类皆有收罗,可说是全集了)。但是大多数作插画风,注重题材内容意义的细写,大都不能称为独立的绘画。称"笺"的像画,而称"画"的反不像画,这不是奇妙的对比么?

然而我并非对于二者有所抑扬。我对于二者都欢喜,只是欲指出其性状之相异耳。相异之点有二:在内容上,前者大都是"抒情的",后者大都是"记述的"。在形式上,前者大都是"写意的"(或图案的),后者大都是"写实的"(或说明的)。故前者多粗笔画,后者多工笔画。现在须得把两者分别略叙一下:

《北平笺谱》中的画,完全是中国画风的。中国画最小型的是册页,但它们比册页更小,可说是中国画的 sketch〔速写〕。有的只有寥寥的数笔,淡淡的一二色,草草的几个题字,然而圆满,调和,隽永,有足令人(我)把玩不忍手释者。我觉得寥寥数笔,淡淡一二色,与草草数字,是使画圆满,调和,隽永的主要原因。尝见这种笺谱的作者所作的别种大画,觉得往往不及笺谱的小画的富有意趣。为的是那种大画笔致欠"寥寥",色彩欠"淡淡",题字欠"草草"。想见画家作笺谱时,因见纸幅太小,故着墨宜少;因念须作信笺,故傅彩宜淡；画既略略，题字自宜草草。因此每幅费时不多，大约数分钟可了。即兴落笔，一气呵成。大画所以不及小画者，即在于此，然而画材与题字的选定，倒不是数分钟可以了事的。这有关于画家的素养，不能勉强。袭用陈腐的古典者有之，但意味深长者亦不乏其例。把我所欢喜的摘记数幅在下面，以示一斑：其一幅绘萝卜白菜，题曰"愿士大夫知此味，愿天下人民无此色"。其一绘甘蔗与西瓜，题曰"但能尝蔗境，何必问瓜期？"其一幅仅绘鱼一条，题曰"单画鱼儿不画水，此中自信有波澜"。其一幅绘钓者，题曰"钓亦不得，得亦不卖"。其一幅绘游方僧，题曰"也应歇歇"。其一幅绘扶醉，题曰"何妨醉倒"。其一幅画酒杯与佛手，题曰"万事不如杯在手"。其一幅仅绘佛手，题佛经中句"合掌恭敬而白佛言"。……皆巧妙可喜。但有多数思想太高古，使生在现代的我（虽然其中有几位作者也是现代人）望尘莫及，但觉其题句巧妙可喜，而少有切身的兴味。切身的兴味，倒在乎他们的笔墨的技术上。尤其是陈师曾先生（朽道人）的几幅，《野航恰受两三人》，《独树老夫家》，《层轩皆面水》，以及无题的，三张绿叶和一只红橘子，孤零零的一朵蒲公英，两三片浮萍和一只红蜻蜓（《太白》曾取作封面画），使我久看不倦。陈先生的画所以异于其他诸人者，是不用纯粹的中国画风，而略加一些西洋画风（听说他是东京美术学校西洋画科毕业的）。然而加得很自然，使我只觉画面更加坚实，更加稳定，而不见"中西合璧"的痕迹。

"中西合璧"的痕迹相当地显露的，是《吴友如画宝》。吴先生是清末长住在上海的画家，那时初兴的"十里洋场"的景物，大都被收在他的《画宝》中。他对于工笔画极有功夫。有时肉手之外加以仪器，画成十分致密的线条写实画，教我见了觉得害怕。这部《画宝》分量甚多，共有二十六册。内容分十一种：即古今人物图，海上百艳图，中外百兽图，中外百鸟图，海国丛谈，山海志奇，古今谈丛，风俗志图说，古今名胜附花鸟，满清将臣，及遗补。画幅之多，约在一千以上。第一，古今人物图，所绘多古人逸事，如李白饮酒，伯乐相马，冯煖弹铗，虞姬别霸王等，还有许多古诗句的描写，例如"老妻画纸为棋局"，"天寒翠袖薄"，"坐看云起时"，"人面桃花"等。其中还有许多小儿游戏图，如捉迷藏，拍皮球，三人马，鹞鹰拖小鸡，滚铜板等，描写均甚得趣。儿童都作古装。第二是海上百艳图，此部为女孩子们所最爱看。所绘的大都是清末的上海妇女，小袖口，阔镶条，双髻，小脚。而所行的事已很时髦，打弹子，拍照，弹洋琴，踏缝衣机，吃大菜。吃大菜的一幅题曰"别饶风味"。又画洋装女子，题曰"粲粲衣服"。又画旗装，题曰"北地胭脂"。又画日本妇女装，题曰"效颦东施"。我看到一幅弹古琴的，佩服吴友如先生见识之广：那张七弦琴放在桌上，一头挑出在桌外，因为卷弦线的旋子在这头的底下。常见人画琴，全部置桌上，皆属错误。这点我也是新近才知道的。第三，中外百兽。第四，中外百鸟，我对之皆无甚兴味。第五，海国丛谈。第六，山海志奇，完全是《异闻志》的插画，每幅画上题着一大篇故事，我也没有兴味去读它。但见画中有飞艇，其形甚幼稚。也许那时的飞艇是如此的。第七，古今谈丛。第八，风俗志图说，也都是喧宾夺主的插画，每幅画上题着一大篇细字。我只注意其中一幅,描写某处风俗的跳狮,十几条长凳重叠起来,搭成一高台,各凳的远近法并无错误。这是全书中远近法最不错的一幅。在别处,他常常要弄错远近法,例如窗的格子,他往往画作平行。又如橱的顶,他往往画得看见。又如一处风景,他往往有两个"消点",使远近法不统一。这在中国画中是寻常的事。但在洋风甚著的吴友如先生的画中,我认为是美中不足。以下的画,格调大都与上述的相仿佛。唯最后的遗补中,有感应篇图,构图妥当,笔法老练可喜。

看《北平笺谱》,可以看到各画家的腕力,可以会悟各画家的心灵,因此常常伴着感兴。看《吴友如画宝》时,可以看到他的描工,可以会悟他的意匠,因此每一幅画给我一种观念。可知前者是主观的绘画,后者是客观的绘画。前者是诗的,后者是剧的。我又觉得看前者好像听唱歌,看后者好像听讲故事。

我合观这两部画集,发现两种画风,原是偶然的事。但是凑巧得很,世间的画派无论古今东西,都不外乎这两条路:抒情的与记述的,写意的与写实的,图案的与说明的,简笔的与工笔的,腕力的与描工的,心灵的与意匠的,感兴的与观念的。

二十四〔1935〕年十一月二十九日

中国艺社第一届展览会序 [1]

优良的艺术,有甚么条件?其答案有多样。但可二言以蔽之曰:"善巧。"善就是含有人生的意味,巧就是应用美的技术以表出之。缺乏了前者,其艺术流于官能的游戏,或浅薄的娱乐。缺乏了后者,其艺术陷于枯燥的说教,或说明的图式,都不是优良健全的艺术品了。

例如:普罗的绘画,善则善其所善矣;但拙于美的技术。抽象派立体派的绘画,美则美其所美矣,但乏于人生的情味。故前者仅供少数人一时间的利用,后者只在画坛一角暂时出现,皆未登入绘画艺术之堂室也。

善巧二事之中,善之意易知,而美之味难识。例如近来街头常见之画:岳飞背上刺字之画,观者一见而知其忠孝之意矣;勾践卧薪尝胆之图,观者一见而知其爱国之心矣。然倘就良好之绘画而评量技法,鉴赏笔墨美能参加者有几人欤?盖善之意,一般缺乏(艺)[2]术修养之民众皆能知之;而美之味,必须具有艺术修炼者方能味识之。因此现今的绘画,分裂为二。

---

[1] 本篇原载 1936 年 1 月 11 日《东南日报·沙发》第 2556 期,署名丰子恺。

[2] 原刊为"缺乏,术"。

其一偏重于善，被用为向民众宣传主义之手段；其一专注于美，被用为少数专门家享乐的天地。于是专门画家视前者为非艺术而不足齿，一般民众则对专门画家之作品莫名其妙，或诋毁之为奢侈的享乐，象牙塔中的艺术。此分裂状态，实为绘画发展前途之一大阻碍。

欲除这阻碍，只有希望两方面的提携。在专门家方面，希望其稍稍俯就，在民众方面，希能其能多得修养的机会。但他们的修养机会，难能自致，仍须靠专门家的供给。画作品的复制出版是一种供给。展览会又是一种更切实的供给。此种供给之增多，实为绘画统一发展的福音，也是艺术趋向优良健全的大道。

廿五〔1936〕年元旦

观张公任国画展览会[1]

张公任君在开国画展览会以前的数月中，常常携带了他的新作品，来给我先看。所以这展览会里的作品，有一部分我是已经看见过，而且曾经题过字的。我觉得他每来一次，画技进步一次，料想他最近的作品中必多可观，就在展览会开幕后一小时进去参观。画共有七八十幅，分陈三室。大小参差不等，画法亦种种异趣。但有一致的统调，即着墨不多，设色淡雅。

这展览会使我想起了最近我所作艺术漫谈《绘事后素》。在这篇漫谈中我曾经说：

"绘事后素，是中国画特有的情形。这话说给西洋人听不容易被理解。因为他们的油画都是满面涂抹，不需要素地的。……中国绘事必须'后素'。素纸在中国绘画上，不仅是一个地子而已，其实在绘画的表现上担当着极重要的任务。这决不是等闲的废纸，在画的布局上常有着巧妙的效用。这叫做'空'，空然后有生气。"又说："绘事的'后素'与不'后素'，在艺术上有甚么差异呢？据我看，'后素'的更富有'画意'。

---

[1] 本篇原载 1936 年 4 月 3 日《东南日报·沙发》第 2638 期，署名丰子恺。

所谓画意，浅明地说，就是不希图冒充实物，而坦白地表明它是一张'画'。画中物象的周围，照事实论，一定要有东西。桌子也好，墙壁也好，天空也好。这叫做'背景'。西洋画是忠于写实的，凡画必有背景，故画面全部涂抹。中国画反之，画大都没有背景，让物象挂在空中。一块石头，或是一枝兰花，或是一个美人，都悬空挂着。它们的四周全是素纸。这好似无边的白云中，突然显出一种现象。故其对于人目的刺激很强，给人的印象很鲜明。这分明表白它不是实物而是一张'画'。"

这些话，好像是专为张公任画展而说的。所以公任要我写一篇评文，我走出展览会场回寓后，立刻给他写。公任也长于西洋画，并非专描国画的人，只要看他展览会中第七十三号的《鸿》，便可知道。那幅图中形状与明暗均富写实风，很像朗世宁笔底下的产物，但不是"涂抹"，而仍是"后素"的，特异其调子。我希望他的第二次画展中，再增多这一类的作品。

廿五〔1936〕年四月一日

看了潘韵画展后[1]

我看了潘君的山水写生展览会，感想很多：第一，近代服装的人物，在宣纸上出现，我这一会所见的最为自然。第二，不看画题即认识中国风画中所写的地点，现在是第一次。第三，向来看中国画展览会，往往有入梦之感。这会看了这近百幅的国画，只觉得视觉的愉快，而并无茫然之感。闻潘君言，其作画于写生甚认真，常携纸墨到山水中当面描绘，并非仅写回忆之印象者。我早年就有用中国画法描写火车汽车等现世题材之梦想，但因自己于国画技术完全是门外汉，未能想象现世题材中国画化之技法。潘君怀有与我同样之希望，而又具有国画化之技法。宜其作品特具一格，而牵惹我上述之种种感想也。

[1936]

---

[1] 本篇原载 1936 年 6 月 12 日《东南日报·沙发》第 2707 期，署名丰子恺。

西洋画之中国画化[1]

中国画描物向来不重形似,西洋画描物向来重形似。但近来的西洋画描物也不重形似了。

中国画描色向来像图案,西洋画描色向来照自然。但近来的西洋画描色也像图案了。

中国画描形向来重用线条,西洋画描形向来不显出线条。但近来的西洋画描形也重用线条了。

中国画写景向来不讲远近法,西洋画写景向来注重远近法。但近来的西洋画也不讲远近法了。

中国画描人物向来不讲解剖学,西洋画描人物向来注重解剖学。但近来的西洋画也不讲解剖学了。

中国画笔致向来很单纯,西洋画笔致向来很复杂。但近来的西洋画笔致也很单纯了。

中国画向来以风景(山水)为主,西洋画向来以人物为主。但近来的西洋画也以风景为主了。

etc[2]

---

[1] 本篇原载 1936 年 9 月 1 日《中国美术会季刊》第 1 卷第 3 期。

[2] 即"等等"。

自文艺复兴期至今日的西洋画的变迁,可说是一步一步地向中国画接近来。西洋画已经中国画化了!中国艺术万岁!

艺术上的矛盾律[1]

王若虚著《滹南诗话》中有一节云:"山谷题阳关图云:'渭城柳色关何事?自是行人作许愁。'夫人有意而物无情,固是矣。然夜发分宁云:'我自只如常日醉,满川风月替人愁。'此复何理也?"

他在那里笑山谷诗意的矛盾。看别人送别时,说柳色与人无关,只是人自己心里发愁。等到自己离别时,就反转来说自己的心同常日一样,只是风月替他发愁。在字面上看来,这矛盾的确可笑。而在同一人的诗作品里摘出这两联来,使之并列,这诗话作者的手法也的确可喜。作者的原意究系如何,我不得而知。然而我读这段诗话,认为并非毁谤黄山谷,却是和他开玩笑,倘只看字面,或拘泥于理论,未免要上他的当。盖山谷所谓"渭城柳邑关何事?"表面上说无关,意中却是惊怪他何以如此关切,仿佛是说:"照理原是行人自己发愁,不关柳色之事;然而何以如此关切呢?"这里所谓"关何事",犹之"吹皱一池春水,干卿何事"的口气。非但不是说他无关,正是怪他过于关切,故作反口气耳。诗话作者应该体会诗人的

---

[1] 本篇原载 1936 年 11 月 16 日《宇宙风》第 29 期。

内心,不该仅从字面上辩驳。所以我猜谅他是同山谷开玩笑。不然,这诗话作者的咬文嚼字,大类法官讼师,才真是可笑的了。

但是我欢喜这一段诗话,为了它是艺术上的矛盾律的一个很好的证例。艺术上多矛盾,这矛盾不是错误的,反而是必要的。从前西洋艺术论者有"缺陷美"之说,谓某种缺陷反是美的要素。倘模仿此言,可称这种矛盾为"矛盾美"。从浅显处说起:例如:我们读诗文,在其中发见"警句",觉得新颖而快意。这些新颖,有不少是由于言语形式的矛盾而来;形式矛盾而内容合于真理,我们读了就感到快意。譬如古人说"大智若愚,大巧若拙",今人说"胜利的悲哀","平凡的伟大","缺陷的美","甜蜜的悲哀"(sweet sorrow),皆是其例。苏东坡说王摩诘"诗中有画,画中有情",后人又换言之云"无声的诗","无形的画";西洋艺术论者称交响乐为"流动的建筑",又称现代最进步的建筑为"凝固的音乐"(前者因为交响乐各部配合勾心斗角,故比之于建筑;后者因为建筑全部十分谐调,故比之于音乐)。这些名词对人的吸引力,皆由于形式的矛盾而来。佛经中谓世间"动而常静,静而常动",又云"一有多种,二无两般",则又是用矛盾的形式来造成动听的文句,而暗示一种深刻的意味,真所谓"至理名言"了。此种实例,在古今东西的文艺上不可胜计。我却想起了某画家的一幅漫画:画中描写一个少女正在热心地展读一封长信,桌上放着一张贴着欠资邮票的信封。这幅画的题目叫做"欢喜的欠资信",我觉得很耐寻味。欠资是为了函件太重,超过规定分量,应由受信者担负罚款的。今此少女以此负担为欢喜，读者便可想见她的心情，其与发信人的关系，及此信的性质。仿佛这少女但求信长，欠资越多越好。

更进一步，我们还可就美术的形式构成上找求矛盾律。例如"美术的线"（artical line），是与"几何的线"相对待的称呼。二者之所异：几何的直线用米突尺画，几何的圆形用两脚规画，是精确的，机械的，科学的。美术的直线与圆则用手画，是随意的，自然的，艺术的。试看写生画里的直线，局部弯弯曲曲，而全体大致平直；有时一根描歪了，添描一根上去，与前者并存，这改窜不碍画面的美，反而另添一种自然之趣。写生画中的圆，自然也不会浑圆，处处有角可寻，然比用两脚规画的另有一种趣味。从前陶元庆为鲁迅的《彷徨》作封面，角上画一个太阳。当时有人批评他，说他的画全无好处，连一个太阳都画不圆。陶元庆不同他理论，却拿这几句话告诉我，对我说道："他们以为我连两脚规都不会用。"这句话我常不忘记，因为他是说明美术的线与几何的线的一例。大概缺乏美术趣味的人，对于形式只求划平竖直，方正圆滑而止，不能理解不平之平，不直之直，不方之方，不圆之圆的好处。一般人看书法，往往欢喜俗帖而不爱古碑；一般人看金石，亦不解秦印汉印的好处，觉得还是橡皮图章清爽得多。这便是不懂"不平之平，不直之直，不正之正，不圆之圆"这个矛盾律的原故。从前我制缘缘堂画笺，用手描的"美术的线"围成一个方框，托刻字店刻木板。其人见我所描的线弯弯曲曲，忠告我道："我能为你刻得十分平直，一点没有弯曲，比原稿好看得多。"我连忙谢他道："这个使不得！我欢喜它弯弯曲曲的，千万请你照墨迹刻，否则我不要它。"其人受属之下，脸上显示惊异之色，大概他心中想我是"嗜痂"、"逐臭"之人。然而我也不便对此刻字店员讲演美术理论，但叹美术在人世的知音稀少而已。

又如"多样统一"（unity in variety），也是美术形式构成上的一个矛盾律，其理比"美术的线"更为深长。例如一幅画中描许多人，要求人的位置有变化而又有系统，这状态叫做"多样统一"。像罗汉堂一样并列，失之于太整齐，即统一而不多样。像百子堂一样乱播，又失之于太散漫，即多样而不统一。都是自然画的构图上所禁忌的。自然画的构图美，在于看似整齐而又散漫，看似散漫而又整齐；看似规则而又不规则，看似不规则而又规则。此理"微妙超言说"，但可于大画家的杰作的欣赏中实地体会之。体会了这个道理，便可知道这不但是美术技法上的事，且与人生大道相贯通。我们的生活，大凡恰到好处的，都合于多样统一之理。古人所谓"权变"，所谓"中节"，所谓"中庸"，实皆含有多样统一之理。我不欲在此讲道学，但可举一例以说明绘画的构图：一幅好画犹如一个美满的家庭。家庭中有老有少，有男有女，有肥有胖[1]，有短有长。但有唯一的系统，互相保住有机的关系。画亦如是：寥寥数笔的中国古画，仿佛是隐士之家，或孑然一身，或梅妻鹤子，自成一种清闲之趣。画面热闹的西洋大幅油画，例如米侃

---

[1] 此"胖"似应为"瘦"。

朗琪洛（Michaelangelo）的壁画，大卫（David）的拿破仑战争图，则仿佛是九世同居的百忍堂张氏之家，钟鸣鼎食，自成一种繁盛气象。这种清闲之趣与繁盛气象，不是家庭中某一人之相，是全家合演之相。画亦如是：凡画面各物，形式参差不齐，而倾向全体一致。一点一笔，皆与画面全体相关联，决没有脱离中央而独立的。若有脱离中央而独立的，这犹之家庭中来了盗贼，起了革命，不复是美满的家庭了。

上述"美术的线"与"多样统一"，是美术的形式构成上的矛盾律。现在再向艺术创作心理上看，在那里也发见更有趣的矛盾律。自来艺术论者，都说艺术创作须用"无关心"（disinterestedness）的态度。无关心者，就是作者要描写一件事物时，自己须跳出圈子外，断绝那事物对自己的利害关系，然后用客观的眼光去观察描写。但同时艺术论者又说，艺术创作须用"感情移入"（einfulung）的态度。感情移入者，就是作者要描写一种对象时，自己的心情须移入于这种对象中，设想自己做了这种对象，然后加了主观的感想而描写。这两种态度，表面上是矛盾的，篇首所举《潺南诗话》中指摘黄山谷的两联诗句的矛盾，便是这一种矛盾。"渭城柳色关何事？自是行人作许愁"，是作者看了阳关图，见画中人送别，用了客观的冷静的态度而咏出，即"无关心"的。"我自只是常日醉，满川风月替人愁"，是作者自己夜发分宁，握别良友，用了主观的热烈的态度而咏出，即"感情移入"的。但这并不是因为前者看别人离别，故"无关心"；后者自己离别，故"感情移入"。诗人决不如此简单，有时会反转来，像描写别人一样地描写自己，或像描写自己一样地描写别人，其例在在皆是。不过现在所举的两联诗句，恰巧是用客观态度描写别人别离，而用主观态度描写自己别离的而已。假如《潭南诗话》的作者认真指此为矛盾，我想反对他。因为"无关心"与"感情移入"也是艺术上的矛盾律之一种，表面上看似矛盾，而实际上同时并存不相冲突。譬如为天灾人祸之下的难民描一幅图，或者咏一首诗。不问自己是否难民，其心必须跳出圈子来，从远处纵目，从大处着眼，然后其观察与描写可得要领。不然，自己攒[1]在里头，为琐屑所迷，难于把握要领。因此艺术创作需要"无关心"。同时，当观察与描写之际，不问自己是否难民，其心必须移入于一切难民中，设身处地，体贴入微，然后其观察与描写可有生气。不然，自己与对象隔膜，无从理解，难于描出生气。因此艺术创作需要"感情移入"。故这是艺术创作上相反而又相成的两种心理。黄山谷的那两联诗，是这两种心理的分别表现，用以说明艺术上的矛盾律，倒是很好的例。

廿五〔1936〕年八月十日

---

[1] 应为"鑽"，即"钻"。

《口琴入门》序[1]

涵秋兄编了《口琴吹奏法》及《续口琴吹奏法》之后，我国口琴音乐似乎一年盛行一年了。这盛行当然不是他一人之力所致，然而他这两册书确是很有力的一种提倡。只要看它们的重版之速，便可知道读者之多了。

最近口琴界后起之秀曹冠群君倡办新新口琴会，涵秋兄亦参加指导。二君经过实地教授之后，深感现今我国口琴界，尚有比《口琴吹奏法》等更浅明的初步学习书的要求，便合力编制这《口琴入门》。其旨趣务求简易轻便，使全未学习音乐的人也容易入门。同时又循循善诱，将最近发达的新技法介绍与学者。选曲又颇审慎，务求富有艺术的价值，渐渐地引导学习者进于音乐艺术的正途。涵秋兄嘱我作序。因为他以前出版的两书均有我的序言，现在我也欣然遵嘱了。在前两册的序言中，我曾说过，口琴音乐是音乐界的福音。现在我要继续说，这册《口琴入门》是口琴音乐界的福音。音乐因此而愈加广大普遍地向大众开放了。

一九三七年九月　丰子恺

---

[1] 《口琴入门》，黄涵秋、曹冠群合编，开明书店 1940 年 11 月初版。

漫画是笔杆抗战的先锋 [1]

漫画是笔杆抗战的先锋。因为它的宣传力顶锐利。锐利的原因有二：

第一，看漫画一望而知，不花时间。抗战的文章，无论怎样短小精悍，一字一句地读下去，至少也要花几分钟。看漫画只费几秒钟，就能了解画的意味，就能明白画的主旨。在繁忙的非常时期，这种宣传方法是最有效的。

第二，漫画是一种世界语，任何国人都看得懂。漫画是一种不须学习的文字，文盲也看得懂，故其宣传力最广。虽然多数漫画是靠文字互相说明的，但少用文字或完全不用文字，而能使大众一目了然的，是漫画中之上乘。

如上所述，读漫画不费时间，容易理解。故在目前是最有力、最普遍的宣传工具，其效率远在文字之上。这可说是笔杆抗战的先锋。

古语云："百闻不如一见。"现在我可以说："百篇文章不及一幅漫画。"最后胜利已经在望了，全国漫画家一齐冲锋！

廿七〔1938〕年儿童节于衡武车中

---

[1] 本篇原载 1938 年 4 月 16 日《抗战漫画》全国美术界动员特辑。

《我们四百兆人》附说 [1]

此曲曲趣，"深沉雄壮，威而不猛。"作者是根据了"长期抵抗，沉着应战，以正克邪，以仁克暴"的精神而作曲的，目下的中国人，正需要这种精神；就是正需要这种歌曲。因为现在我们所对付的敌人，非常凶狠，非常残暴。唯沉着可以克制凶狠，唯仁厚可以克制残暴。所以"深沉雄壮，威而不猛"是我们四百兆人人人应有的感情。此曲就是供给这种感情的。

我们四百兆人

萧而化作曲
丰子恺作歌

F调 4/4

5 | 1·2 3 1 | 2 3 4 5 1 | 6 5 4 3 | 2 — ·5 |
我们 四百兆 人，中华民，仁 义礼智润 心。我

1·2 3 1 | 2 3 4 5 1 | 6 5 4 3 2 | 1 — ·2 |
们 四百兆 人，互相亲，团 结强 于长 城。以

2·2 3 #4 | 5 #4 3 7 | 2 1 7 6 | 7 — 3 3 |
此 图功，何 功不成！ 民族可复 兴。以

---

[1] 本篇原载 1938 年 4 月 16 日《文艺阵地》杂志第 1 卷第 1 期。原附五线谱歌曲，今删。

```
3. 3 #4 5 | 6 7 1̂ - | 2 3 #4 2 | 5 -·5̲ |
此   制  敌,何   敌 不 崩!     哪伯 小东  邻!   我

1.·2̲ 3 1 | 2 3̲4̲ 5 1 | 6 5 4 3 | 2 -·5̲ |
们  四 百兆   人,齐出阵,打  倒那小日    本!  我

1.·2̲ 3 1 | 2 3̲4̲ 5 1 | 6̂ 5̲4̲ 3 2 | 1 - · |
们  四 百兆   人,睡狮醒,一  怒而 天下    平。
```

纵观近来所流行的歌曲,大多数曲趣"柔丽"或"勇猛"。"柔丽"是近数年来中国作曲界的老毛病。像某种小歌剧,竟是柔丽得使人肉麻,直可指斥为"亡国之音"!"勇猛"是前者的反动,是抗战以来新作品的特色。原有可取,但只宜作冲锋杀敌之助,不是经常的"精神的粮食"。因为此次抗战,我们的任务不但是杀敌却暴,以力服人而已。我们还须向全世界宣扬正义,唤起全世界爱好和平拥护人道的国民的响应,合力铲除世界上残暴的非人道的魔鬼,为世界人类建立永远和平幸福的基础。所以我们现在不"好小勇",不需要"暴虎凭河"的战士。我们的制敌,不是"以暴易暴"。所以一味"勇猛"的歌曲,不是我们的经常的精神的粮食。"深沉雄壮,威而不猛",才是大中华民族的精神。

现在我们的国人,"文盲"已渐减少;但"乐盲"还是很多。在报志上看到一篇文章,大家能够看懂文章的内容,辨别它的好恶。但看到一页歌曲,大多数人只看歌词,不看歌谱。倘是简谱,或许有人唱它一遍。但倘是五线谱,唱的人就百不得一。因为多数人不懂五线谱,或者虽懂而惮烦。所以只

把这一页当作柳条布[1]看，翻过就算了。音乐因为这样地不受读者注意，所以发表的作曲，良莠不齐，善恶不分。任人随意选唱，无人指评，即有指评，亦多偏见，莫衷一是。于是不良的乐曲，就把不良的感情注入民众的血管内，犹似打吗啡针一般。这在无形中斲丧我们的民气，在无意中毁坏我们的国魂，真是可惜！究其弊端，实由于"乐盲"太多，乐曲无人注意之故。所以我在这附说里再加附说，请读者大家注意此事。原来"乐盲"都不是真盲。凡有耳朵的人，都有辨别曲趣好恶的本能（除了偏见太深或受不良音乐中毒太久的人以外）。只要你翻到一页歌曲时不要把它当作柳条布看，务请由自己或托别人唱一遍看，辨别曲中的趣味，加以一番欣赏或批评。那时音乐就同文章一样地对你表示一番意思，其良莠之别也就判然了。乐曲若得多数读者注意，就会受到淘汰〔指筛选〕。不良的自然退避，优秀的自会广播，不再像过去那么乱作曲，乱发表，乱流行，良莠不齐，皂白不分，害己害人，误民误国了。

---

[1] 柳条布，土布的一种，因经线斜向排列有柳叶飘逸的感觉，故此得名。

歌曲《幼女之愿》附说 [1]

此曲分上下两部。上部是短音阶〔小音阶〕乐曲，曲趣沉痛。下部改用长音阶〔大音阶〕，曲趣雄庄。歌词调寄《菩萨蛮》。上部诉说幼女抛却其所心爱的洋囡囡而逃难之哀情，下部表示其抗敌复仇的决心。故乐曲与歌词情趣一致。为欲强调其抗敌复仇的决心，特将下部重复一遍，形成三部。实则第二、三部系同一部的重复。五线谱中为避免重复写谱，用反复记号。简谱则下部重写两遍，使不懂反复记号者皆得看谱唱奏。

所谓短音阶乐曲，就是用 6 7 1 2 3 4 5 6 当作音阶而作的曲。其中以 6 为主音，以 3 为属音（即第五音）。主音属音是最常用的音。故此曲上部中 6 3 两音最多用。"胡骑逼我中宵走，仓皇抛却知心友"一行，以 6 开始，以 6 结束。"此友最相亲，玲珑粘土人"一行，以 6 开始，以 3 结束。凡多用 6 3 的旋律，其曲趣必悲哀沉痛。

所谓长音阶乐曲，就是以 1 2 3 4 5 6 7 1 当作音阶而作的曲。其中以 1 为主音，以 5 为属音。故下部中以 1 5 两音为

---

[1] 本篇原载 1938 年 5 月 16 日《文艺阵地》杂志第 1 卷第 3 期。原附五线谱歌曲，今删。

最多用。"待儿年十五，自起将旗鼓"一行，以５开始，以５结束。"收复旧神州，与君共嬉游"一行，以５开始，以$\dot{1}$结束。凡多用１５的旋律，其曲趣必光明雄壮。

幼女之愿

降A调 6/8 萧而化作曲 丰子恺作歌

朝瞻遥我中宵走，仓皇抛却知心友。此友最相亲，玲珑粘土人。（转F调3=5）待儿年十五，自起将旗鼓，收复旧神州，与君共嬉游。待儿年十五，自起将旗鼓，收复旧神州，与君共嬉游。

　　这曲先有歌词，后谱乐曲。我家九岁女儿一宁[1]有心爱的洋囡囡，放在缘缘堂。暴寇突如其来，全家仅以身免，她的洋囡囡就陷入敌阵。途中她常常纪念它。及闻缘缘堂被焚，她起初哭泣，继而愤怒。自恨年幼，未能从军，常努力加餐，希望快变成人，好去杀敌而救洋囡囡。虽是为失却洋囡囡而悲愤，

---

[1] 一宁，今名一吟。

但洋囡囡的失却正是引起其天真的爱国心的缘由。不可与因陈圆圆而引清兵入关的吴三桂同论。故其事可泣可歌。我先将此意填成《菩萨蛮》一阕,萧而化君见而击节,遂为谱曲,令诸儿歌之。

廿七〔1938〕年四月三日子恺附记

怎样唱歌 [1]

常常听见人说:"本来也想唱唱歌,可是喉音不好,真没有办法!"这话在早几年听着也非常同情,直到自己遍历音乐世界一通后,深知这话不然了。对于音乐的感染性,的确有高下,至于唱歌,却是一种技术,有方法,有练习,有研究,便有成功。这是可以教育的,人人得能为之的。除了音带有毛病之外,便无所谓喉音不好。据说程砚秋发音有缺点,然而他利用了他的缺点,使变为他的特点,这是多么值得注意的啊!

我国人得于音乐,向来是淡薄的。学校里的音乐课是随意科;加之一般音乐教师大都不知道音乐为何物,所以竟使我们大家都变为"喉音不好"的人,对于唱歌,不敢问津了。这真是可惜的事。这里,我希望大家改变,"喉音不好"的这种错误观念,有方法,有练习,有研究,便有成功。不是全凭本能,那样不成。

唱歌的方法很多,真正专习声乐时,那就非找专门家传习不可了。至于普通唱歌,并不需要怎样深究,只要发音方法正

---

[1] 本篇原收入《抗战歌选》,萧而化、丰子恺编著,汉口:大路书店 1938 年初版。成都:越新书局 1942 年 10 月再版。

确，唱出来就不错了。现在姑举最基本的数则如下。

呼 吸

大家知道，发声是呼出空气使音带振颤而成的。所以要唱歌，首先就要知道呼吸法。

呼吸方法有两种，一种是腹呼吸，一种是胸呼吸。呼吸是运动横隔膜而呼吸的，就是吸气的时候，横隔膜向下压迫使腹部容积缩小，所以腹部鼓涨很高，而胸部容量增大，使空气流入。反之，横隔膜向上弛松，胸部各肌肉亦紧缩，将空气压出，是为呼气。唱歌时，要使横隔膜向下张开（腹部当然鼓起），使胸膛肌肉扩张，筋骨挺起，吸入空气，然后压缩上部，使气缓缓呼出，用腹式呼吸来发音。发音时，喉头要放开，切不可用劲。近来一般唱歌的人，往往使劲扩张喉头而发音，自以为像西人唱歌一样，实则错误已极，不可不知。

要唱歌便要常常练习呼吸，使呼吸量大，那么音量也就会大起来，同时又要能敏捷，尤其是吸气，因为有时歌曲没有休止处，便要速吸才能应付。

唱歌中途，不能随意呼吸，大致说来，词句有标点的地方或可吸气，否则便成错误。

发 音

每个字音，大概都可分为子音和母音二部分，至少母音是不会少的。歌唱的人，对于这两部分都要研究练习。我国言语很复杂，用一方土语唱歌，当然不佳，须依照国音发音而唱歌。

唱歌时，母音往往比说话时来得长。有时长至数拍或十余拍，所以更要特别练习。至于子音呢，只要能依照国语正确发音时便得。

在唱歌中，母音发音的方法，有许多是禁忌的，虽然依国别上稍有差异。大致说来，以"呀"音（a）为中心，发音时，唇齿稍张，稍向前，口圆略能进五指（撮着）为度，决不可大张口齿。若就势再将嘴唇撮拢，更向外，更圆小，便变成"喔"音了（o）。依此法再进一步便发成"乌"或"吁"音了（u）。反之，由 a 音发音之势，将唇及嘴角稍向内，齿稍合拢，上下齿间，略能进中指为度；舌尖向上便是 e 音的正确发音法了。再进一步，嘴角更向里圆，齿更稍合，是正确的"唉"音（i）的发音法了。

发音法很重要，纸笔口说不大明白，有心人，最好去请教一下对于唱歌有研究的人，且要多多练习。

表　情

有了正确的唱歌方法和积久的练习，唱歌一定好，不过这个好，只能说是技术的，徒只技术，决不是艺术。艺术是感情的产物，所以唱歌的人，没有感情的发挥，那么技术怎么好，也是乏味的。

唱歌是文学和音乐结合的艺术。每首歌词，固然不必都是感情的写照，然而，无论如何，其立意，口气，态度，都能够看出。对于这点，唱歌的人必须特别注意，要能够表出，譬如：是庄严，是轻快，或如歌，或如□[1]，种种。唱歌和说话，表情没有两样，明白这句话，便能够明白一切了。

此外歌曲和歌词表情也是一样。惟有不好的歌曲，才是曲不达词了，唱歌的人，要注意选择。

以上将唱歌的最基础的方法略说了一下。即使不是专门音乐家，只要看了这数个条件，唱歌就很好了。即使稍有缺点，——如音量不宏响——也不要紧。须知就在音乐专家中，全才也很难得。

---

[1] 此处字迹漫漶不清。

艺术必能建国 [1]

我要谈"艺术建国",而在其中加"必能"两字,乃表示确定,欲使听者特别注意的意思。因为一般浅见的人,向来误解"艺术",把它看作消闲物,奢侈品。甚至身为大学教授,名为文学作家,而担任许多大报的战地通讯员的曹聚仁先生,亦复如是。(去冬我在兰溪遇见他。他问我的小孩中有几个欢喜艺术,我遗憾地答道,一个也没有。他高声叫道:"很好!"这两个字在我耳中,余音至今未绝。)所以我不得不郑重提出。

浅见的人误解艺术,原是难怪的。因为艺术这件东西,内容很严肃,而外貌很和爱。不像道德、法律等似的内外性状一致。因此眼光短浅的人就上了它的当,以为它不过是一种消闲的玩意儿罢了。这好比小孩初次看见金鸡纳霜片,舐舐看味道很甜,就当它只是一颗糖,不知道里面还有着苦味的药。他们以为这只是糖果之类的闲食,不知道里面的药,力能歼灭病菌,功能使人健康呢!

我在太平时代谈艺术,只是暗示地讲它的陶冶之功与教化

---

[1] 本篇选自香港向学社出版的《缘缘堂集外遗文》1979年10月初版本。原载1939年3月16日《宇宙风》乙刊第2期。

之力的伟大，没有赤裸裸地直说。但在现在，国家存亡危急之秋，不得不打开来直说了。这好比人没有生病，我但告诉他金鸡纳霜里面含有治病的药即可。现在人发疟了，而不肯服金鸡纳霜，我非把金鸡纳霜敲碎来指给他看，使他相信不可。

美好比健康，艺术好比卫生。卫生使身体健康，艺术使精神美化。健康必须是全身的。倘只是一手一足特别发达，其人即成畸形。美化也必须是全心的。倘只能描画唱歌，则其人即成机械。故描画唱歌，只是艺术的心的有形的表示而已。此犹竞技赛跑，只是健康的身体的一时的表现而已。除此以外，健康的身体无时不健，艺术的精神无时不美。可知艺术给人一种美的精神，这精神支配人的全部生活。故直说一句，艺术就是道德，感情的道德。

这一点，借辜鸿铭先生的话来说明，最为得当。辜鸿铭先生英译《论语》中"礼之用，和为贵"一节，把"礼"字译作arts（艺术）。可知他的见解：艺术就是礼。贤明的朋友，听到这句话已经思过半矣，不必再听下去了。但因世间上述的浅见之人太多，所以我非再加些说明不可。不然，他们听了这话，以为礼就是拜揖叩头，礼就是送庆吊份子，岂不糟糕！

《论语》中有这样的一段："颜渊问仁。子曰，克己复礼为仁。一日克己复礼，天下归仁焉。为仁由己，而由人乎哉？颜渊曰，请问其目。子曰，非礼勿视，非礼勿听，非礼勿言，非礼勿动。颜渊曰，回虽不敏，请事斯语矣。"克己，就是克制自己的私欲。复礼，就是归复于天理的当然。仁是十全的德行。"克己复礼为仁"，就是说"克制私欲，顺从天理，便是十全的德行"。世间一切缺陷与罪恶,皆由私欲横行违背天理而来。换言之,皆由"非礼"而来。所以颜渊请问克己复礼的细目,孔子回答他说"非礼勿视听言动"。换言之,凡不合天理的,不视不听不言不动。从正面说:视听言动都要合乎天理。天理就是上天创造人世的本意。这句话你倘嫌宗教气,不妨换句话说,天理就是正义,人道。譬如汉奸,为了一己的私利而残杀同胞,不合正义,非礼之至!譬法西斯军阀,为了一己的野心而荼毒生灵,违反人道,非礼之极!反过来说,抗战英雄见义敢为,杀身成仁,合乎正义,礼也。不杀无辜,优待俘虏,合乎人道,礼也。"礼也"就是"艺术的"。

道德与艺术异途同归。所差异者,道德由于意志,艺术由于感情。故"立意"做合乎天理的事,便是"道德"。"情愿"做合乎天理的事,便是"艺术"。有子曰:"礼之用,和为贵。"先贤注释曰:"礼之为体虽严,然皆出于自然,故其为用必从容不迫,乃为可贵。"出于自然,从容不迫,便是"情愿"做,便是艺术的条件。故礼便是艺术。前面我说"艺术是感情的道德"。现在可更加率直地说:"艺术是情愿做的道德。"情愿做的道德就是礼。

艺术的行为,是由于感情的,是情愿做的。故艺术能使人自然地克制人欲,保存天理。换言之,艺术能自然地减杀人的物质迷恋,提高人的精神生活。关于这点,孟子有很好的说明。他说:鱼是我所要吃的,熊掌也是我所要吃的。倘使这两者不能兼得,我情愿舍去了鱼而取得熊掌。生命是我所欲得的,正义也是我所欲得的。倘使两者不能兼得,我情愿舍去了生命而取得正义。生命是我所欲得的。但我还有比生命更欲得的东西。所以我不愿勉强得到生命。死亡是我所厌恶的。但我还有比死亡更厌恶的东西。所以有时不避患难。假使人所欲得的莫过于生命,那么只要可以得到生命的,他就无所不为了。假使人所厌恶的莫过于死亡,那么只要可以避免死亡的,他就无所不为了。但事实不然:有时这么办可以得到生命,而人偏偏不肯这么办。有时那么办可以避免死亡,而人偏偏不肯那么办。由此可知人所欲得者,有比生命更甚的;人所厌恶者,有比死亡更甚的。不但贤人如此,一切人都有此心。不过贤人能保存此心勿使失去罢了。譬如今有一竹篮饭,一木碗羹,得了可以活,不得便饿死。你倘拿来送给饿人吃,骂他几句然后送给他,即使是路人也不愿受。踢他几脚然后送给他,即使是乞丐也不要吃你的。——可见人要求食,但更要求礼。倘非礼,宁愿不食而死。

由此可知精神生活比物质生活更重。不但贤人如此,一般人都具有此心。不过贤人能保持勿失,一般人有时会失去。但因此心是人生本来具有的,故一经指点,便会失而复得。我们现在抗战建国,最重要的事是精诚团结。四万万五千万人大家重精神生活而轻物质生活,大家能克制私欲而保持天理,大家好礼,换言之,大家有艺术,则抗战必胜,建国必成。所以我敢说:"艺术必能救国。"但这艺术决不是曹聚仁之辈所见的艺术,必须是辜鸿铭先生所见的艺术。

《漫画阿Q正传》初版序言[1]

抗战前数月,即廿六〔1937〕年春,我居杭州,曾作《漫画阿Q正传》。同乡张生逸心持原稿去制锌版,托上海南市某工厂印刷。正在印刷中,抗战开始,南市变成火海,该稿化作灰烬。不久我即离乡,辗转迁徙,然常思重作此画,以竟吾志。廿七〔1938〕年春我居汉口,君匋[2]从广州来函,为《文丛》索此稿,我即开始重作,允陆续寄去发表。不料广州遭大轰炸,只登二幅,余数幅均付洪乔。《文丛》暂告停刊。我亦不再续作。后《文丛》复刊,来函请续,同时君匋新办《文艺新潮》,亦屡以函电来索此稿。惜其时我已任桂林师范教师,不复有重作此画之余暇与余兴,故皆未能如命。今者,

---

[1] 《漫画阿Q正传》系1939年7月北京开明书店出版。
[2] 指钱君匋,丰子恺在上海专科师范时的学生,后为金石书画家。

我辞桂林师范，将赴宜山浙江大学。行装已整，而舟车迟迟不至。因即利用此闲暇，重作《漫画阿Q正传》，驾轻就熟，不旬日而稿已全部复活，与抗战前初作曾不少异。可见炮火只能毁吾之稿，不能夺吾之志。只要有志，失者必可复得，亡者必可复兴。此事虽小，可以喻大。因即将稿寄送开明，请速付印。

此画之背景应是绍兴，离吾乡崇德[1]二三百里。我只经行其地一二次，全未熟悉绍兴风物。故画中背景，或据幼时在崇德所见（因为崇德也有阿Q），或但凭主观猜拟，并未加以考据。此次稿成，特请绍兴籍诸友检察。幸蒙指教，改正数处。但并未全取绍兴背景。因据诸友人说，鲁迅先生原文中所写，未必全是绍兴所有。（例如赴法场之"没有篷的车子"，可坐数人者，绍兴并无此物。杀犯一向是用黄包车载送法场的。）可知此小说不限定一地方的写实，正如"阿Q相"集人间相之大成一样。然则但求能表示"阿Q相"，背景之不写实，似无大碍。我亦懒惰无心学考据了。

《阿Q正传》虽极普遍，然未曾读过者亦不乏其人。为此等读者计，吾特节取鲁迅先生原文的梗概，作为漫画的说明。割裂之处，以……为记号。请读者谅鉴。

最后，敬祝鲁迅先生的冥福。并敬告其在天之灵：全民抗战正在促吾民族之觉悟与深省。将来的中国，当不复有阿Q及产生阿Q的环境。这是堪以告慰的事。

---

[1] 崇德当时是县（作者故乡石门镇属崇德县），今改为崇福镇，与石门镇同属浙江省桐乡市。

一九三九年三月二十六日深夜，丰子恺记于桂林

《大树画册》序[1]

吾昔年曾作护生画集。"一·二八"事起,阿比西尼亚〔埃塞俄比亚〕之屠杀与西班牙之血战继之,或问曰:"君惜物命,于人命何独无言?"答曰:"恩及禽兽,功岂不至于同类之人?物命尚惜,人命自不必言。吾方劝世人以人道待畜,不料世人之以畜道待人也;吾方以人视世人,不意世人之自堕于畜道也。"迩者,蛮夷猾夏,畜道横行于禹域,惨状遍布于神州,触目惊心,不能自已。遂发为绘画,名曰大树。由爱物而仁民,以护生之笔画大树,岂吾之初心哉!是为序。

中华民国二十八〔1939〕年六月五日
子恺时客广西宜州

---

[1] 《大树画册》系 1940 年 2 月上海文艺新潮社出版。原序系手书,无标题。

平 凡 [1]

艺术贵乎善巧,而善重于巧,故求丰富之内容,而不求艰深之技巧。故曰平凡。

平凡非浅薄,乃深入而浅出,凡人之心必有所同然。故取其同然者为内容,而作艺术的表现,则可使万人共感,因其客观性既广而感动力又大也,至于表现之形式,则但求能传情达意,不以长大复杂富丽为工。故曰平凡的伟大。

吾国绝诗,言简意繁,辞约义富,可谓平凡伟大艺术品之适例。"床前明月光,疑是地上霜。举头望明月,低头思故乡。""木末芙蓉花,山中发红萼。涧户寂无人,纷纷开且落。"所咏皆极寻常之事,而含意无穷,耐人思索。至如"春种一粒粟,秋收万颗子。四海无闲田,农夫犹饿死。""长安买花者,数枝千万钱。道旁有饥人,一钱不相捐。"则形式浑似白话,内容普遍动人,乃托尔斯泰所谓最高之艺术。

绘画、音乐与文学,在人间经过数千年之发展,其技术已入专门之域。故学画学琴,三年仅得小成,学文学诗,则十年窗下未必成功。今学校以每周一二小时之教学,而求各种艺术

---

[1] 本篇为1939年作者在广西宜山浙江大学所编的"艺术教育"油印讲义第13节。

之技法，犹操豚蹄盂酒而求穰穰满家，所持者狭而所欲者奢，必无所得。今日艺术教学之沉疴，即在于此。故为教育，非择取平凡之艺术不为功。教育的艺术，不求曲高和寡，而求深入浅出。

托尔斯泰论艺术，推崇单纯明快与寻常；而反对高深之技巧，指为催眠，斥为害群。杜塞聪明而返原始生活，统制智慧，以求精神共产，其旨殊欠中肯。但为教育，其说亦有可取。盖托翁笃信基督，其论艺术力斥淫荡与浪费，而以爱为本，以善为归。从事艺术教育者，皆有一读其书之必要。

精神的粮食[1]

人生目的为何？从伦理的哲学的言之，要不外乎欲得理想的生活。亦即欲得快乐的生活。换言之，欲满足种种欲望。人欲有五：食欲，色欲，知欲，德欲，美欲是也。食色二欲为物质的，为人生根本二大欲。但人决不能仅此满足即止，必进而求其他精神的三大欲之满足。此为人生快乐的向上，向上不已，食色二欲中渐渐混入美欲，终于由美欲取代食色二欲，是为欲之升华。升华之极，轻物质而重精神。所欲有甚于生，人生即达于"不朽"之理想境域。故精神的粮食，有时更重于物质的粮食。浅而言之，儿童之求游戏有时甚于求食。囚犯之苦寂寞有时甚于饥寒。反之，发奋忘食，闻乐不知肉味，亦不独孔子为然，人皆有之，不过程度有差等耳。今人职业与事业不符者，苦痛万状。因职业只供物质的粮食，而不供精神的粮食也。

以艺术为粮，则造型美术如食物，诗文、音乐如饮料，演剧、舞蹈如盛筵。

于艺术中求五味，则闲适诗，纯绘画（图案，四君子等），

---

[1] 本篇为1939年作者在广西宜山浙江大学所编的"艺术教育"油印讲义第14节。

纯音乐（Bach〔巴赫〕）等作品，注重形式，悦目赏心，其味如甜。记叙，描写，抒情之诗；史画，院画，诗画，描写乐，标题乐及歌曲，兼重内容，言之有物，其味如咸。讽喻诗，宣传画（poster），漫画，军乐，战歌，动心忍性，其味如辣。感伤诗，浪漫画，哀乐，夜曲，清幽隽永，其味如酸。至于淫荡之诗，恶俗之画，靡靡之音，则令人呕吐，其味如臭矣。

工 艺 术[1]

英国艺术教育者莫理史〔莫里斯〕谓提倡艺术教育,须从改良工艺美术入手。曾在伦敦创办制造厂,大事宣传。英国民间生活,至今受其惠赐,此实为社会的艺术教育之急务。

因工艺品广行于世间,其形色之美丑,及于人目之影响甚大。故吾人一切感觉,皆可由眼翻译为视觉。故形式之美丑,可影响于全部身心。仁者乐山,智者乐水,即环境形式影响人心之一证况。工艺什用之品,旦暮于前,其潜移默化之力,当更大也。礼堂使人肃然,□□[2]使人整襟,洞房使人促膝(旅馆老板利用此力以招徕顾客),实例不可胜举也。但请看今日之民间工艺日用之品,形式如何?据吾所见,计有三种:一种富人所用者,质贵而形丑。一种穷人所用者,但求实用,不顾形式,所谓起码货是也。又一种中人所用者,则任工厂发落。莫理史所从事改良者也。

富人之工艺品,滥用象牙、红木,滥施细工。误将物价当作艺术价值(其评画更如此),错认复杂困难为美,所谓"出力

---

[1] 本篇为1939年作者在广西宜山浙江大学所编的"艺术教育"油印讲义第15节。
[2] 原稿空二字,疑为"庙堂"或"神殿"。

不讨好"者，可笑而复可怜。

起码货之工艺品，则可怜而不可笑。彼等"救死而恐不赡"，奚暇治美术哉。故其衣但求蔽体，其器但求不漏，其屋但求蔽风雨，其床但求不倒。初民尚在石刀柄上雕花，苗瑶尚知文身求美，吾国穷民之家，竟绝无美之踪迹，言之可痛。

工厂出品者，数量最多，需要改良亦最亟。近代资本主义侵入中国以后，此等物品大都偷工减料，因陋就简，而施以恶劣之装饰，以迎合低级之趣味。例如家具摩登者唐突可嫌，洋化者幼稚可笑，细致者噜苏而不合用，旧式者又泥古不化。古家具与摩登家具并置，形成时代错误之感。他如服装，器什，玩具，以至火柴之小，无不如是。莫理史之革命，可见英国当时亦有此种现象。

欲求艺术教育之普及于民间，第一须请艺术进工厂，改良工艺品，使合实用而又美观，方有美化人生之望。专门艺术家往往不屑为此，或不能为此。故吾国今日，不要求增加专门艺术家，而要求增加理解美与人生之 dilettante〔业余艺术爱好者〕，以其立于艺术家与民众之间，便于宣传也。

近世艺术教育运动[1]

近世艺术教育运动兴于德国，英法响应，举世景从。自有艺术教育之一名词，至今已半世纪矣。

西洋以前虽无艺术教育之名，其实早已存在。希腊时代崇尚自由教养。体育与美术并重，以求身心之调和发展，而使人生达于至善至美之理想境地。此为艺术教育之黄金时代。其后基督教兴，坚苦之信仰，阻碍人间个性之发展，艺术教育一时衰颓，人生顿呈灰色。至十六世纪意大利文艺复兴，所谓人文主义者，承继"希腊主义"而兴。尊重个性，崇尚自由，欧洲人性又得解放。是为艺术教育之中兴时代。文艺复兴期既去，欧洲思想者阴云又起。德人倡"虔敬主义"，英人倡"清教主义"，法人笛卡尔（René Descartes）又倡"惟理主义"，盖由宗教心生独断，由独断生伪善，由伪善压迫个性，遂成理性万能之形式主义矣。人生之受桎梏，以此为烈，艺术教育之衰颓，亦至此而极。物极必反。反之者即卢梭（Jean Jacques Rousseau）之"自然主义"（十八世纪中）也。卢梭反对宗教压迫，作教育小说《哀弥尔〔爱弥尔〕》提倡自然主

---

[1] 本篇为1939年作者在广西宜山浙江大学所编的"艺术教育"油印讲义第16节。

义之教育法。当时虽为教徒所反对,而不见容于政府,然此书及于思想界影响极大,为法国大革命之导火线,亦即近世艺术教育之先声。此后数十年,十八九世纪之交,德国诗人贵推〔歌德〕(Goethe)等又创"新人文主义",崇尚希腊,以古代文艺为中心。虽与自然主义异帜,实乃趋向艺术教育之阶段。经此阶段,十九世纪末德国即有艺术教育运动之发生矣。

德国艺术教育运动之先驱者,为李希德华克(Alfred Lichtwark)。当时惟理主义独霸于欧洲,德国人化之尤深。人间生活,惟理是则,机械冷酷,全无生趣。李氏首先提倡生活趣味,教人以自然美之欣赏。柏林之花,向来矫揉造作,成几何形体,至是风尚一变,人民均知天然美之趣。卖花者亦不复将花编成花束,而卖自然状态之野花矣。李氏曾以谐谑之笔,大肆宣扬;其言曰:"此乃关系重大之事。百年之后,德国学生将于历史教科书中读到如此之课文:'千八百九十年,为新趣味开始之年。柏林市中从此废止花束,而卖自然状态之花束矣。'"此为艺术最初之效果。此在中国实不足为奇。中国过去数千年崇尚风雅,爱好自然。栽花种竹,仅属文化人之余事。此种西洋之艺术教育运动之入中国,犹辽东豕也。

李氏提倡艺术教育以后,欧洲诸国闻风响应。德英二国提倡尤力。德国兰格〔朗格〕(Friedrich Albert Lange)者,为康德派哲学家,著《德国青年的艺术教育》一书。略谓艺术教育应从上层阶级入手。若徒从下层(民众与小学生)入手,全属无效。因上流社会支配艺术的经济运命。故上流缺乏美的陶冶，下层即同此运命。根据此主张，兰氏又提倡 dilettante〔艺术爱好者〕教育，略谓民众与艺术之间缺乏介绍，则艺术无论如何发达，亦无教育的效果。盖艺术家与民众相去太远，无从联络也。故必有 dilettante 其人，使立乎两者之间，而艺术始有教育的效果。于是英国有莫理斯（William Morris）者，提倡艺术教育而致力于日用品之美化。与诗人画家洛赛蒂〔罗赛蒂〕（Rossetti）等合组"美术商社"，改良各种家具用品之缺点，创造全新的样式，由此诱导民众爱美之趣味。可谓艺术教育之社会化。千九百零一年，欧洲艺术教育家举行第一次"艺术教育大会"。千九百零三年开第二次。零五年开第三次。盛况盖可想见。各国专家，发表论著，颇有足述者。有人谓艺术教育乃游戏的教育，意谓人类惟在游戏时最显露其真实之人性。故希腊全盛时代，乃游戏最盛的时代。而伟人最多产生，无非艺术教育之结果也。有人谓艺术与科学之教人，性状完全相反：科学说的因果，艺术离因果而任直观。譬如对海，科学者研究水之结晶而得盐。分解水之成分而得瓦斯。计算波之运动而得公式，所得非海之本身，而是另一种关系物。艺术家描写海景，为海赋诗，为海作曲，乃为海本身之表现。故人类活动中以少量劳力获得多量效果者，其惟艺术。又有人谓，日用品之美化，其效果等于寺院建筑与大壁画之效果。故艺术教育有统一社会思想之力。又有艺术至上主义者，谓艺术乃真游戏，艺术家乃大儿童，故艺术即教育。故学校中宜励行眼的教育，耳的教育，以及触觉的教育（即筋觉的教育）。其科目即图画，音乐，手工，与演剧也。学校设此种科目，盖自此始。惜乎此种教育入中国后，行之不得其正。三十年来，常为具文。旧教既没，新教未兴。中国艺术教育盖在青黄不接之中。

图画教育的效果[1]

古语说得好："十年树木，百年树人。"教育者的用心，竟有深长到百年的。退一步讲，就拿人当作树木看，说"十年树人"，这教育者的用心也已很好了。最怕的是眼光短浅，功利心重，希望立刻见效，同现钱换现货一样。那就不免贻害教育，戕贼人性了。好比种下一株树秧，一番壅培灌溉，就希望它立刻开花结果。见它不开不结，便说壅培灌溉无用，以后不必白费辛苦。天下岂有此理？

图画教育最容易犯上述的毛病。病根就在于教育者眼光短浅，功利心重，希望立刻见效。常有图画教师告诉我："时间短少，设备没有，教材缺乏，成绩难见。"问我有何办法可使见效。又常有人向我称道某校图画教育的成绩，为的是学生能画肖像，图表，或宣传画。问我意见如何。我认为他们都没有认明图画教育的效果。写这篇文章，就当作书面的答复。

图画教育的效果，应该分为直接和间接二种。直接的效果，便是教学生获得描画的能力，能够描出可供观赏或实用的图画来给人看。间接的效果，便是教育部颁布的图画课程标准

---

[1] 本篇原载 1940 年《中等教育季刊》第 1 卷第 2 期。

中所谓"美化人生","养成和平仁爱的德性"。——如果嫌这两句话太抽象,换句话说:"应用描画的精神,来处理一切有形无形的生活。"这两种效果中,直接的为轻,间接的为重。直接的为副,间接的为主。直接的是手段,间接的是目的。倘忽略了间接的效果而力求直接的效果,就是贪小失大。

中等教育,是养成做人的基本能力的教育,不是传授专门技术的教育。所以中等学校的各科,都应该注重间接的效果,而不可以但求直接的效果。例如体育科,主要的目的是求其身体的健全发育。跳高跑远,翻铁杠等技艺,不过是借用的手段。又如数学科,主要的目的是求其头脑的精密。能买物,能算账等能力,不过是当然同来的副产物。所以课内所教的东西,但求其能达得主要的目的,而不计其直接的效用。跳高、跑远、翻铁杠等事,在人生中其实极少直接的用处。除了遇火灾、逃警报等非常事件之外,我们平常生活中用不着跳高,跑远,以及攀椽等技能。龟鹤算,年龄算,Simson 定理〔西姆松定理,平面几何定理之一〕等在人生中也极少直接的用处。有谁真个把乌龟同鹤关在一只笼里而要你计算它们的头和脚呢?人生什么时候必须考求父年为子年之几倍呢?世间什么地方有三角形和外接圆,而从圆上一点向三边引垂线呢?可知这些都不过是练习身体,练习头脑的手段,不是求其直接有用的。——直接有用,固然也好。但须知道直接无用,不但并非不好,且比直接有用的更好。

世人倘不反对跳高、跑远、翻铁杠、龟鹤算、年龄算、西摩松定理〔西姆松〕的无用,就不应该专求图画科的直接的用处。但事实并不然。有许多人，专重图画科的作品发表。因之有许多图画教师，拼命在区区一二小时的教课中求作品，而以装饰会客室，开展览会，贴宣传画为唯一的任务。抗战开始以来，此风更甚。他们以为花卉果物与抗战无关，此刻不应该再写，就强令直线都不会描的学生创作抗战宣传画。不会创作，就教他临摹。依样画葫芦也好，玻璃窗上复写也好，只求凑成一幅画，签上"某校某生作"，贴在要路上，给大家知道某校学生热心宣传工作，以为图画科奏大效了。学生能作抗战宣传画，原是好事。但是，用这种揠苗等方法来硬做，决非长策。暴寇当前，人道正义危急之秋，男女老幼都应该有同仇敌忾的精神。但不必（又不能）事事与抗战直接地表面地相关。养成做人的基本能力的中等学校的学科，更是如此。体育科不妨照旧跳高、跑远、翻铁杠，数学科不妨照旧教龟鹤算、年龄算、西摩松定理。为什么图画科不能照旧教花卉果物风景呢？应该顾到图画科的主要目的，培养根本，不可使喧宾夺主。同时也应该明白抗战的大计，沉着些，不可浮泛暴懆，总而言之，教育者的眼光要远，不可患近视眼。患了的应该赶快配眼镜。

故眼光高远的图画教育者，对于图画科不专求其直接的效果，而注重其间接的效果。换言之，不以教学生能描画为画能事，而求其能应用描画的精神于一切有形无形的生活上。如何应用，宜在图画教学法中详论，不是本文所能尽述，约略言之，可举下列五端：

一、描画须有锐敏的观察力

教学生习画,须从此入手。未受图画教育的学生,其眼不曾磨炼。虽然也有观察力,例如能认识父母师友的颜貌而不致认错,但这是受动的,不是主动的,知其然,而不知其所以然,所以他们不能知道颜貌的异点在于何处。教学图画,便是要养成其主动的观察力,使学生理解形象色彩的表情。直线庄严,曲线优美,竖线崇高,横线广大,红色热烈,绿色和平……领会了这种精神,然后应用这眼力于生活上,则衣服、装饰、房屋、市容等,就不会有历乱、恶俗、不伦、不调和等不快的现状了。

二、描画须养成其精洁的手法

须使学生知道一张白纸,好比一个世界,处处有它的价值,不容随便乱涂。应该涂黑的地要切实地涂黑,不容留一点白;应该留白的地方要完全留白,不容惹一点黑。画得恰到好处,不能增减一分。领会了这种精神,然后应用这精洁的手法来处理生活,则教室、庭园、道路,都可当作画纸看,自然不会有随地吐痰、随处便溺、随手毁坏等丑恶现象了。

三、描画须有系统

一幅画中,可以描写许多物象,但不可漫无系统,必须有主有宾。好比一个主人招待一群客人一样。须使学生理解:作画不是记流水账,而是创造一个圆满的世界。作画不是告诉人我画"什么"而是使人知道我"怎样"画。谁不曾见过苹果、香蕉、茶壶、茶杯，要你画给他看呢？他要看的是你"怎样"画这些东西。换言之，就是看你的布置系统如何？图画之所以异于博物挂图者，即在于此。学生领会了这种精神，然后应用这系统观念于生活上，在有形的方面可得安定妥贴愉快，在无形方面可以处不失其体统了。

四、描画须有趣味

对一朵小花，真心地感到其美与可爱，然后高兴地描写它。这描写伴着一种趣味，不是为了某种功利的目的而描写的。人都有爱美的本能，利欲熏心的商人，对云霞灿烂的夕阳，玉洁冰清的满月，也得回顾一下。冷酷无情的顽夫，看见襁褓中微笑的婴孩也得注意一下。何况感情丰富的青年呢？教学生描画，务须使他们真心感到物象的美而对它发生爱情。然后描画时自然伴着趣味。这趣味是天真的，纯洁的，与世间的虚伪恶劣完全相反。领略了这种趣味，然后应用于生活上，可以减杀世间的虚伪与恶劣，而使人生温暖而和爱。

五、描画须爱好自然

人间一切美丽的形状与色彩，无不从自然中取来。玲珑的工艺品，新颖的服装，壮丽的建筑，虽是机械与人类的作品，然其形状，线条，色彩，无非是从植物的花叶，人物的身体，山川的姿势中取来的。教学生描画，不可埋头于教室中，不可拘拘于一个"描"字。应该指示他们自然界的美景，教他们看。与其描而不看,不如看而不描。看看复看看,便会发现自然之美而惊异感激。这种惊异感激不但是描画的原动力,又可养成高远的眼光,广大的胸襟,而使人想起天地宇宙的伟大与人生的根本。伟大的人格,由此产生。这是图画精神的最大的应用。

由此可知描画不过是一种手段。养成爱美的心眼是图画科的目的。只要能使学生用图画的精神来处理生活,即使一笔不描也是上等图画成绩。反之,学生生活历乱,胸襟恶劣,心地残暴,即使能开一千个展览会,其图画成绩也不及格。因为,回到前面时体育与数学的比喻,这犹似戕贼人体,像江湖马戏班一般地献技;又好比强令熟读硬记数千万个数学难题而对客演算。试问这体育成绩与数学成绩该打几分?古人有一段话,可以借来说明图画教育的要旨:"所谓诗人者,非必其能吟诗也。果能胸境超脱,相对温雅,虽一字不识,真诗人矣。如其胸境龌龊,相对尘俗,虽终日咬文嚼字,连篇累牍,乃非诗人矣。"古人诗教的直接的效果,是平平仄仄地会吟诗,间接的效果是"胸境超脱,相对温雅"。但不重直接的效果而重间接的效果。同理,图画教育的直接的效果是能描画,间接的效果是"美化人生"与"和平仁爱"。从事图画教育的人,也应该知道不重直接的效果而重间接的效果。

讲了一大篇道理,葛藤满纸,自己看了也觉得乏味。最后请讲一个笑话来收场。有一位乡下老太太,向不出门,见闻浅陋。有一天进城去看看花花世界。走到一所学校的门前,看见空场上有一群少年,正在夺一根绳。这边数十个人握住绳的一端拼命地拉过来，那边数十个人握住绳的那端拼命地拉过去。有时这边的人力大，把那边的一群人都拉倒。有时那边的人把绳一放，这边的人大家仰跌一跤，大家声嘶力竭，汗流满面，而绳还是夺不过来。这位乡下老太太存心仁善眼见这场争夺不得交开，大发慈悲，便上前去摇手叫道："大家不要争夺了！这种绳我家里很多，回头多拿几根来送你们！大家不要争夺了！"说得一群学生都笑起来，没有气力再作"拔河"的游戏了。——图画教育借描来涵养，犹之拔河借夺绳来磨炼体力。专重描画，其见解就同这乡下老太太一样可笑。

艺术与艺术家[1]

圆满的人格好比一个鼎,"真、善、美"好比鼎的三足。缺了一足,鼎就站不住,而三者之中,相互的关系又如下:"真"、"善"为"美"的基础。"美"是"真"、"善"的完成。"真"、"善"好比人体的骨骼,"美"好比人体的皮肉。

真善生美,美生艺术。故艺术必具足真善美,而真善必须受美的调节。一张纸上漫无伦次地画许多山,真是真的,善是善的,但是不美,故不能称为画。琴瑟笙箫漫无伦次地发许多音,真是真的,善是善的,但是不美,故不能称为乐。真和善,必须用美来调节,方成为艺术。

这道理又可用礼来比方。古人解释礼字,说:"礼者,天理之节文,人事之仪则也。"天理、人事,就好比真和善。节文、仪则,就好比美。古书中说:曾子耘瓜,误斩其根。曾子的父亲痛打他一顿。曾子被打得死去活来,立刻弹琴,其意要使父亲知道不曾打死,可以放心。这可算是孝之至了。但是孔子反而骂他大不孝。说他不晓得权变,无异杀其父之子。这就

---

[1] 本篇原收入《率真集》。原名《我所见的艺术与艺术家》,原载1944年1月1日桂林《当代文艺》创刊号。

是因为曾子只知一味的孝，而无节制。换言之，曾子这种孝法真是真了，善是善了，但是不美，故不成为艺术（艺术就是礼）。子路一味好勇，孔子骂他说："暴虎冯河，死而无悔者，吾不与也。"也是因为子路一味好勇，不知节制，换言之，子路的勇真是真了，善是善了，但是不美，故不成为艺术。孝和勇，都是天理，都是人事。但这天理必须加以节文，这人事必须加以仪则，方合乎礼。节文和仪则，就是"节制"。在艺术上，真善加了节制便成为美。

礼是天理与人事之节文与仪则。同理，"艺术是声和色的节文与仪则"。小猫爬到了洋琴〔钢琴〕的键盘上，各种声音都有，但不成为乐曲。画家的调色板上，各种颜色都有，但不成为画。何以故？因为只有声色而没有节文与仪则的原故。故可知"节制"是造成艺术的一个重要条件。我要用绘画上的构图来说明这道理。因为构图法最容易说得清楚。

所谓构图，就是物象在纸上的布置。画一个人，这个人在纸上如何摆法，是一大问题。太大也不好，太小也不好，太正也不好，太偏也不好。必也不大不小，不正不偏，才有安定帖妥之感。安定帖妥之感，就是美感。中国古人对于瓶花的插法费很大的研究，便是构图的研究。龚定庵诗云："瓶花帖妥炉烟定，觅我童心廿六年。"眼睛看见帖妥的姿态，心中便生美感，可以使人感怀人生，插花虽是小事，其理甚为深广，可以应用在任何时代的人类生活中，可以润泽任何时代的人类生活。幸勿视为邈小。

构图法中的"多样统一"，含义更深。多样犹似天理人事，统一犹似节文仪则。例如画三个苹果，连续并列在当中。统一则统一矣，但无变化，不多样。虽有规则，而不自然，不算尽美。反之，东一个，西一个，下边再一个，历乱布置。多样则多样矣，但无条理，不统一。不美，不成为艺术。故统一而不多样，多样而不统一，皆有缺点。必须多样而又统一，统一而又多样，方成为尽美的艺术。多样统一的三个苹果如何布置？没有一定。要之，有变化而又安定帖妥的，都是多样统一的好构图。这个道理，可用孟子所说的"礼"和"权"来比方："男女授受不亲，礼也，嫂溺援之以手，权也。"孔子的书里也有一个比方："叶公语孔子曰，吾党有直躬者，其父攘羊，而子证之。孔子曰，吾党之直者异于是。父为子隐，子为父隐，直在其中矣。"这是多样统一的。换言之，是艺术的。

我所见的艺术，其意义大致如此。照这意义说，艺术以人格为先，技术为次。倘其人没有芬芳悱恻之怀，而具有人类的弱点（傲慢、浅薄、残忍等），则虽开过一千次个人作品展览会，也只是"形式的艺术家"。反之，其人向不作画，而具足艺术的心，便是"真艺术家"。故曰，无声之诗无一字，无形之画无一笔。在现今的世间，尤其是在西洋，一般人所称道的艺术家，多数是"形式的艺术家"。而在一般人所认为非艺术家的人群中，其实有不少的"真艺术家"存在着，其生活比有名的艺术家的生活更"艺术的"。

二十九〔1940〕年作

怎样学习艺术 [1]

学过了几何，再学三角；学过了物理，再学化学，都是更进一步，再多学一种学问。只要更多出一点心力，或者更多费一点时光，就可以成功。但学过了别的学问，再学艺术，情形就不同：不是更多出力或是更多费时，就可以成功的。学了别的东西之后，再学艺术，须得心中另"换一种态度"，才有成功的希望。所以讲艺术学习法，先讲艺术内幕的事是徒劳的，必须先讲学者懂得"换一种态度"的方法。

世间有"真，善，美"三个真理。人生便是追求这三个真理的。科学追求真，道德追求善，艺术追求美。人生必须学艺术，便是为求人格的圆满。真，善，美，这三者互相关联，三位一体；但是性状完全不同。譬如这里有一株树，我对着它，可有三种态度。第一，心中想起这是什么树，在植物学中，属于何类，以及这是谁人所植，谁家所有的。这时候我所用的心，是心的"知识"方面。第二，心中想起这树上可收多少果实，树干可作多少器具，我打算来采伐它。这时候我所用心，是心的"意志"方面。第三，心中全不想起上述的事，而只是

---

[1] 本篇原载 1941 年 2 月 5 日《中学生》（战时半月刊）。

眺望树的姿态，觉得它是秀美的，或者苍劲的，或者婆娑的，或者窈窕的。这时候我所用的心，是心的"感情"方面，前面所谓"换一种态度"，便是用心时换一个方面的意思。

我们在日常生活中，用心的"知识"和"意志"的时候居多数。譬如出门办事，要察看时候，要辨别路径，要计较是非，要打算得失。所用的心大多是心的知和意两方面。难得用感情去欣赏事物。习惯了这种日常生活的人，学艺术的时候也就这样用心，那一定学不成功。因此我现在特别提出这态度的问题来，教学者注意。诸君要学艺术，必须懂得用"情"。不要老是把心的"知"和"意"两方面向着世间。要常把"情"的一方面转出来向着世间。这样艺术才能和你发生关系，而你的生活必定增加一种趣味。譬如你出门办事，专门用心于察看，辨别、计较和打算，你的生活太辛苦而枯燥了。偶然坐下来休息一下，对着眼前的花草风景天光云影欣赏一下，心里便舒畅些，元气也充足了，艺术对于人生的慰安，即在于此。故能并用感情，可免生活枯燥。世间有些人利欲熏心，有些人冷酷无情，有些人形同机械。这都是缺乏艺术趣味所致。他们有时也玩艺术品；但不懂得感情的用法，故与艺术实在毫无关系。

感情怎样用法？可就眼睛，耳朵，心思三方面分别说明。因为重要的三种艺术，绘画，音乐，文学，是用这三种感官去领略的。

（一）眼睛的艺术的用法：造物主给我们头上生一双眼睛，原是教我们看物象的。但他曾经叮嘱我们："要用眼睛看物象的本身，又看物象的意义！"小孩子出生不久，分明记得这句话,看物象时都能够注意其本身。后来年纪长大,便忘了上半句,不看物象的本身,而专看物象的意义了。学艺术便是补充这上半句的。诸君都听见过《皇帝的新衣》的故事吧。(大意是:有一个皇帝要做新衣,雇织工来织布。织工说,我织的布,非常神妙。没有道德的人看不见,道德高尚的人才看得见。皇帝相信他。皇帝派大臣去看,大臣看见布机上并没有布,织工只是空装织布的姿势,但恐怕别人说他没有道德,假意称赞布很美丽。皇帝自己去看,也看不见,但也恐怕没有道德,也假意称赞布的美丽。后来布织成了,衣做成了,织工拿来给皇帝穿。皇帝明明看见是空的,假作欢喜,穿了出去巡游。民众明明看见皇帝裸体着,但都恐怕自己没有道德,大家假意称赞新衣的美丽。直到后来,有一个小孩子看看皇帝,喊道:"皇帝裸体着,并没有穿衣!"被他说破,于是大家才觉悟了。)大臣民众为什么都说假话呢?因为他们忘记了上半句,看物象时但看其意义,以为这裸体必须假定为有衣服的,故应该说有衣服,就不见裸体的本相了。小孩子为什么能够说破皇帝的新衣的虚空呢?就为了不忘记上半句,能够看见物象(裸体皇帝)的本身的原故。现在世界上,生着眼睛而不能看见物象本身,与那些大臣民众一样的人很多,艺术教养,就好比小孩子的说破。可知学习艺术,眼前能见一种新鲜的光景,实在是人生的一种幸福。

由上述的故事,可知"看取物象的本身",便是眼睛的艺术的用法。倘嫌上述的故事太稀奇,不妨举日常生活的实例来说。譬如一只茶杯,你看见了但想"这是盛茶用的器皿,这是我所有的，这是几毛钱买来的"等，你便忘记了造物主叮嘱你的上半句而只记得下半句了。换言之，你的眼睛便是不懂得艺术的用法的。还须得能够静静地观赏茶杯，看它的形状如何，线条如何，色彩如何，姿态如何。才是看见茶杯的本身。又如一把椅子，你看见了但想，"这是坐的家具，这是红木制的，这应该放在客堂里，这要谨防损坏"等，也是忘记了上半句，不懂得眼的艺术的用法。还须得能够观赏椅子，看它的形状，线条，色彩，姿势，才是看见椅子的本身。如前所述，看见树木，只想"这是什么树，在植物学中属于何类，是谁所植，树上可收果实多少，树干可作多少器具，我打算怎样采伐它"等，此人也没有看见树木的本身。

看见物象本身有什么好处呢？浅而言之，大家能够看见物象的本身，世间的工艺美术一定会大大地进步起来。只因多数人只讲实用，茶杯但求盛茶不漏就好，椅子只要是红木的便贵，对于形式的美恶全不讲究。于是社会上就有恶劣的工艺品流行，破坏人生的美感。常见好好的瓷器，只因样子塑得不好，花纹描得难看，而给人恶劣的印象。好好的木器，只因形式造得不好，漆饰涂得难看，而引人不快的感觉。都是为了多数人看不见物象的本身，因而工业者忽略美术的研究所致。进而言之，吾人对物象能看其本身的姿态，眼前的世界便多美景，你的心便多慰乐。所谓"美的世界"，并非另有一个世界，便是看物象本身时所见的世界。古人咏儿童诗句云："对境心常定，逢人语自新。"对着一种境地心能够常定。便是说对着物象能够撇开其意义而看见其本身的意思。逢着人说出话来自会新鲜。便是说看见物象的本身，故能说别人所不能说的话。"皇帝裸体着，并没有穿衣"便是"逢人语自新"的一例。

可知要学艺术，必须懂得眼的艺术的用法，即必须能见物象的本身，但最后我须得声明：我劝你看物象的本身，并非劝你绝对不要想起物象的意义，而仅看其本身。我是劝你不要忘记造物主所叮嘱你的话："要用眼睛看物象的本身，又看物象的意义。"看物象的本身能发见其美，看物象的意义能发现其真和善。真善美三位一体，不能分割。好比一个鼎必须有三只脚方能立稳，缺了一只脚，鼎就要翻倒的。

（二）耳朵的艺术的用法：造物主给人头上造一双耳朵，教人能听。当时也有一句话叮嘱人："要用耳朵听声音的本身，又听声音的意义！"但人们老是忘记了上半句，而单记住下半句。听见一种声音，但问这是什么声音。是敌机声么？赶快逃进防空洞！是风声么，可以放心。是喊救火么？赶快搬东西！是喊摆渡么？可以放心。这样的听觉生活过惯了，遇到声音总是追求其意义，就从此听不见声音的本身了。凡美必是事物本身的表现。故音乐艺术必是声音本身的表现。听不见声音本身的人，就不能学习音乐。唱起歌来，像说话或叫喊一样，听见音乐，先问这是什么歌，便是不解声音本身之故。故耳朵的艺术的用法，是听声音的意义之外，又听其高低，强弱，长短和腔调。风声，水声没有字眼，你要能在它的高低，强弱，长短里听出一种情味来。反之，说话有字眼，你却要能在字眼之外听出一种腔调来。好比不懂英语的人听英国人说话，不解其意义而但闻其腔调。这等便是听取声音本身的练习。练习积得多了，听见没有字眼的声音便似听见说话一般，能在其中感到一种情味，音乐艺术便可学成了。据传说，希腊黄金时代，艺术最发达的时代，其人民听讲演，对于讲演的音调，比讲演的意义看得更重。话未免夸张，但艺术教养深厚的人对于声音的敏感，于此可知。我国古代也有传说：孔子有一天立在堂上，听见外面有一种哭声，非常悲哀。孔子就拿琴来弹，其琴声的腔调和哭声相同。孔子弹完了琴，听见有人嗟叹。问是谁，原来是颜渊。孔子问颜渊为什么嗟叹。颜渊说："现在我听见外面有人哭，声音很悲哀，不但是哭死别，又是哭生离。"孔子说："你何以知道？"颜渊说："因为它像完山之鸟的鸣声。"孔子说："完山之鸟的鸣声又怎样？"颜渊说："完山之鸟有四个儿子，羽翼已经长成，将要分飞到四海去。母鸟送别他们，鸣声极其悲哀，因为他们是一去不返的。"孔子差人去问门外哭的人。哭的人说："丈夫死了，家里很穷，将卖掉儿子来葬丈夫，现在同儿子分别。"于是孔子称赞颜渊的聪敏。这故事不知真假。但故事的意旨，无非是要说明声音本身（没有字眼）能够详细地表现感情。懂得耳朵的艺术的用法的人，便能从纯粹的声音中听出一种情味来。孔子称赞颜渊聪敏。他自己能用琴模仿这哭声，可知比颜渊更聪敏。颜渊只能欣赏，孔子却能创作。孔子有一天听见子路弹琴，说他有杀伐之声，是不祥之兆。后来子路果然战死，被人斩做肉酱。可知他老先生的耳朵聪敏得厉害。苏东坡的《赤壁赋》中写客有吹洞箫者，说"其音呜呜然，如怨如慕，如泣如诉"。能从声音中听出怨慕泣诉的情味来，其耳朵也很有艺术的修养。

故要用耳朵来学习艺术,即要学习音乐,必须另备一种听的态度。不要专门听辨,声音的意义,又宜于意义之外听赏其腔调。古代的隐士欢喜住在深山中听松风声,听流水声。倘其人不解听赏声音的本身,实在毫无意味。今人欢喜赴音乐演奏会,听器乐曲管弦乐曲(没有歌词的音乐)。倘不解听赏声音的本身,便同不聪敏的隐士听松风流水声一样地苦痛。须知音乐是音的艺术,详言之,是音本身所表演的艺术。我们平时所唱的歌曲,有乐谱又有文字的,是音乐与文学(诗歌)的综合艺术,不是纯正的音乐艺术。这仿佛是一种合金,虽然也有用途,但论其质,不是纯正的金属。学习音乐,必须学习纯正的音乐,即没有歌词而仅用音符表演的"器乐"。(有歌词可唱的叫做"声乐"。)声乐不过是音乐中之一种,不能代表音乐本体的。器乐才是音乐的本体,要理解器乐曲,必须从听赏声音的本身入手。但最后又须声明:我劝你听赏声音的本身,并非劝你听人说话时也不顾到话的意义,而仅听其腔调,弄得同外国人或聋子一样。我是劝你不要忘记造物主所叮嘱的话:"要用耳朵听声音的本身,又听声音的意义。"听声音的本身能发见其美,听声音的意义能发见其真和善。真善美三位一体,不能分割。好比一个鼎必须有三只脚,方能立稳。缺了一只脚,鼎就要翻倒的。

(三)心思的艺术的用法:我们平时对于世间事物的思想与见解,总是,求其真实而合理的。然而有的时候,真实合理太多了,要觉得枯燥苦闷;偶然来个不真实不合理的思想与见解,反而觉得有趣。这也是人的生活的一种奇特状态。例如几个大人坐在室中谈话。谈的话都真实而合理。忽然有一个小孩子到室中来游戏了。他把糕点给洋囡囡吃,忽然又脱下自己脚上的鞋子来给凳子的脚穿了。于是大人们都笑起来。这种笑,不是笑他的无知与愚痴,却是觉得这种生活的有趣,而真心地欢笑。欢笑得不够,大人们会蹲下来,模仿小孩子,向他讨糕糕吃。可见儿童生活富有趣味,可以救济大人们生活的枯燥与苦闷。耶稣圣书中说:"惟儿童得入天国。"从艺术上看,儿童得入天国,便是为此。但造物主怜悯大人们说离了儿童的黄金时代之后,生活太苦,特为造出叫做"艺术"的一种东西来赐给他们,以救济他们生活的枯燥与苦闷,故心思的艺术的用法,不妨就说是大人思想的儿童思想化。就是大人的回复其"童心"。

懂得真实地合理地观看世间事例的大人们,有时故意装作不懂,发出小孩子说话似的见解来,便可成为艺术的"诗"。例如一个女子自己划船去采莲,采到月出才划船回来。本是一种寻常的事,但你不必这样老老实实地说,你不妨换一种看法与想法,把花月看作人,想像他们都同这采莲女相亲爱,便可得这样的诗句:

来时浦口花迎入,采罢江头月送归。

这么一说,这件寻常的事忽然富有生趣,这事实忽然美化了。我们明明知道这话不真实,不合理,是假意说说的。但我们不嫌其假,反觉其假得很好。又如两人将要分别,在蜡烛火

下谈话到夜深。也是一件寻常的事。但我们不妨换一种看法与想法,而这样地说:

  蜡烛有心不惜别,替人垂泪到天明。

好在蜡烛有芯,其油像泪,这诗句就更巧妙了。又如一个人坐在深山中的庵里,独自喝杯茶。这事实可谓简单,枯燥寂寞之极了。但诗人能作如是观:

  青山个个伸头看,看我庵中吃苦茶。

同类的事实,一个人独行荒山中,只有一只白鸟飞来叫了几声,其余无事。这也可谓简单,枯燥,寂寞之至了。但诗人这样说:

  青山不识我姓氏,我亦不识青山名。飞来白鸟似相识,对我对山三两声。

上面,举的四个例,都是故意说假话。假的地方,都在把无情之物当作有情的人看。故可称为"拟人的看法"。这看法进步起来,有时变成荒唐。而好处也就在荒唐。例如在渭水上想念故乡,便说:"渭水东流去,何时到雍州,应添两行泪,寄向故园流。"仰望庐山,便说:"咫尺愁风雨,匡庐不可登,只疑石雾里,独有六朝僧。"恨丈夫乘船出门久不返家,便说:"不喜秦淮水，生憎江上船，载儿夫婿去，经岁又经年。"把眼泪放在河里，要他带到故乡去。唐朝人说庐山上恐怕还有六朝僧。丈夫不回来，埋怨秦淮河和船，这种荒唐可笑的行径，简直同无知小儿的一样。然而这都是唐诗的杰作，流传到千年后的今日，还是脍炙人口。

还有一种小孩子看法，是把眼前事物照像描写，而故意说不合事理的话。可称为"直观的看法"。例如：

　　山中一夜雨，树杪百重泉。

看见树后面的山中有泉水流着，便撤去树与山的距离，故意说泉水在树杪流着。还有更不合事理的：

　　孤帆远影碧空尽，惟见长江天际流。
　　黄河远上白云间，一片孤城万仞山。
　　君不见走马川行雪海边，平沙莽莽黄入天。

江，河，沙，都会上天，流到白云之间。这些话更不合事理。但把眼前立体的景物当作一幅平面的画图看时，的确如此。

还有一种小孩子的看法，是故意装作不识大体，而讲些零星小事。而这小事却又能暗示大体。胡适之先生说这好比大树干的横断面，看见一片便可想像大树的全体。故不妨称之为"断片的看法"。例如：

打起黄莺儿，莫教枝上啼。啼时惊妾梦，不得到辽西。
寥落古行宫，宫花寂寞红。白头宫女在，闲坐说玄宗。
妾有罗衣裳，秦王在时作。为舞春风多，秋来不堪着。
君自故乡来，应知故乡事。来日绮窗前，寒梅着花未。

  第一首诗，只说一个睡晏觉的女子要打走枝上的一只黄鸟。但从这小事中可以窥见开边黩武时代人民怨战的情状。今日的日本女子读了可以哭杀。第二首诗，只说一个老宫女在讲旧事。但由此可以窥见唐明皇一代兴亡之迹。第三首诗，只说一件破衣裳。但由此可以窥见人世盛衰无常之相。第四首诗，只说梅花开了没有。但由此可以窥见离人思乡之心。这些诗，表面都好像天真烂漫的小孩子讲的零星细事，但并非真个无关大体的零星细事，却是可以小中见大，个中见全的。故能成为好诗。

  文学之中，诗是最精彩的。所以上面举许多诗为例。学者理解了诗心，便容易理解文心，而懂得心思的艺术的用法了。

  总结上文，要学习艺术，须能另换一种与平常不同的态度来对付世间。眼睛要能看见形象的本身。耳朵要能听到声音的本身。心思要能像儿童一般天真烂漫。

评中国的画风[1]

中国的画风,在这时代,有改良的必要。"艺术"的根本原则,是"关切人生","近于人情"。而今日有许多的中国画,陈陈相因,流弊百出,太不关切人生,太不近于人情了。综而论之,其弊如下:

现今多数的中国画,所犯的弊病,第一是"泥古"。我并不反对"古"。不但如此,在文学艺术上,我觉得古实在可师。西洋某学者说:"造物给人才能时,科学的才能是数次分给的,所以越是后来的人所得越多;文艺的才能是一次总付的,所以古人便宜。"我相信这神话寓言式的理论。我觉得画法值得"师古"。然而所师的是古人的抽象的"法",并不是具体的"形"。多数的中国画家依样画葫芦地模仿古人的"形",就变成"泥古"。试看一般人家厅堂里挂着的中堂,客房里挂着的条幅:人物都作古装——纶巾,道袍,红袖,翠带。建筑物尽是原始的——茅店,板桥,草屋,柴扉。生活也尽是古风的——策杖,骑驴,弹琴,剪烛。二十世纪的绘画,所写的却是十二世纪的生活。况且那些人物,又都面貌奇古,类似野人;或者

---

[1] 本篇原载 1941 年贵州《文化杂志》第 2 卷第 1 号。据发表后的作者修改稿。

削肩细腰,好像玩具,都不是我们这时代、我们这世界里所有的人物。"泥古"已变成中国画的结习,凡中国画中所写的,必须古装古风。凡二十世纪的装束,画家自己生活环境中的状态,一概没有"入画"的资格。这样地因袭传统,泥古不化,实在可笑。

古人作画,原是写古人自己的时代的装束,自己的环境中的生活状态的。故南齐谢赫的画六法中,有"应物象形","随类赋彩"两法。这两句话就是说作画要依照目前的物类而描形着色,就是说作画要"写生"。如今画家作画不肯写生,一味抄描古本,或想象古代,根本上已经违反了古大家的教训。所以"泥古"实在是"背古"!据古代画史上说,我国完成绘画理论的大画家谢赫,"写人物,能于一见之后,想象描绘,毫发无遗",可见古人作画,是"见"了然后画的。换言之,便是写自己的时代,自己的环境中的状态的。假使谢赫,顾恺之,陆探微,展子虔,郑法士,张僧繇,吴道子等人物画家生于今日,他们的作品中一定有中山装,西装,旗袍,高跟皮鞋,以及洋房,汽车,轮船,飞机等的描写。古人是写古代生活的。所以古画多佳作。今人专写古而忌写今,舍己耘人,所以今人的画,令人看了觉得只有一味"古气",而不关人生,不近人情。——不合艺术的根本原则。这"泥古"是今日的中国画的第一种弊病。

泥古的中国画家听了这话,一定超然地一笑,昂然地答道:"画贵古雅。故人不厌拙,景不厌奇;要有出尘之格,不可有庸俗之状。西装,旗袍,洋房,汽车等甚不古雅,岂可入画？"中国画的第二种弊病,正是这"装雅"。"雅"之一字,是过去中国诗文绘画家共通地嗜好而追求的。"雅"原是美之一种,推究其性状,大约可说是"优秀(质)而稀有(量)的一种美"。优秀而稀有,当然可贵。但后世的文人画家,拚命地要装雅,竟把"优秀"这第一条件忘记,而单取"稀有"这第二条件,于是"雅"就等于"好奇","立异":凡奇怪的,与众不同的,便算是"雅"。诗文中拼命地赞美"隐遁",赞美"愁",甚至赞美"病"。因为城市中高兴地满足地健康地过生活的人很多,便觉得"俗"。在山林中伤春,悲秋,发牢骚,生病的人很少,就算是"雅"。绘画跟诗文完全一致。画家提起笔来,总是云,山,怪石,丘壑,岩穴,以及幽谷,隐士,面目奇古,像原始人的东西。种田的人太多,不雅;钓鱼较少,较雅。更进一步,钓鱼的还嫌多,欠雅;钓雪极少,最雅。于是作《寒江独钓图》。住在家中的人太多,不雅;住在茅棚里的人较少,较雅。更进一步,住在茅棚还嫌多,欠雅;住丘壑中的极少,最雅。于是作《枕石漱流图》。枕石漱流总还嫌它是做得到的事,雅得不足,于是改称《枕流漱石图》,无人做得到的,就雅到极点!其实作这些画的画家,大都安居于都市中的洋房里。你如果请他去钓雪,枕流,漱石,他一定不肯的。袁子才说得发笑:"诗有听来甚雅,却行不得者。金寿门云:'消受白莲花世界,风来四面卧中央。'诗佳矣!果有其人,必患痎疟。雪庵僧云:'半生客里无穷恨,告诉梅花说到明。'诗佳矣;果有其事,必染寒疾。"(见《随园诗话》)文艺中所写的,原不一定要是作者或读者所做得到的事。倘是表现一种理想，用寓言神话式都不妨。例如《愚公移山》，《桃花源记》等，我们欣赏其理想之美，不嫌其事实之奇。但现今有许多文人画家，并没有理想表现，只是一味好奇立异，便是犯了"装雅"的毛病。文人的爱用文言，古典，陈话，烂调，与画家的爱写古装，古风，奇景，异相，可谓"同病"，应该"相怜"。他们的作品，大都不关人生，不近人情。

装雅、好奇、立异的画家，大都是艺术修善未足的人。他们缺乏真正的艺术心眼，没有能力在实际的人生自然中发现美景，于是只得抄袭古人，或好奇以为高，立异以为贵。中国画家中这些人很多。于是陈陈相因，造成了中国画的"泥古"，"装雅"的恶习。其实中国古代的贤明的画家，都具有真正的艺术的心眼，都能在实际的平凡的人生自然中发现美景。故古人画论中说：

"景不厌奇，但求境实。董巨峰峦，多属金陵一带。倪黄树石，得诸吴越诸方。米家墨法，出润州城南。郭氏图形，在大行山右。"（见《重光画筌》）

今人只知"景不厌奇"，而不能观察"境实"；只知抄袭古本，捏造怪相，而不能像董、倪、黄、米、郭的写生。这便是古人所谓：

"丹青竞胜，反失山水之真容；笔墨贪奇，多造丘林之恶境。怪僻之形易作，作之一览无余；寻常之景难工，

工者频观不厌。"（同上）

从这两段话中，可知古代大画家作画，都注重"写生"（境实）与"平凡"（寻常），这才是"大雅"。今人自以为古雅，实际上是反古而不雅。

艺术与人生密切关联，故在画面上泥古装雅的画家，其人格也就病废。他们为求雅，于是赞美"孤独"、"隐遁"、"愁恨"、"病弱"，……于是逃于"酒"和"佛"。真正的欢喜"孤独"和"隐遁"，我们也不好强迫他出来参加社会事业；但实际上他们都是做官发财或醉心于名利的。真正的心怀"愁恨"，天生成悲观厌世的，我们也无法引得他笑；但实际上他们都是自得其乐的。真正的"病弱"，我们非但不敢非议，还应同情他；但实际上他们多很健康；他们的艺术都是"无病呻吟"。至于饮酒，可以助兴，我们也不反对。但他们把酒当作"逃避现实"的地方。遇到困难，说："事大如天醉亦休"，就是不管。遇到战乱，说："安得中山千日酒，酩然直到太平时"，就是说你们去抗战，胜利后我来过太平日子。真正的信"佛"，是大智大慧，行大丈夫大事；但他们并不懂佛，不过是"走投无路，逃入空门"之类的"颓废"行径。

从"无病呻吟"，"逃避现实"，"颓废"更进一步，变成"荒诞"。就是把绘画看作神秘玄妙的东西。

绘画，固然是很高深的一种艺术；但也和其他科学哲学等同样，只是人类社会的一种文化而已，决不是戏法，妖术，或仙道。中国古代的记录，往往把事实夸张，作象征的、寓言

的说法。例如笔和墨,其实不过二种工具,古书上却说得很玄妙:

"传曰,画者,成教化,明人伦,穷神变,测幽微,与六籍同功……古人之作画也,以笔之动而为阳,以墨之静而为阴。以笔取气为阳,以墨生彩为阴。体阴阳以用笔。"(唐岱《绘事发微》)

"精墨乃松液所成,又经化练,轻升,滓浊尽去,如膏如露。濡毫之余,间用吮吸。灵奇之气,透入窍穴,久之自然变易骨节,澄炼神明。谓之墨仙,非虚语也。世谓耽书画者必寿,此理也耶!"(周亮工《书影》)

笔是阳,墨是阴。墨有墨仙,吮墨可以长寿。——都是夸张的说法。扣实了说,无非是笔墨两种工具能自由表现,制作有精神作用的艺术品;画家亲近自然美,常受艺术的陶冶,身心多康乐而已。但古人欢喜说得玄远,用神变,幽微,阴阳,灵气,仙寿,许多字眼。关于作品,更有荒唐的记载:

"顾恺之画邻女像,悬壁间,戏以针刺其胸,邻女忽心痛。女父探知此事,乞恺之拔去针,痛即止。"

"张僧繇于金陵安乐寺画四龙于壁,不点睛。每曰:'点睛即飞去。'人以为诞,因点其一。须臾雷电破壁,一龙乘云上天,不点睛者皆在。"(《画史》)

"黄筌画山鸡于御屏。时有献鹞者,鹞忽奋起,欲攫

之。鹆固健,画亦神矣。"(《小山画谱》)

"石恪作飞鼠。张之,则鼠不入室。"

"何尊师作猫,鼠皆远避。"

"宫洞于霅川长兴成山寺罗汉壁上作猿鹤,皆走而复归。"

"吴道子作出水小龙,在姑苏达官家。舒之,则云霞生。"

"信州怀玉山有画罗汉,郡中每迎请祈雨,常有一二身飞还寺中。"(《洞天清禄》)

此种记载,古书中屡见,都是夸张的象征的说法。读者宜看其理,勿拘其事。譬如顾恺之画人物注重点睛。他说:"四体妍媸,无关妙处;传神写照,尽在阿堵中。"一时画家信奉此说,就把点睛的重要性夸张起来,变成"点睛即飞去"的荒诞话。于是山鸡,鼠,猫,猿,鹤,龙,罗汉等都变成了活物。"夸张"原是人类说话的常习。换言之,便是艺术表现技法之一。但这种技法用得过甚,变成神话寓言式的荒诞时,读者不可拘泥其事实。在人物画中,点睛固然是容貌表情上最重要之一事,但终是部分的描写,其实人物画最重要还在"大体"的姿势神态的表出。如果大体的姿势神态画不好,只是两点瞳孔晔晔发光,——如宣和画院的画工以生漆点睛——也只是一幅残废的人物画。大约顾恺之对于"大体"已能顾到,不成问题,所以进而讲究部分的描写中最重要的"点睛"。后人过于看重它,正是顾小失大。张僧繇也许幽默地说过"点睛即飞去"。

后人信以为真，附会地造出许多谣言来，尤为可笑。

古人造谣言，后人轻信。于是中国画就厚厚地涂上了一层"神秘"的色彩。论到一幅名画，说好像这是一道"符"。题着的诗句就好像是一个"咒"。而画家就好比是张天师。

画家好比张天师，所以大都骄矜，画是求不到的，不卖的。如果要卖，价格非高不可。寥寥数笔，定价一千元；纸幅稍大的，定价五千元。而且一定说是为了"公益"或"救国"而破例出卖的；画家自己是何等"清高"，决不"要钱"的。

这种"骄矜而虚伪"的态度，从另一方面看，是封建时代的遗风。中国古代大画家，有许多人是做大官的。顾恺之是散骑常侍，陆探微是刘宋的侍从，张僧繇是梁元帝的右军将军，展子虔是朝散大夫，郑法士是中散大夫，阎立德是工部尚书，阎立本是中书令，吴道子是内教博士，李思训是宗室左武卫大将军，王维是尚书右丞。宋有画院，以画取士，米芾等都是"书画学博士"。……因此，画家的血管里除前述的隐遁风以外又含有封建气，士大夫气，所以大都骄矜，以不肯画与不卖画为高。像明朝的崔道母，是最典型的人物之一：

> 崔子忠，字青蚓，号道母。善画，孤芳自赏，有富贵者数求其画，不予。诱而致之邸舍，谓曰："更浃日不听出，则子之盎鱼盆树，且立槁矣。"道母不得已，方与画。画成，别去，坐邻舍，使者往取其画，曰："有树石简略处须增润数笔。"富贵者欣然与之。道母立碎之而去。其孤峭绝俗皆类此也。（见周亮工《书影》所载）

肯不肯，卖不卖，原是画家的自由。但以此为高而立意标榜，大可不必；虚伪装腔，尤属无谓——与画家的人格有关。且在文化的，社会的意义上说来，画家的"孤峭绝俗"实在是一种缺憾。一个人有丰富的画才，能写良好的作品，而这些作品流通于世间，不是文化上，社会上的幸事吗？不是个人对文化的服务，对社会的贡献吗？西洋的画家大都承认这原则，平日积集作品，到相当时候开个展览会，作品上标出相当的价格，任观者选买去欣赏。卖得的一笔钱，是画家长年制作的生活费，受之无愧，不必借用"赈灾"、"救国"等名义。但中国的画家以此为"俗"。一定要"不肯""不卖"才算是"雅"，这分明是一种"不合作"的"个人主义"的行径。这不是现代中国文化上，社会上的一种缺憾吗？

肯卖画的，定价非高不可。这是画家揣摩社会心理而得的秘诀。社会上有许多"金钱迷"而"画盲"的人，根本不懂得画，但以定价的高下来判别画的好坏。尤其是一班富商，看见定价低的画绝对不买，起码要定价五百、一千的才买。因为便宜的画挂在堂上有伤体面。画家颇能适应这班人的心理，画价定得越高越好。于是真正爱好艺术的中产以下的人，就没有买画的资格。画都挂在"画盲"者的家里。这是何等畸形的状态！记得抗战前一二年，在上海看到南京出版的某杂志，有某人作文批评时下某画家卖画定价的太高。大约说，这画家一年中所作的画如果统统被人照定价买去，这画家的收入，比世界上任何国家的元首的俸禄还多。又说，实际上这画家一年中不过卖脱数幅，其余的数十百幅都是自动送人的。数十百个受他送画的人交口赞誉起来，数个人照定价出钱买画，就足够维持这画家一年的生活了。其结论是说，这是何等奇怪的、黑幕的一种营业！

总而言之，中国现今的画界中，因了"泥古"与"装雅"的两种恶习，而生出种种毛病来："好奇立异"，"无病呻吟"，"逃避现实"，"颓废"，"荒诞"，"骄矜"，"虚伪"，"不合作"，"个人主义"，……以至于"黑幕"。这样地制作出来的绘画，太不关人生，太不近人情，与艺术的根本原则相去太远了！所以我常觉得中国的画风，大有改良的必要。

1941年作于贵州

《子恺漫画全集》序[1]

抗战以前,我的画结集出版的共有八册,即《子恺漫画》(十五〔1926〕年出版),《子恺画集》(十六〔1927〕年),《护生画集》(十八〔1929〕年),《学生漫画》(二十〔1931〕年),《儿童漫画》(二十一〔1932〕年),《都会之音》(廿四〔1935〕年),《云霓》(廿四〔1935〕年),《人间相》(廿四〔1935〕年)。廿六〔1937〕年秋抗战事起,这八册画集的版子和原稿尽被炮火所毁灭,绝版已经四年了。我常想使它们复刊。但流亡中转辗迁徙,席不暇暖,苦无执笔的机会。最近安居贵州遵义,始得将《护生画集》重绘一遍,使它最先复刊。又新作《护生画续集》一册,为弘一法师祝六十之寿。这样,《护生画集》却因炮火的摧残而增多了一册。接着,开明书店徐调孚兄屡次来信,说常有读者要求,嘱将其余七册画集重新编绘,以便早日复刊。这七册共有画六百幅,重绘一遍,工程浩繁,一时不敢动手。今年花朝,我告一大奋勇,开始重绘。把六百幅旧作删去了约一半,把选存的三百余幅加以修改重绘,又把流亡以来的新作百余幅加入。埋头三十八天,至昨天居然完成,共得

---

[1] 《子恺漫画全集》系 1945 年 12 月上海开明书店出版。

四百二十四幅。我把它们分编为六册：写诗意的八十四幅为一册，名曰《古诗新画》。写儿童生活的八十四幅为一册，名曰《儿童相》。写学生生活的六十四幅为一册，名曰《学生相》。写民间生活的六十四幅为一册，名曰《民间相》。写都市状态的六十四幅为一册，名曰《都市相》。抗战后流亡中所作六十四幅为一册，名曰《战时相》。这样，七零八落的旧画集也因炮火的摧残而变成了一部有系统的新画集。画集好比儿女。现在，我的心灵的儿女就是这齐齐整整的八人：两册《护生画集》好比在外的两个大男，一部全集犹似在家的六个女儿。讲到儿女，这回重编中颇有所感，初作和重编相隔了十六七年。初作中所写的情景，在今日已有不可复识者，《儿童相》一集尤甚。昔年扶床的孩子，今日已变为伟丈夫与小妇人。古人云："去日儿童皆长大，昔年亲友半凋零。"这两句好像是代我说的！十六七年，在人生确是一个可观的长时期。一生中能有几个呢？这可说是"隔世"了。《学生相》中《祖父的手》一幅便是一证。这画描写用执毛笔的姿势的手执着钢笔而写字，原题为《父亲的手》，今改为《祖父的手》。因为在今日，这种手在父亲们中已难得找到，只有祖父们中还有，所以非改不可了。这不是隔了一世了么？人生无常，使人兴悲。但念"无常"便是"常"，则又继之以喜。因为虽已隔世，犹幸作者茶甘饭软，眼明手健，能在三十八天中描出四百二十四幅面。况且膝下也有一个三岁娇儿新枚，能拿竹马泥龙来供给画材，使我的新作中也有蓬勃之趣。写这序文时，正是林先和慕法订婚的一天，他们双双地坐在我的窗前共看全集的原稿，笑指集中所写林先垂髫的姿态。这在我看来又是一种新的画材,可为他年再刊续集的资料。这全集的完成,全由于调孚兄的鼓励,于此谨致感谢。

民国三十〔1941〕年落花时节,
子恺记于贵州遵义南坛之星汉楼

《客窗漫画》序[1]

前年香港有人把我的新画旧画拉杂地收集拢来，编刊一本书名之曰《战地漫画》。又从报上剪下我在桂林时的《艺术讲话》稿来，刊在卷首，名之曰"代序"。而且书中有好几幅画，是编刊者代笔的，或代题的。我全不知道这事，钱君匋首先把这书寄给我，而且说他一看就知道是假的，所以买了寄给我，劝我留意。我感谢他的好意，同时可怜那代编者，料想他是逃难中穷极无聊，不得已而出此的。后来据人说，那人在香港靠这书赚了不少的钱，于是我心中感觉不安。因为这书实在编得太不成样，骗了许多读者。第一，把我的画增删修改，勉强安上与抗战有关的题目；第二，加上不伦不类的"代序"，张冠李戴；第三，用骗人的书名《战地漫画》，实则书中没有一幅写战地的，这行径与趁火打劫想发国难财相似。

抗战军兴，我的故乡变成焦土，我赤手空拳地仓皇逃难。但也只是逃难而已，自愧未能投笔亲赴战地为国效劳。所以抗战以来，我的画都是逃难中的所见及所感，即内地的光景，与住在后方的一国民（我）的感想而已。这些画虽然也与抗战有

---

[1] 《客窗漫画》系1942年8月桂林今日文艺社出版。原序名《客窗漫画》。

关,却不配称为"战地漫画",这只是逃难中在荒村的草舍里、牛棚里画兴到时的漫笔而已。旧友黎丁君办今日文艺社,向我索稿,我就把自己所保留的画稿付他,且定名为《客窗漫画》。客窗就是草舍牛棚的意思。这可以证明以前他人代刊的《战地漫画》全不是我自己所保留而愿刊的稿子,也可以表白我的画全不是战地漫画。这就算是序。

三十〔1941〕年子恺于遵义

《战时漫画》序[1]

现代艺术以"单纯明快"为特色。最能发扬这特色的艺术，便是漫画。故漫画贵简洁，不以精致为工。学友吻冰君作画长于单纯明快之道，其所作《战时漫画》，寥寥数笔，尽得要旨。盖中国画所谓"意到笔不到"之法。此实漫画之上乘。书成，属写序言。遂为介绍如上。

一九四二年一月　子恺

---

[1]　《战时漫画》，吻冰作，江西文化出版社（泰和）1943年9月初版。后收入《可逆反应（吻冰漫画之三）》，文化出版社（浙江温岭）1946年10月初版。

绘画改良论 [1]

清朝乾隆年间西洋画已入中国。江苏无锡有一位大画家邹一桂，号小山的，所著《小山画谱》中有这样的一段话：

> 西洋人善勾股法，故其绘画于阴阳远近，不差锱黍。所画人物屋树，皆有日影。其所用颜色与笔，与中华绝异。布景由阔而狭，以三角量之。画宫室于墙，令人几欲走进。学者能参用一二，亦甚醒目。但笔法全无，虽工亦匠，故不入画品。

这段话很好玩味。所谓"有日影"，"由阔而狭"，"几欲走进"，"亦甚醒目"，"笔法全无"，"虽工亦匠"等话，虽出于感想笔记的口气，却是中国人评西洋画的中肯之言。盖当时中国人初见西洋画，根据了"第一印象"而随口说出，往往含有真理。

现在先来检点中国画与西洋画的异同。这约有六点：

---

[1] 本篇原载 1942 年 3 月 1 日《思想与时代》第 8 期。又载 1943 年《学术杂志》第 1 卷第 1 期。

（一）中国画"写意"，描物象不照实物尺寸，但由主观加以变化，表出其神气。故常在房间里凭回忆或想象而作画。所画的都不肖似实物。西洋画"写生"，必须照客观物象如实描写。尤其是近代印象派以来，必须对着实物（model）而动笔。所画的都逼真，类似照相。

（二）中国画不写阴影而专写光明。仿佛物体都放在野外，四面受光，面面都是明的，而且没有影子。西洋画则兼写明暗两面，必且有影。看去物体像是立体的，凌空的。画人物的脸孔也常半明半暗，即半只脸孔白，半只脸孔黑。因为西洋人是依照人住在室内，光从窗中射入时所见的状态而写的。清乾隆的宫廷画家意大利人郎世宁（Joseph Caslihoni）为乾隆画游江南图，略用西法，有的人物脸孔半白半黑。宫中的人起初看不惯，以为这人脸上生疮涂药。后来觉得好，因为望去同真的人一样。邹一桂所谓"有日影"，"亦甚醒目"，便是指此。

（三）中国画不讲透视法（Perspective），所以只宜画山水云林等曲线形的远景。若写宫殿、院宇、桌椅、器物等直线形的近景，透视法常常弄错，以致不能逼真，或者像飞机中望下来所见的鸟瞰图。西洋画首重透视法，凡形体，必须依照从一定的地点在一定的时间中所见的状态而正确地描写。邹一桂所谓"由阔而狭"，就是说站在走廊中央画走廊，站在铁路中央画铁路，按透视法，画面上是由近而远，由阔而狭的。而望去真同实景一样，令人"几欲走进"。

（四）中国画不注重背景，往往单画一块石头，好像吊在空中；或者单画一个人，好像腾云。四周除题字外都是雪白的纸,没有一点背景。西洋画则又同拍照一样,物体摆在地上或桌上,必定有个着落;人体后面房屋或风景,必定一一详写。所以画面全部用颜料涂掩,不留素地,与中国画正反对。邹一桂说"虽工亦匠",详写背景便是"工"之一端。

(五)中国画注重"线",由线条的粗细、刚柔、枯阔来表出物象的形体与性格。故线条能独立构成物象。西洋画(尤其是十九世纪末后期印象派以前)不注重线条,但有"界限"。因为西洋画描的物象是涂抹的,物象与背景交界处已甚显明,不必再描线条。邹一桂所谓"笔法全无",就是因为不描线条而用涂抹的原故。

(六)中国画注重画题(即款识)。画上(自元代以来)必附诗句或文句,增加内容意趣,又加印章,即绘画、文学、书法、金石四者综合而成图画。西洋画除了在隐僻处签名以外,画面上大都不用题字。画题另标在画外,大都并不重要。尤其是印象派以来,但求画面形式的美,不求内容意趣的美。邹一桂说"虽工亦匠",匠气一半在此。

从上面的六点看来,中西画各有优劣。就优点讲,中国画清新多趣(表神气,用线描,重意趣),西洋画详实逼真(写生,有阴影,重透视,重背景)。就劣点讲,中国画简陋虚空(不写实,无透视,无阴影,轻背景)。西洋画重浊沉闷(照相式,涂抹,少意趣)。我每次看中国画和西洋画,常觉得好比看平剧和话剧。

总之,两者的性状根本不同:中国画以心胜物,以主观胜客观,以美胜真。西洋画则反之,以物胜心,以客观胜主观,以真胜美。换言之,这就是灵与肉的区别。

灵和肉性状不同,但不能分别孰高孰下,孰轻孰重。因为健全的"人",必须这两方平均发达;偏废了一方面,"人"就不健全。我就根据这原则来批评绘画:纯中国画与纯西洋画都有缺憾,都不健全。必须采取两者的优点,避去两者的劣点,才能造成一种健全的绘画。所以我曾用乔木和幽谷来比方这两种画。中国画高似乔木,西洋画深似幽谷。乔木太高,幽谷太深,都不宜于住人。我要走在"人"行道上,我要学习关于"人"生,近于"人"情的绘画。

这个主张,最初我只告诉从我学画的几位同志。他们都信从我,各自努力于新绘画的研究。近数年来战乱把我们分布到后方各地。因了环境的变换,阅历的增加,生活的磨砺,我们的绘画研究各自进展,兴味比前更加浓厚,基础也比前更加稳固了。同西安的鲍慧和通了几回信之后,我就草这篇绘画改良论。我根据"采取中西两种绘画的优点,避去两者的劣点"的原则,与同志的画友约法七章:(1)不避现实,(2)不事临画,(3)重写生,(4)重透视,(5)重构图,(6)有笔墨趣,(7)含人生味。其中第一、二是矫中国画之弊,第三、四、五是采西洋画法之长,第六、七是保存中国画之长。今分别申说于下:

(1)不避现实

"现实",就是现代的实生活。现代的实生活一定不"古",又不一定"雅"或"奇"。故现代的实生活相,就是"目前"的、"通俗"的、"平凡"的现象。

"不避现实",就是说,不要不画这些目前的、通俗的、平凡的现象。我们既是生在现代，而度着实生活的人，那么，我们的绘画表现，一定要同我们的时代与生活相关。即在我们这时代的生活中，一定有画材可取。我们作画应该采取这些切身的画材。详言之，我们必须画古装古风的时候（例如作历史画等）也应该画"古装"与"古风"，我们的生活中遇到真有意义而可入画的雅事时，也不妨画"风雅"的题材，遇到真有意义而可入画的奇事时，也不妨画"奇异"的题材；但我们的主要的题材，还是现代的实生活相，即目前的通俗的平凡的现象。我们决不可以像某种中国画家地，一味写古代的装束，古代的建设，古代的生活，和风雅的、好奇的、立异的题材；而绝对不写现代的实生活相。我们要尽力矫正这种恶习，努力描写现实相，使目前的通俗的平凡的物象都有"入画"的资格。——"不避现实"四个字的意义，正是这样。

只要用意好，选材好，布局好，目前的、通俗的、平凡的物象都有入画的资格。穿中山装、摩登旗袍的人物，似乎规定没有入画资格的，但这是那班泥古的画家陈陈相因地造成的恶习所使然的。只要用意好，选材好，布局好，何尝不可用毛笔画在宣纸上？麒麟阁的功臣像都作汉代衣冠。凌烟阁功臣像，都用阎立德所案定的唐代衣冠。毛延寿画王昭君像，据日本人从石刻上研究，确是汉代的宫装，倘在现代，王昭君正是一个摩登女子。古人画目前的装束，我们何必太谦虚，自轻自贱，规定现代的服装没有入画的资格呢？

洋房、火车、汽车、轮船等现代风的物象，也向来没有描入宣纸的资格。有的画家，天天住洋房，坐汽车，而对于这常见的切身的物象,漠然全无感觉,眼前都是竹篱茅舍与一叶扁舟,真是不可思议的怪事!也许有人说:"一幅中堂里装一座洋房,或者一个火车龙头,挂起来成什么样子?"这是不懂画道的原故。如前所说,"用意好,选材好,布局好",洋房和火车都是很好的画材。譬如西湖上的洋房,有山水作点配,用垂杨作对照,其美决不会逊于竹篱茅舍。又如柳荫中,平芜尽处,露出火车站的简单明了的栅栏,栏外一个火车龙头拖着一排列车,正在蜿蜒开来。这景象描写出来,其美也决不会逊于一叶扁舟。绘画是造型美术。画面的美丑,全视"造型"的巧拙而定。那班泥古的画家,自己不会造型,只得抄袭古人所造好的型,所以不敢画现代生活相。

樵子负薪于危峰,渔父横舟于野渡。临津流以策蹇,憩古道以停车。宿客朝餐旅店,行人暮入关城。幅巾杖策于河梁,被褐拥鞍于栈道。贾客江头夜泊,诗人湖畔春行。楼头柳飔,陌上花飞。散骑秋原,荷锄芝岭。高士幽居,必爱林峦之隐秀;农夫草舍,草依垅亩以栖迟。摊书水槛,须知五月江寒;垂钓沙矶,想见一川风静。寒潭晒网,曲径携琴。放鹤空山,牧牛盘谷。寻泉声而蹑足,恋松色以支颐。濯足清流之中,行吟绝壁之下。登高而望远,临流以送归。卧看沧江,醉题红叶。松根共酒,洞口观棋。见丹井而逢羽客,望浮图而知隐高僧。看瀑观云,偶成独立。寻幽访友,时见两人。(笪重光《画筌》)

这便是古人所造好的美型，泥古的画家你抄来。我抄去，当作经典的。试看这里面，多数是古代人的实生活相。例如樵、渔、旅行、商贾、荷锄、摊书、垂钓、濯足、送别、醉卧、下棋、观云、访友等，都是古人实生活中的通俗的平凡的事象。古画家敢把它们选出来写入画图，今日"好古"，"嗜古"，"仿古"的画家，为什么不"仿"古人这种行为，也把现代生活中通俗的平凡的事象选出来写入画图呢？

（2）不事临画

"临画"，就是拿别人（古人或今人）的作品作范本而依样画葫芦。这是最不好的学画方法。清朝康熙年间，浙江嘉兴人王概，编一部中国画教科书，名曰《芥子园画传》。李渔把他作序刊行，认定这是学画的唯一门径。这画分为树谱、石谱、梅谱、兰谱、竹谱、菊谱等部类，各部中收集着古人的各种皴法，点法及范作。数百年来，学者人手一册，专事临画。临写既久，死板板地学得了各物的各种描法。于是东拼西凑，便可自己作画。这作画同搭七巧板相似，这实在不是作画，却是"凑画"。中国画的"泥古"的毛病，一半是这部教科书所养成的。学者临写惯了，依赖性成，自己不会创作写生，绘事就永无进步了。

我们要尊重"自己"的个性。石涛、八大有石涛、八大的个性；王维、李思训有王维、李思训的个性；我有我的个性。我决不做石涛、八大、王、李的应声虫。古代的大画家，都是自己个性表现而成家的。我要自成一家，不要依附人家。石涛曾经说：

夫画……借笔墨以写天地万物，而陶泳乎我也。今人不明乎此，动则曰，某家皴点可以立脚，非似某家，山水不能传久。某家清淡可以品，非似某家，工巧只足娱人。是我为某家役，非某家为我用也。纵逼似某家，亦食某家残羹，于我何有哉！

或有谓予曰："某家博我也，某家约我也。我将于何门户，于何阶级，于何比拟，于何效验，于何点染，于何鞟皴，于何形势，能使我即古而古即我？"如是者，知有古而不知有我者也，我之为我，自有我在。古之须眉不能生在我之面目，古之肺腑不能安入我之腹肠。我自发我之肺腑，揭我之须眉，纵有时触着某家，是某家就我也，非我故为某家也。天然授之也。我于古何师而不化之有？（《苦瓜和尚画语录》）

可知"师古"要能"化"，要有"我"。换言之，我们学画，可参考古大家的研究所得的成绩而变化应用，以表现自己的个性；但不可死板板地抄袭古人，而没却自己的个性。

也许有人要说："画六法中有'传移模写'一法，不是谢赫明明教人临写古画么？"

"传移模写"，便是"师古有我"。日本的中国画论研究者金原省吾解说得很明白。他说："六法的关系如下：由'骨法用笔'，'应物象形'，'随类赋彩'三者一致而成的'写生'，再加研究过去成绩的'传移模写'而更臻完全，即成为'气韵生动'。这'气韵生动'在图形上看来，就是'经营位置'。因这关系，六法可以完成艺术的创作。"他说明（一）学画必须师古，（二）师古必须有我，理论很正确：

关于（一），他说：我们明明是住在过去与现在的世界中。所谓住在过去中者，就是说踏在先人的足迹中。残留在我们前面的先人的足迹，一方面有遗传，他方面有文化的诸财宝。我们先天地具有的，是遗传。但我们所具有的遗传，只是一个倾向，并不是决定的。……在艺术上，把世界及过去照样反复，是不可能的。过去不再照原样地回来；即使回来，也不能照原样再说在艺术上。故所谓我们住在过去及现在的世界中者，不是要使过去再现于现在的意思，乃是要把握过去与现在的意思。把握现在，就是写生。把握过去文化的诸财宝，便是"传移模写"。故"写生"与"传写"，是两件并重的事。……所谓"传写"，就是学习再生于现在中的过去。再生于现在中的过去，就是传统。从人格的意义上看来，科学是人格的"部分"的，抽象的。故研究科学。对于前人所已做了的，可继续做下去，而日渐堆积增大其效果。故在科学，以今日的为最进步，最有价值。故科学不须学习过去，因为过去的成绩都不如今，已缺乏独立的价值。但在艺术，是人格的"全部"的。故其形与姿虽常变异，但其主要的要求与意义，自古已有，且至今还是有的。所以过去依然生存在现实中。在过去有价值的，同时在现在还是有价值的。故研究艺术，不是从前人已做到的地方继续做下去，而必须从前人开始做起的地方开始做起。"过去"，在科学只是达到现在的道路,但在艺术,是现在的出发点。

关于(二),他说:传统,是过去再生于现实的"我"中。写生,是"我"生于对象的现实中,故两者都以作者的个人(即我)为据点,即以作者的个性为必要条件。过去与个性结合而成为传统,现在与个性结合而成为写生。写生因传统而深,传统因写生而新。这样看来,传统与写生不是矛盾的,却是可以协力的。主要的一点,是个性有无表现的问题。没有表现个性的传统,便是"因袭"。因袭就过去照原样出现于现在,所以是要不得的。

过去照原样出现于现在,便是"临画"。袁子才论文,说"学古人者,只可与梦中神合,不可使之白昼现形"(见《随园诗话》)。画与文同理,临画便是使古人白昼现形。秦祖永的《绘事津梁》中有几句话,学者应该记到:

> 画不师古,如夜行无烛。……临画不如看画。临画往往拘局形迹,不能洒脱。看画,凡惬心之处,熟于胸中,自能运于腕下,久之自与古人吻合矣。

(3)重写生

写生是西洋画所注重的。然而我们的写生,与西洋的又略有不同。西洋画的写生,细写物象,力求逼真,往往太重客观,闲却主观。即没却个性,近于照相。我们所谓写生,是客观的主观化,现实的个性化。我们作画,必须根据现实,同时又必须加以"变化";必须模仿自然,同时又必须加以

"创造"。

学画须从写生入手。这应该采用西法：用铅笔或木炭，先写静物，以茶壶、花瓶、水果、器物等为莫特尔〔模特儿〕（model）。其次以人物为莫特尔，能写裸体人最好。最初要细写，凡尺寸，明暗，必须与真物全同。这"客观再现"的工作既学会了，然后可练习简笔画。即捉住大体的印象，而作"主观表现"。普通应用两种方法，即"删节"与"夸张"。第一法，删节，就是看取物象的紧要的梗概，删去无关紧要的详细点。古人说："远山无皴，远水无波，远人无目。"（郭河阳语）便是"删节"的一例。远山有了皴，远水有了波，远人有了目，就都不远，就不是写生了。第二法，夸张，就是捉住物象的梗概之后，把这梗概中的特点加以夸张，使它们特别显著，物象的印象就特别鲜明。但不可过分夸张，过了分就变成游戏画滑稽画。正如俄国文学家陀思妥也夫斯基说："一切艺术，总带有一定的夸张成分；但须不逾一定的限度。画像者颇知道这情形；譬如，本来鼻子有点长，为使其逼真，须稍画得长些。但如果再拉长下去，便成为讽刺画了。"可知西洋画的写生，也是加以主观的变化和创造的。但所加的不多。我们要求加以更多的主观的变化和创造，并非把鼻子再拉长来，作成讽刺画，却是技法上的变化和创造。例如用线条，用渲淡、重笔法、重神气等便是。这不能求之于西洋，必须从中国古大家学习。

中国古大画家，大都爱好自然，取法自然。金冬心画竹，"以竹为师"。韩幹画马，说"厩中万马皆吾师"。"董源以江南真山水为稿本。黄公望隐居虞山，即写虞山，皴色俱肖。且日囊笔砚,遇云姿树态,临勒不舍。郭河阳至取真云惊涌作山水,尤称巧贼,应知古人稿本在大块内,吾心中。慧眼人自知觑着。"(沈颢《画尘》)"米南宫多游江湖间;每卜居,必择山水明秀处。"可知古大家都重写生。稿本在"大块内","吾心中",便是前文所谓"根据现实而加以变化,模仿自然而加以创造"之意。

在清朝,我们故乡浙江石门有一位大画家,方薰,字兰士,号兰坻的,著一册《山静居画论》。关于写生,曾引晁以道语:"画写物外形,要拉形不改。"学写生的,请细味我们这位敝同乡所引的两句话。

(4) 重透视

这一点我们要好好地取法西洋。前头所举邹一桂谈西洋画的话:"善勾股法","阴阳远近不差锱黍"。"布景由阔而狭,以三角量之"。"画宫室于墙,令人几欲走进"。这都是用透视法而生的特色。末了他评西洋画为"虽工亦匠",是主为了"笔法全无"的原故;对于用透视法所生的特色,他真心是赞美的。所以说"参用一二,亦甚醒目"。我的意见,参用"一二"还不够,应该参用"七八"。

因为中国画家对于透视法,实在太不讲究了。透视法之于绘画,好比文法之于文学。绘画中透视法弄错,同文学中文法不通一样说不过去。试看自来的古画,只有透视形不显著的山水树石花卉以及天然画图似的远景,不犯透视法规则;若是写楼阁亭台,桌椅,器物的画,实在可说没有一幅不犯远近法的规则。别的不讲,单看大名鼎鼎的仇英(十洲)的《西厢记图册》（仇英画，文徵明书，上海文华美术图书公司版），就有笑话百出。现在描出其中两幅的骨格来作实例。

试看第一图，佛菩萨底下的座桌作梯形。可见画者是立在殿外的庭的正中而观看描写的。但再看其外面的供桌，又作菱形，却是画者立在庭的左边（即读者的左边）观看所见的。再外面，拜填[1]，石阶，都如此。但左右的两只长的经桌，又作八字形，与梯形的座桌相似。钟鼓通行是斜放的，姑且不论。这样，这许多东西在佛殿上东歪西斜，全无系统。这在透视法上看来就是没有一个集中的"消点"（Vanishing point），倘勉强说它们有两个系统，即座桌与二经桌同一系统，供桌，拜填，阶石同一系统。但你试用虚线把各物左右的线延长来看，即见各件东西的左右两线相交于各一点，并不集中。如此作画，实在太"自由"而变成"幼稚"了。

第一图 斋坛闹会　　第二图 佛殿奇逢

---

[1] 即"拜垫"。

再看第二图，更可发笑。这是张生初见莺莺时的光景，这条石板路作 S 形。下面一个弯曲的角，幸有树木遮掩。倘把树拿开了，请想像角上的一段石板，铺成什么样子？世间决没有这样铺石板的石匠。想见仇十洲先生当时画到这角里，窘得没有办法，就想出一丛树木来，把它遮掩。

读者试照西洋画透视法的规则，立定一个消点，把上二图改描一下，一定好看得多。（开明版拙著《绘画与文学》中载有改作图。）可知透视法的好处，是"有目共赏"的。谁能说是"虽工亦匠"呢？

那么我何以不说"应该参用十分"，而说"应该参用七八"呢？因为在山水风景图，倘用十足的透视法规则（即消点唯一），不能写出曲折重叠的远景。这是西洋风景画的缺点。我们可以一幅横长的纸上写"嘉陵江三百里山水"图，或在一幅直长的纸上写"山外清江江外沙，白云深处有人家"图，用十足透视法的西洋画就不行，势必把一幅分作许多幅才能表出。我们所以能够在一幅上表出者，就为了不全照透视法规则，而在一幅中设二三个消点，好在山水云树等，都是透视形不显著的物象，消点不统一，并不觉得难看。何乐而不为呢？总之，写楼阁亭台桌椅器物应该多多采用透视法规，则写山水风景则稍稍马虎无妨。所以我说"应该参用七八"。

龚贤的《画诀》中有一段说："桥有面背。面见于西上，则背见于东下。往往有反画者，大谬也。"这是何等浅易之事，学过一二年图画的初中学生都知道的，而中国画家认为画诀之一，中国画透视法的幼稚，于此可见。

(5) 重构图

构图,英名(composition)与作文同意,就是画的"章法"。中国画自古讲究这件事,画六法中的"经营位置"便是。自来的大画家,都曾在这件事上用过功夫。那么,现在为什么要特别提出来当作绘画改良的七事之一呢?

因为:中国画向来不讲透视法,常在幅画中设许多"透视中心",加之《芥子园画谱》风行以来,学者囿于"临摹"及"拼凑"的画法,养成了只顾局部描写而忽略全体章法的习惯。所以多数的中国画,画面支离破碎,散漫无章。一幅画往往可以割分为许多幅。

欲补救这个缺憾,须研究"经营位置"之法。为便利计,不妨借用西洋画构图法的要则。西洋画的构图法,与透视法一样,中心点也是唯一的。画面各物都倾向了这"构图中心"而布置,譬如北辰居其所而众星拱之。但构图法,不像透视法的机械,不可以言语尽述,要在神会默契,冷暖自知。现在但举笔墨所能述的三要则:

画面布置最重要的有两事,即"多样统一"与"有机化"。

"多样统一"(unity in variety)就是万象集中于一。画面粗看似乎散漫而细看多有条理,粗看似乎呆板,而细看都有变化。不规则而规则,规则而不规则。万殊一本,个中见全。这是西洋画构图的基本原则。中国古代讲究"经营位置"的画家,关于这事有许多名言。例如:

> 章法者,以一幅之大势而言。幅无大小,必分宾主。

一实一虚,一疏一密,一参一差。即阴阳昼夜消息之理也。(邹一桂《小山画谱》)

主山正者客山低,主山侧者客山远。众山拱伏,主山始尊。群峰盘互,祖峰乃厚。(笪重光《画筌》)

要画近看好,远看又好。近看看小节目,远看看大片段。画多有近看佳,而远看不必佳者。无他,大片段难也。昔人谓北苑(董源)画多草草点缀,略无行次。而远看烟柳篱落,云岚沙树,灿然分明。此是行条理于乱头粗服之中。他人为之,茫无措手。画之妙理,尽于此矣。(陈撰《玉几山房画外录》)

"有机化"(organize)就是说画面各物都有生机,没有一点废物,没有一块空地。凡一笔一点,都与画的构图中心(即主)保住有机的关系,而自有其作用。所谓没有一块空地,并非真个全面涂满,意思是说,空白的地方也有作用,也是有机的。体会了空地的有机性,构图法思过半矣。《随园诗话》里有一段比方得很好:"凡诗文妙处,全在于空。譬如一室之内,人之所游息焉者,皆空处也。若空而塞之,虽金玉满堂,而无安放此身处,又安见富贵之乐耶。钟不空则哑矣,耳不空则聋矣。"诗文如此,绘画尤其如此。古人论画,说:

奇者不在位置,而在气韵之间。不在有形处,而在无形处。(王昱《东庄画论》)

位置相戾,有形处多属赘疣。虚实写生,无画处皆成

妙境。得势则随意经营，一遍皆是。失势则尽心收拾，满幅多非。(《画筌》)

所谓"得势""失势"，势就是"构图中心"。多样统一与有机化，都是为保住构图中心而生，即为得势而设。

(6) 有笔墨趣

中国画的最大优点，是有笔墨趣。西洋画的最大劣点，是无笔墨趣。邹一桂说西洋画"虽工亦匠"，主要是为了他们用涂抹，没有线条与笔法。英人称漆匠为 Painter，称画家亦曰 Painter。西洋画家实在有一点与漆匠相似。

西洋画涂抹，不用线条，无笔墨趣。故西洋画都有"冒充实物"的嫌疑。中国画用线条，富笔墨趣，作画同写字一样，分明表示"这是画，不是照相，更不是实物"。这点率真、坦白、自然、爽直的好处，我们必须竭力保存而且发扬。

古人说"诗歌，耳学也。书画，目学也。"目学，必须多有视觉的快美之感。中国画落笔不改，龙蛇飞动，元气淋漓。鉴赏者通过了这些笔法，可以想见作者下笔时的精神兴会。"鉴赏乃被动的创作"，这句话用在中国画最为确当。古人有"喜气画兰，怒气画竹"之说。创作者以喜怒之气作画，鉴赏者看画而体得其喜怒之气。艺术的熏染性与陶冶力，没有比中国画更大的了。

中国画的笔墨趣，都从书法得来。中国自古有"书画同源"之说。象形文字便是最初的绘画。古人论书画通似，有许多妙论：

看画之法，如看字法。松雪诗云："石如飞白木如籀，写竹应从八法求。"正谓此也。须着眼圆活，勿偏己见，细看古人命笔立意委曲妙处，方是。（屠隆《画笺》）

古来善书者多善画。善画者多善书。书与画，殊途同归也。画石如飞白。画木如籀。画竹，干如篆，枝如草，叶如真，节如隶。郭熙唐棣之树，文与可之竹，温日观之葡萄，皆自书法中得来。此画之与书通者也。至于书体，如鹄头，虎爪，倒薤，偃波，龙，凤，麟，龟，鱼，虫，云，鸟，犬，兔，蝌蚪之属。又如锥画，沙印，泥印，折钗，漏痕，高峰，坠石，百岁枯藤，蛇惊入草，龙跳虎卧，戏海游天，美女，仙人，霞收，月上，诸喻书之与画通者也。览退之送高闲上人序，李阳冰上李大夫书，则书画相通之理益信。（朱指山《临池心解》）

观人于画，莫如观其行草。东坡论传神，谓具衣冠坐，敛容自持，则不复见其天。庄子列御寇篇云："醉之以酒，而观其则。"皆此意也。书，如也。如其学，如其才，如其志，总之曰，如其人而已。（《随园诗话》）

最后一节，袁子才说书中行草最能传神，最能如其人。书与画相通处，重在行草。中国画大都是用行草的笔法来绘写的。所以画亦最能传神，最能如其人。即最富有笔情墨趣。中国画家，有时为了极端看重这笔墨趣，竟把物象的形似忘却。例如："东坡在试院，以朱笔画竹。见者曰：世岂有朱竹耶？坡曰：世岂有墨竹耶？鉴者固当赏识于骊黄之外。"（戴文节《题画偶录》）所谓"赏识于骊黄之外"，便是抛却了物象的形似，而专赏其笔情墨趣。这便是西洋新兴艺术论者所谓"纯绘画"（pure painting），"绝对绘画"（absolute painting），即不描客观物象，但以无名之形写胸中情趣。故曰：

> 须知千树万树，无一笔是树。千山万山，无一笔是山。千笔万笔，无一笔是笔。有处恰是无，无处恰是有。所以为逸。学者会得此旨，自然摈落筌蹄，方穷至理。（秦祖永《绘事津梁》）

纯绘画与绝对绘画，太趋极端，不近人情。故新兴艺术在西洋只是昙花一现，立即湮没无闻。中国画不趋极端，兼顾客观物象与主观情趣，故近于人情，而可为中正的画风。

（7）含人生味

绘画有专重指头的技巧的，有含有思想感情表现的，即含有人生味的。人大都爱好后者。譬如图案画、装饰纹样等，虽然画得精致工巧，我们看了但得感觉上的快美，而没有心灵的感动。这便是"一览无余"。因为它不含有人生情味。反之，看一幅抒情画，虽是寥寥数笔，草草不工，但其笔情墨趣，与画题的含意，往往触着人生的根本，令人看了觉得"余味"无穷。我们不爱好"一览无余"的画，而爱好有"余味的画"。因为后者对人生更加关切。

十九世纪后叶，西洋流行一种画风，叫作"印象派"

（Impressionists）。其主张，是不重题材内容意义，而专重光线与色线，带着"纯绘画"的倾向。其主倡者莫南〔莫奈〕（Monet）的杰作中，有十余幅描写稻草堆的画。把同一稻草堆，在风雨晦明种种时间，作种种光色变化的表现，而各自成立为一幅杰作。又有许多描写水面的画，只是一片水，但在阴晴风雨种种时间，作种种光色的表现。此画风盛行于欧洲影响于全世界，至今日势力还是很大。例如一只茶杯，二三个苹果，即是杰作的题材。一瓶花，又是杰作的题材。此种不拘题材内容而专讲形色的洋画，今日到处可见。

但我认为印象派是"感觉的游戏"，"形式的数学"，毫无可取。有一位漫画家作一幅漫画来讽刺印象派画家，画一个人，头上只有两只大眼睛，别无他物。这讽刺得很确切。他们的确是把人看作只有眼睛的视觉，而完全没有头脑心灵的思想感情的。为求艺术与人生的关切，我们反对这种感觉的游戏，而提倡含有人生味的绘画。

绘画美，应是画面的感觉美与画外的思想美二者合成的。所以作画注重笔情墨趣（感觉美）以外，又得注重内容意味（思想美）。中国的文人画，在这点上很是优秀。他们的画都有"书卷气"。书卷气便是有含蓄，有暗示，有笔墨以外的情味。董其昌谓画家须"行万里路，读万卷书"。确是名言。行万里路，多见名山大川等美景，可以充实"画面美"。读万卷书，多积人格的修养，可以充实"思想美"。古人论画家的修养，有这样的话：

> 欲识天地鬼神之情状，则易不可不读。欲识山川开辟之峙流，则书不可不读。欲识草木鸟兽之名象，则诗不可不读。欲识进退周旋之节文，则礼不可不读。欲识列国之风土，关隘之险要，则春秋不可不读。大而一代有一代之制度，小而一物有一物之精微，则二十一史诸子百家不可不读。（唐岱《绘事发微》）

这是古代画家修养的话。若在现代，还应该新加许多：外国文不可不学，科学知识不可不备……总之，这是人格全般的修养。人格愈圆满，艺术愈高明，这是不易之论。我们要作含人生味的绘画，必须增广自己的知识阅历，修养全般人格。倘不修养人格，徒事指头的技巧，则其画"虽工亦匠"。

往年在某处看见一幅小画，草草数笔，画出两株白菜。题曰"士大夫不可不知此味，民不可有此色"，看了这画，读了这文句，可以窥见画家的芬芳悱恻之怀。所以我永远不能忘却。画上题字，是中国画的特色。"元以前多不用款，或隐之石隙。恐书不精，有伤画局耳。至倪云林字法道逸，或诗尾用跋，或跋后题诗。文衡山行款清整，沈石田笔法洒落，徐文长诗歌奇横，陈白杨题志精卓，每侵画位，翻多奇趣。"（王概《学画浅说》）可知自元以来，中国画多重题款，有的画，竟变成绘画与文学（诗词）的综合艺术。在这些画中，"思想美"，"人生味"最为丰富。我们的绘画，要尽力保存这个美点，因为它关切人生，最合艺术的原则。

末了引戴文节题画三则，借此为我这篇文字添些余味：

竹非草非木，非花非果，独具天地灵和挺秀之气。可谓自出机杼，不傍门户者矣。

竹遇雨则垂之着地，若靡者之所为。顾大节挺挺，断不可屈。世之太刚而折者，尚其以竹为师。

风雨将至，窗外诸竹皆有奋迅之势。迨云消日出，竹乃欣然有喜色矣。此所谓先天下之忧而忧，后天下之乐而乐也。

国画与国文[1]

近代西洋画,有一个共通的倾向,便是轻视题意。

印象派专重光线与色彩,表现派专重形体与线条。凡光线,色彩,形体,线条美观的,不问其为何物,一概是绘画的好材料。因此苹果,香蕉,瓶子,稻草堆等,都成了杰作的题材。"杰"专在形式,而不在内容,故轻视题意就成了近代洋画共通的倾向。

这些画难得看看,也好。眼睛的感觉很快美。但欣赏所得的,也就止于视觉的快美,此外别无更深的感动。好比夏天饮一杯冰,得到暂时的快感而已。

我不欢喜看这种专重形式的画,却欢喜看兼重内容(题意)的画。我以为看画,光是得到视觉的快美,是不够的;必须再得一点更深的感动,才能□□[2]艺术的欣赏。换言之,我不欢喜一览无余的画。我要求画外有思想,看后有余味。再换言之,我要求画和人生发生更深切的关系,不要止于感觉的快乐。故我觉得,与其看西洋印象派以来的画,不如看中国的题

---

[1] 本篇原载 1942 年 8 月 1 日《国文杂志》第 1 卷第 1 期。

[2] 此处原杂志破损,字迹漫漶不清,下同。

款的画。

编《芥子园画谱》的王概在《学画浅说》中说:"元以前多不用款,或隐之石隙,恐书不精,有伤画局耳。至倪云林,字法遒逸,或诗尾用跋,或跋后系诗。文衡山行款清整,沈石田笔法洒落,徐文长诗歌奇横,陈白杨题志精卓。每侵画位,翻多奇趣。"可知中国画自元以来,就与诗综合。画与诗综合,□兼重内容题意,必有思想表现,必有余味,必与人生有深切的关系。我就爱看这种画。

以前在某处看到一幅小画,画一株白菜,寥寥数笔而已。上面题款云:"士大夫不可不知此味,民不可有此色。"读了题款,觉得这株菜更有意味。我们通过了菜的笔墨,而窥见了画家的胸怀。觉得这株菜不仅是一株菜而已,却和整个人生发生有机的关系,仿佛是一种有生命的活物了。艺术家能"创造",能"赋万物以生命",应是这个意思。

沈石田画茧一筐,题云:"题诗劝尔多餐叶,二月吴氓要卖丝。"亦有余味。金冬心画竹,每幅所画的都只有竹而已,而意味每幅不同。全靠题款。有一幅画雨中竹,题曰:"竹遇雨则垂之着地,若靡者柝所为。顾大节挺挺,断不可屈。"又一幅画风中竹,题曰:"风雨将至,窗外诸竹皆有奋迅之势。迨云消日出,竹乃欣然有喜色矣。此所谓先天下之忧而忧,后天下之乐而乐也。"中国文人画中,像这一类有余味而关切人生的画,很多,很多。

我曾借古人诗句来题画。有一次画垂杨,借古人句题曰:"莫向离亭争折取,浓荫留覆往来人。"又画折花女郎,借古人句题曰:"折取一枝城里去,教人知道是春深。"又画人立云山之上,借王安石句题曰:"不畏浮石遮望眼,自缘身在最高层。"又画老松,借某宋人句题曰:"惟有君家老松树,春风来似未曾来。"又画钓鱼,借清人句题曰:"香饵自香鱼不食,钓竿只好立蜻蜓。"又画水云,借古人句题曰:"只是青云浮水上,教人错认作山看。"皆取其有画外之意。自己也曾作题画诗,愧无好句,不写出来。

所以我相信董其昌的话:"画家须读万卷书,行万里路。"行万里路,多见美景,可以创作"画面美"(即形式美)。读万卷书,涵养胸怀,可以创作"思想美"(即内容美)。两种美协力合作,才可作成丰富深切的"绘画美"。古人勉励画家读书,有云:"欲识天地鬼之情状,则易不可不读,欲识山川开辟之峙流,则书不可不读。欲识草木鸟兽之名象,则诗不可不读,欲识进退周旋之节文,则礼不可不读。欲识列国之风土,关隘之险要,则春秋不可不读。大而一代有一代之制度,小而一物有一物之精微,则二十一史诸子百家不可不读。"(唐岱《绘事发微》)

现代生活比古代复杂。故现代画家修养更难,应再加"外国文不可不读,科学不可不读——"等条目。

中国人评西洋画,说"有匠气"。有匠气,就是没有"书卷气"。

画展自序[1]

我的画已经在全国各处展览了十几年了。自从民国十五年[2],我的画在《文学周报》发表以来,十余年间我的画不绝地在各种报志书籍上刊载,统计起来恐已达数万幅之多。这不是一个极广大极长久的画展吗?这样说来,我的画已无在励志社展览三天的必要了。

然而并不如此。我这画展,除了卖画之外,还有一点可以开办的理由:

我生长在江南,体弱不喜旅行,抗战前常居沪杭一带。平原沃野,繁华富庶,人烟稠密,都市连绵。那时我张开眼睛,所见的都是人物相,社会相,却难得看到山景,从来没有见过崇山峻岭之美。所以抗战以前,我的画以人物描写为主,而且为欲抒发感兴,大都只是寥寥数笔的小幅。这些画都用毛笔写成,都可照相缩小铸版刊印。那时朋友办报志,都刊登我的画,不相识的编者记者也多来索我的画去刊载。全国各地的乡

---

[1] 本篇于抗战期间载重庆某报。在作者遗物中发现剪报,但前二十短行(约二百余字)已被作者用黑墨涂去。现在按作者修改意图发表。

[2] 应为十四(1925)年。

僻处都有我的画的踪迹,连花生米的包纸中也有我的画的断片。我自信有着不少的读者。这回逃难中,一路上还靠这些读者帮了不少的忙。

抗战军兴,我暂别江南,率眷西行。一到浙南,就看见高山大水。经过江西湖南,所见的又都是山。到了桂林,就看见所谓"甲天下"的山水。从此,我的眼光渐由人物移注到山水上。我的笔底下也渐渐有山水画出现。我的画纸渐渐放大起来,我的用笔渐渐繁多起来。最初是人物为主,山水为背景。后来居然也写山水为主人物点景的画了。最初用墨水画,后来也居然用色彩作画了。好事的朋友,看见我画山水,拿古人来对比,这像石涛,这像云林,其实我一向画现代人物,以目前的现实为师,根本没有研究或临摹过古人的画。我的画山水,还是以目前的现实——黔桂一带山水——为师。古人说:"画不师古,如夜行无烛。"我不师古,恐怕全在暗中摸索?但摸了数年,摸得着路,也就摸下去。——如上所说,我的画以抗战军兴为转机,已由人物主变为山水主,由小幅变为较大幅,由简笔变为较繁笔,由单色变为彩色了。

以前小幅的简笔单色的人物画,都可照相铸版,展览在全国各地。现在较繁的色彩山水画,在战时却无法复制。只有裱起来,挂起来,才可展览。前面说这展览会还有一点开办的理由,理由就在于此。至于这些画有无展览的价值,就同我以前的数万幅画有无发表的价值一样,我自己不得而知。我只是乘兴而作，任人观览，真好比"聋人也唱胡笳曲，好恶高低自不闻。"

三十一〔1942〕年十一月于国立艺专

《画中有诗》自序[1]

余读古人诗，常觉其中佳句，似为现代人生写照，或竟为我代言。盖诗言情，人情千古不变；故为诗千古常新。此即所谓不朽之作也。余每遇不朽之句，讽咏之不足，辄译之为画。不问唐宋人句，概用现代表现。自以为恪尽鉴赏之责矣。初作《贫贱江头自浣纱》图，或见而诧曰：此西施也，应作古装；今子易以断发旗袍，其误甚矣。余曰：其然，岂其然欤？颜如玉而沦落于贫贱者，古往今来不可胜数，岂止西施一人哉？我见现代亦有其人，故作此图。君知其一而不知其他，所谓泥古不化者也，岂足与言艺术哉？其人无以应。吾于是读诗作画不息。近来积累渐多，乃选六十幅付木刻，以示海内诸友。名之曰《画中有诗》。

三十二〔1943〕年元旦子恺记

于重庆沙坪坝，寓楼

---

[1] 《画中有诗》系 1943 年 4 月重庆文光书店出版。

《音乐初阶》序说[1]

你要学音乐，我可在七个黄昏内把音乐学习的基本知识教给你。从今天起，你每天晚上来一次。连来七个黄昏，包你能够读五线谱，而且懂得音乐的初步常识。

今天是第一夕，我同你谈音乐序说。没有学过音乐的人，只见音乐的表面，不知道内情。好比经过花园的墙外，望见墙头上露出去的楼阁秋千，树木花卉，不胜艳羡。心想进去游玩，而找不到大门；进了大门也不知方向，无所适从。现在我就先把这音乐之园的门径和地图告诉你。

古来人说"吹弹歌唱"，全是风雅娱乐之事。因此人就把音乐看作"消遣"的玩物，不肯出多大的工夫和气力来学习它。一心想要不费劳力而获得音乐的享乐。这可称为"不劳而获"主义。这是学习音乐第一要禁忌的事。

其次，因为把音乐看作消遣物，就视音乐为开心的"娱乐"。因此对于音乐，一味要求其"好听"。而所谓好听，大都是指油腔滑调的靡靡之音。每逢演奏严肃高尚的乐曲，听者莫

---

[1] 本篇是重庆文光书店《音乐初阶》的第一课。根据1948年版本（该书初版于1943年4月）。

名其妙，反以为乏味。而《葡萄仙子》,《毛毛雨》等下等的乐曲，反而被人视为"好听"。这是最近我国音乐界最可痛心的现象。这可称为"低级趣味"主义。这是学音乐第二要禁忌的事。

上述两主义，"不劳而获"与"低级趣味"，是音乐学习上二大禁忌。你得首先禁绝了这两事，才得入音乐之园。否则终身是门外汉。

常有人说："我因为工作太辛苦，太枯燥，所以想拿音乐来调剂。"老实告诉你，这全是梦想！音乐固然可以调剂生活的苦闷；但限于已经学会的人。譬如某医生，医学很精，音乐也很精。白天为人救苦救难，辛苦了一天，晚上必须开收音机留声机，或演奏他的小提琴。不是医病费力而奏乐不费力。两者一样地费力（也许演奏小提琴比看病更费力）。只是费力时所感得的滋味不同，所以叫做"调剂"。你倘因为工作费力，而要拿不费力的事体来调剂，我奉劝你勿学音乐，还是喝酒睡觉。因为学音乐仍是费力的。

学音乐很费力：第一步，先要认识五线谱。许多人嫌五线谱太费力，半途而废，专门用１２３４５６７来写谱。又有许多人，看五线谱嫌太费力，偷偷地用铅笔在五线谱下面注１２３４５６７等字。这显然是看轻音乐，不肯出力去学习的原故。学五线谱虽说要费力，其实并不很艰苦；比较起学代数几何三角等功课来，实在容易得多。只要你肯费心，理解了五线谱的构造法，多读几本曲谱，看起五线谱来就同看１２３４５６７一样容易。理解五线谱的构造法，很容易，以后两三个黄昏内我可以使你完全理解。但要熟识（拿起谱来就能自由地唱出或奏出），却要费点工夫——多读几本曲谱，各种调子的五线谱都读过几次乃至数十百次，自然会熟识了。

有人说，"何必用五线谱呢！五条细线上仅是蝌蚪似的东西，教人辨出"独来米法扫拉西"来，太伤脑筋。用１，２，３，４，５，６，７，简单明了，一样可以唱歌。用五线谱真是何苦来呢！"

说这些话的人，一定是音乐程度很低的人，音乐欲望很低的人。他只唱过几首小曲。只学过一些口琴。他没有知道高深的音乐。因为乐谱，即１２３４５６７只能记录低浅的乐曲，而不能记录高深的乐曲，只会低浅的乐曲的人，以为简谱尽够用了，等到学习高深的乐曲，才知道必须用五线谱。什么原故呢？我可简单告诉你：我们由乐谱而认识乐曲的时候，由１２３４５６７是间接的，由五根线上的蝌蚪形是直接的。因为１２３４５６７，在形式上没有表出音的高低，须得由脑中的理智作用来想一想，然后知道２比１高，３比２高；１应该用哪根手指来弹，３应该用哪根手指来弹。譬如１２３三个并列，形式上看不出它们的高低关系来。须得由理智作用，才知道这三个音是逐步高起来的。五线谱就不然，记录１２３三个音时，把三个蝌蚪形排成逐步高起来的形状，使你一望而知这三音的关系。所以说简谱的认识是间接的，五线谱的认识是直接的。你又要问：直接认识有什么好处呢？我再告诉你：高深的乐曲，同时要唱高低不同的许多音（就是几部合唱），同时要弹奏高低不同的许多音（俗称复音弹奏，其实没有这个名称。音乐弹奏，都是他们所谓复音的。同时只弹一个音的，只是初学者的玩耍）。用五线谱，唱时弹时一望而知这许多音的关系，方便不少。这种方便，现在对你说，你还体会不到；要等到你身历其境，然后确信。信任简谱而反对五线谱的人，到这时候，方才懊悔。始终不懊悔的，音乐始终不长进。

如此说来，学五线谱的力是必须费的。

费力学会了五线谱，你所造就的只是音乐学习的基础而已。因为五线谱的阅读能力，只是音乐学习的工具。用这工具去钻研的有两件工作：一是唱歌，二是奏乐器。这两件工作都比学五线谱更要费力。你倘只想学唱，费一种力；你倘要兼学唱奏，就须加倍费力。

唱歌，一般人看作极容易的事。嘴巴大家生，嗓子大家会响，唱歌何难！独不知我们学习唱歌，不是唱得响就算，却是要唱得声音精美悦耳。学唱歌好比学书法。字，普通人大都会写；但写出来的不能称为书法。须得经过一番功夫，写出来的精美悦目，方才配称为书法。书法的功夫，是在碑帖上多加练习。唱歌的功夫，是在音程和音色上多加练习。音程就是高低不同的两个音的距离。譬如从"独"到"来"，从"来"到"米"，从"米"到"法"等，须要唱出正确的距离。音色就是音的性质的美恶。唱歌者的嗓子，必须圆熟美丽，好像一种乐器。普通讲话叫喊的嗓子，是不宜于唱歌的。唱歌高深起来，分为高低不同的数部，每一个人，只属于某一部。例如高音部，中音部，低音部等，以后再当详说。数部合唱，则各部各唱高低不同的音，合成一种和谐的美。要参加这种唱歌，更非有练习不可。

如果你不仅要唱歌,还要学一种乐器,则你的费力更多。音乐中最正当的乐器,有二种,一是键盘乐器(就是钢琴风琴),二是提琴。你要学钢琴或风琴,须得买一本基本练习书,一课一课地练习;并且要有先生指导你的指法和弹法,普通学校里,家庭里,有一架琴,大家坐上去乱弹,《葡萄仙子》、《毛毛雨》都弹得出来。但这些只是游戏,谈不到音乐学习。真正的学习弹琴,至少要费一二年的基本练习,方然具有基础。有了基础,方才能弹名家作品。如果你要学提琴,则费力更多。这个乐器音色最美,表演最雄辩,而学习时最困难。她所需要的基本练习,比钢琴风琴所需要的更多。要养成一个及格程度的提琴家,至少非五年光阴不可。这五年内,必须天天练习数小时,而且要有高明的先生指导。

退一步说,如果你的音乐欲望不大,你只想学会口琴,胡琴,琵琶,曼陀铃等乐器,也要费相当的力,方才能够奏得像腔入调。

如此说来,学音乐必须预备下一番苦工,方才能得调剂生活的效果。所以学音乐,第一不可抱"不劳而获"主义。

第二不可抱"低级趣味"主义。因为你如果爱上了低级趣味的音乐,你就陷入下流,从此不能梦见音乐的庄严伟大。好比修行者堕入恶道,从此不得成佛。音乐本来是深入民间的艺术,农夫野老,也会唱山歌,唱民谣。山歌民谣,在艺术上颇有研究价值。因为这些只是简单朴素,并非低级趣味。现在我所谓低级趣味,是指油腔滑调的音乐。最好的实例,便是《葡萄仙子》、《毛毛雨》之类。油腔滑调与简单朴素，区别何在？这只能感到而不能说明。勉强要说明，我可以告诉你：油腔滑调的音乐，你听了最初感到肉麻，后来觉得四肢酥软，膝骨会屈下来，全身会软倒来（但中了低级趣味之毒的人，并不感觉如此。他们感觉得如何，我可不知）。简单朴素的音乐则不然，你听了只觉得幼稚唐突，单纯明快，一种原始的趣味。但觉异味，却不觉讨嫌。以前有一次，我在野外散步，听见一个农家孩子，挺起了嗓子在唱：

  我唱山歌乱说多，
  蚌壳里摇船过太湖。
  太湖当中挑荠菜，
  洞庭山上拾田螺。……

  他的曲调，正同这歌的文学情调一样荒唐简朴，使我听了觉得新鲜别致。好比久住城市，一旦走入田野。后来我散步回来，走进市区，首先就听见商店的女孩子唱《毛毛雨》。嗓子黏黏的，格外刺耳。我打了几个寒噤，几乎软倒在马路上。连忙三步并作一步，远而避之，才得安然返家。

  大凡油腔滑调的音乐，必用繁音促节，闹热非凡（但要声明，繁音促节闹热非凡的音乐，不一定低级）。因为繁音促节，容易引起无训练的耳朵的注意，容易讨好俗众。你有没有中低级趣味音乐之毒？如果有了，我可举一个极简单而庄严优美的小曲来反证，使你确信音乐不在繁华闹热，使你确信简单的几个音也能造成高尚的乐曲。下面的一首小曲,只有四行,每行只有七八个音。但是美丽得很,庄严得很。你还没有学过五线谱,我就用简谱来写:

夕 暮 海 滨

| $\underline{5}$ | $3-2$ | $1-\underline{5}$ | $\underline{7}-6$ | $\underline{5}-\underline{5}$ | $1-1$ |

暮 色 沉 沉,惊 涛 怒 鸣,海 天 一

| $2-2$ | $3--$ | $3-\underline{5}$ | $3-2$ | $1-\underline{5}$ |

望 无 垠。 远 帆 摇 白,新

| $\underline{7}-6$ | $\underline{5}-1$ | $6-2$ | $1-\underline{7}$ | $1--$ | $1-$ |

苇 丛 青,一 钩 凉 月 初 生。

你唱得正确,唱得纯熟,自然会知道这曲的美。这是一种沉静清幽的美,正同夕暮海滨的风光一样。但他只用寥寥的四行,疏疏的六七个音。你想,音乐何等神秘不可思议!小曲尚且如此,大曲的奥妙可想而知。你要尝到这种奥妙的滋味,须得把趣味提高。提高之法,自信力不要太强。换言之,就是不要让先入为主,而确信过去我所喜欢的音乐一定是好。要虚心信受先进者的劝告,然后能由浅入深,由低向高,从幽谷迁到乔木上去。

今晚的一夕话,好比把音乐之园的门径和地图指给你看。你如相信我的话,明天吃过夜饭再来,我引导你跨进园门去。

艺术的展望[1]

我一向抱着一种信念："艺术是生活的反映。"我确信时代无论如何变化，这道理一定不易。今天诸君向我提出"艺术的前途"这个大问题，我答复颇不胜任。但根据我上述的信念，不妨解答如下。下面的话，不能如卖卜者的预言未来，但原则上容或有当。

艺术是生活的反映。则欲知道艺术的前途，就先须知道生活的前途。

我们的生活前途怎样？谁能确说呢？但回顾过去，也可逆料将来。过去一世纪中，曾经发生一桩惊天动地的大事件。世界人类的生活，因了这大事件的发生而大起变化，竟变得不可复识。你道这是什么事件？便是"科学昌明"。

科学昌明，机械发达，交通一日千里，天涯便如比邻。地球上各处的物产，文化，风俗，习惯，互相交流，人的生活也就互相影响，互相同化，这是显著的事实。单就中国看，五十年前，西洋的东西舶来中国，中国人视为奇异，都加一个"洋"字。但在这五十年中，渐渐见惯，用惯，就安之若

---

[1] 本篇原收入《率真集》。

素，当作自己原有的东西看待了。譬如汽车，火车，电灯等现在已被视为世界人类公有的用具了。试想，战争结束，恢复和平，人类把军火的消费移作生活建设之用，将来世界的物质文明的发达，交通的便捷，实在不可想象，可知将来人类生活的互相影响，互相同化，必定比以前更多。孙中山先生的"世界大同"计划，在地球上一定有实现的一日。

如上所述，生活互相影响，互相同化。可知艺术亦必互相影响，互相同化。艺术之中，最早显露这同化的朕兆的，莫如绘画。我们可由绘画艺术的互相影响及同化中，窥测艺术的前途。

我尝论之：西洋画法的特色是"形体切实"，东洋画法的特色是"印象强明"。例如现在前面走来的是个女人，用西洋画法在油画布上表现起来，是照现在望见的状态描写，虽不奇特，而很逼真，一望而知为一个世间的女人。倘用东洋画法在宣纸上表现起来，是看取其人的特点，加以扩张变化，而夸大地描写。虽不逼真，然而"女"的特点非常强明地表出着。试看古画中的仕女，大都头大身小，肩削腰细，形体上完全不像世间的人。然古代女子的纤弱窈窕的特点，强明地表出着。

近世纪以来，东西洋两种画法已开始握手。乾隆年间，意大利人郎世宁把西洋画法混入中国画法中，描出一种西洋画化的东洋画。大致像现今流行的一种月份牌画，而技艺高明得多。十九世纪末，法兰西人赛尚痕〔塞尚〕（Cézanne）把中国画法混入西洋画中，创造一种东洋画化的西洋画，成为近代西洋画界的主潮。二十世纪以来，汲其泉流的画家，世间到处皆是。现在中国的油画家，也有不少人受赛尚痕的影响，在那里描写中国画化的西洋画。本来是自己家里的东西，给别人拿去改装了一下，收回来似乎新奇些。但其实也并非完全如此。现今的世间，自科学昌明，机械发达，而交通日趋便利以来，东西洋的界限渐渐地在那里消灭。譬如火车电灯等，已被认为世界人类共有之物，决不是一国一地所专有的东西。艺术上也是如此：例如音乐，绘画，建筑，东洋虽然也有固有的技术，也曾经发达过。但是在现代，都不及西洋的发达而合于现代人的生活。所以现在的西洋音乐法，已成为世界的音乐法，被全世界的学校的音乐科所采用了。现代的西洋画法，已成为世界的画法，被全世界的学校的图画科所采用了。现代的西洋建筑术，也将成为世界的建筑术，"洋房"这名称将渐渐地被废除了。故赛尚痕一派的画法，其实也不完全是西洋画法，不妨认之为现代的世界的画法，照这画派的进展状态看下去，将来一定还要发达，同时东西洋画风和合的程度一定还要进步，即东洋的"印象强明"与西洋的"形象切实"两特色，将更显著地出现在将来的绘画中。

这不是凭空猜疑，有着社会的必然性。今后世界的艺术，显然是趋向着"世界艺术"之路。文学上早已有"大众文学"的运动出现了。一切艺术之中，文学是与社会最亲近的一种，它的表现工具是人人日常通用的"言语"，这便是使它成为一种最亲近社会的艺术的原因。故一种艺术思潮的兴起，往往首先在文学上出现，继而绘画，音乐，雕刻，建筑都起来响应。故将来世界的绘画势必跟着文学走上广大普遍之路，而出现一种

"世界绘画",这种绘画的重要条件,第一是"明显",第二是"易解"。向来的西洋画法,其如实的表现易解而欠明显。向来的东洋画法,其奇特的表现明显而欠易解,兼有西洋画一般的切实和东洋画一般的强明的绘画,最易惹人注目,受人理解,即其被鉴赏的范围最大,合于世界艺术的条件。

中国画的描写,有许多地方太不肖似实物了。例如远近法,在中国画中全不研究。因此物体的形状常常错误。山水,人物,因为都是曲线,远近法的错误还可以隐藏,看不出来。但中国画描写到器物及家庭,就几乎没有一幅不犯远近法的错误。中国画所可贵的,就是不肯如实描写,而必描取物象的精华,而作强烈明显表现。反之,西洋画的描写,太肖似实物而忠于客观了。过去的大画家的名作,例如米叶〔米勒〕(Millet)的《拾穗》(The Gleaners),辽拿独〔列奥纳多·达·芬奇〕(Leonardo da Vinci)的《晚餐》[1](The Last Supper)等,铜版缩印,看去竟同照相一般。若能选集照样的人物和地点,竟可以扮演起来拍一张照,以冒充名画。这种如实的描写,对观者的刺激力很缺乏。照相一般的东西使人看了不会兴奋起来。唯其可贵的,是逼真而易于理解。无论何人,看了都有切身之感,因为画中所写的就是眼前的现实的世间。把这两洋的绘画的特长采集起来合成一种新时代的世界艺术,在理论上与实际上都是可能的事。

这种新时代的绘画,在现今的世间已有其先驱。最近盛行

---

[1] 指《最后的晚餐》。

的版画，宣传画（poster）以及商业的广告画，皆是其例。版画用黑白两色，用线条，用单纯明显的表现，近于东洋风的插画，一方面又用切实的明暗法，远近法，构图法，仍以西洋画风为基础。最近苏联版画非常杰出。中国也有人在那里研究木版画了。我每每觉得，看了旧派西洋画之后看这种版画，好像屏息了许久之后透一口大气，感觉得怪爽快的。看了中国画之后看这种版画，又好像忽然从梦境里觉醒，感觉得很稳妥似的。

关于一种主义或运动的宣传画，则明了与易解，尤为必要的条件，为了欲引大众的注意，常把物象的特点扩张地描写；为了欲使大众易解，常用文字为补充的说明。至于商业的广告画，则不顾美丑，一味以易解与触目为目标。甚至丑恶的形态，不调和的形态，只要具有牵惹人目的效果，就都算是"商业艺术"。其实这种不能算是艺术，只是资本主义扩张的一种手段。若强要称它为艺术，这种艺术已被资本主义蹂躏得体无完肤了。不过在求大众的普遍理解的一点上，这里面也暗示着未来时代的健全新艺术的要点——切实与强明。

现在艺术论称这种新时代的艺术为"新写实主义"。"单纯明快，短刀直入"，这八字真言，可谓新时代艺术的"无等等咒"。现代各种艺术都以此为主导的倾向而展进着。

例如建筑排斥从来的繁琐的装饰，而以实用为本位，取简单朴素的形式，像欧洲现代盛行的新建筑便是其例。最近中国也有这种新建筑样式出现了。

又如文化，现代德意志小说盛行的"新写实主义"，就是出现于文学上的"新写实主义",用现实社会的现象为主题,取纯化洗练的笔法。又有 proletarian realism（无产写实主义）的小说,取报告的形式,作为大众教化的一种手段。其形式简洁明快,有如 poster〔宣传画〕的绘画。

又如演戏,舍弃古风的心理描写,而取简洁明快的性格描写,务求场面转换的多样与快速,以集中观者的注意。演戏与文学有密切的关系,现代小说与现代演戏当然取一致的方向。

又如所谓商业艺术,商店的样子窗的装饰也取单纯明快的式样,不复以浓丽繁华为贵,西洋的商店的 show window〔橱窗〕装饰,也颇不乏快美的作品。大概取适度变化,使观者感觉爽快;同时以简洁的技艺,把商店性格化,作为广告手段。例如服装店里的人体模型（manikin）为样子窗装饰中最富艺术味的题材,那模型取种种姿势,用种种雕塑法,施以适宜的背景。若能忘记了商业广告的用意而观赏,正像一幅立体的绘画。

又如现代的照相术,也跟着同方向进步着。不复如前之模仿印象派绘画,而注重镜头机械能力的写实,现今的艺术的照相,不复印象模糊而带着玄秘感伤的趣味,贵乎简明地摄取物象的性格,短刀直入地表现 volume〔体积感〕的效果。

故有人说：现在的艺术,向着"新写实主义"的路上发展着。新写实主义所异于从前的旧写实主义（十九世纪末法国 Courbet〔库尔贝〕等所倡导的）者,一言以蔽之："单纯明快。"

三十二 〔1943〕年五月答艺术学生质问

艺术的园地[1]

艺术的园中，旧时只有八个部分。就是绘画，雕塑，建筑，工艺，音乐，文学，舞蹈，演剧。现在应该添辟四部，就是书法，金石和照相，电影。前两者向来被忽视。因为这两者在西洋是没有的，西洋的艺术之园中不设此两部。中国旧时的艺术之园中，把"金石书画"三部分看作一部，使金石和书法附属于绘画。至于照相，从来不入艺术之园，或称之为"准艺术"。电影因为新兴，亦未被列入艺术之园的部类中。其实，如果工艺（就是器什等日用品）列入艺术，照相也应该列入。如果演剧列入艺术，电影更应该列入。

所以现代的艺术之园，共有十二部门。用一个字代表一门，即书、画、金、雕、建、工、照、音、舞、文、剧、影。现代艺术的园地中，有这一打东西蓬勃地发展着，光景何等热闹啊！

学习艺术，当然不是定要全部修习这十二门艺术。如果要做艺术专门家，一个人一生，只能修习数门或一门，甚至一门中的一部分。

---

[1] 本篇原收入《率真集》。原载1943年《中学生》(战时半月刊)第65期。

但是，各种艺术都有共通的关系。所以修习一种，对于其他不能全不顾问。尤其是中学生，需要获得各种常识，来建造健全人格的基础。故对于各种艺术，应该都知道一点。

现在先就艺术的十二部门的状况，大约地讲说一番。好比游园，我们先走上一个高岸，鸟瞰全景，就园中各部的风光，大约地领略一番。

第一境，书法：这一境域，位在艺术的园地的东部最深之处，地势最高。风景最胜，游客差不多全是中国人，日本人有时也跟着中国人上去玩玩。西洋人则全无问津者。虽说游客全是中国人，但大多数的中国人，步到坡上就止步，不再上进。真能爬上高处，深入其境的人，其实也不很多。所以这在艺术的园地中，为最冷僻的区域。多数的游客，还不知道园中有这么一个去处呢。

我为什么这样比方呢？因为书法这种艺术，是我们中国所特有的，西洋向来没有书法艺术。日本人模仿中国人写汉字，但是写得好的极少。中国人虽然人人会拿毛笔写字，但大多数是实用的，不是艺术的。换言之，大多数人写字只求画平竖直，清楚工整，便于实用；不讲求笔情墨趣，间架布局，以及碑意帖法等艺术的研究。因此，西洋人根本不知道有这一种艺术；中国人也多数不把它当作艺术看。尤其是到了现代，学校功课繁忙，社会国家多事。许多青年学子，没有时间，或者没有机会去认识，欣赏，或研究这种艺术。又因为这是实用工具的缘故，被现代生活的繁忙加以简笔化，实用化，通俗化；商业竞争又给它图案化，广告化，奇怪化……几乎使它失去了原来的艺术性。现在我讲艺术,首先提到书法,而且赞扬它是最高的艺术。一般人听了这话,也许不相信。其实我这话根据着艺术的原质。艺术的主要原质之一,是用感觉领受。感觉中最高等的无过于眼和耳。诉于眼的艺术中,最纯正的无过于书法。诉于耳的艺术中,最纯正的无过于音乐。故书法与音乐,在一切艺术中占有最高的地位。故艺术的园地中,有两个高原。如果书法是东部高原,那么音乐就是西部高原。两者遥遥相对。

第二境,绘画:这一境域,也在园的东部,位在第一境之次。其地势不及第一境之高,而其地带却比第一境广大。在全园地中,这一境域范围特别广。游人也特别多。有许多人,专为游览此境而入艺术之园。游览别的境域之人,也必先到这境里来观瞻一番,然后他去。游客中,全世界各国的人都有。而中国人享有特权:这第二境虽与第一境毗连,而接壤之处没有界限。中国人到第二境去游玩时,这界限便撤销,第一境与第二境相通连,任中国人随意游览。日本人托中国人的福,有时也得享受这特权。然能享受的人极少。

我为什么这样说呢?因为绘画在艺术中为最发达的一种。全世界各民族都有绘画艺术。全世界的艺术家中,画家亦占有多数。绘画是造型艺术(书法,绘画,雕塑,工艺等,凡专用眼鉴赏的,总称为造型艺术)的基础。所以凡学造型艺术的人,必须先学绘画,或者参考绘画。中国自古有"书画同源"之说。就是说描画要参考书法的用笔,方才画得出神气。所以中国的画家大都能书,书家大都能画。画要参考画法;而书不一定要参考画法。所以书法比绘画更为高深。反之，绘画比书法更为广大。这就是说，在质的方面，书胜于画；在量的方面，画胜于书。这两者在艺术中，一高一广，都很重要。

第三境，金石：这是艺术之园的东部最精小的一个区域，位在书画两境之旁，琼楼玉宇，中有雕栏画栋，备极精巧。这一区范围虽然最小，而层楼宝塔，直指云霄。其高度不亚于第一境。或曰，比第一境更高。因为地方太小太高，所以游人很少，只有几个中国人上去游览，直上最高层的也不多。中国人到此境内，也享有特权：即得撤去其与第二境第一境的界限，而遨游于这三境之中。

读者大概都知道：金石，就是刻图章，是中国特有的一种极精深的艺术。在数方分的面积中，用刀刻上几个字，要它们布置妥帖，笔法典雅，全体调和，自成一个圆满无缺的小天地，原是难能可贵的事。专长这种艺术的人，叫做金石家。金石家大都兼通书画。故"书画金石"，向来并称。最近这方面的大家，像吴昌硕便是，他能画，能书，又能治金石，三种作品都很高明。最近逝世的弘一法师，即李叔同先生，也是三才兼长的一人，此外在中国还有许多专家。但因为这种艺术太精深，能欣赏的人甚少，所以不能发达。这是几方分的面积中的功夫，没有高度发达的审美眼，简直不能欣赏。所以这一区域，在艺术之园中，最为幽寂。

第四境，雕塑：此境与第二境接壤，是艺术之园中的一个动物院。第二境平旷，包含森罗万象；此境崎岖，多畜禽动物。这动物院没有独立的门。要游览此境，必须先入第二境，由第二境转入此境。

原来雕塑与绘画是姊妹艺术。绘画表现平面美，雕塑表现立体美。绘画取材极广，人物，动物，植物，矿物，天体，以及超自然界各种现象，均得入画。雕塑则取材较狭，大多数是人物动物之像。要学雕塑，必须先学绘画。即由平面空间美的研究进入立体空间美的研究。

这里要附记一笔：第二境（画）近来扩充一个新境地，位在园的偏东，外边向大众行道开放，内边与第二、三、四境（画、金、雕）交通。有人特称此境为"木刻境"，实则附属于第二境，故不另立，但附记于此。读者如欲游览此境，请从第二境转入。

第五境，建筑：此境位在第四境外边，离艺术之园的大门不远了。全园之中，此境最为繁华，各种供给都有，恰是园中的一个招待所。同时，因为繁华的缘故，缺乏自然之趣。所以有许多游客，不爱向此境游览。这境地有一个特点，即与"工业的园地"接壤，而且交通往还甚密。因此，游客往往对它歧视，以为它不是完全属于"艺术的园地"的。

读者都知道：建筑是实用物之一。艺术约分为二大类：一类是有实用的，还有一类是但供欣赏而无实用的。书画金石等，都属后者；建筑则属前者。在艺术上，称无实用的书画金石等为"纯正艺术"，称有实用的建筑等为"应用艺术"。因为前者可作美的独立的表现；后者美只是房屋上的装饰。又称前者为"自由艺术"，后者为"羁绊艺术"。因为前者可以自由创作，后者被住居的条件所拘束，不能自由创造美的形式。况且工事方面，属于土木工程。故建筑被人视为"半艺术"。这半艺术，其实对人生关系甚大。因为建筑庞大而永久，其形式的美恶，对于人群的观感影响甚大。希腊全盛时代，曾利用最美的殿堂建筑的亲和力来统制人群的感情，使全国民众和谐团结，所以这种半艺术也不可忽视。

第六境，工艺：这境域更在第五境的外面，靠近艺术之园的大门了。繁华亦更甚于第五境。第五境是园中的招待所，这第六境可说是园中的市场。其与"工业的园地"的交通往还，也同前者一样地密。总之，各种情形，都与前境相似，只是零碎琐屑，规模较小而已。

工艺美术，如器具，纺织，日用品之类的制造，属于工业的；但其形式的美，是属于艺术的。故工艺与建筑同为羁绊艺术或应用艺术。这两种艺术，都受实用条件的拘束。所以在艺术的园中，这二境位在大门口最浅显的地方。

第七境，照相：此境狭小简陋，向在艺术之园的大门以外，最近因为境内景象同第二境（画）有些相似，故被列入艺术的园地内，靠着园门，好比门房。这境域虽然狭陋，但近来努力模仿第二境，有时倒也足供游览。游客以西洋人为多数。有的西洋人，对于这第七境，竟用对第二境同样的兴味来欣赏。

照相，原来是工艺之一；最近模仿绘画，就得了"美术照相"的名称，而抬高了地位。同时在绘画方面，最近盛行一种如实描写的绘画，叫做"写实派"的，竟同照相类似。因此西洋人对于照相，有了与对绘画同样的兴味，但照相的制作，毕竟机械力居多，而人力居少。故作品中客观模仿的分子太多，主观创造的分子太少。故其艺术的价值低浅。只能派它做艺术之园的门房。

以上七境都位在艺术之园的东部，由深而浅，自成系统。这东部七境，有一共通点，即都是静穆的境地。——这都是用眼睛观赏的。

还有五个境域，位在艺术之园的西部，也自成系统。待我一一说明如下：

第八境，音乐：这一境域，位在艺术之园的西部最深之处，地势最高，风景最胜，与东部的第一境（书）相对峙。但这所谓风景最"胜"，并非普通的好景。这境中并无固定的具体的楼台亭阁，花卉草木；只是云烟缥缈，波澜起伏，光色绚烂，气象千万，远胜于固定的具体的风景。第一境也有这种胜景，但与此境情形稍异：第一境是静止的，此境是流动的；第一境游客甚少，此境游客非常热闹。古今东西各国的人，都爱向此境游览。据孔子说，中国周朝时代，曾经有人深入此境，登其极顶。西洋也有许多意大利人与德意志人，遨游于此境的高处。但是多数的游客，不肯深入直上，大都爬到此境的坡上就止步。所以此境的热闹部分，只在低近之处。其高深的地方，同第一境一样地岑寂。

读者大约可由过去的经验上领会得音乐境地的美妙。我明白告诉你，书法与音乐，是艺术中最精妙的两种。一切艺术中，表现的精致，前者诉于视觉，后者诉于听觉。表面形式各异，内容精神实同，你如不相信，我可举例为证：用笔描写有名目的形状（例如画一朵花），笔墨受形状的拘束，难得自由发挥感兴。反之，描写无名目的线条（例如写字），就可在线条本身上自由发挥感兴了。表现有意义的声音（例如作诗，作文），声音受意义的拘束，难得自由发挥感兴。反之，表现无意义的声音（例如奏乐曲），就可在声音本身上自由发挥感兴了。故在艺术的本质上，书法高于绘画，音乐高于文学。

第九境，舞蹈：此境位于第八境之次，与第八境为贴邻。据说在古代，第八、九两境不分界限，共通为一。后来虽然分别为二，但也时时交通。凡欲游览第九境，必须开通第八境的界门。徘徊往来于两境之间，同时并赏两地的风光。

舞蹈，就是用身体的姿态来表现种种情感。比较起音乐的用声音表现情感，工具简单而笨重，故需要音乐的帮助。但不用音乐帮助的默舞，也自有其独特的舞蹈美，被称为无声的音乐。读者须知道，人的身体，是艺术表现的工具之一，与声音，线条，色彩等同列。舞蹈便是以人体为工具的一种艺术。

第十境，文学：此境位在第八、九两境之次。地势不及第八境之高，而地带广大得多。这是西部最广大的区域，与东部最广大的第二境（画）相对峙。全境之中，此二境最广，亦最宏富。宇宙间森罗万象，人世间种种现状，此二境中无不包含。所异者，第二境皆静止相，此第十境则动静诸相具有。第十境的范围，实比第二境更广，所以有许多人，不当它是艺术之园中的一部分，而把它看作独立的一园。此境因范围太广，故内中又分做小部分，曰文，曰诗，曰词，曰曲……游客，世界各国的人都有，大都每人只能专游一部分。因为地方太广，游了一部分，大都没有余力再游其他部分了。

第十一境，演剧：此境位在前三境（音，舞，文）之次，而与前三境相通。此境范围之大，与第十境相去不远。景物的宏富，亦与第十境相似。所异者，前境多抽象，此境多具象；前境单纯，此境复杂。以上所述十境中的景象，在第十一境中差不多齐备。所以有人称此境为"综合境"。

第十二境，电影：这实在不是一个境域，却是艺术之园的大门西首的一面大镜子。这镜子很大，立在第十一境（剧）的旁边，能把第十一境中的景象完全映出。艺术之境中，向来都有这面镜子，不是最近新设立的。虽只薄薄的一片，却能总摄西部四境（音、舞、文、剧）的景象。所以近来游客特别众多。

最后三境，关系密切。因为文学中的戏剧，与演剧、电影根本是同一作品，作不同的表现。原来文学这种艺术，表现力最大。它是用言语为工具的，故宇宙间人世界一切动静，都是它的题材。它虽然没有颜料，不能描一朵花，但它能用言语代替颜料，譬如"海裳经雨胭脂透"。它虽然没有音符，不能奏一个曲，但它能用言语代替音符，譬如"银瓶乍破水浆迸，铁骑突出刀枪鸣"。所以文学可说是万能的艺术。但其缺点，只是几句空言，要人想象出来；却没有具体的表现。演剧便是弥补这缺点的。它把文学中要人想象的东西，实际地演出，使鉴赏者不必想象而可看到实物，因而获得更强大的效果。

故曰，文学是脑筋中演出的剧，演剧是舞台上演出的剧。至于电影，原来是演剧的复制。但凭仗机械的方法，能作演剧所不能作的表现，是其特长。这是艺术中后起之秀。其将来的发展，未可限量呢。

这算是艺术之园的一张地图。总之，东部七境皆静景，西部五境皆动景。此真可谓气象万千，美不胜收。况且园门无禁，昼夜公开。爱美诸君，盍兴乎来！

艺苑的分疆[1]

艺苑里面，如前文所说，分为十二个境域。东面七境是静的，西面五境是动的。我们去游览，倘要对各部都深入而细玩实在太费时，太费力，竟可说是不可能的。因为青年的读者，要游览的文化区域很多，不是专游艺苑的，譬如，科学的园地，工学的园地，农学的园地——青年人都应该去瞻观的。故读者对于艺苑，当然不能对各部都深入细玩。你们没有这许多工夫。你们只能走马看花，观赏其大体；但选几处最重要的地方特别留意探察。这便可举一反三，闻一以知十了。上一讲，好比艺苑的地图。这一讲，就像导游或指南。艺苑十二境，疆域如何区分？哪里是最重要的地方，应该特别留意探察的？今天我们就来谈谈这些问题。

艺苑十二境，前已说过，东七境是静的，西五境是动的。这是极大体的分类。现在我们再来详细分析，然后苑中部门，可以一目了然。

艺术的分类法，并不简单。依种种标准，便有种种分类

---

[1] 本篇原收入《率真集》。原载1943年《中学生》（战时半月刊）第67期。

法。今举重要的三种，而最后一种最为主要。

第一种，依艺术品的题材而分类，艺术可分为"模仿艺术"与"非模仿艺术"两类。

题材，就是艺术中所表现的东西。这东西倘是模仿世间某种东西的，就叫做模仿艺术。反之，并不模仿世间某种东西的，就叫做非模仿艺术。举例来说：譬如图画，无论哪一种画，里头一定表现着一种或数种世间的东西。像茶壶、茶杯、苹果、橘子、山水、风景、人物、花卉，都是世间的东西。一定要表现出世间的东西的，叫做模仿艺术。反之，譬如音乐，每个乐曲，都只有"独来米法扫拉西"七个音的组合。这七个音，只能变化其高低、强弱、长短、快慢，而不能表现出一种东西来。这就叫做非模仿艺术。

检点一下看：雕塑，一定要照着人体或动物等而制造的。照相，更不必说，一定要表出世间的东西的。这些都是模仿艺术。反之，建筑和工艺，自有其实用条件，决不能照世间的东西制造。书法和金石，都用文字表现；文字也自有定形，不照世间的东西。其他舞蹈、文学、演剧、电影，也都由艺术家心中自由创造，不必照世间某种东西而表现。这些都是非模仿艺术。

然而这里还要附说一笔：上述的分类法，把艺术分为模仿与非模仿两类，都不是严格的。每种艺术，都有特例。譬如图画，固然每幅都要模仿外物的；但是图案画装饰画就属例外。只要形状色彩美观，描些无名的形象，怪异的模样都可以。最近的过去，西洋有几种新派绘画，叫做立体派、未来派的，都不描世间的东西,却用形状、线条、色彩自由配合,作成莫名其妙的画面。这种便是例外。但这种新派绘画,只在二十世纪初流行一时,不久就消灭,足见不是正当的绘画,没有永久的价值。其实不必说它,只因立体派、未来派这种奇怪的名称,到现今还流传着,读者恐怕也有听到的机会,所以带便一说。无非要说明,模仿艺术中也有非模仿艺术的分子。

反之,非模仿艺术中,也含有模仿的分子。例如音乐,"独来米法扫拉西"原是不能模仿世间物象的;但是可以模仿世间的音。譬如水的流声,鸟的鸣声,都可用音模仿,插入曲中。战争时代的音乐,更有把马蹄声、喇叭声、大炮声描入曲中的。最近有一种乐派,叫做"标题音乐",就是用音来描写一篇小说,一个故事。其中模仿的分子更多。还有一种低级趣味的音乐,叫做"模仿音乐",那就同做"隔壁戏"(即口技)的差不多。奏起乐曲来,可以使人仿佛感到一种情景:救火,游泳,铁匠店的工作,自鸣钟店的营业,猎人的狩猎等。但这些音乐近于游戏,浅薄无聊,不是正当的音乐。无非要读者知道,非模仿艺术的音乐中,也可有模仿的分子。其他,建筑和工艺,有时也含模仿分子。例如一间房屋(建筑),一把椅子(工艺),其大体不能模仿某种物象,但其局部也可以模仿:譬如房屋上用龙凤装饰,椅子脚上用狮虎的爪等。又如书法和金石,都用文字,文字都有规定的形状,不能模仿某物。但是中国文字之中,有一种叫做"象形文字",根本是模仿世间物象的。例如"日",篆文写起来是画一个圆圈,中央点一点,正像一个太阳,里头据说有一只金乌。又如"月",篆文是画一眉弯，里头点一点，正像一个缺月，里头据说是一只玉兔。草书、行书、楷书，都已变形，所以不像。金石用篆书，遇到象形文字就同绘画一样。记得某人有一颗图章，长方的，上面画一个山，一个月亮，下面画三条水纹，水上突出一块石头，竟是一幅简笔的风景画。起初我以为他的图章不刻文字而刻绘画。仔细一看，看见底下三条水纹，上下两条都是中间刻断的，只有中央一条不刻断，明明是篆文的"水"字的横写。又看高头的山，也正是篆文的"山"字。我想了一会，就恍然悟到，他刻的是苏东坡《赤壁赋》中的两句："山高月小，水落石出。"从这个特例看来，书法金石同画一样，都是模仿艺术。但究竟象形文字只是文字中的一部分，故大体看来，书法金石还是属于非模仿艺术的。至于文学，非模仿的分子很多，如议论文，抒情诗等，但模仿的分子也不少，如记事文，叙景诗等。演剧与电影，就同文学相似。只有舞蹈，模仿的分子最少。舞蹈虽有种种名称，例如落花、流水、雁南归、蝶恋花——究竟不过依稀仿佛，勉强命名。舞蹈的本质终不过是人体的姿态而已。

　　上述第一种分类法，以模仿不模仿为标准，显见不是严格的。只因"模仿"，在艺术上是一件重要的事，所以要提出这个分类法，使读者先明白艺术与模仿的关系。就读者切身的事说，你们的图画课，就是必须用模仿的。先生教图画，第一要你画得"像"。但如果你画得太"像"了，同照相一样，先生又要嫌你太机械，没有画趣。可见"模仿"在艺术上并不是简单的一件事。这问题现在暂时无暇详谈，容后再说。

第二种，依艺术品的用度而分类，艺术可分为自由艺术与羁绊艺术两类。

艺术品之中，有的单供欣赏（看看或听听），有的欣赏之外又可供实用。前者叫做自由艺术，后者叫做羁绊艺术。例如绘画，无论中国画，西洋画，大都是挂在客厅书房等区作为壁饰的，所以中国画题款时常写"补壁"二字。譬如朋友造新屋，你送他的字画上写："某某仁兄新居补壁。"补壁的艺术品的用度，就单有看看，即欣赏欣赏，此外并无其他用处。故绘画属于自由艺术。雕塑就与绘画同类，雕塑大都是只供瞻仰观赏，别无用处的。此外，艺苑西部的五种，音乐、舞蹈、文学、演剧、电影，也都属于自由艺术之类。音乐只供听赏，毫无实用。舞蹈也只供观赏，别无实用。文学、演剧、电影，亦复如是。以上都属于自由艺术。反之，例如建筑，必须供人居住；工艺，必须供人应用，就属于羁绊艺术。羁绊，就是受实用条件的束缚。造屋，必先顾到遮蔽风雨，坚固耐久，以及人的坐卧起居的方便等条件，然后施以装饰，令其美观。造一把椅子，必先顾到其稳固，坚牢，适体等条件，然后施以装饰，令其美观。故羁绊艺术制作时，不能自由发挥你的美的理想，只能迁就实用的条件而加以附饰。故与其说是"欣赏之外又可供实用"，不如说"实用之外又见美观"为妥当。故羁绊艺术又称为应用艺术。

诸君便会想到：还有书法、金石、照相三种没有谈到。不瞒你说，这三种性状稍异，东边勿着西边着，同时又像驼子跌一跤，两头勿着实。例如书法，写对子、屏条、中堂、扇面等，完全是欣赏的；但写招牌、匾额、函牍、文书、帐目等，又完全是实用的。又如金石，书画专家用的完全是欣赏的，故俗称为"闲图章"。但签字盖章用的又是法律手续，完全是实用的。又如照相，最近模仿绘画的那种美术照相，全同绘画一样，属于自由艺术。但战地的实景、祖宗的遗像，以及报名照片等又完全属于实用。所以这三种，有实用的，又有欣赏的，即半属于羁绊艺术，半属于自由艺术。诸君或者要说："函牍、帐目、签字、盖章，以及报名照片等，你为什么要把它们归入艺术中？把这些除外，那么书法、金石、照相都属于自由艺术。"这话也不错。那些当然不能归入艺术中；但多少含有几许艺术的分子。譬如写信，实用方面的起码条件，原只要字迹看得清楚，能够传达发信人的意思就够了。但人生的事，说也奇怪，无论什么东西，总希望在实用的起码条件之外再加艺术的分子，使它有一种快感。人类的文明程度越高，这要求越大。故生在二十世纪的我们，写信时于字迹清楚及传达意思之外，又必讲究形式，用如意笺，八行书，十三行，写小楷，行书，章草。写情书的还要挑选金碧辉煌，柳绿桃红的洋式信笺，写上最优美的字体。他如签字盖章的章，本来只要刻个木戳子，姓名字眼不错，银行汇票，邮局挂号信都可到手。但是受过教育，接受文明生活的人，多数不肯草草地刻个木戳子，必须请金石家来一下，甚至用牙章，晶章，求其美观。又如报名照片，原来只要认清面目，但是认清面目之外又兼美观，岂不更好？所以广义地谈艺术，人生一切事体中无不含有艺术分子，只是分子的多少不同而已。我们谈艺术，好比谈糖。纯糖当然要谈,香蕉糖、橘子糖、柠檬糖、花生糖、酥糖、麦糖,以及糖山楂、糖圆子里头的糖,甚至奎宁片上的糖,也都不妨谈谈。它们虽然不是纯正的糖,但总含有糖分在内。说话不觉走入歧途,赶快回头来谈自由艺术与羁绊艺术。

话说自由艺术与羁绊艺术,虽如上述,其实也并不严格分别,例外的还是不少。譬如绘画,雕塑,原是只供欣赏而无实用的自由艺术。但如果画的是总理遗像,雕的是总理铜像,你能说供"欣赏"吗?欣赏二字应改为"瞻仰","礼敬"。瞻仰礼敬,便带实用性了。故绘画与雕塑也不是完全的自由艺术。反之,建筑与工艺,原是有实用条件的羁绊艺术。但是中国的宝塔,巴黎的凯旋门,大观园门口的石狮子,骨董店里的古玩玉器,以及洋装上的领带等,你说有什么实用?宝塔是建筑之一,但多数只供观赏,无人居住。凯旋门建在一大块空地上,空地上根本不需要门,这门完全失却了"门"的实用性。大观园门口的石狮子,当它独立的雕塑看,是自由艺术;当它建筑的一部分看,是羁绊艺术中的自由艺术。古玩玉器,例如瓶、樽、杯、盘之类,大都脱却了实用性而专供欣赏。洋装上的领带,也是工艺品之一,但是全无实用的必要,只是一种装饰。辜鸿铭老先生曾经把它比作清朝人的辫子,说得很对。可见建筑与工艺,也不是完全的羁绊艺术。又如音乐和舞蹈,文学和演剧和电影,明明是专供欣赏而无实用的自由艺术。但严格地讲来,也不无实用的分子。例如军队用音乐鼓励士气,医生用音乐治病(这在外国有实行者,有名的哲学家尼采,就是拿音乐治病的),文学者用小说戏剧批评问题,改革社会,都是近于实用的。不过这是间接的实用，不是艺术品直接供实用，故音乐、舞蹈、文学、演剧、电影，终不失为自由艺术。

如上所述，只供欣赏而无实用的称为自由艺术，有实用而兼美观的称为羁绊艺术，也不是确当的分类法。因为广义地说来，欣赏也是一种实用，不过是通过人心的间接的实用。所以最确当的艺术分类法，要算下述的第三种。不过上述两种，于艺术学习上颇有关系，所以也有列举的必要。

第三种，依吾人所用的感觉而分类，艺术可分为视觉艺术，听觉艺术与综合艺术三类。这是最主要的艺术分类法。

先就感觉说说。我们欣赏无论哪一种艺术品，必先经过感觉，然后诉于感情及思想。这感觉是最初必由之径。所以凭感觉而分类，最为确当。我们对于艺术所用的感觉，主要的有四种，即视觉，听觉，触觉，运动感觉。对绘画用视觉，对音乐用听觉，大家都知道。触觉是对雕塑用的，运动感觉是对建筑用的，读者听了或将怀疑：难道我们欣赏雕像时大家用手去摸，欣赏建筑时大家用腿去跑吗？答曰：并非如此，我们欣赏雕像时，虽然不用手去摸，但因像是立体的，我们的眼睛跟了立体形的各面而移动。移动时发生一种感觉：例如这斜面很峭，这弯度很缓，这表面很粗，这表面很光滑等，这便是触觉。触觉是通过了眼睛而应用的。换言之，雕塑欣赏时，触觉是被翻译为视觉而应用的。同理，我们欣赏一所建筑时，虽然不用腿去跑，但因建筑是立体而中空的，我们的眼睛跟了这中空的立体形的各部而移动。移动时发生一种感觉：例如这里宽广，这里精小，这里气爽，这里安稳等，这便是运动感觉。运动感觉也是通过了视觉而应用,即翻译为视觉而应用的,这样说来,艺术所用四种感觉(视、听、触、运动)其实就只视和听两种感觉。换言之,我们对付艺术,就只用眼睛和耳朵两种感官。一切艺术,依照了这标准而分类,最为确当。用眼接受的,为视觉艺术。用耳朵接受的,为听觉艺术。兼用眼和耳接受的,为综合艺术。

视觉艺术:绘画、雕塑、建筑、工艺、书法、金石、照相。听觉艺术:音乐、文学。综合艺术:演戏、舞蹈、电影。——附加两点说明:文学,普通是用文字印刷在书上,我们用眼睛看书而欣赏的。但这并非视觉艺术。不过因为我们对这文学作者时代远隔,或者地方远隔,不能当面直接听他讲话,所以他用铅字代替了讲话,我们用眼睛代替了耳朵,而间接听他讲话。所以文学属于听觉艺术。我们看书,并非用视觉欣赏铅字的形象美,却是用耳朵通过了眼睛而欣赏那些说话的意义美与音调美。其次舞蹈,大都是和音乐相结合而合并表现的。所以也属于综合艺术。有一种不伴音乐的舞蹈叫做默舞,可单用视觉去欣赏,属于例外。原来舞蹈这种艺术在人间最初发生的时候,就和音乐相伴。所以艺术上讲音乐和舞蹈为双生的姊妹艺术。

如上所说,许多艺术,不外用眼睛和耳朵两种感官去对付。即艺术不外乎视觉艺术和听觉艺术两种(综合艺术就是这两种的兼并,可以不论)。如前所说:读者诸君不是专门研究艺术的,也没有一一研究各种艺术的工夫。你们的游览艺苑,只能走马看花,观赏其大体;但选几处最重要的地方特别留意探察，便可举一以反三，闻一以知十了。那么，现在的问题，就是哪几种是最重要的艺术，可以由此举一反三，闻一知十？

这问题很容易解决：我们已知一切艺术不外视觉的和听觉的两种，只要捉住两种艺术中的代表者，就可从事研究了。

视觉艺术的代表者，是图画。

听觉艺术的代表者，是音乐。

图画为什么可为视觉艺术的代表呢？这虽然只是平面上的艺术，但因图画能于平面上作立体的表现，故兼有立体与平面的效果。例如在纸上画一张桌子，四只桌子脚其实同在一平面，看去却像有远有近。画一条走廊，看去有数丈的深；画一条铁路，看去有数里之长。这方法叫做远近法，或者叫做透视法，这在以后再加详说，现在暂时不提。还有，在平面的纸上画一个皮球。看去好像是立体的圆球；画一张脸孔，看去鼻子会凸出来，眼睛会凹进去。这方法叫做阴影法，也在后来再加详说。图画有这两种方法，故用前法，一寸可以看成数里；用后法，扁平的可以看成凌空，可见图画是平面而兼立体的研究。所以世界各国的艺术专门学校的制度，凡学雕刻或建筑者，必须先从绘画学习入手。一年级的学生，无论绘画系，雕刻系，建筑系，工艺系，一概先学绘画。反之，学绘画者不必兼学习雕塑或建筑等。这可证明绘画有视觉艺术的代表的资格。

音乐为什么可为听觉艺术的代表呢？这理由很明显：听觉艺术根本只有音乐和文学两种。音乐是声音造成的艺术，文学是语言造成的艺术。声音诉于听觉后，直接连于感情，语言诉于听觉后，便须经过理智的思想，然后连于感情。故声音是纯粹感觉的，语言则是感觉兼思想的。如此说来，文学不是纯粹的听觉艺术，只是含有听觉美的分子而已。文学中含有最多量的听觉美的，莫如诗词歌赋。但诗词歌赋，必以内容思想美为主，而音节美为副。如果内容思想空虚而光是读起来音调铿锵，一定不是良好的文学。有人讥讽从前做八股文章的人，说他们的文章是："夫天地乃宇宙之乾坤，吾心实中怀之在抱。"还有："赳赳武夫，诚武夫之赳赳者矣。夫武夫而既赳赳矣，得不谓之赳赳之武夫也哉！"读起来音节朗朗，而内容空虚可笑。虽是谑谈，足证文学是思想为主而音调为副的。文学创作，先有高尚的思想，然后借音乐美来表现。好比牛奶里加一点糖，滋味更好。音乐是纯糖，文学是牛奶加糖。所以听觉艺术的代表，当推音乐。

如上所说，一切艺术，图画和音乐两者可以代表。所以非专门的艺术研究者，只要对这两种特别留意探察，就可由此举一反三，闻一知十。普通学校的艺术科，所以单取这两种者，便是为此。

这样，我们的艺苑中的分疆，就一目了然。

东西洋的工艺[1]

我国自从与西洋交通以来,西洋的用品不断地输入。直到现在,我们眼前所陈列的工艺日用品,就处处有两种形式并存着,即原有的东洋式工艺和舶来的西洋式工艺。譬如目前,我的案头,就可找到实例:毛笔,是东洋式的笔,钢笔,是西洋式的笔。茶碗(即有盖有底盘的,茶店常用的茶碗),是东洋式的茶具;茶杯,是西洋式的茶具。我们就从这两种东西研究,也可找出工艺美术的东洋式和西洋式的区别来。请听我讲:

用具是给人用的,故"用具的形式必须适合人体"。不管用具的东洋式或西洋式,对这原则大家必须遵守。毛笔必须适合于手,钢笔也必须适合于手。茶碗必须适合于口,茶杯也必须适合于口。但是,对原则的遵守的程度,东西洋却有深浅不同之别。东洋式用具,对于人体,不过约略地适合而已;西洋式用具,对于人体,却非精密地适合不可。例如我案头的毛笔,中国人只取五六寸长,二三分直径的一根细竹,但教人的手便于把握,不嫌长,不嫌短,不嫌粗,不嫌细,就算是"适

---

[1] 本篇原收入《率真集》。原载1944年《中学生》(战时半月刊)第71期。

合人体"了。西洋人则不然，必须把笔杆两旁作成曲线形，使搁手指的地方凹进些，以适合手指的凸形。使笔杆的中部膨胀些，以适合大指食指中间的空洞。使笔杆的上端缩尖细起来，以减轻手背的负担而稳固笔身的重心。总而言之，钢笔的形状，是精密地适合于人的手的形状而制定的。又如我案头的茶碗，中国人只取直径三四寸的一个近似半球形的中空的器皿。只要下面有底，可以安置桌上；中央有容积，可以泡茶；上面有边缘，可以使人用两唇衔住边缘而喝茶，又可使人用两指捏住边缘而端茶，就算是"适合人体"了。但西洋人不能就此满足，必须把茶杯的边缘制成 S 曲线的形状，使它十分适合于两唇之间的空隙，使口衔杯时感觉舒服；必须在杯的一面装一个环，使人便于端茶，而环的洞的形状，又必须十分适合于手指的形状，使手指插入时感觉贴切。总之，凡东洋式的用具，都只是约略地适合人体；凡西洋式的用具，都精密地适合人体。我的案头虽然贫乏，不料已经具备着东西洋两种工艺形式的代表。这真是很有兴趣的一种研究。

"约略的写实"与"精密的写实"，我们可把东西洋美术形式如此区别。

上面的例不够，不妨申说一番：先来看服装吧。衣服是与人体最接近的东西，最应该"适合人体"而制造。但东洋的衣服，也只是"约略"地适合而已。试看晒在竹竿上的中国短衫，两袖竟成一根直线。若要依照衣服的形式而穿衣服，两臂就须得向左右平伸，好像体操的一个姿势，或者小孩子"捉盲"[1]的姿势。两臂岂不太酸？你嫌手臂酸，只得放下来。放下的时候，你的两腋间，就有许多布变成余多的东西，非重重叠叠地皱起来不可。大家把重重叠叠的许多皱布夹在腋下而度日，习惯了不以为奇。但你伸手去摸摸看，我们的腋下实在不很舒服。尤其是怕痒的人，被我说穿了，手臂一动，腋下肉麻起来，就会笑个不休呢！裤子，又何尝不如此？你看晒着的裤子，两脚管差不多成四十五度角。若要依照裤子的形状而穿裤，那走相着实难看。但我们都不依照它，大家把裤裆里余多的布皱起来，夹着这团皱布走来走去，不以为奇。

古代的衣服，其适体的程度比我们现行的衣服更差，更是"约略"的了。日本人的服装是依据中国古装的，比我们的更不适体。袖子很大，腰身很大，领口没有固定，只有一条护领箍在项颈里。总之，日本的服装，古代的服装，余多的皱布比我们的更多。印度人的服装，有些宗教徒的服装，也都依据古风，那就更不适体。有的简直只有一条囫囵的布，缠绕在身体上，就算是衣服了。日本人穿草屦和木屐，这也是中国古风。草屦实在只是两块草结成的片子，头上钉个襻，夹在足趾之间就算鞋子了。木屐实在只是两只小凳，也用襻夹在足趾间，人就拖着两只小凳走来走去。这些鞋子，太不适合于足，只有大小这一点总算适合于足而已。这可说是东洋式服装的代表作。

回头来看西洋服装，就见得大不相同：洋装，处处依照人体的形状而制造。你到裁缝店去做洋装，也一定用尺量你身

---

[1] 捉盲，作者家乡话，意即捉迷藏。

体的各部,肩膀,胸部,腰身,手臂,都量得准确。做成的衣服,挂起来,就同穿在身上一个样子。裤子亦复如是,都没有余多的布。所以穿在身上,各部紧紧的贴体,就把人体的原形分明地显出来。中国的现代女子(现代就是摩登,摩登女子,原来不是不好名称,被近来一般人用坏了。我怕读者生气。所以称现代女子),穿的可说是中国形而西洋式服装。她们做衣服,也要精确地衡量身体各部,一分一毫也不得差。旧式的女衫,身体两旁只是两根直线。同现在男子的大褂一样;新式的女子旗袍,身体两旁的线就弯弯曲曲,完全依照身体,胸部,臀部,各部都贴切,毫无余多的布。所以穿新式旗袍的现代女子,其身体的原形十分显出,夏天,竟同裸体差不多。这与中国的古代女子大不相同了。中国的古装女子,衣服上余多的布太多,把小小的身体深深地藏在一大堆罗绮中,只让一个脸孔露出。中国女子服装的古今变化,实在是极端相反;换言之,也可说服装的东洋式与西洋式极端相反。摩登女装固然有"称体"的美;但是(看古书中描写的仕女)古代女装也有它的"飘然"的美,关于美不美的问题,言之甚长,让我将来再讲。现在我还要请你们看看皮鞋。皮鞋与草屦木屐,也是极端反对。草屦木屐,太不适足;皮鞋则太适足。皮鞋底的形状同雨天外面走进来的赤足人在地板上所留的湿印一样。而且左右足严格地分别。比起两只小凳的木屐来,不是极端相反吗?

服装已经谈得够了,再来谈谈家具。就谈我现在坐着的椅子吧。椅子是给人坐的,其形式当然要适合于坐的人的身体。但也同服装一样,中国式椅子只是"约略"地适合,西洋式的椅子就"精密"地适合。老房子厅堂里,两旁总是相对摆着八把大椅子,叫做"八仙椅子"。这种八仙椅子即使坐了真能成仙,我也不要坐,大都高得很,坐了脚踮不着地,坐久了大腿麻木。又是大得很,坐一个人太空,坐着只有两只"鸡翅膀"[1]的曲线上的一点和靠背的直线上的一点相切,其余的背部都悬空。若是夏天,靠得久了,"鸡翅膀"的骨头痛得很,远不如不靠而正襟危坐的好。这种椅子,实在因为太不适体,所以坐了很不舒服。其余中国式的家具,大都类此,都只是约略地依照人体而制造。所以中国式的家具,用时大都不很舒服。老式的木匠们有一句成语:"桌子三尺三,凳子一尺八。"据说三尺三是依照"上有三十三天"的数目,一尺八是依照"下有十八层地狱"的数目。倘含有象征的意思的话,古人就把供食物的桌子看作天堂,把坐屁股的凳子看作地狱,就是把一个人的上身和下体极端分别。但现在无暇谈这些。现在我只说古代桌子凳子的尺寸的不适合人体。无论是鲁班尺,小尺,三尺三寸高的桌子与一尺八寸高的凳子,实在太高,爬上爬下是很吃力的。我们现在惯用的新式家具,桌子不过英尺二尺七,椅子不过英尺一尺六。这是最适合于人体的尺寸。有的人家,古风家具和新式家具并存。你如果用旧式的桌子而坐新式的凳子,桌子板就同你的下巴差不多高,写字,吃饭,都很吃力。日常生活的不便,莫甚于此(这种不便,我在逃难中常常碰到)。中国家具本来不很适合身体,古式和新式混杂之后,就变得很不适身

---

[1] "鸡翅膀",指后背的肩胛骨。

体了。

反之,西洋式的椅子,就精密地适合身体。高低,大小,都依照普通人的身体,靠背的角度,也必定是斜斜的,靠上去背部正好贴切。有的还在接触"鸡翅膀"的一部分,装一块弯度与背部相似的光板,靠上去怪舒服的。假如椅子的左右有靠手,靠手的高度和形状也都适合身体,正好承受小臂;放平的地方又圆圆的,光光的,正好让手握住。西洋人这样精密地适合了人体而造椅子,还觉得不满足。因为木头是硬的,不能伸缩。坐的人或胖或瘦,或长或矮,总不能十分适合每人的身体。于是又想出一种宽紧带式的椅子来,就是"沙发"。沙发里面装钢丝做的弹簧,能屈能伸。不管坐的是大屁股或小屁股,它都能迎合,服服贴贴地适合你的屁股、腰肢、背脊和手臂。还有一种沙发式的眠床,叫做"席梦思"的,躺下去竟同翻在烂泥田里一样,浑身与床贴切。家具的"适体",实在莫过于此了。

以上已把东西洋的服装器具的形式的区别举例说明过了。用具是给人用的,故用具的形式必须适合人体;换言之,即工艺品的形式必须写实。但东洋工艺品是"约略的写实",西洋工艺品是"精密的写实"。上面的几个例子已经够说明这个区别了。

究竟哪一种式样好呢?我在上面的叙述中,曾经处处表示东洋工艺品用时不舒服而西洋工艺品用时很舒服的意思。老实说,究竟西洋式比东洋式好,古代希腊的大哲学家苏格拉底曾经为美下一个定义。什么是美?他说:"凡适合于目的及用途的，就是美的。"苏格拉底这美的定义，不免有些毛病。因为他是专指建筑和工艺而说的。故对于别的艺术，就不适用。譬如绘画，音乐，有什么目的和用途呢？但对于建筑和工艺的美，他的定义实在是一句至理名言。我现在判断西洋式工艺比东洋式工艺好，就是根据苏格拉底的定义的。衣服是身体穿的，椅子是身体坐的。故越是适合身体，就是越适合于目的及用途，就是越美。故西洋工艺实在比中国工艺更美观。试看小孩子，倘穿中国旧式服装，一件马褂式的短衣，一条臃肿的棉裤，底下扎脚管，鞋子的带子在脚面上打一个大结，头上戴一顶瓜皮帽，鼻头里有时还挂着两条鼻涕。这样子真不可爱！一个大人化的孩子，一个发育不全的大人，好像马戏班里的侏儒，可怕得很！反之，若给他穿新式的、西洋风的衣服，一件称体的齐膝的上衣，底下露出小腿，就是不穿鞋袜，不戴帽子，也很好看。因为小孩的四肢很短，根本用不着分上体下体而配置衣和裤。小孩的身体只有一个头和胴体是主要部分，所以只要一件上服，根本不须露出裤子来。中国人不讲身体形式，把小孩同大人一例看待，就把他们装成大人化的小孩，可怕而不可爱了。再试看椅子，那些八仙椅子板着脸孔，端坐在阴风惨惨的百年老屋里，样子严肃可怕，实在谈不到美和可爱。倘略取西洋式，做成一把藤椅，就觉得可喜。倘在适当的地方放两把藤椅，中间安一只矮几，几上放一把茶壶和两只茶杯，远远望去，就好像在招呼我们去坐。这样真入画！入画便是美，美便是适合目的和用途。这样形式的椅子，很适于椅子的目的和用途，所以能使人感到美。

故我以为中国旧式的工艺品，其太不适合目的和用途者，都应该改良。改良之道，采仿西洋式固然是一个现成的办法，但也不一定要模仿西洋。只要从"适合其目的和用途"的根本定义上着想，就可以造出适用的美的工艺品来。也许比西洋的工艺品更适用更美，亦未可知呢。

中国人模仿西洋，往往变本加厉，往而不返。在工艺上也曾有这种现状，亦不可不加注意。譬如说，中国衣服不适体，所以不美；西洋衣服适体，所以美，中国人悟到这一点后，就拼命地求其"适体"。于是那些盲从流行的摩登女子，穿的衣服竟像洋袜[1]穿在脚上一样，身体上各部的形状都显出来。胖的女子，衣服跟了肉打皱裥。两粒奶奶头[2]雕塑似的突出来，几乎好挂东西。行动时全身好像一条虫或蛇。我每次看见，疑心她是穿着浴衣去洗海水浴的。这可谓矫枉过正，反而不美。又譬如说，中国家具不适体，所以不好；西洋家具很适体，所以好。中国人悟到这一点后，就拼命地求其"适体"。于是在椅子的坐板上，雕出屁股的阴模型来。这些椅子，到处都有。有的地方，堂皇的讲坛上，会议室里，也都陈列着许多屁股的模型。而且这屁股的阴模型的中间，还凸起一条，把两只大腿隔开。这样子真讨厌！我每次看到，必吃一惊。因为这好似一种刑具。创造这种椅子的人真笨！人坐椅子，是要转动的。不比菩萨坐庙堂，一直呆坐到底的。你把人的屁股的形状刻在坐板

---

[1] 洋袜，指袜子。
[2] 奶奶头，指奶头。

上，教他的身体如何转动呢？即使不转动，他的腿也不是一直并放到底的；有时要架起来，（交腿，在古代为不敬，应该戒除的。但我以为未免道学臭。燕居之时，两条腿架起来，舒服些，有何不可呢？）架起来的时候，底下的腿就搁在凸起的木条上，多少难过呢？故即使不讲形式的美不美，样子的讨厌不讨厌，单就实用而言，这椅子也不及格。这创造者定是笨伯，购买而受用的人，倘是出于真心欢喜的，也一定是笨伯之流亚了。"城中好高髻，四方高一尺。城中好大袖，四方全匹帛。城中好广眉，四方且半额。"这个模仿西洋的工艺美术家，正中了这古歌谣的讽刺。

近世艺术上，有"为人生的艺术"与"为艺术的艺术"之说。我们现在不妨模仿这说法：西洋的衣服与椅子，教布匹和木材委曲地迁就人体的形状，可说是"为人生的衣服"与"为人生的椅子"。东洋的衣服和椅子放任布匹和木材的性状而不很十分适合人体，可说是"为衣服的衣服"与"为椅子的椅子"。为人生的衣服与为人生的椅子，固然比为衣服的衣服与为椅子的椅子合于实用。但如上所述，过分"为人生"的衣服与椅子，仍是要不得。

三十二〔1943〕年十一月十六日于沙坪坝

艺术的眼光 [1]

你一定在物理学中学过，人的眼睛望出去的线，叫做视线，视线一定是直线，不会弯曲的。

但这是科学上的说法。在艺术上，说法又不同。从艺术上看来，人的眼光，有时是直线，有时是曲线。人在幼年时代，眼光大都是直线的。年纪长大起来，眼光渐渐变成曲线。还有，人在研究艺术的时候，眼光大都是直线的。在别的（例如研究科学，经营生产等）时候，眼光就变成曲线。

你不相信这话吗？有事为证：譬如这窗前有一排房屋，两株苹果树，人在窗中眺望，眼光从眼球达到房屋上及苹果树上。这人倘是小孩，这眼光大都是直线，只射在房屋及苹果树的表面。他只看见屋顶的形状，墙的形状，窗的形状，树的形状以及它们的色彩。但倘这人是熟悉当地情形的成人，他的眼光射到了房屋及树上，便会弯曲起来。他的眼光弯进房屋里头，想见这是人家的住宅，里头住的是某先生和某太太和他们的子女。有时他的眼光再转一个弯，弯进某先生的书橱里，想见他有许多古书，在今日是非常宝贵的。他的眼光还可弯弯曲

---

[1] 本篇原收入《率真集》。

曲地转到某先生的皮包里,以及他的办公处,甚至某太太的箱子里,以及她的娘家……

又如,这人正在研究艺术,要为窗前景物写生,他的眼光也只注射在房屋及苹果树的表面,只看见它们的形状、色彩和神态。但倘这人正在研究工程,他的眼光就会转弯,弯到房屋的木料上,构造上,以及价值上去。倘这人正在研究生物,他的眼光也会转弯,弯到苹果树的根茎枝叶上去。倘这人是木匠,他的眼光会弯到树干的质料上去。倘这人是水果店老板,他的眼光还会弯到未来的花和果子上去……

可见各人的眼光不同,有的作直线,有的作曲线。因此各人所见的也不同。眼光直的,看见物象本身的姿态。眼光曲的,看见物象的作用,对外的关系。前者真正叫做"看见",后者只能称为"想见"。

成人,研究科学的人,经营生产的人,看物象时都能"想见"其作用及因果关系。却往往疏忽了物象本身的姿态。反之,儿童及艺术家,看物象时不管它的内部性状及对外关系,却清清楚楚地看见了物象本身的姿态。

你得疑问:艺术家就同孩子们一样眼光吗?我郑重地答复你:艺术家在观察物象时,眼光的确同儿童的一样;不但如此,艺术家还要向儿童学习这天真烂漫的态度呢。所以从前欧洲的大诗人歌德(Geothe),被人称为"大儿童"。因为他一生天真烂漫,像儿童一样,才能做出许多好诗来。

但须知道,艺术家的眼光与儿童的眼光,有一点重要区别:即儿童的眼光常常是直线,不能弯曲。艺术家的眼光则能屈能伸。在观察物象研究艺术的时候,眼光同儿童一样笔直;但在处理日常生活的时候,眼光又会弯曲起来。这叫做能屈能伸。

譬如儿童看见月亮,说是一只银钩子。诗人也说"一钩新月挂梧桐"。儿童看见云,当它是山。诗人也说"青山断处借云连"。但儿童是真个把新月当作银钩子,有时会哭着要拿下来玩;真个把云当作山,有时会哭着要爬上去玩。艺术家则不然,他但把眼前景物如是描写,使它发生趣味,在人生中,趣味实在是一件重要的事体,如果没有趣味,件件事老老实实地,实实惠惠地做,生活就嫌枯燥。这也是人生需要艺术的原因之一。但这不是本文题内的话,暂不详说。

且说艺术的眼光,已如上述,是能屈能伸的。所谓屈,就是对付日常生活时所用的眼光,就是看见物象时"想见"其作用及关系,不必练习。至于伸,却是艺术研究时所专用的眼光,就是看见物象时不动思虑而仅是"看见"其本身姿态,倒是要练习的。若不练习,你的眼光被种种思虑所遮蔽,而看不清楚物象的本身姿态。

请举实例来证明这事:譬如一个人坐在凳子上,他的前面的桌子上,放着一册英语辞典,他拿起笔来为这辞典写生。这人倘是从来没有学过图画的人,描起来大都错误。错误在哪里呢?形状不正确!不是直线眼光所"看见"的本身姿态,而是曲线眼光所"想见"的非本身姿态,何以见得呢?因为他所画的书,书的面子很长,书的一端很低,表示了书面和书端的实际大小。例如这字典的面子长六寸,一端的厚二寸,他就取近于六和二的比例来描写，以致这字典不像横卧在桌上，却像直立在桌上，然而底下的一端又完全看见，便成了不合理的形状。这错误的原因，就在于"想"而不"看"。平日见惯这种字典，想见书面大于书端，就照所想的画出，便成错误。倘屏绝思索，用直线的眼光来"看"，便看见书面实际虽有六寸长，但横放在桌上，你坐着斜斜地望去，所"见"的很扁，不过三寸左右。书端垂直在桌面，你坐着望去仍是二寸厚。这样书面之长与书端之厚，其实相差不多，不过三与二之比而已。倘然桌子再高些，或者凳子再低些，那时所见的书面更小。甚至不满二寸，反比书端更小。

再举一例：倘使没有学过图画的人，你请他画一个人的脸孔，他一定画错。错在什么地方呢？大都错在眼睛画得太高。他先画个蛋形，在蛋形里头，在上方的三分之一处画眉毛眼睛，在下方的三分之一处，画鼻头嘴巴，这就大错了。原来人的眼睛，一定生在头的二分之一处，即正中。从眼睛到头顶的距离，一定等于从眼睛到下巴的距离。没有学过图画的人，为什么错误呢？也是"想"而不"看"的原故。他想：眼睛上面东西很少，只有不甚重要的两条眉毛，其余额骨和头发不足注意。而眼睛下面花样很多：鼻头是长长的，底下有两个洞，会流出鼻涕来。嘴巴会吃饭，又会讲话。有时上下还会生出胡须来。这样一想，就觉得眼睛以上很冷静，而以下很热闹。于是提起笔来，把眼睛高高地画在上方，就成了很可怕的面貌（读者诸君可试画画看）。倘然能屏绝思虑，用直线的眼光去观察脸孔的本身的姿态。就可发见前述的定规，眼睛的位置必定在头的正中。眼睛以上,花样虽少,地方却大。如果应用这眼光去看婴孩的头,更可知道,婴孩的眼睛生得非常之低,竟位在头的下方三分之一处。眼睛以上,脑壳很大,要占头的三分之二。眼睛以下,口鼻下巴都很小,只占头的三分之一。有一张宣传画,画丈夫去当兵,妻子背着婴孩种田,我看那婴孩,简直是一个小型的大人。那女人背着这样的一个怪物而种田,样子很可笑。看的人都说,"这孩子画得不像"。但他们说不出不像的原故来。其实原故很简单,就只是两只眼睛画得太高了,画在比正中更高的地方,就画成一个"小大人"。只要把眼睛改低,改在头的下面三分之一的地方,就像一个可爱的婴孩了。

上面两实例,足证我们的眼光,常被思虑所惑乱。因而看不清楚物象本身的姿态。儿童思虑简单,最容易发见物象的本相。所以,学画从儿童时代学起,最易入门。但只要能懂得把眼光放直的方法,即使是饱经世故的成人也可以学画。

要学艺术的人们,请先把你们的眼光放直来!

眼光放直的方法,最初有两种练习,第一是透视练习,第二是色彩练习。

透视法,又名远近法,英文叫做 perspective。这是对于"形状"的"眼光放直法"。换言之,就是把眼前的立体形的景物看作平面形(当它是挂在你眼前的一张画)的方法。你眼前的各种景物,对你的距离远近不等:一枝花离开你数尺,一间屋离开你数丈,一座山离开你数里。但你要把这些景物描在纸上时,必须撤去它们的距离,把它们看作没有远近之差的同一平面上的景象,方才可写成绘画。"远近法"这个名词,就是从这意义上来的。要把远近不同的许多事物拉到同一平面上来，使它们没有远近之差，只要假定你眼前竖立着一块很大的玻璃板（犹似站在大商店的样子窗〔橱窗〕前），隔着玻璃板而眺望景物，许多景物透过了玻璃板而映入你的眼中时，便在玻璃上显出绘画的状态。"透视法"这个名词，就是从这意义上来的。

物体的大小高低等形状，实际的与透视的（绘画的）完全不同。实际上同样的，在绘画上有种种变化；距离远近一变，大的东西会变成小，方的东西会变成扁。位置上下一变，高的东西会变成很低，低的东西会变成很高。例如：笔直的马路旁边，种着同样高低的许多树。你站在马路中眺望树列。忘记它们的远近。当它们是面前一块大玻璃板上的现象时，便见树木越远越小越短。又如很长的走廊的天花板上，装着许多电灯。你站在走廊的一端眺望时，用上述的看法，便见电灯越远越小越低。再看走廊的地板，便见越远越小越高。

研究这种形状变化的规则的，就是远近法。远近法的要点，是"视线"与"视点"。在玻璃板上画一条与观者的眼睛等高的水平线，这就是"视线"。再从观者所站立的地方向上引一垂线，二线在玻璃板上相交，这交点就是"视点"。此时眼前一切物体的形状的变化，皆受视线与视点的规律。凡在视线上面的（实际上，就是比观者的眼睛的位置更高的东西。例如电灯，屋檐等），近者高而远者低。反之，在视线下面的（实际上，就是比观者的眼睛低的东西，例如教室里的凳子，走廊里的地板，铁路等），近者低而远者高。在画中，视线就是地平线。视点就是观者所向的地平线上的一点。上下左右四方一切物体，皆由视点的放射线规定其大小的变化。关于详细的法则，有透视法专书记述，现在不必详说。读者须知道：透视法，其实很容易。只要懂得了眼光放直的看法，一切透视法都懂得，不必再读透视法专书了。透视法专书，好比文法书，你们学英语，只要熟读理会，不学文法亦可。反之，如不熟读理会，要按照了文法的规则而讲英语，是万万不能的。同理，不懂得眼光放直的方法，要按照了远近法的规则而作画，也是万万不能的。

由上文可知物体的透视状态，与实际状态完全不同。实际上大的东西，在透视上有时变得很小。实际上高的东西，在透视上有时变得很低。对风景时要作透视的看法，只要不想起实际的东西，而把眼前各物照当时所显出的形状移到所假定的玻璃板上，便可看见一幅合于远近法的天然图画。例如你站在河岸上，看见最近处水面上有一只帆船。稍远，对岸有一座桥。更远，桥后面有一座山。最远，山顶上有一支塔。这时候你可想象面前竖立着一块大玻璃板，而把远近不同的船，桥，山，塔，一齐照当时所显现的形状而拉到玻璃板的平面上来，便见一幅风景画。但当你拉过来的时候，必须照其当时所显现的形状，切不可想到实物。倘然当它们是实物而思索起来，就看不见天然的图画了。因为当作实物时，一定要想起"桥比船大，塔比桅粗，山比帆高"等实际的情形。但在透视形状中，完全与你所想的相反：桥比船小得多，塔比桅细得多，帆比山高得多。帆船中的小孩子，其身体比桥上走的大人大到数十倍呢。倘照实际大小描写，便不成为绘画。故风景必合乎远近法，方成为绘画。即现实必用直线的眼光看，方成为艺术。

其次，对于色彩，也须用直线的眼光看，方能使它成为艺术上的色彩。

色彩，照科学的理论，是由日光赋予的。日光有七色：赤、橙、黄、绿、青、蓝、紫。其中赤、黄、蓝叫做"三原色"，是一切色彩的根源。三原色拼合起来，产生"间色"：橙（赤与黄拼），青，绿（黄与蓝拼），紫（红与蓝拼），便是第一次间色。间色再互相拼合起来，产生无穷的色彩，有许多色彩，没有名词可称呼。这便造成世间一切的色彩。宇宙间森罗万象，各有固定的色彩，例如花是红的，叶是绿的，泥土是灰色的，或者复杂得很，不可名状的。

但这固定的色彩，是实际的色彩，不是艺术的。艺术上的色彩，是不固定的，因了距离和环境而变化。要看出这种变化，就非用直线的眼光不可。

例如：春夏草木繁茂的山，在实际上，其色彩当然是绿的（我国人对青与绿，常常混乱不分，故诗文中称为青山），即春山的固定色是绿。但是，用直线的眼光看去，春山不一定绿。如果这山离开你有数里路，你望去看见它是带蓝的。因为中间隔着许多空气，模模糊糊，就蒙上蓝色。如果是重庆的山，隔离半里路，也就变成蓝色。因为雾很重，绿山蒙了雾，都变成蓝山。如果是傍晚，夕阳下山的时候，你眺望远远的山，看见它们都变成紫色。因为地上的蓝色的暮烟，拼合了夕阳的红光，变成紫色的雾，这紫雾蒙住了群山。又如很远的山，不管它是黄是绿，一概变成淡淡的青灰色。诗人描写女人的眉毛，就用远山来作比方。"水是眼波横,山是眉峰聚","一双愁黛远山横",此类的诗句,都要用直线的眼光眺望色彩,方才描写得出。可知用艺术的眼光看来,世间万象的色彩,都不固定,因了距离而变化。

人的脸孔,实际上都是近于黄、红、橙、赭的一种色彩,但是也并不固定。假如一个少女撑着一顶绿绸阳伞,站在太阳光底下,她的桃花色的双颊上,就会带着绿色或蓝色。西洋的印象派绘画,正是用直线的眼光观察色彩而描写的。所以印象派作品中的少女的面庞上,各种色彩都有。不但少女的面庞如此,其他一切物体,都没有单纯的固定的色彩,都是赤橙黄绿青蓝紫各色凑合而成的。不过其中某一种色彩占着强势,这物象就以这种色彩为主调。且这主调又完全不固定,跟了环境的影响而时时变化。雪白的粉墙,在强烈的日光的阴影内,显出翠蓝色。嫩绿的杨柳,在春日的朝阳中,显出金黄色。用艺术的眼光看来,世间万物竟没有固定的色彩。故印象派画家说:"世人皆知花红叶绿,其实花有时而绿,叶有时而红。"这话实在含有艺术的真理。

以上所述,便是用直线的眼光来观看形状和色彩的方法。这又可称为"直观的"看法。直观是心理上的名词,在艺术上的解释,便是直线的观察的意思。反之,前述的用曲线的眼光的看法,就可称为"理智的"。理智也是心理上的名词,在艺术上的解释,便是用智力想起物象的作用及因果关系的意思。

上述是初步的练习。最后,我们更进一步来谈艺术的眼光。

前面说过:艺术的眼光是直线的,非艺术的眼光是曲线的。故艺术的眼光对物象是"看见",非艺术的眼光对物象是"想见"。

更进一步来讨论:艺术的眼光对物象也可以"想见"。不过这"想"仍是直线的想,不是曲线的想。

什么叫做"曲线的想"与"直线的想"呢?答曰:想见物象的作用及因果关系的,叫做"曲线的想"。不管它在世间有何作用,对世间有何因果关系,而一直想起它的本身的意义的,叫做"直线的想"。

举几个浅显的例来说:例如花,是艺术上常用的好题材。其所以能成为好题材者,乃艺术家对它的看法与感想不同之故。若用非艺术的眼光看花,所见的只是果实的成因,植物的生殖器。这便离开了花的本身,转了个弯,转到花的作用或因果关系上去。艺术的想法就不然,不想起花的作用关系等,而一直从花的本身上着想。所见的才是花的本身的姿态。诗人所见便是这姿态。例如写梅花,曰:"暗香浮动月黄昏。"写桃李曰:"佳节清明桃李笑。"写荷花曰:"微有风来低翠盖,断无人处脱衣红。"不想梅子,桃子,李子以及藕和莲蓬,而专从花的本身上着想,才真是为花写照。

又如月,若用非艺术的眼光看,也只是地球的卫星,阴历月份的标准。这便离开月的本身,转到它的作用关系上去。艺术的想象就不然,专就月亮本身着想。故诗人说:"江畔何人初见月,江月何年初照人?""六朝旧时明月,清夜满秦淮。"这才是为月本身写照。这种写法,对于读者有多么伟大深刻的启示!

《艺术与人生》序言[1]

这书本来是抗战前一年由上海人间书屋出版的。原名《艺术漫谈》。抗战后,该书屋杳无音信,大约已经停办。而后方要求此书再版的人很多。我手头只有一册,仿佛已是孤本。今将这孤本重新校阅一遍,加以增删修改,列为缘缘堂丛书,交民友书店重印行世。校改之后,看看书名觉得不称。就改名为《艺术与人生》。艺术,本来是人人有份的,不是专家所可独占的东西。故关于人生日常的艺术意味的谈话,直名之为"艺术与人生",反比"漫谈"为确当。于是这样决定了。

卅二〔1943〕年八月十四日子恺记于沙坪新屋

---

[1] 《艺术与人生》系1944年桂林民友书店出版。

《艺术学习法及其他》序言 [1]

抗战前，我问世的艺术理论书甚多，册数自己也记不清楚。战后，为了书店遭打击，又为了插图制版无办法，故大部分已经停刊。每逢在旧书摊上看到旧版的自己著作，为之怃然。有时因友人要求，即从旧书摊上买一册来，再托书店重印，纸张与印刷，均远不如旧版了。这一册也是因友人及读者的要求，故从旧书摊上搜求旧版来选印的。战争的时代，大家烦忙，一般艺术爱好者及普通学生，都没有深研艺术的余暇。故凡专门的、高深的理论，以及必需三色版插图的理论，现在暂不重印，只选了一般需要的六篇文章，印成此书，聊以应嘱而已。将来乱平之后，希望我的旧著都能复活，那么这一册暂时的代用品，就可以不用了。

卅二〔1943〕年岁暮子恺记于沙坪新屋

---

[1] 《艺术学习法及其他》系1944年4月桂林民友书店出版。

谈工艺美术[1]

工艺美术就是衣服器具等实用品的美的制作,这也属于艺术的范围内。但和别的艺术(绘画音乐等)性状不同。绘画音乐等,大都专供欣赏,除了欣赏以外没有其他实际用度。工艺美术则必定有实际的用处(譬如衣服要穿,椅子要坐),不过在达到了这实用的目的之外,再加以美的形式,使它们"合用"之外又是"好看",所以这种艺术,被称为"实用艺术"。反之,绘画音乐等被称为"欣赏艺术"。这又被称为"羁绊艺术"。反之,绘画音乐等被称为"自由艺术"。因为工艺美术制作时,受实用的羁绊。譬如做一件衣服,必须顾到它可穿;做一把椅子,必须顾到它可坐,都不能自由变化其基本形式。所以称为"羁绊"。反之,描画,作曲,都可自由发表艺术家的美的思想,不受实用拘束,所以称为"自由"。

一般研究艺术的人,看轻这受羁绊的实用艺术,而尊重那自由的欣赏艺术。他们以为衣服,椅子等,是裁缝司务木匠司务制造的,怎么可同"大艺术家"的"灵感"的,"创造"的,"神来"的作品相并列呢?他们以为这中间"雅俗"之别,相

---

[1] 本篇原载 1943 年 12 月《中学生》第 70 期。

去不可以道里计。所以有的人不承认工艺美术为艺术,把它摈斥到艺术之园的门外去。但我觉得要救救它。我要拉它进园门来,在门内给它一个位置,让它管园门也好。

为什么呢?因为工艺品是吾人日常的切身的用具。我们希望它们进艺术之园而受美化。那么我们用的时候可以感到物质及精神双方的满足。譬如衣服,如果只求合于实用,就是只要能够蔽体而保住体温,而不讲求形色的美观,我们在物质上虽满足了,而精神上(眼睛里)不满足。又如椅子,如果只求合于实用,就是只要能支持身体,而不讲求形色的美观,也是如此。人类在原始时代,原是只能顾到实用,而无力顾到美观的。所以野蛮人的衣服器具,幼稚得很,最多合于实用罢了,讲不到工艺美术。我们如果忽略了衣服器具的美观,结果岂不是开倒车,回复野蛮时代的生活么?

因为从来一般艺术家看轻工艺美术,所以这种艺术一向不甚发达。艺术家大都不屑花脑筋去计划衣服椅子等的形式。于是衣服椅子等的形式,就让裁缝木匠等去乱造。于是市上发卖的,流行的用品,形式不佳,恶劣的也不少。我们要用时,没有办法,只得买了恶劣的工艺品回来应用。我们每次用到时,感觉不便,不快,可笑,可恶。但是没有办法,将就用用。用得久了,我们的趣味和它们同化,感觉也就麻木了。似乎以为用具总是这样恶劣的。在这种地方,我们的生活的幸福,损失不少。

就在手头举两个例来说:我住在离市一里许的乡下,上街买物,需要一只手提的布袋。我到铺子里去买布袋。铺子里布袋很多，有的很薄很小，我不要。有一种布很厚，大小也适度，我决心要买它一只。我就去选择。觉得这些袋都很合实用，大小正好，长阔也恰好，上面两个环也坚牢而适于手提。只是有一个缺陷：袋上的花纹是几个英文字母。这些字母拼不成字，是乱凑的。大概是由不识英文的人从香烟匣子上或别的处所随便选出来的。每个袋上，绣着四个英文字母，略有不同，但都不成字。有一只，开头两个字母是BA。有一只，开头是DE。这使我想起BAD〔坏的〕和DEAD〔死的〕，觉得不快。选来选去，我选定了一只袋，上面绣的是CHMP四个字母。这实在要不得。但在诸袋之中，此袋最为要得，没有办法，只得要了它。况且在当时，因为看见诸袋上的字都不成品，趣味一时和它们同化，似乎觉得手袋上的英文字母当然是不成品的。我看多数手袋上的英文字母拼得非常荒唐，有的简直发不出音。那么我的CHMP，比较起来，实在是唯一杰出的作品。因为勉强可以发音，而其音可以使人联想到香槟酒。即使联想到了"烟囱"（CHIMNEY），也并不算坏，比BAD和DEAD好得多呢。于是我就提了这个"烟囱"回家。以后每次提了这个"烟囱"上街。在这"烟囱"里装满了物品，提着回家。

但有时我突然看看自己手里的袋，觉得着实可笑。为什么袋上标着这四个字母呢？假如有一个外国人或者识外国文的人在旁看我提了这袋走路，此人一定感到奇怪或好笑。如此想来，我每次提袋上街，不啻扮小丑演滑稽剧！如此想来，工艺品的形式竟有这样意想不到的效果！

再举一例：我家住在离市一里许的乡下，其地没有电灯，我家须用菜油盏。近年来我眼睛老花，晚上久已不看书写字。油盏的昏昏灯火也够用了。但是每逢要移动油盏，十次之中总有七八次感觉不便。因为这里市上发售的油盏，形式一律如此：上面一个桃子式的瓦盆，是盛油的，桃子的尖头上是搁灯草点火的。下面一根六七寸长的瓦柱，固定在盆子底上。瓦柱底下一个较大的瓦盆，固定在石柱底上，就是油盏的底。瓦柱的左旁，生出一个环来，这环是移动时插入手指用的。我每次移动油盏时所以感到不便者，就为了"环生在左旁"这一点。假如我同油盏正对面，我要移动它，必须举起右手来，方才拿得牢它。假如我站在油盏的后面，我要移动它，必须举起左手来，方才拿得牢它。假如我站在它的左边，我必须举起右手来拿它。如果我站在它的右边，我必须举起左手来拿它。如果举错了手，我必须换上一只手来，方才拿得牢它。——这种不便，每晚要感到几次。然而没有法子避免，因为油盏头是固定的，不能转动，那环也就永远固定在油盏的左边。其实，这环应该生在油盏的后方，移动方才便利。我们这位做油盏的工艺美术家，不知怎么一想，决定把环生在左边。而且依此形式成千成万地制造出来，发售于附近一带用油盏的人。这正是散播成千上万的"不便"在附近一带的群众的生活中。

在我们的生活中，像上述的"可笑"和"不便"，有无数存在着，其例不胜枚举。

我们如欲减除此种"可笑"和"不便"，进而增加我们生活的幸福，只有改良工艺美术。这件事，前世纪英国有一位美术家，名叫莫理士（William Morris）的，曾经下过一番努力。当时欧洲的工艺美术品也很恶劣，不便利，不美观。用物品的人大家受苦，然而无法，无力，或无心去改良他。大家因循地忍受下去。莫理士有鉴于此，大声疾呼"美化人生"！而着手工艺品的改良。自此以后，欧洲工艺界受其影响，大家注意到物品的"实用的便利"和"形式的美观"二条件。欧洲现代生活形式的进步，莫理士与有力焉。

我国物质生活基础远不及欧洲人的稳固，试看那些穷乡僻壤的劳工们的生活形式，实在都没有及格。他们用的都是粗砺的家具，因陋就简，得过且过，哪里谈得上工艺美术？他们救死唯恐不暇，哪里顾得"可笑"和"不便"？但这是暂时的状态。大家努力振兴，将来一定大家能够获得生活的幸福。所以我认为工艺极应该收入在艺术的范围内。希望它能受艺术家的注意，郑重地加以改良和提倡。

三十二〔1943〕年十月十六日于沙坪坝

文艺的不朽性[1]

人是必朽的，故英语称人曰 mortality（终有一死的）。但人的精神可以不朽。"精神不朽"，不是阿Q的"精神胜利"可比。阿Q的精神胜利是空虚的，我们的精神不朽是实在的。

何谓实在？《左传》中说："太上立德，其次立功，其次立言，虽久不废。此谓之三不朽。"文艺当然是立言，其言"虽久不废"便是不朽的文艺。这虽久不废便是实在。我们要求文艺不朽，便须在这四个字上做功夫。

要求文艺的虽久不朽，至少，作者须得具有"众生心"。文艺作家具备了这种心的修养，他的作品中便多少含有不朽性，即使要朽，也朽得迟一点。

何谓具有"众生心"？就是说一个人不只有自己的一颗心，而兼有万众之心，就是不仅知道自己的心，又能体谅同类的心。文艺创作的心理中有一种很神秘的矛盾：作家注重独特的个性，但同时又须兼有与众相同的心。何以言之：作家在创作国土中，每一个人假定自己是君临万象的王者，假定一切人物事象都是专为他的创作而存在，这才可以产生佳作；然而这王

---

[1] 本篇系作者遗物中经作者修改过的抄稿。原来发表刊物和日期待考。

者，要如曾子所说："民之所好好之，民之所恶恶之"，方才有统治他的国土的资格。这两种心理明明是矛盾的，然而是文艺创作的要素。故文艺家一方面须有特殊的个性，他方面又须具有同情心。孔子所谓"推己及人"，正是文艺的修养，我所谓"众生心"，便是指这种修养功夫。

从作品方面说，体会众生心的作家的作品，大都"富有客观性"而"能代表众人言"。所谓"富有客观性"者，作品所表现的，不只是一人或少数特殊阶级所能理解，而是多数人甚至于全人类皆能理解的（但所谓理解，并非指文艺形式，乃指内容的理解）。理解者愈众，文艺价值愈高。故世间不朽之作，无论翻译为何国文字，无论传至何时代，均能脍炙人口，其例不胜枚举。为欲充分说明，请举几首绝诗为实例。诗中关于春的特别多，而且特别富有佳作。就因为"春"是众人所共爱，客观性甚广之故。"春眠不觉晓，处处闻啼鸟，夜来风雨声，花落知多少。"这只是写春晓的一种感觉而已。然而自唐至今，此二十个字所以不可磨灭者，正因为此种感觉各时代的人，人人尝过，其客观性甚广之故。又如关于"别"，诗中也特别多，而且特别富有佳作。也因为别离是众人所共恶，客观性甚广之故。"打起黄莺儿，莫叫枝上啼，啼时惊妾梦，不得到辽西。"这只是一个贪睡的妇人的日常生活中的小感而已。千年来这二十个字所以不可磨灭者，正因为此种感觉，各时代的人，人人可以体会到，客观性甚广之故。反过来看，庙堂飨宴之诗，宫廷享乐之词，隐居，修道之作，以及关于某一地某一人之诗，所以缺乏佳作者，即为理解者少而客观性狭小之故。

其次，所谓"能代众人言"者，例如某种情状，众人皆感到，但是说不出；文艺作者能说破它，使人听了恍然大悟，欣然共鸣。这叫做能代众人言。再举绝诗为例："岭外音书绝，经冬复立春，近乡情更怯，不敢问来人。"只是描写久客还乡时的一种心情而已。然而大家读了很感动，我们为暴寇所迫而流亡在大后方的人，感动更深。胜利到来，大家都买棹东归，"漫卷诗书喜欲狂，即从巴峡穿巫峡，便下襄阳下洛阳"的情景，就在眼前，当将近乡关，喜惧交感，正有"不敢问来人"之情。此情我等都已感觉到，但是说不出，一经诗人代为道破，安得不起共鸣？

如上所述："富有客观性"与"能代众人言"的作品，就是具有"众生心"者的创作。也就是含有不朽性的文艺，因为它们"虽久不废"。

三十二〔1943〕年作于重庆

艺术与革命[1]

自古以来，诗人画家，对于宇宙间森罗万象，另用一种与日常生活不同的看法。这看法，叫做艺术的观照。举例来说，譬如花，用日常生活的眼光看来，是果实的准备。科学家（生物学家）看来，是植物的生殖器。但用艺术的观照看来，是同人一样有知觉有表情的东西。所以诗人说："感时花溅泪"，"桃花依旧笑东风"。人竟把花当做能哭能笑的活物。又如月亮，用日常生活眼光看来，是阴历月份的表号。科学家（天文学家）看来，是地球的一颗卫星。但在诗人看来，又是有灵魂有表情的东西。所以诗人说："明月窥人人未寝"。又说："暮从碧山下，山月随人归。"他们竟把月亮看做能窥人随人的活物。此种实例，不胜枚举。

艺术家好像疯子，说的话好像都不真确。其实不然。科学艺术，各有不同的领域。人生应该具备各种眼光。在我们的生活中，有时应该用科学的眼光，有时应该用艺术的眼光。花能哭能笑，月能窥能随，科学的看来是不真确，但艺术的看来，这些诗句的好处，就在于不真确。科学上的不真，在艺术上却

---

[1] 本篇原载 1945 年 12 月 11 日《川中晨报》。今据经作者修改过的抄稿。

变为真。

艺术家为什么用这种看法呢？因为艺术家对于眼前森罗万象，革除了自古以来一切传统习惯，胸中毫无成见，而用全新的眼光来观察的。诗人对着花，绝不想起它的前因后果，而观察花的本身的姿态。诗人对着月，绝不想起它的功用意义，而观察月本身的姿态。换言之，艺术家对于一物，能断绝其在世间的种种传统习惯，而观看其本相。艺术的真价就在于此。

革除古来一切传统习惯，毫无成见地观察事物本身的真相，是艺术精神的要点。这点精神，实在就是革命的精神。自古以来，世界上伟大的革命事业，都是由于革除自古以来一切传统习惯，毫无成见地观察事物本身的真相而发起的。譬如缠足，是不合人道的事。但古代的愚夫愚妇，被传统习惯所拘囚，被成见所束缚，以为祖先以来都缠足，万千女子都缠足，缠足就是天经地义，没得话说。只有不被传统习惯成见所拘束的革命家，才能看见足本身的真相，确信其不应该缠，就起了革命，造福数万万的女性。又如古代专制独裁的皇帝，自命为"天子"，说话叫做"圣旨"，面孔叫做"龙颜"，叫大家称他为"万岁"，向他拜跪。古代的愚夫愚妇，被传统习惯所拘囚，被成见所束缚，以为皇帝真是天子万岁，就盲目地崇拜他，无理地服从他。只有聪明人能革除传统习惯成见，而观察其本身的真相，才知道他也不过是和百姓同样的一个人，也要吃饭，也要排泄，也要病死。人类应该平等，不应该教一人专横压迫众人。平等自由才是人类本身的真相。于是革命首领就发起革命，铲除专横压迫的人，而为众人造福。

所以我说：艺术的精神就是革命的精神。艺术家是创造的，因为他具有革命精神。革命家是可赞美的，因为他具有艺术精神。

卅三〔1944〕年三月二日写于涪陵客中

画碟余墨[1]

一

频伽词品中有一段是:"千山巉巉,一壑深美。路转峰回,忽逢流水。幽鸟不鸣,白云时起,此去人间,不知几里。时逢疏花,娟若处子。嫣然一笑,目成而已。"

我最初看到这一段文章,是在弘一法师出家时送我的一把折扇上。那扇是日本制的,一面画着太阳在海上初升时的光景,弘一法师自己题字:"一轮红日东方涌,约我黄人捧。"另一面由许多人写字,每人写四五行。其中夏丏尊先生写的便是这一段频伽词品。扇上许多文字中,其余的我都忘却了,只有这一段至今还记得。(那扇我一直保存到二十六〔1937〕年多,跟我的房子缘缘堂一齐被炮火所毁。但最近有乡里人从沦陷区来,告诉我说敌人先把我屋里的书物搬空,然后烧房子。如果这敌人代我保存,那么,这扇子还在人间。)当初我以为频伽

---

[1] 本篇原载《国文杂志》1944年4月1日第3卷第1期,1945年9月10日第3卷第4期(署名"子恺"),1946年2月1日第3卷第5、6期合刊(署名"子恺")。

词品都是这样美的文章,便找全文来看。看后才知道只有这一段最美。我所谓最美,是最有"画意"的意思。夏先生特选这一段来写在这文美双绝的风流儒雅的现代中国艺术家先锋李叔同先生的扇子上,再适当是没有的了!

我欢喜有画意的文章,同时又欢喜有文意的绘画。我自己以为很有理由:文学与绘画,自古以来,结下不解之缘。回潮吾国画史,自顾恺之写《女史箴》,王摩诘自称"前身词客,宿世画师"以降,历代画家,都关心文学,描写文学,借重文学。到了董其昌便说:"画家须读万卷书,行万里路。"与文学无关的绘画,在中国视为"匠气"的东西。西洋画中,匠气的东西较多。但这也只是晚近的习气。西洋古代的绘画,也与文学有密切关系。描写神话及圣书的作品之多,即是其证据。只有到了近代,印象派创生,西洋画便脱离了文学而变成纯技术。印象主义反对用头脑,专重用眼睛。非当面看到,不能作画;离开了莫特儿(Model 不专指裸体女子,凡画的对象,都可叫莫特儿)不能下一笔。画不重意境,专重光线与色彩。故选择莫特儿,不问其意义,但凡光色美丽的,都是好画材。故一堆稻草,可以联描许多幅杰作。一片水面,可以联描许多幅杰作(指法国画家 Monet〔莫奈〕)。因为风雨晦明,稻草的与水面上的光色各异,便各成为杰作的题材。颜料不必调匀,只要用原色的条子或点子并列在画面,——例如要紫色,用红的条子与蓝的条子并列;要绿色,用黄的点子与蓝的点子并列等——远远望去,原色就在学者的网膜上调匀。故看画的时候,不许用头脑想,只要用眼睛看。眼睛所得的视觉的快感,便是绘画的全部效果。这样的绘画，实在远不及酒。酒使口感觉快美，但下咽以后，又能使精神兴奋起来，影响其人的态度，思想和行为。只要酒德高，事业竟可由酒助成。但是那些印象派的绘画，除了对画时眼睛感觉快美之外，别无余味。真是可以得[1]而不如酒乎！所以我不欢喜那些印象派绘画。我认为这是艺术的科学化的失败（印象派提倡者自称这是绘画的科学化）。艺术根本不能科学化。艺术根本不能"分业"。故文学与绘画根本不宜离异。如此说来，我的欢喜有文意的绘画，不亦宜乎！

这段频伽词品既是绘画的文学，把它翻译为绘画行不行呢？却又不行。因为文学与绘画，毕竟各有本领，不能完全代理。文学是时间艺术，在时间的经过中表现。绘画是空间艺术，在瞬间中表现。文学可以用言语代替了丹青而表现空间，使人想象出一幅画来；绘画却难于用形色代替言语而叙述过去未来。（只有连环图画能之，但此非正式绘画，乃一种插图性质的绘画，故不论。）这样说来，文学的表现本领比绘画广，似乎文学可以代理绘画，而绘画不能代理文学。但文学的代理绘画，也只限于使人"想象"而已。有的形状色彩，用千言万语形容不出来，文学就没奈何它。"臣东家之子，增之一分则太长，减之一分则太短，施粉则太白，涂朱则太赤。"宋玉用言语代替丹青而描写一个天下最美的女子给我们看。我们读后所得的效果，毕竟同看希腊最美的雕像 Venus（就是一个没有手臂的半裸体的女像，有一种铅笔，以此像的照片为商标）所得

---

[1] 原文此字漫漶不清。

的不同。看雕像得到现实的印象，读文章却全靠自己想象。想象，有时比现实更妙。好比镜子，本身空空，随缘显象。想象力最丰富的，读了宋玉这段文章，已经满足，不想再看画图。因为看画图没有想象的余地，反而把天下最美的女子限定了美的程度。所以文学实在是最"调皮"不过的一种艺术。绘画太老实，演剧就更□[1]了。

频伽词品中那一段，难于完全翻译为绘画，就为了文学太调皮而绘画太老实之故。"千山巉巉"，还容易画。我看过桂林山，"巉巉"二字不难由此想象出来。"一壑深美"就稍难，难在"深美"二字。深，似乎不能一直深下去，像井一样，须得有些曲折才好。美，便无底止，画笔所能表现的美终是有限。"路转峰回，忽逢流水。"上句易画，下句稍难。难在一个"忽"字。由无流水到有流水，要突如其来，这画面就难布置。倘画出了流水，就不易表出路未转峰未回的地方。倘不画出流水，又安知转弯有水？传说宋画院有画题曰"深山埋古寺"，最难画的是一个"埋"字。若露一寺角，便不算埋。若不画寺，而画一僧立在山中，又安知其中埋着寺？有一位巧妙的画师，描一个和尚挑水入山，据说便是考第一名的。现在我这"忽逢"的"流水"，就同这"埋"着的"古寺"一样难画。况且宋画院的办法，不免流于猜谜式，我实在也不很赞善。（又据说，踏花归去马蹄香，香字难表。有一人全不画落花，但写一对蝴蝶跟随马蹄，此画即为最上。这种办法更近于猜谜。）因

---

[1] 此字漫漶不清，下同。

此，倘定要画这文句，只能把"忽"字稍稍忽略了。"幽鸟不鸣",根本超出绘画的本领,只得不理。但也幸而"不鸣",如果一"鸣",更无办法。"白云起",可以画；但"时"字非瞬间的,就无法表出。"此去人间,不知几里",也只得不理。但这不理遗憾较少。因为如能画出幽寂的环境,普通郊原所不能见的景象,也已表出其远离人间了。"时逢疏花"这"时"比前面"白云时出"的"时"易画。只要在一游人行走的路旁,处处点缀疏花,也就马虎算了。"娟若处子。嫣然一笑,目成而已。"又根本超出绘画的本领,只得不理。——如果一定要画,只能达到上述的地步。

假定我如上述的画了,看画与读文句,所得效果实在大异。异在何处？就是画中欠缺"忽"、"鸣"、"时"、"去"、"知"、"娟若"、"一笑"、"目成"等表现。只是死板板的一片深山风景和一个游人。而文句却有时间经过的表现,及游人对风景的观感的表现,故比画更为生动,更饶风韵。实在,这文被译成为这画,已经失却了灵魂而只剩一个躯壳。这样译法,等于弃其果而食其皮。所以我说,文学要全译为绘画,是不行的。

可知文学与绘画,各有本领,不能完全互译。频伽词品,在文学中是最绘画的,尚且不能全译,其他自不必说。那么,文学与绘画,自古结不解缘,这缘如何结法呢？也只有把两者对译,并存,使它们互相合作。时间的无形的部分由文学负责,空间的有形的部分由绘画负责,已是文学与绘画的"综合艺术"。不过诗附在画的一端或一角,形式上看来是绘画为主,就称它为绘画而已。

严格地说，世间没有完全纯正的绘画。若有完全纯正的绘画（例如纯粹形状色彩组成的图案，印象派，立体派，未来派，构成派的作品），其实大都不成为"绘画"。图案的只供装饰，印象派的不能成功，与立体派，未来派，构成派的昙花一现，即是其明证。凡被世人乐认为"绘画"的绘画，——即形色美而意义又美的绘画——必是文学与绘画的综合艺术。所以我说，文学与绘画自古以来结了不解之缘。

三十二〔1943〕年十二月十日于沙坪

二、诗中有画

苏东坡称王摩诘"诗中有画"。这句话，决不是王摩诘一人独得的：自古以来，许多人的诗中，大都有画。不过王摩诘的诗中，画更多一点。因为他是画家，善用描画的眼光来吟诗。用描画的眼光来吟诗，可说是吟诗的一大秘诀，也可说是好诗的重要条件。因为吟诗实在不宜辩论，说理；最宜直观，具体。王摩诘的诗的好处，大约就在于此。

王摩诘有许多诗句，竟好比是叙述一幅画图。不须苦心布置，照诗句写出，便可成为一幅画图。例如：

行到水穷处，坐看云起时。
悦石上兮流泉，与松间兮茅屋。

> 明月松间照，清泉石上流。
> 独坐幽篁里，弹琴复长啸。

"行到水穷处，坐看云起时"常被古人取为画题。《芥子园画谱》中就有这一图。写一个古装人物，趺坐在水边，眺望□面的云。人、水、岸、云，四种景物，随意布置，即成一画。这可说是最精选的画材。后世画家懒得（或不能）自选题材，常常袭取王摩诘所选定的现成题材，作画就事半功倍。然而千篇一律，至今已觉不新鲜了。"石上流泉，松间茅屋"，"明月松间照，清泉石上流"，"独坐幽篁里，弹琴复长啸"，更是中国画所盛用的题材。石、泉、松、茅屋、幽篁、弹琴，仿佛是中国画中不可缺少之物。月亮少有人画，大约是中国画具不便渲染夜景之故。

以上数句，是王摩诘"诗中有画"的最普通的实例，亦即一般画家所最爱写的题材。摩诘诗中，确有不少绝妙的画题。把我平日所注意过的，略记如下：

> 白水明田外，碧峰出山后。
> 水国舟中市，山桥树杪行。
> 晴江一女浣，朝日众禽鸣。
> 回看射雕处，千里暮云平。

这几句中，"碧峰出山后"，"山桥树杪行"，一般画家都爱写。前者是远景，容易入画；后者作长条立幅，便于布置。"白水明田外",就少有人画。大约因为"田"这东西是生产的,一般画家嫌他"不雅",不屑取入画中。况且"田"这东西,形状很有规则,布置得不好,就呆板板的,很不好看。其实布置得巧妙,田何尝不好看呢,只是中国一般画家喜欢现成,不肯或不能在构图法上苦心经营,所以少有人画田。至于"水国舟中市","晴江一女浣",中国画中就更少见,却在西洋画中可以见到。大约因为这种景象——买卖和劳工——中国画画家又视为"不雅",不屑取入画图。还有一层:"水国舟中市"形体复杂,"晴江一女浣"姿势难描。缺乏远近法和解剖学知识的中国画家,简直画不成。我读这两句,闭目静思,脑际浮出杭州西湖的光景来。西湖上的浣纱女,我曾经描过。湖岸的低平,水波的明净,岸柳的窈窕,以及那女子装束的自然。(这些女子一定不烫头发,不穿盲从流行的摩登服,不踏危险性的高跟鞋;只是寻常布衣,譬如白短衫,黑短裤,赤脚鞋子。身体原有的美,极充分,极自然地显露出来。这真是最范模,最标准的女相。)件件都是绘画的好题材。阴历六月十八日,西湖上放夜。从黄昏到天明,游船不绝。有许多船,载着水果,饼饵食物,有许多船载着酒,有许多船载着歌妓;还有许多船载着算命先生,逐游船而在水中行商。我也游过几次夜西湖,也请教过这些商船,除了算命船以外。我读王摩诘的"水国舟中市",脑际便浮出六月十八夜西湖的景象来。这景象很难画。诸船形状错杂,诸物布置纷陈,诸人姿态互异。不谙远近法和解剖学的中国画家,怎么画得成呢?"千里暮云平",也需要充分的远近法表现,所以中国画家也不敢画。

王摩诘有三首六言诗,写田园美的,我也曾注意过,但亦未能译为画。诗云:

桃红复含宿雨,柳绿更带朝烟。花落家僮未扫,鸟啼山客犹眠。

山下孤烟远村,天边独树高原。一瓢颜回陋巷,五柳先生对门。

采菱渡头风急,策杖林西日斜。杏树坛边渔夫,桃花源里人家。

第一首中,"鸟啼山客犹眠",我曾经看见某人画过。为欲画出"山客犹眠",窗门洞开,风雨不蔽。这种画法很拙劣。明明是画所不能写或不必写的,硬要用画写出便成此拙劣相。其实这山客不必画出,但写门前落花,窗门皆闭,倒可表现田园生活的幽静之趣。况且我所看的那画中的山客,胸腹尽袒露,开窗而酣眠。伤风受寒,且不去管他,样子有下流相,很觉讨嫌。第二首中,"山下孤烟远村,天边独树高原",是很好的一幅画。此画中最难描的是"独树"的姿态。似宜用松,但姿态不宜过于优秀,应该苍劲,宜有野趣。因为他独立在天边,若把此树人格化,当是高士,狂客之流,决非美人,名士之辈。第三首处处入画,可分作数幅,亦可并作一幅。

王摩诘还有两首五绝,可以译成两幅趣致幽远的好画。诗云:

吹箫凌极浦，日暮送夫君。湖上一回首，青山卷白云。

木末芙蓉花，山中发红萼。涧户寂无人，纷纷开且落。

这两首诗，难画在下面两句。"青山卷白云"，云不宜多，一两卷即可。人生无根蒂，以云作象征，最为适当。此乃送别的诗，译作绘画，仍是送别的画。"涧户寂无人，纷纷开且落。"这□子最可发人深省。我所谓发人深省，不仅为了这芙蓉花不求人知，孤芳自赏，可以象征高士，却是为了这景象表出了天地造物的神秘奥妙。观此景象，可以想见天地间森罗万象，各有其自身的意义，决非为人而生。吾人为千万年来的传统习惯所欺骗，往往妄自尊大，以为万物为人而生，于是对于人生的根本，愈去愈远。一切颠倒迷妄，皆由此生。若有人□了这芙蓉花的自开自落，而能体感天地造物的神秘性，□□人对于人生的本意，亦可思过半了。记得另有一诗，不知何人所作，诗云：

一树繁英夺眼红，开时先合占东风。可怜地僻无人赏，抛掷深红乱木中。

此诗与王摩诘那诗大致相似，而意趣深浅悬殊。王摩诘不加批评，全凭直观而具体叙述，只说"涧户寂无人，纷纷开且落"，任人自己去想。所以意味深远，含蓄无穷。至于这一首七绝,用了"可怜"二字,又加以"无人赏",又用"抛掷"二字代"落"字,又看轻"乱木",明显地怜悯她的不幸。寓意固然也好——世间怀才不遇之人读了会感动。但也止于叹惜怀才不遇而已,没有表现更深远的人生意义——像王摩诘那首五绝所表现的。作诗须有寄托,有含蓄,作画亦然。古画家有这样的话:

> 旅雁孤飞,喻独客之飘零无定也。闲鸥戏水,喻隐者之徜徉肆志也。松树不见根,喻君子之在野也。杂树峥嵘,喻小人之昵比也。江岸积雨,而征帆不归,刺时人之驰逐名利也。春雪甫霁,而林花乍开,美贤人之乘时兴奋也。(盛子履《溪山卧游录》)

此言绘画亦须有寄托,有含蓄。但所喻止于人的社会之学,未及天地造化,人生根本之道,殊觉美中不足。若有人写王摩诘诗那样的画,这里应该加一句:"涧户寂无人,纷纷开且落,喻天地造物之神秘也。"

卅三〔1944〕年五月二十二日记于沙坪小屋。

三、画有寄托

盛子履《溪山卧游录》中有一段说:"作诗须有寄托,作画亦然。旅雁孤飞,喻独客之飘零无定也。闲鸥戏水,喻隐者之徜徉肆志也。松树不见根,喻君子之在野也。杂树峥嵘,喻小人之昵比也。江岸积雨,而征帆不归,刺时人之驰逐名利也。春雪甫霁,而林花乍开,美贤人之乘时兴奋也。"

我对于诗和画,都欢喜有寄托,有含蓄,有言外之言,形外之形,而且最好是与人生根本问题有交涉的。所以我看到这一段,特别注意。但他所举的例,若没有题记,就不免太晦,教人摸不着寄托所在。尤其是"江岸积雨,而征帆不归",使我不能想像。而其他诸例,都是很好寄托的画材。但必须借重题记。否则画罢而不点睛。我对于"杂树峥嵘"一段,想起杜甫的诗句:

新松恨不长千尺,恶竹应须斩万竿。

读到"林花乍开"一段,又想起某古人咏早梅的诗句:

前村深雪里,昨夜一枝开。

可惜我不善画竹画梅。不然,很可借重古人,作两幅得意之画。世间小人众多而成群,贤人稀少而寡合。故以丛竹万竿喻小人,以早梅一枝喻贤人,颇[1]为适当。不过对竹很抱歉了:虚心坚节,一向是君子的象征,现在拿它比小人,而且称之为

---

[1] 原文此字模糊。

"恶竹"，实在很对不起。但这也不关我事，请向杜甫算账。

以竹喻小人，甚是少见。恐怕只见于杜甫此诗。竹□画家，古来汗牛充栋。败笔淡墨，横扫乱撇，都认为得意之作，神来之笔，题记无非老套。生在中国，这种竹实在看得厌了，惟有戴文节画竹，因题记寄托得好，使我看过不易忘记。他这些竹，虽也借重文字，但撇得的确好。好的原因，大约是金冬心所说"余画竹以竹为师"。明言之，就是不从竹谱偷巧，而从实物写生。故所画之竹，为竹谱所无，而真竹所有之姿态。

戴文节《题画偶录》中，关于画竹的题记，寄托深远，清新可喜，抄几段在此：

> 前人谓喜气画兰，怒气画竹。余专以喜气画竹，又自具一种面貌也。
>
> 竹遇到雨则垂之着地，若靡者之所为。顾大节挺挺，断不可屈。世之太刚而折者，尚其以竹为师。
>
> 风雨将至，窗外诸竹皆有奋迅之势。迨云消日出，竹乃欣然有喜色矣。此所谓先天下之忧而忧，后天下之乐而乐也。
>
> 竹非草非木，非花非果，独具天地灵和秀挺之气。可谓自出机杼，不傍门户者矣。
>
> 檀栾大竹挺千寻，难得双竿聚一林。休问孰高还孰下，此君个个是虚心。
>
> 昨夜西风起，萧萧到五更。此君窗外笑，笑我太凄清。

竹似长爪郎君立，石似平头奴子随。可有锦囊佳句否？携身天外正寻诗。

杭州金冬心，画竹以竹为师，不愧为真正中国画家。其题记亦寄托深远，余味无穷。我所注意的，有下列几节：

古人云：怒气画竹。余有何怒，而画此军中十万夫也。胸次芒角，笔底峥嵘。试问舌飞霹雳鼻生火者，可能乱画一笔两笔也。

野蒲出水，雏鸭唼萍。初夏新篁，已解粉箨，窥人作微笑矣。南朝官纸滑如女儿肤。晨起写此一竿，谁能见赏？香温茶熟时，只好自看也。

楚州陆三竹民，新拜头衔曰江湖钓鱼师。予以纸上一竿赠之。直钩乃可，不可效箬人沈毒钩也。并题小诗，申广其意：新妇矶头懒寄书，竹竿笑赠莫踌躇。钓鱼须钓一尺半，三十六鳞如抹朱。

此公胸怀之芬芳悱恻，抱负之不凡，于上数节题记中历历可见。不但题竹，其他题画，亦多佳句。再抄数节于下：

红衣落尽碧池雨，房中抱子侬心苦。郎不来兮谁共语？雪夜深，煨芋之僧何处寻？啖一半，留取十年宰相看。采铅客，拾珠人，种满墙阴一架新。葫芦口大贮古春。豆荚香，豆花白。豆荚肥，秋雨湿。想见田家午饭时。此中滋味问着贵人全不知。

野外桃花,窥人好似墙东女。乱红无主,多谢春风抬举。二八年华,怜他笑靥眉能语。今日暖云如许,恐变明朝连夜雨。

没有看见文节先生冬心先生的画,单看题记,已觉神往。自己颇想效法先贤,自画自题,而文笔拙劣,每不合意,往往连画也撕毁了。近来只是借重古人,拿古人的现成诗句来译画。选古人诗句,以有寄托而可画者为合格。古人有寄托之诗,不可胜计。但大多不能画。因为抽象说理,可想而不可见,便不能入画。倘硬要入画,则画借重文学太多,文主而画从,不免变成插画。故必须有寄托而又有形可画者,方选译之。如是,绘画与文学势均力敌,平等合作。年来作画,大多如此。但亦一时之兴,非久长之计。将来或许改画法,现在把过去所画的数例,记录于此,藉留纪念。因为画都已卖去,不知落入阿谁之手了。

我选古人寄托之诗句,译作画图,始于"贫女如花只镜知"。不知谁人诗句,懒得查考。但读后不忘,即取为画题。此画此诗,牢骚之气太多。自己并没有牢骚,无病呻吟,甚无意味;替别人代发,亦属何苦:故此画甚不得意。后来又作了三幅:

莫向离亭争折取,浓荫留覆往来人。
折取一枝入城去,教人知道已春深。
游人不管春将暮,来往亭前踏落花。

第一幅在《随园诗话》中见到的。因为自己喜欢画杨柳，就搭上这题句。自己因无这种精神与能力，不免僭窃之罪，也不是得意之作。第二、三首含有讽刺意味，倒吻合我当时的环境与心情。我少年时代，写过不少讽刺之画。弘一法师看了皱眉不语，良久乃曰："最好写人间欢喜可爱之相，勿从反面用笔。"一时我曾猛省。后来故态复萌，自以为斥妄显正，异途同归，不知已经作了许多口业。既往只得不咎，来者犹更自勉。以后我就画这一类的画题。

惟有君家老松树，春风来似未曾来。
只是青云浮水上，教人错认作山看。
松间明月长如此。

第一幅写人格修养之意，我很喜欢。第二幅，可以看作讽刺，但我认为含有"法味"。人生自以为如山，岂非也只是青云浮水上么？做人烦恼热中之时，看看此画，读读此句，犹如下一服清凉散也。第三幅我最喜欢，至今重画了不少。这句诗好在平易，没有□□，余味没有穷尽。我开画展卖画，这幅画总被人买去。间或听人说，买画者喜欢此画题句吉利，所以不惜重价。我听了心中暗笑，又叹此画不得其所。松间明月长如此，分明是说别的东西不如此。老实地说，便是"人人代代无穷已，江月年年望相似"。然而这两句完全说穿，远不及那一句的含蓄深沉了。不解含蓄的人，但看字面，以为松间明月长如此，是幸福之相，其所见何浅也！实则此画含有"法味"更多。不知我的读者中,有几人尝到这滋味耳。

最近我爱写这样的一个画题:

儿童不知春,问草何故绿。

这是袁子才的诗句。我画一个大人，两个孩子，一片青草地。一个较大的孩子手指着青草，向大人作疑问状。还有一个较小的孩子，仰起头，张开口，陪着等候回答。这小孩子很可怜，他所要求的回答，是永远等候不着的！因为这问题，大人难能解答。倘根据科学理论来答复，便是隔靴搔痒，浅薄可笑。倘回答说"这是天地好生之故"，又怎么能解除儿童的疑义呢？有人说，这"春"字双关，乃"有女怀春"之春。这一说把诗意浅薄化，也是可笑。见仁见智，且不管他。我总觉得这诗句奇妙神秘，这画耐人寻味。所以我近来画了不少。有人索画，提起笔来，就写此图。磨墨的女孩子常常笑我："又是儿童不知春，问草何故绿？不知问了几十遍了！"我笑说："这问题太难，没有人能回答，所以一直问下去，要问出了答案，方不再问呢。"

我爱有寄托之画。但借重画题，终非绘画本领。要绘画本身独力表现，而又有寄托，才是佳作。古画家曾有此种作例。我所知道的，是王摩诘的雪中芭蕉。画没有见过，但见记载，金冬心《杂画题记》中说：

> 王右丞雪中芭蕉，为画苑奇构。芭蕉乃商飚速朽之物，岂能凌冬不凋乎？右丞深于禅理，故有是画，以喻沙门不坏之身，四时保其坚固也。

冬心先生说这是画苑奇构。意谓冬天不复有芭蕉。我最近入川，看见重庆的芭蕉，冬天仍不尽凋。一部分粉碎，一部分还是[1]青青不死。我到重庆后,不曾见过雪。若降雪,则雪中芭蕉在重庆可以写,并非"奇构"。大约冬心先生杭州人,据杭州芭蕉而言也。王维作此,是写生,还是奇构,不得而知。但倘是写生,则其取材更为自然,其画更见出色。因为芭蕉,大多数地方是速朽之物。(重庆冬暖,且冬日芭蕉,实已憔悴不堪,不足为标准也。)鲜明嫩绿上加以白雪,此象征何等强明,诚不愧为画苑奇构也。

---

[1] 原文此字模糊。

现代艺术二大流派[1]

古今东西,艺术流派,非常繁多。翻开东西洋美术史看看,各时代有各流派,各地方又有各流派,使人弄不清楚。尤其是我们的读者,中学生,青年们,对艺术少有研究欣赏机会的,一旦对着艺术品,往往莫名其妙,不晓得怎样是好,怎样是坏。有时你自己觉得某一幅画很好。后来一听某老前辈的批评,岂知恰恰相反,某处画得不对,某处画得不好。自己再看看,也觉疑信参半。有时你自己觉得某一幅画得不好。后来一听某艺术家的批评,又恰恰相反,好在某处,力在某处。自己再看看,又觉得疑信参半,结果,你对艺术这东西失却了信念,觉得这东西不可捉摸,不敢请教。于是对它疏远起来。偶然碰到它,劈头就说:"我是外行","我是门外汉"。这话如果是客气,倒可不去管他。如果是真话,实在很可惜。艺术原是为人生造幸福的,何以这些人被排斥在艺术的门外,没有享受艺术的权利呢?

我每逢听到青年们对艺术品说"我是外行","我是门外汉"的时候,心中常常感到疑问。照理,艺术应该平易,普遍受人

---

[1] 本篇原收入《率真集》。

欣赏。我们这世间的艺术,为什么演变得如此复杂,教许多人莫名其妙呢!这原因,艺术本身当然要负责。它过去曾作不正当的发展,曾作畸形的变化,以致弄得如此芜杂繁复。但在另一方面,一般人缺乏艺术的环境和研究的机会,也是造成此局面的一个原因。

于是我想,无论艺术流派怎样复杂,总可把它清理,提纲挈领,使它见个端绪。于是我翻开美术史来从头至尾,鸟瞰一遍。似乎有所感触。正好一位有心艺术研究的青年走来。我拉住他,把他按在对座的椅子里,趁着触感,对他讲下面的一番话。

艺术经过长期的发展,至于今日,弄得如此繁复。我们且不算旧帐,但清理目前,可以结算出一个总计来。这总计是什么?就是现代艺术,不外二大流派:

"主观派"与"客观派"。

创作艺术的是"人",构成艺术的是"自然",人是主观,自然是客观。譬如描一幅山水画,画家就是主观,山水就是客观。又如雕一头狮子,雕塑家是主观,狮子是客观。

艺术家自己的主观不打主意,而忠实地服从客观而表现的,叫做"客观派"。艺术家自己的主观有成见,故意把客观加以变化而表现的,叫做"主观派"。譬如画山水,对着实景写生,各部大小、长短、浓淡、色彩,一切依照实景而描写,写出的作品类似照相,类似真物的,便是"客观派"的绘画。又如雕塑狮子,拿真狮子做模范,各部大小、长短、肥瘦,简直一切依照实物而雕塑,所成的作品同真的狮子相似的,便是

"客观派"的雕塑。反之，画山水不照实景，但凭印象自由构造，各部大小，长短，浓淡，色彩，都不照实景，而根据自己用意，自由变化或增删。因此描出的作品不类似实景，分明表现出用笔画出的，便是"主观派"的绘画。又如雕塑狮子，不照真狮子的样子，各部大小，长短，肥瘦，简直也不依照实物，因了用途（例如或放在柱头，或放在门旁，或放在画轴底下）而且又变化其形状。因此雕出的狮子不像真狮子，但具有狮子的特点的，叫做"主观派"的雕塑。

总之，凡忠于客观的，是"客观派"的艺术，忠于主观的，是"主观派"的艺术。现在请就最常见的事实，加以申说：中国画和西洋画，是我国现代社会上常见的。全国美术展览会中，分中国画部与西洋画部。美术专门学校中，也分中国画系与西洋画系。究竟中国画和西洋画有什么分别呢？就大体说，便是主观派与客观派的分别。一切中国画是忠于主观，不肯依照实物而描写的。大多数的西洋画，是依照实物而描写，自己主观不参加意见的。所以西洋画逼真，类似照相。而中国画奇怪，类似图案（图案就是装饰画，例如绸布、毯子上的花样，建筑、器具上的装饰画等）。所以西洋画需用刷子涂抹，看不出笔划痕迹，同漆工一样。中国画用笔描线，笔笔显明，同写字一样。

你不要忘记我前面说的"大多数"三字。原来，一切中国画是主观派艺术；但西洋画并不全是客观派。大多数西洋画是客观派，但有一部分西洋画也是主观派艺术。不过其主观的成分，不及中国画之多。十九世纪以前的西洋画，可说全是客观派的艺术。(虽然美术史上有古典主义,浪漫主义,理想主义等名称,但就画法上看,一概是忠于客观模仿的画。即使画理想的耶稣或圣母,但人物形象是逼真的。)十九世纪以后,西洋人模仿中国画法,也用线条,同写字一样描画,也用鲜明的大红大绿,同图案一样作画。因此也有不逼真,不像照相,而笔法显明、印象强烈的西洋画——就是称为"后期印象派","表现派"的西洋画。

既将艺术分为主客观二大流派,你若问我:哪一派好?我可回答你说:各有各的好处,各有各的坏处。

客观派的好处,是切实。切实,便是切合我们的实际生活。譬如写市街的景色,布置很妥当,色彩很调和,人物姿态很活跃。我们看了,似乎觉得我们这世间真可爱,有这样美满调和的现象。譬如写婴孩,粉红的小脸,发光的眼珠,动人的笑面。人们看了,谁都欢喜,觉得我们的人类真高贵,有这样可爱的姿态。其他,写的是无论何种景象,对人总有亲密之感,使人感觉这都是我们这世间,我们的环境中,我们的身边所有的景象。所以我们说,客观派艺术有切实的好处。"艺术是人生的反映",这是颠扑不破的定理。所以艺术表现法愈切实,其所反映的人生愈亲密,愈周到。

主观派的好处,是清新。清新,便是使人感觉清爽,新鲜,因而精神畅快。譬如中国的山水画,重峦叠嶂,层出不穷;云水苍茫,天地空阔。处处有台榭楼阁,小桥扁舟,竹木花树……这是实际世间找不到的好风景,这是画家游遍了名山大川,而把各地的精华凑集拢来,合成这个理想的好风景的。作童话的，把小孩平日的荒唐的愿望，一个个实现起来，编成一个故事。小孩听了，非常快适。主观派的艺术，有类于此。把吾人平日所希望的好风景，在画中创造出来，看了岂不令人畅快？又譬如中国画的仕女，柳眉，凤眼，樱唇，桃腮，削肩，细腰，纤手，加之长裙，飘带，全不是这世间可有的人物。这是画家把许多美女的特色集合起来，加以夸张，而凑成这个姿态的。所以画中的女子，比真的女子更富女相。同理，画中的男子，比真的男子更富男相。真的人，都有缺陷，不能十全其美。真的女人并不处处女相，有时混着男相。真的男人，并不处处男相，有时混着女相。惟有画中的女子，具有十足的女相。画中的男子，具有十足的男相。所以主观派的人物画，使人看了发生新鲜的印象，强明的感觉。"艺术是美的理想表现"，"艺术是真善美十全具足的表现"，这也是颠扑不破的真理。所以艺术表现法愈清新，其所表现的理想愈充分，愈完全。

至于两者的坏处呢，不必细说了：客观派艺术的坏处，是缺乏主观派艺术的好处。主观派艺术的坏处，是缺乏客观派艺术的好处。简言之：客观派艺术的坏处是呆板，主观派艺术的坏处是虚空。

然而要知道：呆板和虚空，都是不高明的西洋画家和中国画家所造出来的。倘使画家都高明，则无论何派，都是好艺术。惟有那班不高明的画家，只学皮毛，只用指头模仿，而没有梦见西洋艺术和中国艺术的真谛，才造出呆板的画和虚空的画来。你一定见到过：完全同照相一样的，或者是依着照相模写的，或是打方格子临摹的，或虽是写生而全然不懂构图法色彩法，死板板地写实的。这些画面只有"像"而没有"美"。像，在画法上原是重要条件之一。但只有像而没有美，便等于照相，而且这是低级的照相。良好的照相，也要讲构图法明暗法呢。所以这种东西，虽名曰画，实比照相更呆板。你又一定见到过千篇一律的中国山水画。山的画法，树的画法，桥的画法，人的画法，一切有定规，只是东拼西凑，便成一画，自命为中国山水画。这种画的作者，只晓得临摹。他们学画，全靠一部画谱。把画谱临熟了就变成画家，东鳞西爪，堆砌拼凑，可以"创作"出无穷的"作品"来。你只要看过他的几张画，以后的就不要看了。因为看来看去只是那一套。这种画家，画来画去，老是这几笔，他自己丝毫未有"创作"。所以说是虚空。

受过科学洗礼，享过现代物质文明的人，大概爱好客观派艺术，而不爱主观派艺术。大概对于"呆板"尚可原谅，对于"虚空"便看不起（但当然不尽然。现代西洋人，有的正在研究中国画呢）。我以前曾经对人讲过"虚空"的艺术。但其人以为一切中国画都有"虚空"之病。我知道他的思想根本上有问题，不便从艺术品上劝解。原来他的意思，以为艺术的"真"就是科学的"真"。故凡一切不真的艺术，都是"虚空"。中国画将物的形象增删，夸张，改造，使与真物全异。在他看来都是不真，都是虚空。西洋画处处写实，在他看来脚踏实地，与科学的真相一致，都是良好艺术。这种误解，应该纠正。纠正之法，只有努力说明科学的真与艺术的真的相异。原来科学与艺术,是人对宇宙的两种看法。好比两副眼镜,一副红的,一副绿的。窗外的云,戴红眼镜看来是红云,戴绿眼镜看来是绿云。红云是真的,绿云也是真的,并不冲突,戴红眼镜看见红云,戴绿眼镜也看见红云,那才真是不真。今之用科学眼光批评艺术者,有类于此。现在没有画作实例,就举几首诗为证。诗画本来相通,明白了诗道,等于明白画道了。

> 山路婷婷小树梅,
> 为谁零落为谁开?
> 多情也恨无人赏,
> 故遣低枝拂面来。
> ——杨万里

事实,这诗人步行山中,走过一枝小小的梅树旁边,那梅花枝很低,拂了他的脸孔,他就作这首诗。他说:这梅花很多情,她自恨生长在深山中,无人去欣赏她,所以看见这诗人走过,就故意把枝头弯下来拂他的面孔,请他看看。

> 春草绵绵不可名,
> 水边原上乱抽茎。
> 似嫌车马繁华处,
> 才入城门便不生。
> ——刘敞

这诗人说春草也嫌恶繁华,喜欢清净,所以都生在城外,不肯生在城门里头。

> 好是春风湖上亭，
> 柳条藤蔓系离情。
> 黄莺久住浑相识，
> 欲别频啼四五声。
> ——戎昱

这诗人说，他在那地方住得久了，已和黄莺相熟识。他今天要离去了，那黄莺也舍他不得，啼了四五声。

> 帘卷春风啼晓鸦，
> 闲情无过是吾家。
> 青山个个伸头看，
> 看我庵中吃苦茶。
> ——僧圆信

这和尚坐在庵中吃苦茶，看见屋外群山耸峙，说他们伸着头颈，在那里看他吃茶。

凡此诸诗，在艺术上都是好作品。但在科学上看来，都是虚假。把花，草，黄莺，青山，都当作人看，根本上已经错误了。岂知在艺术上，另有一种理想。根据了这种理想而观看世间，所见的都是艺术的真。这理想为何？就是主观强盛，把一切客观物象加以主观化。换言之，即把一切物象看作同自己一样的人。于是梅花枝多情,春草嫌繁华,黄莺惜别离,青山伸头看,都合于"艺术的真",并非虚空的了。不合理想而胡说乱道,叫做"虚空"。合于理想的,都是"真实"。不然,上面的四首诗,何以大家承认为好诗,从来没有人说它们是撒谎呢?

中国画的不肯写实,而把自然加以增删,夸张,改造,就同作诗一样,是合着一种理想的。理想为何?就是要把物质的个性充分表出。例如高山要画得很高,大河要画得很大,幽境要画得很幽,胜利要画得很胜,春景要画得很春,秋景要画得很秋,男人要画得很男,女人要画得很女,……为欲充分表出这些个性,就不惜将实物的形象加以增删,夸张,改造。虽不符合实物,却符合于艺术理想。所以看似不真,其实很"真"。欣赏主观派艺术的人,请注意这"艺术的真",免得发生误会。

所以,我把现代艺术分为主观与客观二大派,是叫他们平等对立的,并无贬褒于其间。倘若手段高明,无论主观派客观派,都是良好艺术。倘若手段不高明,无论主观派客观派,都是坏东西。

三十三〔1944〕年五月二十四日作于沙坪小屋

《人生漫画》自序[1]

卅三〔1944〕年秋，万光书店主章瑋圭拿我的人生漫画六十幅去刻木版，将付印，索我自序。说起这些画，我不得不想起林语堂和陶亢德两人来。"人生漫画"这名目，还是林语堂命名的。约十余年前，上两人办《宇宙风》，向我索画稿。林语堂说："你的画可总名为人生漫画。"我想，这名词固然好，范围很广，作画很自由，就同意了。当时我为《宇宙风》连作了百余幅。自己都无留稿。抗战军兴，我逃到广西，书物尽随缘缘堂被毁，这些画早被我忘却了。忽然陶亢德从香港寄一封很厚的信来。打开一看，是从各期《宇宙风》上撕下来的人生漫画。附信说，《宇宙风》在上海受敌人压迫，已迁香港续办。他特从放弃在上海的旧杂志中撕下这些画来，寄我保存。因为他知道我所有书物都已被毁了。他这一片好心，我自是感谢。但当时我飘泊无定，无心刊印此集。把陶亢德寄来的一叠画稿塞在逃难箱子的底里，一直忘记了。直到今年，我无意中在箱底发见此稿，正好瑋圭新办万光书店。我就选出六十幅，用薄纸重描，给他拿去刻木板，印成这册集子。作画与刊集，相隔

---

[1] 《人生漫画》系 1944 年 9 月重庆万光书局出版。

十余年。而在我的心情上,更不止十余年,几乎如同隔世。因为世变太剧,人事不可复识了。当时与我常常通信或晤会的林语堂和陶亢德,现在早已和我阔别或隔绝。而当时在缘缘堂跟我学字的儿童章瑑圭,现已在大后方的陪都[1]中新创书业,而为我刊印画集了。且喜这些画,还是同十余年前一样,含有一点意义,不失为人生漫画。因此想起了蠲戏老人最近赠我的诗:

> 红是樱桃绿是蕉,画中景物未全凋。
> 清和四月巴山路,定有行人忆六桥。
>
> 身在他乡梦故乡,故乡今已是他乡。
> 画师酒后应回首,世相无常画有常。

卅三〔1944〕年九月二日子恺记于沙坪小屋

---

[1] 陪都,指重庆。

艺术教育的本意[1]

"艺术的"三字，被人误用为"漂亮的"，"华丽的"，"摩登的"意义。因此，"艺术教育"一名词也尝被人误解，以为就是画画，唱歌等的教育。其实完全不然，"艺术的"不一定漂亮，华丽，或摩登。"艺术教育"也不单是教画与教唱。不漂亮，不华丽，不摩登的，很可以是"艺术的"。不会描画，不会唱歌的，也很可以是饱受艺术教育的人，知道了艺术教育的本意，便相信此言之不谬。

真、善、美，是人性的三要件。三位一体，缺一不可。凡健全之人格，必具足此三要件。教育的最大目的，便是这三要件的平均具足的发展。因为真是知识的教育，善是意志的教育，美是感情的教育。知识、意志、感情，三方面的教育平均具足，方能造成健全之人格。

但教育的重心，可以专注在三者中的某一方面。专注在意志方面的，为道德教育，专注在知识方面的，为科学教育，专注在感情方面的，为艺术教育，以前引用过"礼体为教，其用主和"的话。现在再用此法说明，即：道德教育之体为真美，

---

[1] 本篇原载1945年3月1日《读书通讯》第105期。

其用主善，科学教育之体为善美，其用主真。艺术教育之体为真善，其用主美。

故道德教育是善的教育，科学教育是真的教育，艺术教育是美的教育。但这不过是就外形而言，不是绝对的。真善美好比一个鼎的三只脚。我们安置这个鼎的时候，哪一只脚放在外面，可以随便。但是后面的其他两只脚，一只也缺少不得。缺少一只，鼎就摆不稳，譬如：道德教育倘绝对注重意志方面，其病为"任意"，任意的结果是"顽固"。科学教育倘绝对注重知识方面，其病为"任知"，任知的结果是"冷酷"。艺术教育倘绝对注重感情的方面，其病为"任情"，任情的结果是"放浪"，都是不健全的教育。欧化东潮之初，我国人盲法西洋，什么都变本加利，"城中好高髻，四方高一尺"的状态，时有所见。研究科学回国的人，把人看得同机械一样。研究艺术回国的人，看见中国里只有他一个人。美其名曰"浪漫"。所谓"象牙塔里的艺术"，就是这班人造出来的。

故艺术教育虽可说是"美的教育"，但不可遗弃背后的真善二条件。否则就变成"唯美的"，"殉美的"，"浪漫的"，"放浪的"，不是健全的艺术教育了，这道理可以用画来说明：譬如描一幅肖像画，必须顾到三个条件，第一，你要描写的人必须是可敬爱的人。第二，你必须描得肖似逼真。第三，布置设色用笔必须美观。第一条就是善，第二条就是真，第三条就是美。缺了一条，就不是良好的肖像画。其结果诸君可推想之。

所以描一幅画，看似小事，其实关系于根本的精神修养，我们不能单从图画上面着手艺术教育，必须根本地从"感情"的教育着手。故艺术教育，又可说是"情的教育"。情的教育的要旨，一方面在培植感情，使它发展，他方面又要约束感情，使他不越轨道。——这就是"节制"。《檀弓》里有一段名文我大约记得如此："曾子寝疾，病。乐童子春坐于床下，曾元坐于足，童子隅坐而执烛。童子曰，华而宛，大夫之箦欤？子春曰，止。童子曰，华而宛，大夫之箦欤？……曾子曰，然。我未之较易也，元起易箦，曾元曰，夫子之病亟矣。不可以变。幸而至于旦，敬请易之。曾子曰，尔之爱我也，不如彼。君子之爱人也以德，小人之爱人也以姑息。吾得正而毙焉，斯已矣。举扶而易之，及席未安而没。"这可谓得情理之正，可为千古美谈。盖爱亲是情。爱亲而至于姑息，便是"任情"，便是"放浪"，任情放浪的爱，其实不是爱而是害。抗战时代，可歌可泣之事甚多，此种证例亦甚易找。描可秀的同志因多敬爱他，要陪着他一同殉国，徒忽牺牲，即不免"姑息"，"殉情"的批评，而不能称为大爱。感情教育不健全，对人的爱亦不正大，故情的教育，又可称为"爱的教育"。

《爱的教育》，是意大利人亚米契斯的一册名著。中国有夏丏尊先生的译本。然而这册书中所讲的爱，不免稍偏重于情，所以有"软性教育"之评，后来亚米契斯的朋友为了矫正他这一点，另著一册《续爱的教育》，夏先生也有译本。这书纠正前书中偏重感情的缺点，主张硬性教育。这两册书，在教育者是值得一读的。翻开《爱的教育》第一页来，即可看到过于重情而近于感伤的事例，秋季开学的时候，一位女先生换了一班主任。看见原来主任班里的学生，因为惜别，感伤得说不出话来，甚至几乎下泪。又如"少年笔耕"中的叙利亚，夜里偷偷地起来代父亲佣书，弄得身体衰弱，学业荒废，也是偏重感情而走入姑息与小爱的一例。这使我联想起中国古代的二十四孝来。王祥卧冰得鲤，吴猛恣蚊饱血，郭巨为母埋儿，都孝得不成样子，其过当比曾子耘瓜更甚。这些事例，可说是殉情，殉善，而失却了真理，但中国人著书，往往不重事，而注重事实所表现的一种思想，或事实所象征的一种真理。故其事实往往过分夸大而不可信。《爱的教育》著者，颇有中国著者的风度。故这种书虽有缺陷，终不失为涵养感情的一种手段。

美的教育，情的教育，爱的教育，皆以涵养感情为要义。故艺术教育必须选择几种最适于涵养感情的东西来当作手段，最适于涵养感情的，是美色和美声。换言之，就是图画科和音乐科。这些声色之中，真善美俱足，情理得中，多样统一，最能给人一种暗示，不知不觉之间，把我的感情潜移默化，使趋于健全。所以健全的艺术教育不仅注重描画唱歌的技巧，而必须注重其在生活上的活用，譬如儿童无故在白色的粉墙上乱涂，在美丽的雪地里小便，这等都是图画音乐的教育不健全之故。不然，儿童应有爱美心，不忍无端破坏世间一切美景。有的儿童，无故毁坏自然，无故残杀生命，以破坏为乐，最好"不艺术的"。譬如无端毁坏一个蛛网，推广此心，便可滥用权势来任意破坏别人的事业。无端踏杀一群蚂蚁，推广此心，便可用飞机载了炸弹到市区狂炸。所谓毫厘千里之差，即在于此，人在世间行事，理智常受感情的控制。故表面看来照理行事，暗中是因情制宜。"以力服人者，貌恭而不心服"，便是情在那里作怪。故情的教育，在无形中，比其他教育有力得多，艺术教育的重要性即在于此。

《率真集》序[1]

与君匋[2]相别八年，音信少通。胜利后忽接来书，知八年间蛰居沪上。一片冰心，寄情金石；并知万叶书店，又复欣欣向荣。余读来书，甚为欣慰。君匋为万叶书店索文稿。余八年间转辗流徙，席不暇暖。加之老病交侵，文笔久疏。检点行箧，虽积有若干篇，然皆琐屑闲谈，无裨学术；更无关于"大时代"。当此空前胜利，日月重光之际，实无刊印此等文稿之必要也。君匋拳拳，情不可却。姑选定十余篇与之。此等文稿，虽无足观，但皆出于率真。故定名为《率真集》。盖利用谷崎润一郎《读缘缘堂随笔》中之评语也。下卷诸篇，乃十余年前天马书店所刊《随笔二十篇》中旧作。该店久无消息，该书早已绝版。余于重庆旧书摊上偶得一册。读之，觉其中亦有率真之语，为谷崎润一郎文中所引证者。私心惜其湮没，故选取九篇，以殿此书。此序作于重庆客寓，时正候船东归。

---

[1] 《率真集》系1946年10月上海万叶书店出版。原书共收文25篇，其中15篇曾分别收入其他随笔集，统编入文学卷；10篇有关艺术的，9篇收入艺术卷，1篇《艺术的效果》因与《艺术修养基础》一书内上编第九章重复，故未收录。

[2] 指钱君匋。

此书出世之时,余必可与君匋相见矣。

三十五〔1946〕年五月六日子恺

漫画创作二十年[1]

人都说我是中国漫画的创始者。这话未必尽然。我小时候,《太平洋画报》上发表陈师曾的小幅简笔画《落日放船好》,《独树老人家》等,寥寥数笔,余趣无穷,给我很深的印象。我认为这算是中国漫画的始源。不过那时候不用漫画的名称。所以世人不知"师曾漫画",而只知"子恺漫画"。漫画二字,的确是在我的画上开始用起的,但也不是我自称,却是别人代定的。约在民国十二〔1923〕年左右,上海一辈友人办《文学周报》。我正在家里描那种小画。乘兴落笔,俄顷成章,就贴在壁上,自己欣赏。一旦被编者看见,就被拿去制版,逐期刊登在《文学周报》上。编者代为定名曰"子恺漫画"。以后我作品源源而来,结集成册,交开明书店出版,就仿印象派画家的办法(印象派这名称原是他人讥评的称呼,画家就承认了),沿用了别人代用的名称。所以我不能承认自己是中国漫画的创始者,我只承认漫画二字是在我的书上开始用起的。

其实,我的画究竟是不是"漫画",还是一个问题。因

---

[1] 本篇原收入《率真集》。后作者稍加修改,改名《我的漫画》,收入自编的《缘缘堂随笔》(北京人民文学出版社 1957 年初版)。

为这二字在中国向来没有。日本人始用汉文漫画二字。日本人所谓"漫画",定义为何,也没有确说。但据我知道,日本的"漫画",乃兼称中国的急就画,即兴画及西洋的 cartoon 和 caricature 的。但中国的急就即兴之作,比西洋的 cartoon 和 caricature 趣味大异。前者富有笔情墨趣,后者注重讽刺滑稽。前者只有寥寥数笔,后者常有用钢笔细描的。所以在东洋,漫画两字的定义很难下。但这也无用考察。总之,漫画二字只能望文生义。漫,随意也。凡随意写出的画,都不仿称为漫画,如果此言行得,我的画自可称为漫画。因为我作漫画,感觉同写随笔一样,不过或用线条,或用文字,表现工具不同而已。

我作漫画,断断续续,至今已有二十多年了。今日回顾这二十年的历史,自己觉得,约略可分为四个时期:第一是描写古诗的时代,第二是描写儿童相的时代,第三是描写社会相的时代,第四是描写自然相的时代。但又交互错综,不能判然划界,只是我的漫画中含有这四种相的表现而已。

我从小喜欢读诗词,只是读而不作。我觉得古人诗词,全篇都可爱的极少。我所爱的,往往只是一篇中的一段,或其一句。这一句我讽咏之不足,往往把他抄写在小纸条上,粘在座右,随时欣赏。有时眼前会现出一个幻象来,若隐若现,如有如无。立刻提起笔来写,只写得一个概略,那幻想已经消失。我看看纸上,只有寥寥数笔的轮廓,眉目都不全,但是颇能代表那个幻象,不要求加详了。有一次我偶然再提起笔加详描写,结果变成和那幻象全异的一种现象,竟糟蹋了那张画。恍悟古人之言:"意到笔不到",真非欺人之谈。作画意在笔先。

只要意到，笔不妨不到，非但笔不妨不到，有时笔到了反而累赘。缺乏艺术趣味的人，看了我的画惊讶地叫道："咦！这人只有一个嘴巴，没有眼睛！""咦！这人的四根手指粘成一块的！"甚至有更细心的人说："眼镜玻璃后面怎么不见眼睛？"对于他们，我实在无法解嘲，只得置之不理，管自读诗读词捕捉幻象，描写我的漫画。《无言独上西楼》，《几人相忆在江楼》，《人散后，一钩新月天如水》，便是那时的作品。初作《无言独上西楼》，发表在《文学周报》上时，有一人批评道："这人是李后主，应该穿古装。你怎么画成穿大褂的现代人？"我回答说："我不是作历史画，也不为李后主词作插图，我是描写读李词后所得体感的。我是现代人，我的体感当然作现代相。这才足证李词是千古不朽之作，而我的欣赏是被动的创作。"

我作漫画由被动的创作而进于自动的创作，最初是描写家里的儿童生活相。我向来憧憬于儿童生活。尤其是那时，我初尝世味，看见了所谓"社会"里的虚伪矜忿之状，觉得成人大都已失本性，只有儿童天真烂漫，人格完整，这才是真正的"人"。于是变成了儿童崇拜者，在随笔中（见《缘缘堂随笔》[1]）漫画中，处处赞扬儿童。现在回想当时的意识，这正是从反面诅咒成人社会的恶劣。这些画我今日看了，一腔热血还能沸腾起来，忘记了老之将至，这就是《办公室》，《阿宝两只脚凳子四只脚》，《弟弟新官人，妹妹新娘子》，《小母亲》，《爸爸回来了》等作品。这些画的模特儿——阿宝，瞻

---

[1]《缘缘堂随笔》，指1931年1月上海开明书店初版本。

瞻，软软——现在都已变成大学生，我也垂垂老矣。然而老的是身体，灵魂永远不老。最近我重描这些画的时候，仿佛觉得年光倒流，返老还童。从前的憧憬，依然活跃在我的心中了。

后来我的画笔又改了方向，从正面描写成人社会的现状了。我住在红尘扑面的上海，看见无数屋脊中浮出一纸鸢来，恍悟春到人间，就作《都会之春》。看见楼窗里挂下一只篮来，就作《买粽子》。看见工厂职员散工回家，就作《星期六之夜》。看见白渡桥边，白相人调笑苏州卖花女，就作《卖花声》。……我住在杭州及故乡石门湾，看见市民的日常生活，就作《市景》，《邻人之爱》，《挑荠菜》。我客居乡村，就作《话桑麻》《云霓》《柳荫》，……这些画中的情景，多少美观！这些人的生活，多少幸福！这几乎同儿童生活一样地美丽！我明知道这是成人社会光明的一面，还有残酷悲惨，丑恶黑暗的一面，我的笔不忍描写，一时竟把他们抹杀了。

后来我的笔终于描写了。我想，佛菩萨的说法，有"显正"和"斥妄"两途。美谚曰："漫画以笑语叱咤世间"，我何为专写光明方面的美景，而不写黑暗方面的丑态呢？西洋文学者巴尔扎克（Barzac）、左拉（Zola）的所谓自然主义，便是这个宗旨吧。于是我就当面细看社会上的残忍相，悲惨相，丑恶相，而为他们写照。《颁白者》《都市奇观》《邻人》《鬻儿》《某父子》，以及写古诗的《瓜车翻覆》《大鱼唼小鱼》等，便是当时的所作。后来的《仓惶》《战后》《警报解除后》《轰炸》等，也是这类的作品。有时我看看这些作品，觉得触目惊心，难道自己已经坠入了"恶魔派"（"devilism"）吗？于是我想艺术毕竟是美的，人生毕竟是崇高的，自然毕竟是伟大的，我这些辛酸凄楚的作品，胡为乎来哉？古人说："恶岁诗人无好语。"难道我就做了恶岁诗人吗？于是我的眼就从

恶岁转向永劫,我的笔也从人生转向自然。我忽然注意到破墙的砖缝里钻出来的一根小草,作了一幅《生机》。真正没有几笔,然而自己觉得比从前所作的数千百幅精工得多,以后就用同样的笔调作出《春草》,《战场之春》,《抛核处》等画。有一天我在仇北崖家里,看见桌上供着一个炮弹壳,壳内插着红莲花,归来又作了一幅《炮弹作花瓶》。有一天,我在汉口看见截了半段的大树,正在抽芽。回来又作了一幅《大树被斩伐》。《护生画集》中所载的《遇赦》,《攸然而逝》,《蝴蝶来仪》等,都是此类作品。直到现在,此类作品是我自己所最爱的。我自己觉得近来真像诗人了,但不是恶岁诗人,却是沉郁的诗人。诗人作诗喜沉郁。"沉郁者,意在笔先,神余言外,写怨夫思妇之怀,寓孽子孤臣之感。凡交情之冷淡,身世之飘零,皆可对一草一木发之;而发之又必若隐若现,欲露不露。反复缠绵,终不许一语道破。"(陈亦峰语)此言先得我心。

古人说:"行年五十,方知四十九年之非。"我近来在漫画写作上,也有今是昨非之感。但也不完全如此,在酒后,在病中,在感动之下,在懊丧之余,心情常常变换,笔调也时时反复。所以上述的四个时期的作风,并不判然划界,却参差交互地出现在我的笔下,不过出现的程序大约如上而已。

艺术与人生[1]

艺术，在今日共有十二种，就是一、绘画，二、雕塑，三、建筑，四、工艺，五、音乐，六、文学，七、舞蹈，八、演剧，九、书法，十、金石，十一、照相，十二、电影。这一打艺术中，前八种是世界各国以前一向有的。后四种，是为现代中国新添的。因为这后四种中，书法和金石，是中国古来原有的艺术，而为外国所无的（日本有这两种艺术；但全是学习中国的。可看作中国艺术的一支流）。最后两种，照相和电影，则是最近世间新兴的艺术，现已流行于全世界的。所以我说，后四种是为现代中国新添的。

我们先来检点这一打艺术，看它们对于我们人生的关系状态如何：第一，绘画，是大家所常见的。无论中国画，西洋画，其在人生的用处，大都只是看看的。除了看看以外，并无其他实用（肖像画可以当作遗像供养，或可说是一特例。但其本身仍是艺术。至于博物图等，则属于地图之类，不入绘画范围）。看看，好像是无关紧要的事，其实也很重要。我们的衣食住行，要求实用的便利以外，同时又要求形式的美观。"看"

---

[1] 本篇原收入《率真集》。原载 1943 年 7 月《时与潮》副刊第 2 卷第 6 期。

不是人生很重要的事吗？绘画，便是脱离了实用而完全讲究形式的美。使人看了悦目赏心，得到精神的涵养，感情的陶冶。所以虽然只是看看，而并无实用，在艺术上却占有很高的地位，被称为"纯正艺术"。

第二，雕塑，就是人物动物等的雕像或塑像。这与绘画同样，也只是给人看看，而并无实用的（纪念瞻拜用的铜像等，与肖像同例）。雕塑与绘画，其实同是一物；不过绘画在平面上表现美的形式，雕塑则在立体上表现美的形式，故雕塑是表现立体美的纯正艺术。

第三，建筑，就是造房屋。这种艺术，性状和前二者大不相同，都是有实用的。除了极少数的特例以外——例如宝塔，只是看看的，并无实用。凯旋门，也只是观瞻的，并非真要从这门中出入。——凡建筑都是供人住居的，即有实用的。但我们对于建筑，在"坚固"及"合用"两实用条件之外，又必讲求其形式的美观。例如宫殿，要求其形式的伟大，可使万民望而生畏。例如寺庙，要求其形式的崇高，可使信徒肃然起敬。例如住宅，要求其形式的优美，可使住的人心地安悦。……这便是艺术的工作。建筑之所以异于绘画雕塑者，即绘画雕塑可专为美观而自由制作，建筑则因实用（住居）条件的约束，在实用物上施以装饰。所以前二者被称为"自由艺术"，建筑则被称为"羁绊艺术"。又对于前二者的"纯正艺术"，建筑被称为"应用艺术"。

第四，工艺，就是器什日用品等的制作。这艺术的性质与建筑完全相同，不过建筑比它庞大一些罢了。这也是"羁绊艺术"，"应用艺术"。

第五，音乐，性状和前述四种大异，前述四种都是用眼睛看的。这音乐却是用耳朵听的。前述四种都是在空间的形式中表现美的，这音乐却是在时间的经过中表现美的。所以前四者被称为"视觉艺术"，"空间艺术"；音乐却被称为"听觉艺术"，"时间艺术"。这种时间艺术，对于我们人生有什么用处呢？还是同绘画一样，不过"听听"罢了，此外并无实用（结婚，出殡，用乐队，似是音乐的实用，其实乐曲的本身仍是一种独立的艺术）。"听听"有什么好处呢？也同"看看"一样，可以涵养精神，陶冶感情。音乐能用声音引诱人心，使无数观众不知不觉地进入于同样的感情中。这叫做音乐的"亲和力"。凡艺术都有亲和力，而音乐的亲和力特别大。所以为政，治国，传教，从军等，都盛用音乐。故"听听"看似无关紧要，其实用途极大。

第六，文学，这种艺术的性质，和前述五种又不同。它是用言语当作工具的一种艺术。换言之，它是制造美的言语的一种艺术，言语是听赏的。（文学作品为欲传到后代及远方，故用铅字印成书本。我们看书，并非欣赏铅字，却仍是听说话。）故文学和音乐同属于听觉艺术。文学之所以异于音乐者，音乐不表出具体的意义，只诉于人的感情；文学则音调之外又表出具体的意义，兼诉于人的思想。讲到它在人生的用处，倒很复杂。有一部分文学，是有实用的，例如书牍之类。还有一部分文学，却是没有实用，竟是表现语言美的，例如诗词之类。故文学兼有"纯正艺术"与"应用艺术"，"自由艺术"与"羁绊艺术"双方面的性质。即既供实用,又供欣赏。所以文学在世界各国,都是最发达的艺术。

第七,舞蹈,这是用人的身体的姿势来表现美的一种艺术。其性质与音乐相似,而且大多同音乐合并表现(默舞是舞蹈的独立表现)。这完全没有实用,只供欣赏。

第八,演剧,这种艺术,与文学有密切关联,可说是文学的另一种表现法。文学用言语讲给人听,使听者在脑筋中想象出其情节来。演剧则由舞台代替了读者的脑筋,把情节实际地演出来。故文学可说是脑筋中演出的演剧,演剧可说是舞台上写出的文学。这种艺术,情形很复杂;包括上述的文学,音乐,舞蹈以及绘画,建筑,雕塑,工艺等一切艺术。所以演剧被称为"综合艺术"。讲到它在人生的用处,却完全是欣赏的——观赏的及听赏的。文学中还有实用文,演剧中却没有实用剧。

第九,书法,这是中国所特有的艺术,为什么中国特有呢?一者,外国人用钢笔,书法艺术不发育。中国人用brush[1],写字就同描画一样。二者,外国文字用字母拼,就同电报号码差不多,不容易作成艺术。中国文字有象形,指事,根本同描画一样,所以中国人说"书画同源"。因此二故,书法是中国特有的艺术(日本也有,但前已说过,日本绘画模仿我国,其书法也模仿我国,与我国全同)。现在我们来检点一下,书法艺术在人生有何用处?这与绘画不同,却和文学一样,有

---

[1] 指 writing brush(毛笔)。

实用的，有欣赏的。例如函牍，碑文等，是实用的；对联，屏轴等，是欣赏的。然实用与欣赏又往往兼并，同建筑一样。例如古代的碑文，名家的函牍等，一方面有实用，一方面又是供人欣赏研究的艺术品。在写信写帐等事务中，可以实行艺术创作，这是中国人的特权。中国实在是世界最艺术的国家！

第十，金石，这也是中国特有的艺术。而且是世间一切艺术中最精致的艺术。外国有一种小画，叫做 miniature，在一个徽章上画一幅油画，可谓精致了，但其技法近于雕虫，远不及中国的金石的高尚。中国的金石，其好坏不在乎刻得工细与粗草，却在乎字的章法和笔法上。在数方分的面积中，作成一个调和、美丽、圆满无缺的小天地，便是金石的妙境。中国人常把"书画金石"三者并称。因为三者有密切的相互关系。故中国的画家往往能书，书家往往能治金石。像吴昌硕先生，便是兼长三者的。他晚年自己说，画不及书，书不及金石。可见金石是很高深的一种艺术。讲到它在人生的用处，就同书法一样：实用又兼欣赏。

第十一，照相，原来是工艺之一种，并不独立。近年来照相模仿绘画，表现独立的风景美，世人称为"美术照相"；于是照相就由"准艺术"升为正式的一种艺术。这种艺术在人生的用处，就与绘画相同，它原是为了模仿绘画而成为艺术的。不过属于工艺的照相，便和工艺相同，是有实用的。

第十二，电影，是最近发达的一种艺术。发达得很，现已普遍于全世界。这是以演剧为根据，以照相为工具的一种新艺术。这仿佛是演剧的复制品。它的性质，就和演剧相同。它在人生的用处，也与演剧全同，只是欣赏的，并无实用（有些教育影片，不在艺术范围之内）。

以上已把十二种艺术对我们人生的关系状态约略地说过了。可知一切艺术，在人生都有用，不过其"用"的性状不同；有的直接有用，有的间接有用。即应用艺术是直接有用的，纯正艺术是间接有用的。近来世人盛用"为艺术的艺术"与"为人生的艺术"这两个新名词。我觉得这两个名词，有些语病。世间一切文化都为人生，岂有不为人生的艺术呢？所以我今天讲艺术与人生，避去这种玄妙的名词，而用切实浅显的说法。艺术在对人生的关系上，可分为"直接有用的艺术"与"间接有用的艺术"两种。前者以建筑为代表，后者以音乐为代表。

然而这个分法，也不是绝对判然的。因为艺术这件东西，本是人的生活的反映。人的生活错综复杂，艺术也就错综复杂，不能判然分别。建筑与音乐，是实用与非实用两种极端。其他各种艺术，就位在这两种极端之间，或接近这端，或接近那端，都无定位。总之，凡是对人生有用的美的制作，都是艺术。若有对人生无用（或反有害）的美的制作，这就不能称为艺术。前述的"为艺术的艺术"，大概便是指此。那就不在我今天所讲的范围之内。

我从艺术对人生的用处上着眼，把建筑和音乐分配在两个极端。但进一步看，艺术不是一直线，却是一弧线。有时弧线弯合拢来，接成一个圆线。则两极端又可会合在一点，令人无从辨别，明言之，即直接有用的艺术，有时具有极伟大的间接的效果。反之，间接有用的艺术，有时也具有极伟大的直接的效果。就建筑和音乐两种艺术看，即可明白。

建筑，如前所说，差不多全部是有实用（住居）的，即直接有用的艺术。但是建筑的形式，对于人的精神和感情，有时又有极大的影响，颇像音乐。希腊的殿堂便是最适当的实例。纪元前，希腊全盛时代，雅典的城堡上有一所殿堂，是供养守护国家的女神的，叫做 Parthenon〔帕提侬（神庙）〕，这殿堂全部用世间最良的大理石和黄金象牙造成，全部不用水泥或钉子，概由正确精致的接合法，天衣无缝，好比天生成的。各部构造，又应用所谓"视觉矫正法"，为了眼睛的错观，特把各部加以变化，使它映入网膜时十分正确。——例如阶石，普通总是水平直线。但人的眼睛有错觉。看见阶石上面载着殿堂全部的分量，似觉阶石要弯下去，好比载重的木条一样，很不安定。为欲弥补这缺陷，希腊人把阶石作成向上凸的弧线，使它同错觉抵消，在网膜上映成十分平稳正确的直线。诸如此类——这殿堂真可谓尽善尽美，故美术史上称它为"世界美术的王冠"。讲到这殿堂的用处，这是供人民瞻拜神像之用的，分明是实用艺术，即直接有用的艺术。但是，在实际上，这直接的用处还是小用，其最大的效用，却是这殿堂的形式的全美所给与人心的涵养与陶冶。希腊这时候国势全盛，民生美满，为古今所罕有。其所以有此圆满发达状态者，其他政教当然有力，这殿堂的"亲和力"实在大有功劳。人民每天瞻仰这样完全无缺的美术品，不知不觉之中，精神蒙其涵养，感情受其陶冶，自然养成健全的人格。这种建筑，岂非有音乐一样的效果吗?

再看音乐,如前所说,全然是无实用的。音乐只能给人听赏。听赏以外,全无用处。然而从古以来,用音乐治国,用音乐治理群众的实例很多。中国古代,有两种有名的尽美尽善的音乐,叫做"韶"和"武"。孔子听了,"三月不知肉味"。我们虽然没有福分听到这种好音乐,据孔老先生的批评,可以想见这种音乐感人之力的伟大。据孔子说,周朝文王武王时代国势之盛,韶武与有力焉。下至近代,利用音乐来宣传宗教,或鼓励士气,其例不胜枚举。这固然是艺术的间接的用。但你如果把"用"字范围放宽,则间接的用与直接的用实在一样,不过无形与有形的区别罢了。

这样说来,凡艺术(不良,有害的东西当然不列在内),可说皆是有实用的,皆是为人生的。这里我想起一个比方:我觉得美好比是糖。糖可以独用(即吃纯粹的糖),又可以掺用(即附加在别的食物中)。白糖,曼殊大师所爱吃的粽子糖等,是纯粹的糖。香蕉糖,橘子糖,柠檬糖等便不纯粹,糖味中掺入了他味。糖花生,糖核桃,糖山楂,糖梅子,糖圆子等,则是他味中掺入了一点糖味,他味为主而糖为附了。用美造成艺术,正同用糖造成食物一样。纯粹的美,毫无实用分子,例如高深的"纯音乐"(pure music),中国的山水画,西洋的印象派绘画等,纯粹是声音和形色的美,好比白糖,粽子糖,是纯粹的糖,是吃糖专家,像曼殊大师等所爱吃的。又如标题音乐,历史画,宗教画,以及描写人生社会的文字等,声音及形色中附有事物思想,好比糖中附有香蕉橘子等的滋味,比纯糖味道适口些，为一般人所爱吃。又如建筑，工艺美术品，广告画，以及各种宣传艺术等，实用物中附加一些美饰，使人乐于接受，就好比糖花生，糖核桃，糖圆子等，在别物中附加一些甜味，使人容易入口。在这种艺术中，美不过是附加的一种装饰而已。

诸位或者要问：抗战艺术，以及描写民生疾苦，讽刺社会黑暗的艺术，是什么糖呢？我说，这些是奎宁糖。里头的药，滋味太苦，故在外面加一层糖衣，使人容易入口，下咽，于是药力发作，把病菌驱除，使人恢复健康。这种艺术于人生很有效用，正同奎宁片于人体很有效用一样。

故把艺术分为"为艺术的艺术"与"为人生的艺术"，不是妥善的说法。凡及格的艺术，都是为人生的。且在我们这世间，能欣赏纯粹美的艺术的人少，能欣赏含有实用分子的艺术的人多。正好比爱吃白糖的人少，而爱吃香蕉糖，花生糖的人多。所以多数的艺术品，兼有艺术味与人生味。对于这种艺术，我们所要求的，是最好两者调和适可，不要偏重一方。取手头最浅近的例来说：譬如衣服，也是一种工艺。如果太偏重了衣料，不顾身体的尺度，例如原始人的衣服，印度人的衣服，日本人的所谓和服等，那便可称为"为衣服的衣服"，究竟不很合用。反之，如果太偏重了身体的尺度，完全不顾衣料，例如有一种摩登女子的衣服（密切地裹着，身体各部都显出，我初见时疑心她穿的是海水浴用的衣服），那便可称为"为人生的衣服"，究竟不是良好的工艺品。又如椅子，也是工艺之一。如果太偏重了花样，像以前宫廷中的宝座，全是雕刻及装饰，而坐下去全不称身的，可说是"为椅子的椅子"。这种椅子我实在不要坐。反之，如果太偏重了人体，把臀部的模型都刻出在椅子上，两大腿之间还要高起一条（这种椅子，时有所见，不知是谁的创作。我每次看见，必起不快之感，疑心它是一种刑具）。这可说是"为人生的椅子"了！但是我情愿站着，不要坐这把椅子。世间爱用这种椅子的人恐怕极少吧。可知为衣服的衣服，为人生的衣服，都不是好衣服；为椅子的椅子，为人生的椅子，也不是好椅子。

我们不欢迎"为艺术的艺术"，也不欢迎"为人生的艺术"。我们要求"艺术的人生"与"人生的艺术"。

三十二〔1943〕年五月十六日重庆

漫画续展自序[1]

我的画在大新公司展览时,常有学校团体,备言要求免费入场参观,我一概允许。又常有公教人员要求星期日展览,这我可不能答允。因为该公司星期日是不开门的。十月二十日新民晚报发表一公开信,署名"读者季萌",劝我免费续展,以供广大群众鉴赏,我的老朋友们来信说,不可辜负此种好意。我亦以为然,就向改造出版社(四川中路汉口路口)商借会场,于十月廿七(星期日)至十一月三日(星期日)公开展览八天。欢迎参观,不收门票,而且头尾有两个星期日。这可以聊答公教界诸友及那位季萌先生的盛情了。

近来上海大小各报,登载关于我及我的画的文章,颇为不少。我的画展办事员替我剪留的,不下十余篇。据说还有遗漏的。我阅读那些剪报文章时,心中常常吃惊:原来世人对我及我的画,有这样的看法!有人说:"他有一颗悲悯的心,他热烈地爱着人类,他向人们作一个苦笑。"(十四日益世报)有人说:"心事数茎白发,生涯一片青山,空林有处相待,古道无人独还。"(五日益世报)有人说:"与其说是一位画家,毋庸说

---

[1] 本篇原载 1946 年 11 月 5 日《中央日报》。

是一位诗人。"（十五日中华时报）有人说："看丰子恺的画，好像读陶渊明的诗，使我们走入另一世界，一个透顶闲适与透顶精致的世界。"（廿六日新民晚报）有人说："丰氏最喜孩童，天真流露画面上。"（不详何报）有人说："春色满园关不住，丫头婢子忙匀粉。画面上洋溢着作者热爱青春生命的仁者之心。"（十七日中华时报）有人说："他将人类的是非，善恶，赤裸裸地暴露出来，使我们对人生有了另一角度的认识。"（十七日学生日报）有人说："笔致轻卷而简朴，题句含蓄而辛辣。"（十四日诚报）有人说："用艺术感化人，但不鼓动人，不染政治色彩，不发表空论。"（十四日立报）有人说："即使有人从技巧上予以指摘，但是，以其真善美的人生观反映在纸上，如许真情，如许人性味，不失为至高至上的艺术。在上海遍地彩色纸片中，这却是一枝鲜花。"（十六日和平日报）有人说："替劳工发出正义的呐喊。"（十五日立报）而季萌先生的信上说："这种通过民间苦情而存在的漫画，恐怕不宜于作为'庙堂'的陈设，高贵人士茶余酒后的鉴赏吧！这种带有人民的泪水的作品，需要广大的群众去体会，去追味。"因此，他提议要求我不收入场券费而公开续展。

　　对于这些评语，我不敢承认，同时亦不敢反对。因为绘画毕竟不像文章那么明白表示思想。故鉴赏者见仁见智，自有他的自由，不容作者承认或反对。何况我作画的时候，任兴而动，根本没有预计。"聋人也唱胡笳曲，好恶高低自不闻。"我的作画，实不啻聋人唱曲，哪有计较别人批评的能力呢？只是聋人的唱曲，不是无端乱唱，也是由于外界事象的引诱及内心感兴的催迫而唱出的。故在聋人，这样地唱曲，自以为是最自然而最真率的；至于他人的批评如何，在所不计了。

要计较的，只有两个方形小报的文字。其一叫做《海风》的，上载一文，题曰《丰子恺裸体卖画》。内容大约说，我的画大都严肃，没有诱惑性。有人问我为何不画裸体画，我回答他说，你要我画裸体画，还不如让我自己裸体展览吧。其二，是前些时的某小报，上载一文，题曰《丰子恺不要脸》。文章内容，十分恭维。末了说，我所画的人物都没有脸孔。是一种新派，叫做印象派，中国画这画的只有他一人云云。

这些小报为要惹人注目，推广销路，而煞费心思地制造动人的题目，其苦心原可原谅。然而无中生有，或无端伤人名誉，毕竟是使不得的！前者，毫无根据，不知这记者如何写出。后者，虽有根据，但这题目用得太凶，不看内容而专看题目的人，总以为我真个做了"不要脸"的事。牺牲我的名节来维持贵报的销场，似乎太残忍了。牺牲我个人，其实小事；只恐此风长养起来，弄得社会不成社会世界不成世界，却是"伤脑筋"的。所以我不得不计较一下。

中央日报要我写文，因此写了以上的一段话。其实都是无必要的。

卅五〔1946〕年十月廿九日子恺于上海

生活艺术漫谈之一[1]

英国工艺美术革命者莫理士（William Morris）曾以提倡"生活的艺术化"著名于世。他同王尔德一样，叹息世间大多数的人只是"生存"而已，极少有真个"生活"的人。他同卡本德一样，主张生活是一种艺术。但他的主要事业是改良工艺美术品。因此他的所谓"艺术化"，偏重了外生活的方面，尤其是日用器物等的形式方面。他说生活的美化，并非奢侈的意想，只要合乎两个条件：即"单纯"与"坚牢"。故美的器物，就是单纯而坚牢的器物。这话实在很对。现今我国大多数的人，大家把"艺术的"及"美的"等字误解，曲解，认为奢侈，浮靡，时髦，甚至香艳的意思。这种人真可谓"不知趣"。他们倘看见莫理士风的单纯而坚牢的工艺品，反将指斥它们为不漂亮，不美，非艺术的呢。"趣"之一字，实在只能冷暖自知，而难于言宣。我没有为莫理士艺术说法的广长舌。现在只就房间布置的小事谈谈。

莫理士说，一个趣味健全的房室的设备，以单纯而合用为主，不求奢华。他把房间里所需要的器物开一篇账如下，以为

---

[1] 本篇原载 1946 年 11 月 12 日《改造杂志》创刊号。

不必再多,也不可再少了。

一、大容量的书橱一架。

二、桌子一只。

三、可搬动的椅子若干。

四、可坐卧的长椅一只。

五、有抽斗的食物橱一架。

六、壁上装饰若干——绘画,雕刻。

七、花瓶一个。(都会的房室中尤不可缺)

八、火炉一架。(英国气候的房室中尤不可缺)

九、披雅娜(piano)〔钢琴〕一架。

十、二分钟可以收拾出室的地毡一条。

我初看这篇账,觉得可笑。这位莫理士先生非但美术单纯,连他自己的头脑也太单纯了。人心如此不同,人生如此复杂,怎么可把房间的设备规定一律,像学校里规定学生的童子军服装一样呢?尤其是在中国的环境里,看了这篇账,觉得荒唐。没有洋房的人怎么装火炉呢?不懂音乐的人用什么披雅娜呢?不看书的人备什么书橱呢?然而这是我的谬见。古语云"人穷志短",生在精神物质两俱饥荒的现今中国社会里的人,往往因陋就简,而抛撇人生的远大的理想。理想的人生,原是个个人应该读书,个个人可以弹披雅娜,个个人胜任上述的设备的。

且不讲个个人,单用我自己个人的生活趣味来看这篇账,这的确是适当的房间设备。假如莫理士先生这样地设备了一个房间而白请我住,我除了第一条和最后两条略有可议以外,其余都很满意。桌子,椅子,长椅,食物橱,壁上装饰,花瓶,火炉,我都是乐用的——虽然我现在的房间并没有这样的设备。大书橱和披雅娜搬运不便,二分钟可以收拾的地毯反而麻烦,我想加以修改。

莫理士用大书橱,大概取其"单纯",一架橱里可以包罗万象。但我嫌其太过笨重,不易搬运。洋装书足有砖头的重量。一个大书橱的容积的三分之二倘是洋装书,这书橱就仿佛一堵包墙,抬起来比棺材更重。把洋装书统统拿出然后搬动,在我觉得惮烦。假如莫理士先生质问:既然惮烦,你为什么要搬动它?让它永久摆在适当的地方就好了!在这里我自有一种嗜好和主张说出来,也许不会使提倡生活艺术化的莫理士先生反感。原来我有一种习惯,欢喜搬房间。房间看得厌倦了要摆过。在青年时代,我的房间是每半月搬动一次,把几件家俱像着棋一般调来调去,调出种种的景象来。照"市容"例,这种景象不妨称之为"室容"。室容一变,室中的主人的趣味一新,看书写作都高兴了。当时我自笑这真是 Capricious〔反复无常的,任性的〕的青年人的行径。但现在这行径已大改变,非但不喜常常搬动,有时连布置都任别人代办,无论办得怎样"非艺术的"!我也安之若素。别人说我到底年纪一大,好静不好动了。其实完全不对。我的习惯改变的原因有二,第一,我心底里的 Capricious 气质并不消失,还是容易厌倦,现在连"搬房间"这种习惯也觉得厌倦了,所以不搬。第二,我的年龄大起来,对于世间各种已成的艺术都有些儿看厌,同时自己又造不出比已有的艺术更艺术的艺术来,变成了戏不能令又不受命的绝物。因此无意再热心去玩弄这种花样。对于环境感觉不满的时候，宁可闭了眼睛，欣赏自己心中的虚构；或者放眼天空，在白云中假想艺术的表现。却不肯再同少年时代一样卷起衣袖来扛桌搬橱，补壁糊窗，以求不过如此的新景象。所以表面上我的脾气已经改变，内部依然未改；那种要求只有比前更大。行动上我似乎好静而不好动，心情中依然好动而不好静；动得只有比前更甚。因此，在事实上我虽不再要求常常搬房间，在理论上我还是主张房间常常要搬，而嫌莫理士先生那口大书橱搬起来太笨重。我的意思，书橱不宜全体连牢，宜乎划分数段，每段的大小，以同衣箱一般一两人可以随意搬运为度。这样办法，除便于搬运外，还有一种便利：书物的性质可以因此有了大致的分类，容易寻找。须要某类书籍较多可以把各部分交换地位，使常用的部分近在手头。而在广大的房间中，这种书橱还有一种妙用：即拿书橱代替墙壁把房间隔分。这墙壁可以移动的，故如何隔分，可随人意而自由变换。我国旧式的书橱，就具有这点好处，其实比新式的长大笨重的书橱适用得多。样子也并不比书橱难看。若用银杏木制，涂广漆，即坚固耐用，又朴素耐看，真是合于莫理士的"单纯坚牢"主义的良好工艺美术品。恐怕莫理士先生没有见过我国这种书箱。假如看见了，也许会把上面账单上的第一条改作"银杏木制广漆书箱数种"呢。

披雅娜这件东西，我以为不必列入账单。因为爱好音乐者不一定人人须要披雅娜。这对于一般人仿佛不是公约数。像我用披雅娜就除不尽。我也曾练习过这乐器。但现在只爱听而不能弹。一则生活烦忙,无暇每天练习,荒疏日久手指就硬。二则别种艺术及研究占据了我的心房,没有余地留给披雅娜了。假如莫理士先生要费一笔钱为我的房间里设备一架披雅娜,我宁愿请他改买一架蓄音机〔唱机〕和各种唱片。假如这笔钱用不了,而莫理士先生定要客气的话,余多的钱给我买一架收音机吧。现在收音机正流行,蓄音机几被打倒。为什么先蓄音机而后收音机呢?这也有一篇大道理:在音乐选择全不苛刻,而度量极大的人,听《毛毛雨》也好,小热昏也好,甚至听广告演说也津津有味。那么此人当然欢喜收音机,既不要用心,又不要换片子,把木钮旋动一下就可袖手听赏。但在我,音乐选择虽不像别人择婿一般苛求,却有所不要听。有所不要听,另一面就是有所要听。我空闲了或想听音乐的时候,收音机上所奏的往往是我所不要听的。而我烦忙了或不想听的时候,它管自在那里奏我所要听的东西。它不能凑我的时间,要我去凑它的时间。几点几分听什么,几点几分听什么,听音乐同上课一样,同乘火车一样,又何苦来!若是"装成只是薰香坐"的太太们,或是牢监里的囚犯,倒毫无问题。横竖一无所事,度日如年,就是以听收音机为业,也不算作孽。但我们的生活同他们不同,我有读书的时间,写作的时间,散步的时间和听音乐的时间。平日大致规定,不愿轻易改变。在我的听音乐的时间而去开收音机,开出来的往往不要听。收音机中的报告和讲演,我原也有要听的,但是很少,且也可得可失。故为听乐而设备,我要后收音机先蓄音机。蓄音机没有上述的缺憾。唱片(其实是奏片)可以依自己的胃口而选购,时间可以依自己的要求而指定。所缺的就是要开。利有二而弊只一，况且开开究竟不甚费事，故可谓"患不补功"，"失不偿得"。莫理士生于百年前，倘使那时候收音机和蓄音机也同现在一般盛行，我想他那账单里至少还要添加一种，收音机或蓄音机。听说他对音乐不是特别专长的，那么他也主张把披雅娜换作蓄音机和收音机，也未可知。

二分钟可以收拾的地毡，在我觉得全是多事。我们吸烟的人嘴巴上是常常在那里撒下烟灰来的。撒在新衣服上尚且顾不得许多，何况撒在地上呢！我不喜欢地毡便是为此。那漆地板同桌子一样光洁，稍微落下一点烟灰，就很触目，令人（就是我）看了感觉很是不快。想扫，扫不得许多；为了地板而戒烟，又不犯着。于是漆地板的房间里，我就坐不牢。我欢喜木色的地板，半新旧的尤佳。为了它的颜色同烟灰相似，任凭你撒下多少去，眼睛看不出来。我每天要抽四十支烟，而大多数在房间里抽。自从新生活运动励行以来，散步时的几支烟也移归房间里抽，烟灰愈多了。虽然没有实际焚烧起三四十支美丽牌香烟来，量它的灰看究竟合几勺；但推想起来，半包牙粉模样大约是有的。倘莫理士先生给我的房间里铺了地毡，而我每天把半包牙粉撒在地毡上，这地毡非每天收拾出去拍一次灰尘不可。虽然像莫理士先生所说，"二分钟可以收拾"的，但我家的工人或不做惯这事，难以胜任。请莫理士先生派人来给我收拾，又说不过去。所以地毡我不敢领受。形式还好看的痰盂，倒不妨多备几只。但痰盂里定要常常有水，否则烟蒂丢下去不肯断气，把它临命终时的气息散布满室，令人咳嗽涕零。

《子恺漫画选》（彩色版精装本）自序[1]

二十六〔1937〕年冬，我被日寇所逼，仓皇出走，连自己所积藏的画稿都没有拿，任它们跟缘缘堂一起被毁了。我到后方住定之后，开始补作，把旧作记忆出来，把新作添加进去。积了八年，新旧共得二百六十幅，比战前所藏多了一倍。此次复员路上，在重庆、汉口、上海展览的，便是这二百六十幅藏画。

每次展览，我自己不到会场则已。若到会场，必然受到许多观者的要求："先生可否把这些画彩色影印出来，装订成册，让大家可以买回去欣赏？"有的人选了好几次，重订（我的画展作品皆非卖，但可重订，即另绘一幅）了四幅乃至八幅，对我说："我恨不得重订全部。可惜没有这许多钱。你胡不彩色刊印出来？我一定买一百部来分送朋友。"我感谢他们的好意，抱歉地回答："我原想如此；但因彩印成本太大，销路无把握，书店不肯接受，自己又无能力。所以只得等待将来的机会了。"

不料机会近在目前：上海画展闭幕后，君匋弟就向我提

---

[1] 《子恺漫画选》（彩色版精装本）系1946年12月上海万叶书店出版。

议，用彩色影印，由他所主持的万叶书店出版。我当然一口答应。就会同君匋、恭则诸友，选了三十六幅，刊印这初集。这三十六幅，虽然只有全部藏画的七八分之一，但包含我的作品的各种笔调。说它是我的画展的缩图或拔萃，也无不可。但为许多观众的诚挚的要求，我准拟续选续印。这一点君匋弟也是同意的。

三十五〔1946〕年十一月十七日子恺记于杭州功德林

《又生画集》自序[1]

我初作漫画,正当开明书店初创办,初办的开明书店刊印初作的《子恺漫画》,已是二十年前的事了。这二十年的后半,是抗战期。我弃家逃难,颠沛流离;开明书店总厂被焚,藏版尽毁。我的漫画集停刊,约有十年之久。抗战期内我在大后方的万山中将绝版的画集七八册重绘一遍,交开明书店重印,就是最近胜利后出版的《子恺漫画全集》。我重绘这全集的原稿的时候,正是战讯恶劣,胜利无望,我身存亡未卜的时候。我满以为我今生没有再作新画集的可能,这全集真是"全"集了。岂知天意不亡中国,胜利居然光临;我竟得安然生还,重操画笔,开明书店竟得重整旗鼓,于二十年后再来刊印我的新作画集。这真是意想不到的奇迹!这里我不伦不类地想起了阿Q的话"二十年又是一个",自己觉得好笑。

人生没有几个二十年。我在这二十年中历尽艰辛,九死一生,幸而还是眼明手健,能为胜利后的各报志作画,不到半年就集成这册子,真是我生一大乐事!我想出了,这不是"二十年又是一个",这叫做"野火烧不尽,春风吹又生"。我就名这

---

[1]《又生画集》系1947年4月上海万叶书店出版。

册子为《又生画集》。我家抗战期中生在广西的八岁幼儿新枚作扉画。二十年前的《子恺漫画》的封面，是他的姐姐阿宝和软软合作的。现在阿宝叫做丰陈宝，软软叫做丰宁馨，都已大学毕业，在中学当教师了。

卅六〔1947〕年二月十四日子恺记
于金陵号第二车厢第十二号座上

《幼幼画集》自序[1]

二十年前我作漫画，曾经刊印许多画集。这些集子里所描写的，半是儿童生活。因为那时候我家里孩子很多；而我欢喜赞颂儿童生活的天真，所以笔底下写出来的都是儿童。经过了二十年间的忧患和丧乱之后，我已垂垂向老；我家的孩子们已经变成大人。但我仍旧欢喜描写儿童。不过我自己家里模特儿很少，只有一个抗战中生在广西的现已八岁的男孩新枚。我须得向外去找模特儿。我的外孙菲君，以及我的邻家，朋友家，亲戚家的孩子，都是我的模特儿。这些模特儿大都是叫我"公公"的了。因这原

---

[1] 《幼幼画集》系1947年7月上海儿童书局出版。

故，我现在把这册描写儿童生活的画集命名为《幼幼画集》。幼幼是"幼吾幼，以及人之幼"之意；还有，我所描写的儿童大都是第二代的幼儿，幼儿的幼儿，所以我用两个幼字，又另有一种意味。我在成都少城公园中看见一爿小桥，名叫幼幼桥。大约也是"幼吾幼"之意。但这两字用在桥上，不及用在这册画集上来得适当。我就不客气地借用了。封面上的字是托新枚写的。

三十六〔1947〕年三月二十三日在
杭州西湖边上的寓屋中作　丰子恺

《劫余漫画》自序 [1]

日寇侵华，二十六〔1937〕年冬以迂回战术犯我故乡石门湾。余仓皇出奔，仅以身免。八年间转辗黔桂川陕诸省，遥望江南，肝肠断绝！天佑中国，转败为胜。奏凯归来，亟返故乡，而故乡缘缘堂已由焦土变为草原。昔日欢聚之处，野生树木高数丈矣！回忆堂中图书，尽成灰烬，不胜痛惜！忽有亲友，携书物一箱来晤，曰："此缘缘堂被毁前一日侥幸代为抢出者，藏之十年矣，今以归还物主。"启箱视之，旧书若干，函牍无数而外，复有画稿一束，乃出奔前所作，未及发表，不能带走，而委弃于堂中者。事隔十年，当日创作情景，历历在目。抚纸长叹，不胜感慨，此画应毁而不毁，已失而复得，可谓劫中奇迹，虎口余生，安得不加珍惜？遂为检点修整，得三十幅，加以流亡中复员期所作者三十幅，共六十幅，蔚然成册，付万叶书店刊印。此画之终得问世，与我身之终得生还，皆劫中奇迹，虎口余生也。固名之曰《劫余漫画》。

三十六〔1947〕年万愚节〔愚人节〕子恺记于杭州湖边小屋

---

[1]《劫余漫画》系 1947 年 5 月 20 日上海万叶书店出版。

《音乐十课》序言[1]

你开始学习音乐了,我先把音乐这种东西的性状讲给你听。

艺术是发表感情的东西,而音乐的发表感情最有力量。世间艺术共有十二种。用眼睛看的有七种,即图画、雕塑、建筑、工艺、书法、金石、照相。用耳朵听的有两种,即音乐、文学。用眼睛看同时又用耳朵听的有三种,即演剧、舞蹈、电影。这十二种艺术,都能发表感情,但没有一种比音乐发表感情更有力的。何以见得?只要拿图画(眼睛艺术的代表)和音乐(耳朵艺术的代表)来比较便知道。例如抗美援朝打胜仗,大家感情兴奋,想要发表。有的用画图来发表,有的用唱歌来发表,你看,哪一个发表得有力?一定是唱歌发表得有力!因为图画是静止的,音乐是活动的。图画只能用某一种状态来表现胜利的狂欢的感情,音乐却能把这感情从头至尾委婉曲折地表出。

---

[1] 《音乐十课》系1947年8月上海万叶书店出版。本篇据上海新音乐出版社1954年版本,为十课中的第一课。序言中有个别字是按校改本上作者的手迹改的。

其他各种艺术，你可逐一检点。凡是看的艺术，总不及听的艺术的力强。因为静的东西总不及动的东西的灵活，故音乐可说是世间最灵活的艺术。演剧、舞蹈和电影，其发表感情比图画、雕塑等力强，就是因为演剧、舞蹈和电影中含有音乐的分子的原故。但须知道：静的艺术，也有他的特长，为音乐所不及的，这特长便是持久。例如一幅图画，一座雕像，常常摆在你眼前，随时可以欣赏，不像音乐的容易消逝。所以动的艺术与静的艺术，各有长处，动的艺术不及静的艺术的持久，静的艺术不及动的艺术的生动。

为欲充分说明音乐的性状，我可直截痛快地告诉你一句话：音乐就是笑、哭、叫的艺术化！我们感情兴奋之极的时候，欢乐的感情变成笑声，悲哀的感情变成哭声，激昂的感情变成叫声。笑、哭、叫能痛快地发泄感情，然而没有规则，没有理法。所以笑、哭、叫不成为艺术。把这感情发泄的声音，加以规则，使它理性化，就变成音乐。怎么叫做"理性化"？就是有一定的高低，一定的长短，一定的强弱，并且有一定的起承转合。这些一定的规则，就是你今后所要学习的。所以学习音乐，只要开始的时光你肯下一点功夫，仔细地正确地学习音乐的各种规则与理法，以后就有无穷的兴味引导你进步，使你不肯不学。因为我们大家从小时候会哭、会笑、会叫，所以学习笑、哭、叫的艺术化的音乐，是很自然而不甚费力的。

音乐，除了痛快地自然地发表感情之外，还有很多的效用。音乐可以帮助劳作，所以劳动的人民往往一边唱歌，一边工作。音乐可以治病，所以医院往往利用音乐。但这些还是小用，其最大的用处，是合群与教和。"合群"就是使大家团结起来，"教和"是使大家和爱起来。

许多人住在一个地方，你想你的，我想我的，或喜、或怒、或哀、或乐，感情不相一致。如果你教他们齐唱国歌，每个人的感情都同化于国歌的庄严，大家就感情一致了。运动会先唱运动会歌，使大家振作。追悼会先唱追悼歌，使大家哀悼。政治上、军事上，音乐的用处更大。因为音乐最能使人团结，而团结就是力量！

音乐的性状与效用，这样地切实而伟大，所以学习音乐，不是玩耍可比，必须严肃、认真。倘把唱歌当作一件无关紧要的游戏，张开嘴巴乱唱，音程不准，拍子不正，随随便便唱下去，这是音乐学习法上的大忌。学音乐要同学数学一样精确，学国语一样认真，才能学得真的音乐。如果不信，你拿一首乐曲，随随便便唱一遍，再认认真真唱一遍，然后比较他们的趣味与效果，便可知道随随便便唱的，只是乐曲的躯壳；认认真真唱的，方有乐曲的灵魂。怎样才可称为认真？开始学习，第一音的高低要正确，第二拍子的快慢要正确，第三口的发音要正确。"正确是美之母"，这是音乐初学者的最重要的格言。

要"正确"，先要彻底明白音乐谱表的读法。音的高低，拍子的长短强弱，谱表中非常正确地记载着，你必须能认真地阅读谱表，方能正确地唱歌。

《丰子恺画存》自序 [1]

　　胜利复员后居江南，而我的画寄与北方的天津《民国日报》者最多。因为我从重庆返上海后，第一个来访的记者是该报驻沪的记者尹雪曼先生。复员后我的画第一次受特约的是该报。特约之后，在天津的刘峄莘先生常常来函催稿，我就按月将稿寄去。一年半以来，未曾间断。有许多人因为常在天津报上读我的画，而以为我住在天津，或竟当我是天津人。我很高兴。因为先师弘一法师（即李叔同先生）是天津人。我虽没有到过天津，而天津话从小听惯，对天津时生憧憬。"天津桥上杜鹃啼"（李叔同先生句），我读此句，想象天津是个诗境。因此，为天津报作画，我很高兴。近得刘先生来信，说画稿已积到一百数十幅，他们想汇集起来出一个画册，我也高兴。但我没有选剔过，不拘好坏，由他们汇刊吧。这又教我想起弘一法师写的一张横额："聋人也唱胡笳曲，好恶高低自不闻"。这就算序。

三十七〔1948〕年一月十二日于杭州

---

[1] 《丰子恺画存》系1948年3月天津《民国日报》社出版。原序名《画存自序》，署名：子恺。

钱君匋菊庵金石书画展序[1]

君匋菊庵将于六月四日起在中国国货公司开金石书画展。我到上海看梅兰芳剧时，君匋告我此消息，并嘱为序。近来世间遍地烽烟，使我对于象征和平幸福的"艺术"，弥觉可亲。我专诚来看梅剧，而又闻此消息，似觉锦上添花。我乐为作序。

君匋本来是图案专家，其所设计，别出心裁。抗战八年中，埋头于金石研究，这就使他的才技超越图案，而向书画发展。至今，金石，书，画，平均进步，可称"三绝"。中国古有"书画同源"之说。其实此说未全。应说"金石书画同源"，三位一体。而论其次第，则金石为老大哥，书为二兄，画为三弟。吴昌硕之徒告我：吴昌硕晚年自言："人谓我善画，实则书胜于画；人谓我善书，实则金石更胜于书。"此言诚然！吴氏因精通金石，故能书；因精通书法，故能画。金石书画三位一体，而金石在三位中为老大哥，于此盖可确信。今君匋之学，由金石入门，源源本本，由上而下，由根而末，由内而外，由深而浅，无怪其书法与画道之进步，一日千里，而终于三才并茂也。

---

[1] 本篇原载 1948 年 6 月 4 日《申报》。

菊庵与君匋为同风美术家，论君匋者，不妨同论菊庵。而我独爱其古装仕女，师费晓楼，而青出于蓝。体貌之妩媚，线条之精秀，布局之妥帖，令人爱杀！我自己素不描古装人物。半为习惯，半为讨嫌一般古装人物画的难看：女的身体往往不合生理，各部畸形发展，或竟残废。男的我讨嫌他像道士。菊庵不画"道士"而专画女像，而其所画女体又均合于解剖，相貌姣好，体态轻盈，有似《天女散花》、《洛神》中的梅兰芳。因此使我爱杀。君匋的作品我已有得多了，菊庵的我还没有求得。几时我要向他讨一幅古装美女。挂在室中，仿佛天天看见梅博士了。这篇不像序言，就算序言吧。

三十七〔1948〕年五月十二日于杭州作

中国艺术 [1]

台湾同胞在过去五十余年中，一定看惯了日本艺术。日本一切文化源出于中国，其艺术亦只是中国艺术的一小支流。今天我就把中国艺术的伟大性为台湾同胞略说一番：世界艺术，分为西洋与东洋两大类。西洋艺术重"写实"：例如西洋画，大都画得形象逼真，与照相近似。东洋艺术重"象征"：例如中国画，但用线条表出人物的神气，与实际完全不同。西洋画是重形似的，东洋画是重神气的。前者好比话剧，注重背景，凡事逼真。后者好比平剧[2]，开门骑马，只做手势；服饰脸谱，奇形怪状，而神情活现。所以西洋画的肖像容易使人误认为真人；而中国画则全不逼真：例如仕女则削肩细腰，寿星则头大身矮，山水则重重叠叠，像飞机中所见。然而美女与老翁的姿态的特点，山外青山楼外楼的诗境，神情活现在纸上。故西洋艺术有"冒充实物"的嫌疑；而中国艺术则坦白大胆，分明表出这是画。这正是中国艺术独得的特色。故中国艺术在世界艺

---

[1] 卅七〔1948〕年十月十三夜八时至八时十五分在台北广播电台讲演。——作者原注。

[2] 平剧，即今京剧。

坛，占有特殊的地位。二十世纪西洋画坛最主要的画风，叫做"后期印象派"。这画派的创导人自己说，是模仿中国艺术而创成这画风的。故中国艺术非常伟大。台湾天时地利都优胜，是理想的文艺领域。台湾的艺术同志倘能认明中国艺术的伟大性，而努力研究，一定能使中国艺术发扬光大。

香港画展自序[1]

我到香港开画展的动机,远在去春。那时有一位住在香港的朋友,写信到杭州来,劝我寄些画到香港,他替我代为主办画展。那时我正忙,没有作品可寄;又想,我自己不到,订画的人要题上款,不便寄到杭州来补题。对不起要求上款的订画人。有的书画家,不肯题上款,因为与对方并不相识,称他"先生"、"仁兄",有点唐突。道理也是对的。但我的想法与他们不同。我以为画展虽然是卖画的,但这种买卖与别的商品性质不同。买画的人,是爱好你的画,要你同他结个翰墨因缘,同时是送点钱与你,作为报酬或答礼的。据我过去在各地开多次画展的经验,凡订购我的画的,大都是真心爱好我的艺术的人,就差一点没有见面过。倘使见面,一定都是我的友人。所以我乐愿为他们题上款,结翰墨因缘。这一点我看得很重,所以我回复我的朋友说:"我将来带了作品,亲自到香港来开画展。"但这话一直没有兑现。最近我游台湾,又游闽南,离香港近了。箧中正好有些在台北时所作的画稿。想起了对那朋友的前约,就到了香港,而且决定在十五、十六日在圣约翰教堂

---

[1] 本篇原载 1949 年 4 月 15 日香港《星岛日报》。

开两天画展。

为什么我相信订购我的画的人大都是我的友人呢？因为我的画，不是中国画，也不是西洋画，而是我自己杜造出来的一种尝试的画风。我本来是学西洋画的。后来，我爱好中国画的线条与色彩的"单纯明快"的表现，就用西洋画的理法来作中国画的表现。最初自娱而已，不敢拿出去给人看。后来被人看到了。许多人在惊讶之余，对我的画表示爱好，向我索画。索画的人渐渐多起来。我这奇怪的画就"自成一家"。别人都称之为"子恺漫画"。二十余年来，国内有许多学习我这种奇怪的画的人。但学了一会，大都废止。废止的原因，据说是学不到我的线条及画上的题句。结果，在现今中国，画这种画的人，依然只有我一个。这样孤独的，奇怪的，不中不西的画，而居然有人要订要购；这订购人一定是偏好我的作风，有"嗜痂"之癖的人。换言之，这人一定是我的艺术的共鸣者，知音者。所以我相信订购我的画的人，大都是我的未曾见面过的友人。过去我在大后方及江南各地开过许多次画展，事实告诉我这话不错。我每次画展，必然得到许多新朋友，一直通信访问，到现在都已变成老朋友了。

既然是友人，订画要钱，岂非太不客气？这里我想起了叶恭绰老先生的话。前天为了《护生画集》，我去访问这位老先生，他对我的谈话中有一句说："希望文人及艺术工作者能由国家来赡养。"我赞善之后，在心中苦笑。我们过去的政府，对于文人与艺术家，但得不妨碍，不压迫，不摧残，我们已经要谢天谢地了，哪里敢希望"赡养"？所以文人与艺术家不得不收稿费，取画润来维持自己的生活。这原是现代社会一件不合理的事。我抱着与叶老先生同样的希望。文艺家生活倘有保障，不但可以避免卖稿卖画这些不合理的事，其文艺的工作也可获得更正当的进步，与更理想的效果。这只有希望于未来了。

《星岛日报》为我出特刊，要我自己写一篇序。略书所感如上。

一九四九年四月十二日于香港

护生画三集自序[1]

弘一法师五十岁时（一九二九年）与我同住上海居士林，合作护生画初集，共五十幅。我作画，法师写诗。法师六十岁时（一九三九年）住福建泉州，我避寇居广西宜山。我作护生画续集，共六十幅，由宜山寄到泉州去请法师书写。法师从泉州来信云："朽人七十岁时，请仁者作护生画第三集，共七十幅；八十岁时，作第四集，共八十幅；九十岁时，作第五集，共九十幅；百岁时，作第六集，共百幅。护生画功德于此圆满。"那时寇势凶恶，我流亡逃命，生死难卜，受法师这伟大的嘱咐，惶恐异常。心念即在承平之世，而法师住世百年，画第六集时我应当是八十二岁。我岂敢希望这样的长寿呢？我复信说："世寿所许，定当遵嘱。"

后来我又从宜山逃到贵州遵义，再逃到四川重庆。而法师

---

[1] 《护生画集》共六册。第一、二册（弘一法师书，丰子恺绘）分别于1929年2月、1940年11月由上海开明书店出版。第三册（叶恭绰书，丰子恺绘）于1950年2月由上海大法轮书局出版。第四册（朱幼兰书，丰子恺绘），1960年9月由新加坡薝蔔院出版。第五册（虞愚书，丰子恺绘）于1965年9月由新加坡薝蔔院出版。第六册（朱幼兰书，丰子恺绘）于1979年10月由新加坡释广洽募印，香港时代图书有限公司出版。本文为第三集初版自序，原题如此。

于六十四岁在泉州示寂。后三年,日寇投降,我回杭州。又后三年,即今年春,我游闽南,赴泉州谒弘一法师示寂处,泉州诸大德热烈欢迎,要我坐在他生西的床上拍一张照相。有一位居士拿出一封信来给我看,是当年我寄弘一法师,而法师送给这位居士的。"世寿所许,定当遵嘱。"赫然我亲笔也。今年正是法师七十岁之年。我离泉州到厦门,就在当地借一间屋,闭门三个月,画成护生画第三集共七十幅。四月初,亲持画稿,到香港去请叶恭绰先生写诗。这是开明书店章锡琛先生的提议。他说弘一法师逝世后,写护生诗的惟叶老先生为最适宜。我去信请求,叶老先生复我一个快诺。我到香港住二星期,他已把七十页护生诗文完全写好。我挟了原稿飞回上海,正值上海解放之际。

我就把这书画原稿交与大法轮书局苏慧纯居士去付印。——以上是护生画三集制成的因缘与经过。

以下，关于这集中的诗，我要说几句话：

这里的诗文，一部分选自古人作品，一部分是我作的。第一第二两集，诗文的作与写都由弘一法师负责，我只画图（第二集中虽有许多是我作的，但都经法师修改过）。这第三集的诗文，我本欲请叶恭绰先生作且写。但叶老先生回我信说，年迈体弱（他今年六十九岁），用不得脑，但愿抄写，不能作诗。未便强请，只得由我来作。我不善作诗，又无人修改，定有许多不合之处。这点愚诚，要请读者原谅。

复次：这集子里的画，有人说是"自相矛盾"的。劝人勿杀食动物，劝人吃素菜。同时又劝人勿压死青草，勿剪冬青，勿折花枝，勿弯曲小松。这岂非"自相矛盾"？对植物也要护生，那么，菜也不可割，豆也不可采，米麦都不可吃，人只得吃泥土砂石了！泥土砂石中也许有小动植物，人只得饿死了！——曾经有人这样质问我。我的解答如下：

护生者，护心也（初集马一浮先生序文中语）。去除残忍心，长养慈悲心，然后拿此心来待人处世。——这是护生的主要目的。故曰"护生者，护心也。"详言之：护生是护自己的心，并不是护动植物。再详言之，残杀动植物这种举动，足以养成人的残忍心，而把这残忍心移用于同类的人。故护生实在是为人生，不是为动植物。普劝世间读此书者，切勿拘泥字面。倘拘泥字面，而欲保护一切动植物，那么，你开水不得喝，饭也不得吃。因为用放大镜看，一滴水中有无数微生虫和细菌。你烧开水烧饭时都把它们煮杀了！开水和饭都是荤的！故我们对于动物的护生，即使吃长斋，也是不彻底，也只是"眼勿见为净"，或者"掩耳盗铃"而已。然而这种"掩耳盗铃"，并不伤害我们的慈悲心，即并不违背"护生"的主要目的，故正是正当的"护生"。至于对植物呢，非不得已，非必要，亦不可伤害。因为非不得已非必要而无端伤害植物（例如散步园中，看见花草随手摘取以为好玩之类），亦足以养成人的残忍心。此心扩充起来，亦可以移用于动物，乃至同类的人。割稻、采豆、拔萝卜、掘菜，原来也是残忍的行为。天地创造这些生物的本意，决不是为了给人割食。人为了要生活而割食它们，是不得已的，是必要的，不是无端的。这就似乎不觉得残忍。只要不觉得残忍，不伤慈悲，我们护生的主要目的便已达到了，故我在这画集中劝人素食，同时又劝人勿伤害植物，并不冲突，并不矛盾。

　　英国文学家萧伯纳是提倡素食的。有一位朋友质问他："假如我不得已而必须吃动物，怎么办呢？"萧翁回答他说："那么，你杀得快，不要使动物多受苦痛。"这话引起了英国素食主义者们的不满，大家攻击萧伯纳的失言。我倒觉得很可原谅。因为我看重人。我的提倡护生，不是为了看重动物的性命，而是为了看重人的性命。假如动物毫无苦痛而死，人吃它的三净肉，其实并不残忍，并不妨害慈悲。不过"杀得快"三字，教人难于信受奉行耳。由此看来，萧伯纳的护生思想，比我的护生思想更不拘泥，更为广泛。萧伯纳对于人，比我更加看重。"众生平等，皆具佛性"，在严肃的佛法理论说来，我们这种偏重人的思想，是不精深的，是浅薄的，这点我明白知道。但我认为佛教的不发达，不振作，是为了教义太严肃，太精深，使末劫众生难于接受之故。应该多开方便之门，多多通融，由浅入深，则宏法的效果一定可以广大起来。

由我的护生观，讲到我的佛教观。是否正确，不敢自信。尚望海内外大德有以见教。

民国三十八〔1949〕年六月于上海

前进的生气蓬勃的乐曲
——钱君匋编选的《进行曲集》序言[1]

西洋乐曲可分为二大类,第一类是注重形式的,即注重音节的美丽的;第二类是注重内容的,即注重曲趣与情感的。前者如朔拿大〔奏鸣曲〕(sonata),竞奏曲〔协奏曲〕(concerto),组曲(suite)等便是。后者如幻想曲(fantasia),狂想曲(rhapsody),即兴曲(impromptu),夜乐〔夜曲〕(nocturne),小夜乐〔小夜曲〕(serenade),进行曲(march)等便是。

而进行曲在一切注重内容的乐曲中,曲情曲趣最为丰富。所以自古以来,常为一般民众音乐最常用的乐曲形式。古代盛用于祭礼,希腊悲剧中常有进行曲。中世纪盛用于歌剧(opera)中。至近世尤为盛行,一切乐器,皆多有进行曲;诸大作家的杰作中,皆多有进行曲。如马伊陪亚〔梅耶贝尔〕(Meyerbeer)的《戴冠进行曲》(*Coronation March*),裴多芬〔贝多芬〕(Beethoven),晓邦〔肖邦〕(Chopin)的《送葬进行曲》(*Funeral March*)和修裴尔德〔舒伯特〕(Schubert)的《军队进行曲》(*Military March*),尤为脍炙人口的进行曲。现行学校唱歌中,有许多是用进行曲配歌词的。

---

[1] 《进行曲集》(钱君匋编选)系 1949 年万叶书店出版。

进行曲为什么如此盛行呢？因为这种形式的乐曲，其趣味不是专门的，而是通俗的；其情感不是静的，而是动的。可以鼓励人，使人振足，使人兴奋，使人团结。音乐中"亲和力"最强的，莫如进行曲了。故这种乐曲，可说是最前进的，生气蓬勃的乐曲。在我们这个时代，正需要这种乐曲。

君匋有鉴于此，在这时候选刊这曲集。这是很有意义，很有贡献的一种音乐工作。我特为写这篇短序，以说明这书的性状。

一九四九年教师节〔8月27日〕丰子恺于上海

鲁迅先生与美术[1]

记得抗战前某年某日,我同了陶元庆君去访鲁迅先生,时间是上午十时后,他还躺在床里,拥着被和我们谈话。我记得他说:"人家说我动笔就骂人,我躺着不动笔,让他们舒服些罢!"我们都苦笑,辞出的时候,陶君对我说:"还是让他躺着,可以多想出些文章来。"

的确,鲁迅先生对于恶劣的环境的战斗是最勇敢的。所以别人说他"动笔就骂人"。我最近读他的遗著,一方面觉得感佩,一方面又觉得可惜。我想,假使鲁迅先生再寿长一点,眼见中国解放,恶劣环境消灭,他将何等的高兴、何等的欢欣!而他的笔将不再"动就骂人",一定能给新中国的人民以更多的宝贵教训和指导了。佛经有斥妄和显正之别。鲁迅先生的短文中,斥妄的多,显正的少,是恶劣环境所迫成。我觉得这是一种遗憾。

但在美术方面,这种遗憾较少。他提倡木刻,介绍新艺术论,不遗余力,对于新时代美术,他早已做了不少显正的领导的工夫了。记得我那天去访他,是为了厨川白村的《苦闷的象

---

[1] 本篇原载 1949 年 10 月 19 日《文汇报》。

征》的事。我因为不知道他在翻译这书，我也翻译了，而且两译本同时出版（我的在商务印书馆出版，他的大约是在北新书局）。出版以后，我才知道。倘早知鲁迅先生在翻译，我就作罢了。因为他的理解力和文笔都胜于我，我又何必多此一举呢。那天我去访，就是说明这点意思。但他毫不介意，对我说："这有什么关系，在日本，一册书有五六种译本不算多呢。"接着，对我和陶君大谈中国美术界的沉寂、贫乏与幼稚，希望我们多做一点提倡新艺术的工作。我知道他幼时是很爱画的，曾经抄印西游记和荡寇志的全部绣像，后来为了要钱用，卖给一个同学。能卖钱，可想而知画得很好，如果鲁迅先生肯分一部分写文的时间来作画，我们现在一定还可得到许多模范的美术作品。可惜他没有这余暇，但他的艺术论旨：艺术与产业合一，理性与感情合一，真善美合一，现实的理想的必要……已足够为今日美术界的领导者了。

一九四九年十月十五日于上海

《音乐知识十八讲》序言 [1]

"坐在工农方面,一手伸向古代,一手伸向西洋。"这是毛主席论文艺的话。意思是说:新时代的文艺,要站在工农大众的立场上,一方面接受古代的良好的传统,一方面采取西洋的有用的物质文明。一切文艺都应该如此,音乐当然不能例外。

中国音乐,在古代曾经非常发达。可惜乐器、乐曲,大都失传,只有各地方的民间音乐中,保存着一部分民族性的传统。我们要根据其中的良好的传统,而重振中国的音乐,非利用西洋音乐的技法不可。因为在现代,西洋音乐的技法最为进步,表现力最为强大。在交通上,我们不满于原有的小车和木船,而采取西洋的汽车和轮船。同理,在音乐上,我们也不满于原有的箫、笛和胡琴,而要采取西洋的钢琴和管弦乐。因为这些可使中国音乐的表现力丰富,宣传力强大。从西洋采取来的汽车和轮船,走的是中国的道路。同样,从西洋采取来的钢琴和管弦乐,奏的也是中国民族的音乐。

这册书中所说的,便是西洋音乐的表现技法的全般知识。

---

[1] 《音乐知识十八讲》系 1950 年 7 月上海万叶书店出版。

西洋音乐在近世纪高度发达。表现技法的复杂、精深，可以惊人！因此，叙述它的全般知识，要费十余万言，形成这样庞大的一册书。然而各讲中所说的，还是很不详细，只是各部门的大体轮廓而已。

万叶书店刊行了不少音乐理论的书。但都是专门的理论或乐曲的材料。独缺少一册关于音乐全般知识的提纲挈领的书。他们要我编这册书。我费了足足四个月，方才编成。这在万叶书店的音乐理论丛书中，就好比许多精致的点菜中的一桌粗糙的和菜，又好比许多专门家中的一个 amateur〔业余爱好者〕。艺术教育者说，amateur 是从专门家到大众之间的桥梁。那么，我这册书，也许对于人民大众可以略尽服务之责了。

一九四九年九月十二日，丰子恺记于上海

《绘画鲁迅小说》序言 [1]

抗战初年，我在广西宜山[2]的荒村中，曾经为鲁迅先生的《阿Q正传》译作绘画，寄交上海开明书店刊印。这是十年前的事了。最近我翻阅鲁迅先生全集，觉得还有许多篇小说，可以译作绘画。我选了八篇，逐篇绘图，便是这一部四册里的一百四十幅。

我作这些画，有一点是便当的。便是：这些小说所描写的，大都是清末的社会状况。男人都拖着辫子，女人都裹小脚，而且服装也和现今大不相同。这种状况，我是亲眼见过的。辛亥革命时，我十五岁。我曾做过十四五年的清朝人，现在闭了眼睛，颇能回想出清末的社会形相来。所以我作这些画，比四十岁以下的画家便当得多。

鲁迅先生的小说，大都是对于封建社会的力强的讽刺。赖有这种力强的破坏，才有今日的辉煌的建设。但是，目前的社会的内部，旧时代的恶势力尚未全部消灭。破坏的力量现在还

---

[1] 《绘画鲁迅小说》系作者据鲁迅小说译作的绘画集，共四册，1950年4月上海万叶书店出版。

[2] 是在桂林。

是需要。所以鲁迅先生的讽刺小说，在现在还有很大的价值。我把它们译作绘画，使它们便于广大群众的阅读，这好比在鲁迅先生的讲话上装一个麦克风，使他的声音扩大。

《阿Q正传》因为早已由开明书店出版，而且还在印行，所以不再收在这集子内了。

一九四九年十二月十四日，丰子恺记于上海

音乐艺术的性状[1]

苏联艺术论者卢那卡尔斯基〔卢那察尔斯基〕（A. Lunacharsky）论音乐，有这样的话："音乐或建筑，是什么思想也不能表现的。倘要将乐音或建筑的言语，翻译为表现着某种概念的我们的言语，就需很大的努力。但是，虽然如此，音乐和建筑的影响是非常伟大的。音乐和建筑的要素，可以说，在任何艺术中无不存在。……雕像的相貌中充满着音乐，绘画的构图近于建筑，色彩配合近于音乐。……"

希腊时代，有"建筑是凝固的音乐，音乐是流动的建筑"的话。这两种艺术，虽然一种是动的，一种是静的；一种是音响的，一种是形状的；却有非常类似的性状。因为两者的共通点，是大家不用普通言语（如文学）或具体物象（如绘画）来表现，而大家用抽象的东西（音响或形状）来表现。用抽象的音响或形状来表现，从一方面看来，是很模糊、很暧昧的；但从另一方面看来，却是很普遍的、很广泛的。例如一首军队进行曲，全然没有语言歌词，而只有 do, re, mi, fa, sol, la, si 七个音的种种配合，表面上看来，这曲并没有告诉人们什么具体

---

[1] 本篇是《音乐知识十八讲》的第一讲。

的意思，可说是很模糊的，很暧昧的。但人们听了这军队进行曲，大家会感动起来，兴奋起来，振作起来。这不是很普遍、很广泛的么？又如一所公共会堂的建筑，当然没有对人民表示什么意思，而只有美满调和的构成与形式。但在这种构成与形式的"亲和力"的笼罩之下，能使全体人民的感情一致融洽，可见建筑有着与音乐相似的普遍性与广泛性。而两种比较起来，音乐的普遍广泛，又在建筑之上。因为动的毕竟比静的力强。故音乐是艺术中最动人的一种，音乐可说是一切艺术的先锋。

音乐因有这样的普遍性，故音乐是"超时代的"，即不受时代限制的。音乐因有这样的广泛性，故音乐天生成是"大众的"，即不须苦学而人人能解的。这"超时代性"与"大众性"，是音乐艺术特有的性状。

旧时代的艺术与新时代的艺术，性状判然不同。因为艺术是人的思想感情的表现，人的生活的反映。故人的生活与思想感情革新的时候，艺术必然也革新。然而这革新的迹象，因了各种艺术的性质的不同，而有显著与不显著之别。例如在文学、戏剧，这革新的迹象是最显著的。一切消极的、颓废的、含有毒质的作品，都被排除，而易以积极的、前进的、含有营养的作品。其次是绘画、雕塑。革新的迹象最不显著的，要算是建筑与音乐。这显著与不显著的原因，在于艺术的重内容与重形式的差别上。凡是重内容（思想）的艺术，例如文学、演剧、绘画，革新的迹象一定很显著。反之，凡是重形式（形状或音响）的艺术，例如建筑与音乐，革新的迹象一定不很显著。（但请注意，我这里所谓"音乐"，是指没有歌词的纯粹的音乐,即"器乐",不是指附有歌词的"唱歌"。唱歌,原是音乐与文学的综合艺术,不是纯粹的音乐。)

因这原故,音乐艺术最富有超时代性。旧时代的音乐,入新时代后并不完全损失其价值。昔人的优良作曲,在现在仍保住其优良;前代的伟大作曲,在现在仍能保住其伟大。卢那卡尔斯基说:"解剖最消极的艺术品,可以获得最有益的结果。例如:倘此作品是一种社会现象时,则可以帮助我们的历史的认识。倘此种作品中含有各种积极的方面,则我们可在其技术中寻出贵重的要素。故前代的暴君所造成的巨大建筑物上,有可惊的均衡与伟大……"音乐与建筑全同,即使是暴君指挥之下的作品,但其作品的本身仍是音乐的,仍能永远保住其不朽性,而永远受世人的欣赏。同时,因为这种艺术全是感情的组织,有耳共赏,不需要用理智去辨识,故在一切艺术中,最为普遍的、大众的。悲哀的送葬进行曲,即使是文盲,听了也会感伤;雄壮的军队进行曲,即使是孩童,听了也会振作精神,手舞足蹈起来。所以音乐是天生的大众艺术。

我国古代有"曲高和寡"之说。这句话的意思就是:优良的音乐,因为很艰深,故能理解的人极少。从前伯牙弹琴,因为弹的曲子高深得极,所以世间只有钟子期一个人能够听得懂,后来钟子期死了,伯牙就终身不再弹琴。这可说是"曲高和寡"的一个极端的例。

今人常用这句古典语来安慰不得志的人,我认为这句话,不过是文学的夸大而已,在音乐上道理不通。听赏高深的音乐,自然需要修养,不是全不学习而立刻完全听懂的。但这学习较为自然，凡有感情的人都能学得，决不像大代数、立体几何、微积分那么费多大的天分和时间方能学会的。故我的意思，在音乐上应该说"曲高和众"。良好的音乐，具有客观的优良条件，一定是"有耳共赏"的。

读者也许要怀疑：像《毛毛雨》之类的淫荡、萎靡的乐曲，在过去的社会里，什么人都会唱的，可谓和者极众了。难道就是你所谓"曲高和众"的高曲么？我的解答是：不，这叫做"曲低和众"，是过去时代的人民为恶劣的环境所迫而感情不健全之故。过去的社会充满了骄奢淫佚之风。靡靡之音，到处皆是。妇女儿童们受了恶风的熏染，不知不觉地同流合污，是难怪的事。我们必须把曲的高低、难易，与和者众寡的关系分别清楚：须知高的曲不一定难，低的曲也不一定易；反之，难的曲不一定高，易的曲也不一定低。故"高低"与"难易"，不是成正比例的。又须知"和寡"不是为了"曲高"之故，乃为了"曲难"之故。"和众"不是为了"曲低"之故，乃为了"曲易"之故。故音乐上可有四种情形：第一，"曲高和寡"，其曲高而难，故和寡。第二，"曲低和寡"，其曲低也难，故亦和寡。第三，"曲低和众"，其曲低而易，故和众。第四，"曲高和众"，其曲高而易，故亦和众。《阳春白雪》[1]及伯牙所弹的曲（叫做

---

[1] 《文选》，"宋玉对楚王问"一文中说，楚国有一个人唱歌，起初唱的歌叫做《下里巴人》，是一种下等的乐曲，国中和了他唱的，有数千人。后来越唱越高深，唱到《阳春白雪》这个歌，国中能够和了他唱的，只有两三个人。——作者原注。

《高山流水》），大约是属于第一种的。《毛毛雨》等，是属于第三种的。第二种低而难的曲，例子很少。但第四种，高而易的曲，是很多的，是我们这时代所要求的。我们不贵《阳春白雪》及《高山流水》，我们排斥《毛毛雨》之类，我们要求兼有《阳春白雪》及《高山流水》的高，与《毛毛雨》之类的易的音乐。

以前有的艺术家，听见了"大众艺术"这名称，要喟然叹息。以为艺术一"大众化"，必定"易浅化"、"低级化"，是很可惜的事！这是受了"象牙塔艺术"的流毒之故。当艺术家做统治阶级的雇员的时代，他们专为极少数人的娱乐而制作，故竞尚艰深，卖弄技巧，夸耀玄秘。他们以为白话远不及文言的高尚，文言中用的古典越僻越高。他们以为"大众化"就是"退步"。独不知文学作品的优秀，决不在乎文言与古典，而在乎有利于大众的精神营养。文学如此，音乐更加如此。浅易不一定低劣，若能选择浅易而优良的音乐，则可收事半功倍之效。我从前当音乐教师的时候，曾经有过实地的经验：我在一个新创办的初级中学里教音乐。学生都没有学过五线谱，没有唱过世界名曲，其音乐的素养可以说完全没有，与现在我国社会里的一般大众相似。我最初教授唱歌的时候，选取 Massa's in the Cold, Cold Ground〔《马萨在冰冷的黄土中》〕这名曲当教材。我刚把那曲的旋律弹了一两遍，多数的学生都已跟上去唱，而且唱得很入调。曲终的时候，数十人的教室中肃静无声，人家埋头在乐谱中，好像大家入了昼梦一般。我看他们唱这曲中最脍炙人口的第一句的时候，各人的态度表示何等地热心而满足，何等地被这秀美的旋律所吸引而深深地落入音乐的陶醉中！我不禁在心中惊诧音乐的感染力的伟大不可思议。可知对优良的音乐，即使全未学过音乐的人，也能理解而感动。当时我的教材中最易获得学生们的理解与感动的歌曲，除上述一曲外，还有 Home，Sweet Home〔《可爱的家》〕，Old Folks at Home〔《故乡的亲人》〕，In the Gloaming〔《黄昏来临》〕，How can I Leave Thee〔《我怎能离开你？》〕，The Last Rose of Summer〔《夏天最后的一朵玫瑰》〕等[1]。这些名曲，教起来都不费力，唱过一两遍，大家都已上口，要他们忘记也不可能了。上别的课时，学生往往渴望早点下课；只有上音乐课时，大家嫌恶下课铃，听到下课铃响，好像好梦被鸡声惊醒，大家表示可惜。当过音乐教师的人，对于我这番经验谈一定都有同感。

平素不接近音乐的人，试听或唱上述的几首名曲，也容易增加其对于音乐的理解与爱好。因为这类的乐曲，性质极优秀，而构造极简单，正是前文所谓"高而易"的音乐之一种。这种乐曲虽然广大地流传在世间，早已成为国际的名曲，但其旋律，终是十足的西洋风的。倘能用东洋风、中国风的旋律来制作这类的音乐，一定更能脍炙中国的人口。

故"曲高和寡"，是过去时代的话；如果有这种"弥高"

---

[1] 这些歌曲，都载在 One Hundred and One Best Songs〔《101首最佳歌曲》〕中。——作者原注。

的曲,也是象牙塔里的艺术,已不适于现代人的欣赏了。我们否认这种艺术的存在,但希望有平易而优秀的乐曲的风行,使音乐的园地,门禁解放,大家都可以自由进去游玩。

主张"和众"为"曲高"的主要条件的,近代有一位著名的哲学家和一位著名的文豪。其人就是尼采与托尔斯泰。尼采的哲学与托尔斯泰的文学,在现代的总评价如何,不是现在所要讲的问题。但他们都是热烈地爱好音乐的人,能用极明察的眼光来批评当代的音乐。在这里,我必须把二人对音乐的意见介绍于读者。

尼采是《卡尔门》〔《卡门》〕(Carmen,十九世纪法国音乐家比才〔Bizet〕所作的歌剧)的崇拜者。歌剧《卡尔门》,评家称之为古来歌剧中最杰出的作品,曾经风行于全世界。其剧已见之于电影;剧中的拔萃曲又施之于各种乐器,口琴音乐中也有《卡尔门》的编曲了。这歌剧中的音乐,大都生气勃勃,各乐曲都有非常的美。其中西班牙风的乐曲,旋律明快动人。南欧风行的《卡尔门舞曲》,节奏最富变化。而最后一幕中的音乐,尤富有感人的效果。故法国著名的艺术批评家罗曼·罗兰说这歌剧是"对于光的热情"。正为了其生动、光明,而易于感人的原故。这剧受万众的理解与欢迎,而风行于全世界,现已成为最一般的最通俗化的音乐了。但在尼采赏识这音乐的时候,这歌剧还没有受大众的理解,尼采是最初发现其普遍的感人性而为之宣扬的人。

尼采说:"凡良好艺术必易解,凡神品必轻快。这是我的美学的第一原理。"(见其所著《华葛纳尔〔瓦格纳〕事件》,即

Der Fall Wagner 中)。他的崇拜《卡尔门》,正是为了《卡尔门》中的音乐易解而轻快,合于他的美学第一原理的原故。

他起初醉心于华葛纳尔的乐剧,每次开演都有他出席。一八七八年,他忽然对于乐剧失望,甚至与华葛纳尔绝交。这原因,半由于尼采音乐趣味的变更,半由于华葛纳尔的作品过分理想地复杂化的原故。尼采对乐剧失望之后,其音乐的心无处依归,感受极大的苦痛,他怀抱了满腔的焦躁而越过阿尔卑斯山,来到意大利的南方,意在探求新的憧憬。一八八一年深秋,他在这南国的晴空之下彷徨,偶然走进一所小剧场,那里正在开演比才的《卡尔门》。尼采向来没有听到过比才的姓名。但他一见《卡尔门》,便似着了魅一般,全部身心陶醉于这剧的音乐中了!欢喜之余,他当夜写信给他的友人,说:"我发见了新的幸福了,歌剧,比才的《卡尔门》!我确信这是现今最上的歌剧。"他连忙探访其作者。谁知这短命的作者,已于六年前辞世了!尼采第二次听《卡尔门》之后,又写信给朋友,说:"比才已经死了,诚为一大遗憾!我昨天又听赏他的杰作。这是美与热情的精灵,感人极深!我近来患病,听了比才的音乐之后,病就愈。我十分感谢它!"

每次《卡尔门》开演,他一定出席,成为定规。在他听后给朋友的信中,有这样的赞语:"这音乐更深地在内面感动我了。我常与它在最内面的最高处握手。"他对《卡尔门》的重要评语是这样:"华葛纳尔、修芒〔舒曼〕(Schumann)等都不过是德意志人,只有狭小的国家主义的感情和褊窄的爱国主义精神而已。比才就和他们迥然不同,是代表全欧的人。他把南欧北欧的特性熔化于一炉,最初创造从来未有的,广大的全新的美。"

对于尼采的《卡尔门》观,世间有种种的批评。有的说他仅以自己的浅近的趣味为根据。有的说他的背弃华葛纳尔而爱比才,是为了华葛纳尔的音乐太高深,为他所不解,而比才的音乐浅近,在他容易理解的原故。这种批评,亦有理由,如前所说,尼采自己曾经宣布他的美学第一原理:"凡良好艺术必易解,凡神品必轻快。"他显明是以"易解"与"轻快"为标准而评价音乐的。换言之,他是立在一般音乐爱好者的见地而评价音乐的。《卡尔门》在近代一切歌剧中,确是最易动人,最易理解的一种音乐。它的风行之广,便是证据。华葛纳尔的音乐、修芒的音乐,乃至韦伯(Weber)的音乐,技术也有胜于《卡尔门》的,但"客观性"都不及《卡尔门》之广。艺术价值评定时,客观性是重要条件之一。所谓"世界的不朽之作",便是其客观性在空间与时间两方面均极广大、故能被理解于一切人群与一切时代的艺术。

其次我要介绍托尔斯泰的音乐观。

托尔斯泰自幼年以至逝世,全生涯中对音乐有密切的关系。据评论者说,他的音乐才能是短拙的,他对音乐趣味并不高深,始终是音乐的爱好家(amateur)。但这是与他的音乐观——尊重大众能解的音乐——相关联的。

托尔斯泰幼年就热爱音乐。暂时不得听音乐的机会,便像饥渴一般。听到了他所爱听的音乐,非常感激而兴奋。有时咽喉梗塞,不能言语;有时涕泗滂沱,感慨悲怆。铭感之极,甚至全身无力，好像被人打坏了，被人用酒灌醉了的样子。醒后他常自问："音乐向我要求什么呢？"他的《青年与幼年》的原稿中，曾有关于音乐性状的话，大意是说："音乐对于人的理性与想象皆不起作用，只是使人陶醉。我听音乐时，不思考，不想象，但觉一种喜悦而不可思议的感情，我彷徨于无我的境地中。"据说，托尔斯泰也曾自己作曲，作的大都是华尔兹舞曲（waltz）。

托尔斯泰的音乐趣味，一向倾向于浅易方面。他喜欢甘美的旋律，而不欢喜复杂的和声及装饰音，他不欢喜管弦乐，而欢喜钢琴。凡是简单明快的音乐，以及通俗的音乐，都是他所爱好的。他所爱好的最高深的音乐，以晓邦〔肖邦〕（Chopin）的作品为止。他说比晓邦更艰深的音乐，都是艺术的堕落。又说裴德芬〔贝多芬〕（Beethoven）耳聋以后所作的一般认为至高深的音乐，也是艺术的堕落。他有时表示，晓邦的音乐还是太高深，太不通俗的，有一次，他的儿子对他说："晓邦的音乐非有修养不能理解。例如农民，对于晓邦的音乐便听不懂。"托尔斯泰对儿子的话大加赞赏。他说："我不幸而爱了晓邦的音乐，恐怕我的音乐趣味已经中了晓邦的毒了！"

托尔斯泰谓音乐的意义有二：一是理解人与神的关系，一是结合人与人的手段。前者可说是宗教的艺术，后者可说是社会的艺术。他的意思，后者尤为可贵，即以音乐为结合人与人的手段，最有意义，所以他最看重大众能解的音乐。他说："凡最伟大的音乐，最有价值的杰作，必广被民众所理解，广受民众的评判。"所以他自己常常弹奏的乐曲，是民谣、舞曲、

Gypsy〔吉普赛〕歌。

尼采的音乐观是"凡良好艺术必易解；凡神品必轻快"。托尔斯泰的音乐观是"凡最伟大最有价值的音乐，必广被民众所理解"。这两人的同样的主张，决不是偶然的。所以我确信"曲高和众"。

曲高和众，是音乐艺术的性状所使然的，故可说是必然之理。但并非说音乐不须学习，人人能解。音乐的高下是有耳共赏的；但音乐的技术，需要相当的工夫的学习。本书便是为了供应这种需要而编著的。

音乐的起源与成长[1]

音乐的起源,同艺术的起源一样,有种种说法。但重要者有两说:一说,音乐起源于人心中本有的"律动"(rhythm)。还有一说,音乐起源于人的生活所必须的"劳动"。两说各有充分的理由。然融汇贯通两说的要旨,音乐的起源论亦可思过半了。

主张音乐起源于律动的代表者,可说是十九世纪的德国的音乐者褒洛(Hans von Bülow)。他说《圣经》里的"太初有道"的"道",便是rhythm,即律动。律动是什么东西呢?就是中国古代所谓"一阴一阳"。周期的变化,便是律动。就近处说,吾人腕上的脉搏,一跳一跳的,时间距离均等,而且有一起一伏,一强一弱的周流不息的,便是律动。人的走步,左右两足交互前进,快慢均等,而且一脚略重,一脚略轻,交互轮流的,也是律动。在实际上,左右脚的着地,也许一样轻重,并没有强弱之差,但在人的心理上,每每欢喜在连续而均等的动作及声音中,感觉出一强一弱来。好比壁上的自鸣钟"的格,的格,的格……"继续不断地响着。"的"字与"格"字,

---

[1] 本篇是《音乐知识十八讲》的第二讲。

即使实际上一样轻重,但坐在室中静听的人,一定要听出强弱来。例如"的"字重,"格"字轻。又,每个"的格"在实际上一定是一样轻重的;但坐在室中静听的人,欢喜听出轻重变化来,例"的格(重),的格(轻),的格(重),的格(轻)……"随便哪个人,空闲无聊的时候,偶然伸出两个指头在桌子上敲打"答答答答……"一定第一响重,第二响轻,第三响重,第四响轻……交互地响着。因为这匀等而变化,使人感觉快适。还有最切身的一事:呼吸,是人人一刻不停的动作。一呼一吸,一定相距匀等,而且一强一弱。这在平时不易注意到;但在睡熟的时候,打眠酣的声音就很显明地表示了律动。

推而广之,天地间森罗万象,无不受律动的支配。小至草木的生长,虫豸的运动,大至昼夜的交替,春秋的代序,星辰的移行,都合乎律动的规则。故曰"太初有道","一阴一阳之谓道"。律动之道,支配了天地宇宙的森罗万象。

人体内生来具有律动。不过在草昧之世,这律动潜伏在原始人的心中,不被觉察。到了人智渐开,它就装作种种形相而出现,而横在人间一切建设、一切文艺的根柢中。其在音乐上的出现,便是"拍子"。拍子正是横在音乐的根柢中的律动的具体的表现,故音乐的最初,只有拍子而没有歌唱。猿类不能唱歌,但能合着拍子而跳舞,便是其证明。歌唱,是狩猎时代以后才发生的。

我们人类最初的祖先,不知耕田,不知畜牧,所食的只是野生的果实之类。这是靠天生活的时代,即初民时代。初民时代没有艺术,没有音乐。虽有律动横在他们的心底里,而没有机缘给他们表现。后来生存竞争次第开幕，人类为了要生存，就不得不和山野的动物相斗争，于是在人的生活上发生了"狩猎"的一件事。试想象当时的人类的生活：他们行山野中，屠杀野兽，归来剥食它们的血肉，相与欢呼吟啸。他们要威吓野兽，就努力造出异样的呼声来。他们步行时的足音，弓弦的鸣声，野兽的叫声，都在山林中发出奇妙的反响。这时候他们方始感觉对于音的快感。凡艺术的发生，必然伴着一种快感。这快感便是产生音乐艺术的初缘。只因狩猎这一件事对于他们的生活有密切的关系，所以在这些原始人的脑际，留下了难忘的印象。狩猎完毕之后，他们要畅行他们的欢庆，就自然地扬起声音来呼号，或者拿起弓来弹它的弦线。后来，这狩猎渐渐变成有组织的、团体的；这狩猎以后的欢庆也渐渐带着宗教的仪式的意义。这呼号，这弓弦声，就是音乐艺术的前身，人类最古的乐器，是弓形的木头上张着许多弦线的一个东西，名叫"哈泼"〔"竖琴"〕（"harp"）。这哈泼显然是由狩猎用的弓变形而成的。

内面的律动与外面的劳动（狩猎）相乘，生出原始的音乐来。律动是音乐的"因"，狩猎是音乐的"缘"。因缘凑合而生音乐。

和音乐同时产生的一种艺术，是舞蹈。音乐与舞蹈，是"律动"的母胎中同时生出来的一对双生儿。这是自然的结果。当原始人入山狩猎，获得了丰富的禽兽而归来的时候，他们要表出心中的喜悦和满足，仅呼号或弹弓弦，不能畅快；必然手舞足蹈，一边呼号，一边动作。这动作一定和呼号声相合拍。

即声音的高低、强弱、快慢和动作的起伏、进退、迟速,一定互相一致。这才足以畅快地表出心中的欢乐。换言之,音乐是无形的,舞蹈是有形的。舞蹈是把无形的音乐有形化。音乐是抽象的,舞蹈是具体的。舞蹈是把抽象的音乐具体化。把一切事物"具体化","概念化",是人类的一大要求,一大倾向。音乐,在性质上有不能单独具体化、概念化的难点。故必须和具有具体的表现力的舞蹈艺术相结合,蒙了这具体表现的衣,然后可以向上发展。在古代,音乐与舞蹈常常保住密切的关系,决不单独进行,就是为了人类有这个要求的原故。后来人类文明进步,人的情感十分发达,人能在抽象中想象具体,能在无形中想象有形,于是音乐方始和舞蹈分手,而独自发展。但舞蹈,因为表现的工具(身体)太简单的原故,所以仍旧常常需要音乐的提携。故音乐可以独立演奏,而舞蹈大多伴着音乐。

人类历史上,音乐与舞蹈的出现,比起一切造形美术、言语等来,要早到好几世纪。不过后来文学与美术不断地、急速地发达。故文学在希腊时代已有许多名作(例如荷马〔Homeros〕的史诗),音乐则发生之后,迟迟不进,直到十六世纪的巴来斯德利那〔帕莱斯特里那〕(Palestrina,1514〔一说约1525〕—1594),始略具艺术的形式,这情形使人初见时有不可思议之感。其实有当然之理;因为音乐是全无具体的要素的抽象的艺术,难于把握,难于认识;因为他的发达,迟早缓急,全无定规。音乐与文学的发达,好比龟兔赛跑。文学像龟,可以不断地继续爬行;音乐像兔,有时要在中途睡觉。但等到一觉睡醒,又能急起直追,赶到龟的前头。近世音乐极度发达，超乎一切艺术之上，便是其实证。

人类感情的最直接的发表，是音乐与舞蹈。文学全靠言语传达思想感情，言语是理智的符号，而且各地各时不同。所以文学的表现感情，不是直接的，是间接的。绘画全靠自然物的形状色彩传达思想感情，自然物是说明思想感情的一种手段。所以绘画的表现感情，也是间接的，不是直接的。唯有音乐与舞蹈，能毫不假借理智的说明的工具而直接地发表人的感情。故音乐与舞蹈在人类历史上发生最早，是当然的事。试看初生的婴儿，未能言语的时候，已能用啼哭和手足的姿势来表示他的喜悦和苦闷的感情。至于描画，要直到智力发达后的儿童时代，方才能够。这状态，可说是音乐、舞蹈、文学、绘画在人类历史上发生顺序的缩图。

人类先把音乐和舞蹈结合。后来又把音乐和"诗"结合。于是音乐上就生出一种含有具体的概念的意义的艺术来，这就是"歌"。希腊古昔的农业时代，春秋祝祭有"颂歌"，战争有"军歌"，送葬有"挽歌"，结婚有"庆歌"。一切仪式的诗歌，扶持了音乐而向前进步。仪式的歌以外，还有当时的文艺作品，也合了当时的乐器"理拉"〔里拉，古希腊的一种拨弦乐器，琴身作 U 形〕（意名 lira，英名 lyre）而被歌唱。例如纪元前九世纪的盲诗人荷马的名作史诗，便是由他自己弹着理拉而自己歌唱的。当时的歌唱，自然没有像今日复杂的旋律，不过是一种朗吟风的歌（犹如近来流行的越剧）罢了。还有希腊古代的悲剧，也是与音乐相结合的。希腊古代的悲剧，与现代的歌剧（opera）或中国的京剧相似，剧中的主要人物的对话，都用韵文，合以旋律的、抒情的音乐。例如有名的索福克雷史〔索福克勒斯〕（Sophocles，前496—前406），尤理比第史〔欧里庇得斯〕（Euripides，前480—前406）等，不但作剧本又自作乐曲。他们所作的剧本，在今日文学上被尊为杰作；唯乐谱失传，无从探知当时的音乐的价值，但根据历史的记载，可想象当时的音乐，已比荷马时代进步得多了。

音乐得着文学演剧的扶持，在理论方面亦渐次进步。希腊古代的音阶，创始于纪元前一二〇〇年左右的德洛亚〔特洛伊〕（Troy）战争时代。这最古的音阶如何构成，今日不得而知。唯根据历史记载，纪元前八〇〇年的荷马时代，用的是"四段音阶〔四音音列〕"（tetrachord）。当时的乐器四弦琴理拉便是根据了四段音阶而制造的。到了纪元前八世纪，文学上的抒情诗的祖先推尔邦独洛史（Telpandoros）始改四段音阶为七段音阶。纪元前六〇〇年左右，哲学者彼泰各拉史〔毕达哥拉斯〕（Pythagoras）创造八弦理拉。音乐的基础到这时方始确立。

音乐借舞蹈、文学、演剧等姊妹艺术的扶持而成长。但从一方面看来，音乐已因此而失却独立的资格，而变成仪式的一部分，或舞蹈、文学、演剧的附属物。即音乐长期依赖了别种艺术而进步，到后来变成了一个自己不能走步的残废者。加之纪元以后，又逢到"宗教"这暴君，尽行剥夺了这活泼的纯洁的音乐的自由。故本来是我们人类思想感情自由表现的艺术，在中世纪竟变成了宗教仪式的一部分，或只当作附庸的装饰物。这是音乐的桎梏时代，数世纪间，进步全无。在古希腊时代，音乐与宗教的关系原也十分密切，例如前述的婚丧祝祭的歌，都是宗教的音乐。但那时候，音乐与宗教的结合关系不同：音乐即是宗教的全部，故音乐并不失却其独立的资格。因为当时的宗教，性状与纪元后的宗教性状不同。希腊人所谓宗教，其实就是社会，其所谓神，其实就是民心的象征化。故希腊宗教的应用音乐，并不伤害音乐的独立性，仍是人类思想感情的自由表现。至于纪元后乃至中世纪的宗教音乐，音乐完全是宗教的奴隶，不复成为一种独立的艺术了。这又与当时的政治经济有密切的关系。当时教王擅权，支配者借"宗教"为名而实行他们的侵占剥削，宗教又利用音乐为手段笼络人心。宗教作为政治的奴隶，音乐又作宗教的奴隶！在这两重压迫之下，音乐艺术当然没有发展的希望了。

音乐的被压迫，直到中世纪末而解放。当时意大利宗教音乐作家巴来斯德利那出而为音乐解除桎梏，音乐开始恢复其艺术的独立性。后来又经德国的大音乐家罢哈〔巴赫〕（Sebastian Bach，1685—1750）给它改善形式，扩充内容，音乐始完全独立而大著进步，故后世音乐界，赞颂罢哈为"音乐之父"，"音乐的救世主"。这在后面详说。

乐曲的内容[1]

内容,就是意义。例如一幅画,其内容是描写风景或描写人物,一篇小说,内容是描写劳动或描写战斗。它们是用形象或言语来表现的,所以内容意义都能具体表出。但是音乐,是用抽象的音来表现的,不能具体地表出内容的意义,只能引起某种感情,暗示某种事象。这便是音乐的内容。

凡乐曲,由音引起某种感情,而全不含有某种客观事象的描写的,名为"绝对音乐"("absolute music")或"纯音乐"("pure music")。凡乐曲,用音暗示或描写某种事象的,称为"内容音乐"("content music")。内容音乐中低级的叫做"模写音乐"("descriptive music"),高级的叫做"标题音乐"("programme music")。今分别说明于下。

一 绝对音乐

绘画没有绝对绘画,文学没有绝对文学,唯音乐独有"绝对音乐"。这是艺术本质不同的原故。音乐的本质是抽象的几个

---

[1] 本篇是《音乐知识十八讲》的第十二讲。

音,根本不能描写事象。故"绝对音乐"正是正格的音乐,所以又名为"纯音乐"。而下述的"内容音乐",其实是一种变格的音乐。

音乐能用全然没有意义的几个音给人一种感情。例如一群音的强弱长短的规则的进行,使人发生节奏的感情。某一定关系的组合,使人发生和声的感情。上两者结合起来,使人发生旋律的感情。这音群庞大起来,复杂起来,给人的感情也精详起来。这便成为绝对音乐。因为音乐,本质上是一种最优秀的最直接的感情表现。故虽不用客观事象描写,却能把一个人的感情直接地传达给他人。比方笑和哭。虽然只有音调而没有言语,但欢乐和悲哀的感情,能直接地、精详地传达给别人。反之,倘不用笑和哭而用言语表示其人的欢乐和悲哀的感情,一定不能表示得像哭笑这么详尽。由此比喻,可以想见绝对音乐的感情表现的效能。故绝对音乐是音乐的本身。在音乐中描写客观事象,历史地考察起来,原是后起的事。优秀的绝对音乐的内容,是人心中的高远的理想,真、善、美。

绝对音乐盛行于裴德芬〔贝多芬〕以前。当时盛行的"室乐"〔"室内乐"〕(见十一讲"乐曲的形式")所奏的音乐,便是绝对音乐。故绝对音乐的最美的模范,可在室乐中找到。室乐创始于十八世纪,当初原是为了统治阶级的王公贵族在邸宅中取乐而作的。封建时代的欧洲,到处都盛行室乐。英名 chamber music,意名 musica da camera,法名 musique de chambre,德名 Kammermusik,希腊名 kauápa(此字即 arch,即有圆天井的房室),都是王公贵族的私室中娱乐的音乐。室乐的作者和奏者，大都是宫廷音乐家，就仿佛是王公贵族的家臣。例如海顿曾为某公爵的家臣，每晚司奏晚餐音乐，这虽然是音乐及音乐家的一种耻辱，然而绝对音乐的技术，因此而精益求精了。后来，到了裴德芬手里，室乐开始脱离了王公贵族的桎梏而独立。裴德芬是音乐家中最初的民主主义者。他给室乐解除一切束缚，他曾埋头于室乐的革新的研究。他的宝贵的乐想，尽量发表在室乐中。他的四部合奏乐〔四重奏〕（quartet），是最精妙的名作。今日研究室乐及绝对音乐的人，以此曲为标准的对象。

二　模写音乐

企图用音乐描写事象，就发生"内容音乐"。内容音乐中最原始的最低级的，是"模写音乐"（"descriptive music"）。其最进步的是"标题音乐"（"programme music"），现在先说模写音乐。

模仿自然音，在中古早有此法。十六世纪中，耐硕兰〔尼德兰〕（Netherland，即今比利时及法兰西北部）地方的音乐者姜耐康（Jannequin）、拱陪尔（Gombert）等，曾作模仿自然音的乐曲。例如拱陪尔所作《鸟之歌》（*Bird Cantata*），是用音模仿鸟鸣声的。还有《巴黎之街》（*Cris de Paris*），是模写巴黎市街上的声音的。《战争》（*La Bataille*），是模写战争中的声音的。自此以后，这种低级趣味的音乐日渐流行。Victor蓄音片〔"胜利"唱片〕中有一张蓄音片，可作模仿音乐的实例。说明如下：

1.《自鸣钟店》（*In a Clock store*），渥司（Orth）作。——此曲最初是学徒开门的声音，店中的自鸣钟钟摆摆动的声音。后来，大小自鸣钟各鸣三下。学徒一面工作，一面吹口笛的声音。一个自鸣钟忽然停止了，破损了。开八音钟的声音。八音钟奏出一曲民谣。大小自鸣钟参差地打四下，曲终。

2.《黑林中的狩猎》（*Hunt in the Black Forest*），费尔侃尔（Voelker）作——天亮、鸟鸣、鸡啼。猎人鸣喇叭集合伙伴。教会的晨钟。猎人集合，一同出发。马疾驰。呼停止的喇叭。途中的打铁铺的工作声。休息再出发，马声，猎犬发见野兽而吠，枪声，停止喇叭，大欢庆。曲终。

自然音模仿的起源和流行，有两个原因：第一，由于声乐。古代乐器尚未发达，音乐主用人声。人声便于模仿鸟声兽声等自然音。第二，由于木管乐器。像中国的横笛，西洋的富柳忒〔长笛〕音色清脆，适于模仿自然界音响。然而这办法，近于游戏，缺乏音乐的价值。因为音乐的任务是发表人的感情。不是冒充自然音。故模仿音乐只是一种玩意。

模仿音乐多短小的乐曲，亦有长大的篇幅。所写的自然音，最多的是鸟声、虫声。范围扩充起来，所有的声音都被模写。美洲的俗曲中，把汽车和飞机的声音也取入曲中。美洲的低级趣味的民众，都爱听这种模写音乐。中国古来有一种把戏，叫做"口技"，俗称"隔壁戏"，一个人蒙在帐里，靠一张嘴巴和一支木棍，能做出"火灾"、"捉贼"、"王大娘补缸"等种种声音，非常逼真。模仿音乐类似于这种把戏。

三　标题音乐

不许死板地模仿自然音，而用巧妙的方法描写自然界事象，例如把自然音音乐化、象征化，而作诗的描写、剧的描写、心理的描写，便成为高等的内容音乐"标题音乐"（"programme music"）。

标题音乐，如字义所示，就是在乐曲中标明题目，而用巧妙的方法描写题目所示的事象的一种音乐。"标题乐派"是近代音乐的主潮。在这乐派之下，产生种种新作风，如"交响诗"（"symphony poem"）、"音诗"（"tone poem"）、"音画"（"tone picture"）、"乐剧"（"music drama"）等是。自十九世纪末至今，这作风风靡了全世界的乐坛。

今举一标题音乐为例，便是俄国大音乐家却伊可夫斯基〔柴科夫斯基〕的杰作《序曲一八一二年》〔《一八一二序曲》〕（*Overture 1812*）说明一下：

一八一二年，就是拿破仑攻俄京莫斯科，遭逢大火大雪，又被剽悍的哥萨克军队袭击，这侵略军惨遭败北的那一年。这序曲就用音乐描写这事件。曲的开始，表示俄国国民对于拿破仑来袭的恐怖和苦恼，奏出俄国国教的赞美歌。其次为军队的长驱来到，可怕的战争。起初，法国国歌《马赛优》〔《马赛曲》〕（*La Marseillaise*）歌声高昂。后来渐渐地消沉下去，表示法军的败北，而俄罗斯国歌渐渐地昂奋起来。于是莫斯科的寺钟响出，在响亮的俄罗斯国歌中，胜利进行曲堂皇地奏出。曲终。

再举一例，是裴德芬的《田园交响曲》(*Pastoral Symphony*)。又称为《第六交响乐》，亦称为《牧羊交响乐》。在这交响乐中，我们可以发见几幅图画：

a）田园生活的愉乐。

b）小河旁的优美的风景。

c）田家的飨宴。

d）雷雨。

e）雷雨之后牧人感谢神明。

即第一乐章 Allegro 是描写田园的愉快印象的。第二乐章 Andante 是写小河畔的景色的（其中有鸟声出现）。其次的 Allegro 所描写的是村人的飨宴，歌舞狂欢。雷雨大作，忽然天晴，遥闻牧歌声及村人的感谢和欢笑。曲终。

上面两例，是标题音乐的代表作。标题音乐的发达，始于裴德芬，经过陪辽士〔柏辽兹〕及李斯德〔李斯特〕的润饰，而集大成于华葛纳尔〔瓦格纳〕。其发达经过略述如下：

裴德芬时代，器乐渐趋发达。因之音乐的音域扩大了，音色复杂了，音乐的表现力丰富了。音乐家便利用这丰富的表现力，努力表现他们的诗想。这是现代标题乐派的起因。裴德芬的不朽之作，有九大交响乐，其中三个有标题：第三的标题《英雄交响乐》(*Symphonie Eroica*)，第五的标题《命运交响乐》(*Symphonie Schicksal*)，第六的标题《田园交响乐》即如上述。这三个交响乐，不但表出对于英雄、命运和田园的抽象观念，又具体地描出英雄的力和悲哀，命运与人的葛藤，牧童的快乐。裴德芬实在是标题音乐的祖先。

裴德芬把音乐从"绝对乐派"的象牙之塔中扶了出来之后，就有许多标题乐家接踵而起，其中两个健将，是法国的陪辽士和匈牙利的李斯德。他们认为音乐应该描写人事。陪辽士《在意大利的哈洛尔特》〔哈罗尔德在意大利〕（*Harold en Italie*）、《幻想交响乐》（*Symphonie Fantastique*），以及李斯德的十二篇交响诗（Symphonische Dichtung），都是标题音乐的标准作品。到了华葛纳尔，创造"乐剧"（"music drama"），就达到了音乐描写的最高点。歌剧曲能脱离了歌词，而自己独立。即音乐能全不靠他物（歌词）的帮助而用自己的喉舌来表达意见。这可说是音乐的文学化。

四　音乐鉴赏

听过音乐之后，不能不作鉴赏的评语。这评语，除了对于乐曲的形式方面的（例如速度、节奏、演奏技巧等）批评以外，自然必有对音乐的内容的鉴赏的批评。这件事，就是用言语来说明音乐。然言语与音乐，本质上是两种东西；音乐所告诉人的话，决不能完全用言语翻译。因为音乐在人类的发想形式中，最为精详，远胜于言语，故用言语来翻译音乐，只能翻出极小限度内的一部分，例如前述的《田园交响乐》，虽然可如前地说明其内容，这是田园，这是小河，这是雷雨……但只限于这几句话，其他的精详的描写，我们只能用耳朵感受，而无法译述。故标题音乐，虽说是音乐的文学化，但被化的是表面，真正的内容，超乎言语之外，是不能文学化的。故我们对于标题音乐的鉴赏，切不可过分拘泥，切不可牵强附会。由此看来，绝对音乐毕竟是音乐的本领；标题音乐是音乐的变格的发展。

人类的发表感想，有三种形式，最原始的是"姿势"（"gesture"，即手势等），其次为"言语"，又次为"音乐"。这三种形式是依次发达的。姿势在原始时代曾占有发想形式的最高的位置。像古代的"默剧"〔"哑剧"〕（"pantomime"），便是全用姿势表现感想的戏剧，后来经过言语，发展为音乐。音乐的诞生其实比言语为早。但因迟滞不进，故让位于言语；直到后来，开始成立为艺术而发表感想。音乐的发达虽然比言语为迟，但其形式比言语更为精美。像斯宾塞（Herbert Spencer）所论："音乐是人类刹那间所经验的感动的最敏锐，最完全的表出的言语。"故我们在普通时候，用言语表达我们的感想；但到了思想感情特别昂奋的时候，言语就不够用，而要用叹声和叫声。这叹声和叫声，便是音乐的。用了这叹声和叫声，便可更详细地发表思想感情。听者也可更详细地理解这人的思想感情。于此可见音乐的表现力的精详，决非言语所能企及。故用语言来说明音乐，往往流于浮泛、暧昧或狂文学风（rhapsodic）；至少是不切实。

音乐批评者，往往用许多种类的言语来解释同一的音乐。但没有一语能完全地表出音乐的内容意义。又往往有用同样的言语适用于不同的音乐上的人，更为荒谬。音乐决不是模糊的，决不是可以"见仁见智"的。音乐对于一切人，都告诉他同样的意义，不过这话是不能完全用言语译述的。

所以我们鉴赏音乐，只能主用感情去承受，决不能企图全用理智而译述为言语。世间的 rhapsodic 的音乐批评者，往往玩弄文词，作夸张的，浮泛的音乐解释。这是不正当的音乐鉴赏。孟代尔仲〔门德尔松〕曾经有这样的一段故事：孟代尔仲的作曲中，《无言歌》(Song without Words) 甚多。有一位诗人，鉴赏了这些无言歌之后，在每首上加用标题，或是爱情，或是宗教，或是狩猎。他把这些标题送给孟代尔仲，问他是否捕捉到了他作曲的本意。这诗人自作聪明，满望作曲者的赞许。岂知作曲者对他的回答如下：

先生在我的作曲上冠用"相思""忧愁""神的赞美""愉快的狩猎"等标题。但我作曲时，并未想起这种事象。我的《无言歌》中所描写的是什么，我自己也不能明白说出。我恐怕，先生所认为"相思"的，在别人也许认为"忧愁"。先生所认为"神的赞美"的，在别人也许认为"愉快的狩猎"，亦未可知。其实，音乐并不是像先生所见那样含糊而暧昧的。音乐的发想，恰和先生所见相反，是十分确切，而为言语所不能表示的。所以先生这种音乐鉴赏法，我认为是不合理的。

孟代尔仲自己也不能说出曲中描写的是什么事情。正因为"音乐的语言"，不能用肤浅的普通语言来翻译的原故。

据美国音乐批评家克莱比尔（Henry Edward Krehbiel）的报告：英国有一位音乐批评者，听了德国怀娥铃〔小提琴〕演奏家爱伦史德（Ernst）的演奏，作如下的描写：

这是明星灿烂的良夜。月将沉，眼前现出克洛罢冈山的黑的连续。青白的天空下面有黑斑点似的群兔，它们蹲着，仿佛想听花的语言……

这是海边。冷雾笼罩着。空虚的嗫声好似幽灵的啜泣，在海边传走……

这是南国的夏天，一个僻静的山谷地方。停在岩石上的淡黑色的蝴蝶，忽然变成鲜红色而飞起。雪亮的蜥蜴胆怯似地移行。又听到蟋蟀的歌声……

像这样的描写，完全是牵强附会的夸张。无论怎样卖弄文辞的美巧，在怀娥铃音乐鉴赏上毫无补益。

艺术的创作与鉴赏，自然是伴着感情的。例如我们对于一座雕刻，精细地品评它的体积、线条及形状的美，在言语中自然地流露出对于这雕刻的感情的批评来。音乐批评，倘只关心于音乐的技巧方面（例如节奏、速度、拍子、音程、演奏技巧等），而不顾到音乐的感情，就变成只见音乐的躯壳而忽略其灵魂。但像上述的狂文学的批评，又是音乐鉴赏上所忌用的。用语言描写音乐，有一个适当的限度。超过这限度，便流于狂文学风。修芒〔舒曼〕曾经说："音乐对于听者，给予同一的印象。"这是音乐鉴赏与批评的至理名言。对于同一音乐而你觉得是描写山，我觉得是描写水；你觉得是描写云，我觉得是描写月，都是主观过强，牵强附会的说法，美国音乐批评家约翰·勃郎（John Brown）论音乐批评，至为中肯，其对于裴德芬的作品第十的 D 调朔拿大〔奏鸣曲〕的评语，摘录如下。

　　裴德芬此曲，以暗中的苦闷的摸索开始。从支离灭裂的浑沌中，现出不可思议的秩序来。执拗、焦灼，且屡为黑暗的忧愁所郁闭。此后就发出好似在天空中躔步的 largo e mesto〔缓慢而忧伤〕的静而悲哀的主旋〔主旋律〕来。这主旋律伴着无限的人生的悲哀。但这是被超越欢喜的一种某物所征服的悲哀。这海洋似的广大、力强的光辉与平和、静寂、不知的忧愁，是伟大而深远的作品所特有的情调。

用言语批评音乐，本来不可过分具象化。上例可说是音乐鉴赏的标准。

古代及中世的音乐[1]

一 古代的音乐

西洋音乐可考据者,从四千年前的埃及开始。其他亚西里亚〔亚述〕、犹太、希腊、罗马,在纪元前均有非常发达的音乐,只是古代乐谱记录法不讲究,历史的记载又多失传,故我们所能知道的,只是一个轮廓而已。

从古代遗存的雕刻、绘画及记录中,可以窥知埃及的音乐,在纪元前二千年[2]的拉拇赛斯二世〔拉美西斯二世〕(Ramses Ⅱ)时代,早已隆盛。当时的人,昼则劳作,暮则以音乐为慰乐。故音乐全然是娱乐品,或飨宴的附饰物。王朝时代,贵族人家常畜养许多童男童女,令专习音乐,以助贵人的享乐。

埃及当时的乐器,可考者有下列数种:一种哈泼〔竖琴〕(harp)类的,名曰"蒲尼"("buni"),是在弓形的木条上张弦线而用手指弹奏。大者高六尺以上,立在地上,奏者亦站

---

[1] 本篇是《音乐知识十八讲》的第十三讲。
[2] 应为公元前一千二百余年。

在地上弹奏。小者高三尺，奏者可以坐着或跪着而弹奏。这乐器所以异于后来的哈泼者，是弦线张得不紧，发音迟钝而宏大。这是古代埃及最流行的乐器。

此外又有类似中国的三弦的乐器，名为"娜弗尔"（"nofre"）或"耐弗尔"（"nefre"）。有二弦或四弦，用叉爪弹奏。又有笛类的乐器，形似现代的喔薄〔双簧管〕（oboe），管的一端有簧管，管身开许多洞，以指按洞而吹出各音，有单管双管之别。单管的名为"赛皮"（"sêbi"），双管的名为"马拇"（"mam"，即复笛，两笛的一端相结合而放入口中吹奏）。sêbi一词，即拉丁语tibia，是"脚骨"之意。想见古代管乐器用兽类的脚骨制成。但今日所遗留的，都是木制的管。此外又有喇叭和鼓。其中有名"西斯德拉拇"〔"叉铃"〕（"sistrum"）的，甚为特别。用铜制的棒，弯成马蹄形，其中加以三四根横条，横条上装着金属的小环。将乐器振动，发音略似珰蒲铃〔铃鼓〕（tambourine）。这乐器大都由女人司奏，用于宗教仪式上。

从埃及古代的壁画上，可以看到上述各种乐器的图式。但其奏法已不可考。只是由此想象埃及的盛况而已。

埃及之次，音乐发达于亚西里亚。亚西里亚是以雕刻著名的古国。当时的浮雕，到今日还有许多保存着。这地方的音乐，不及雕刻的发达，又比不上埃及。但有一个特征，是乐趣雄壮。古代亚西里亚的乐器，可考的有下列数种：一种形似哈泼，比埃及的蒲尼短小，由奏者抱持乐器，一边跳舞，一边演奏。又有一种三角形的小琴，名曰"德利各农"（"trigonon"），平放在腰际，用右手持细长棒弹奏，用左手押弦。又有形似理拉〔里拉，古希腊的一种乐器。琴身作 U 形〕（lyra）的弦乐器及鼓、钟等，都是小形的。

从这种乐器的形式上推测，亚西里亚的音乐是雄壮活泼的。因为乐器短小，可带在身上，且走且奏，同军乐队一样。乐器的形状小巧，又可推知亚西里亚人是欢喜高音的。在这地方的古画中，常可看见用手捆[1]住了咽喉而唱歌的小孩和女人。这大约亦是为了要发高音的原故。

犹太的音乐，可在旧约圣书中窥见其盛况。据记载，纪元前约千年，大卫王（David）及所罗门王（Solomon）盛时，犹太有三十六种乐器。琴类皆弹奏乐器。其中知名的是"耐陪尔"（"nebel"）及"阿索尔"（"asor"）。形状皆类似琵琶。又有理拉类的乐器，或作 U 字形，或作 V 字形，其名曰"基萨尔"（"Kissar"）。笛也有单管复管两种，与埃及同。其中最富特色的是"风笛"（"bagpipe"），即附有一个风袋的笛；绘画中常常描写，形状奇特，好像背了一个包裹而吹笛，又有"马格来发"（"magrepha"），类似后来的风琴。即在风袋上开十个孔，每孔袋一笛管，每笛身又开十孔，故共有百种的音。

犹太是宗教的国家，音乐也是宗教的，因此犹太的声乐特别优越。独唱以外，也有合唱。当时有许多音乐研究者，名垂青史。如阿沙夫（Asaph）、大卫（David）、所罗门（Solomon）、海芒（Hemon）等，都是犹太音乐史上的伟人。

---

[1] 疑为"抲"，抲为浙江方言，意即抓。

唯乐谱不存，故当时的音乐的内容，后人无由知道。

希腊的音乐是受埃及影响的。希腊有名的学者彼泰各拉史〔毕达哥拉斯〕（Pythagoras）曾经到埃及去研究音乐。彼泰各拉史的律吕研究便是从埃及受得助力的。希腊的乐器，今日欧洲的博物馆中保存的甚多。当时的哈泼有十三根弦线。理拉的形式变化甚多。此外还有种种弦乐器。其中有名的是"一弦琴"（"monochord"）。乐器上只用一根弦线，变更弦线的长短，而发高低不同的各音。当时教授声乐及研究乐律，都应用这一弦琴。笛类亦很多，作种种弯曲的形状，亦有横笛。笛的总称为"阿乌罗史"（"aulos"）。其单管者称为"莫拿乌罗史"（"monaulos"），双管者称为"提阿乌罗史"（"diaulos"）。此外还有行军用的喇叭：名曰"沙尔宾克史"（"salpinx"），又有曲管喇叭，名曰"侃拉史"（"keras"）。鼓类有"丁帕农"（"tympanon"），是平而小的鼓。亦有铙钹，名曰"基母排拉"（"kymbala"）。打乐器〔打击乐器〕亦有种种。

希腊人非常注重音乐。全国男女老幼，以音乐为每日的必修课。不懂音乐，被认为一种耻辱。故全国音乐教育十分发达。音乐技术与理论，都很进步，远在前述诸国之上。彼泰各拉史的乐律研究，永为世间音乐理论的模范。

罗马的音乐，乃从意大利的南方传来。罗马有特殊的乐器，名曰"可尔纽"（"cornu"），是弯成圆形的喇叭，奏时负在肩膀上，大致像今日的法兰西杭〔圆号〕，不过构造简单，还有一种特殊的乐器，是利用水力的风琴。这乐器盛行于全国。罗马是好战的民族，不像希腊人的爱好文艺。故其音乐的情调与希腊全异，富有雄壮的气象，纪元后耶稣教入罗马，罗马音乐急速进步，终于成为现今欧洲音乐的基础。

二 中世的音乐

中世纪是宗教极盛的时代，故音乐亦大部分为宗教音乐。当时也有俗乐，但被人所轻视，难得发展。唯宗教音乐则独步于乐坛。今先说中世的宗教音乐。

中世纪盛行于欧洲的宗教，是起于犹太经过希腊、罗马而普及全欧的旧教。故宗教音乐亦发源于犹太。如圣书中所记，最后的晚餐时，基督与十二门徒唱古犹太的赞美歌。这等赞美歌便是中世宗教音乐的初期制作。纪元后，耐硕兰〔尼德兰〕地方发明对位法，是为宗教音乐全盛期。文艺复兴期宗教音乐再兴于意大利，是为乐风变迁期。故中世宗教音乐，可分为三期，即罗马派圣咏时代；耐硕兰派对位法时代；意大利派文艺复兴时代。

1. 罗马派圣咏时代——一世纪中，罗马君士坦丁（Constantinus）大帝定基督教为国教。宗教音乐就有统一的组织而大著进步。君士坦丁执政后六七十年，有名的音乐大家昂勃洛肖史（Ambrosius，333—398）出世。他创造"四旋法"音阶[1]，定为唱歌的规则，又制作许多"圣咏"（"chant"），就称为"昂勃洛肖史圣咏"。唱法颇艰深。各地设立唱歌学校，严格

---

[1] 指四种教会调式音阶。

训练。声乐急速地进步。

　　此后二百年，有名的罗马法王〔教皇〕格来各理〔格里高利〕一世（Gregory I）即位，此君对于宗教音乐致力研究，改"四旋法"为"八旋法"而作圣咏，即称为"格来各理圣咏"。此时宗教音乐大起变革，唱歌不用拍子，各音符没有一定的长短，由唱歌者自由演唱。自此以后，"格来各理圣咏"风行于全欧各国，各地皆设立圣咏学校。就中最兴盛的地方，是耐硕兰。故中世宗教音乐的全盛期，是耐硕兰派对位法时代。

　　2. 耐硕兰派对位法时代——对位法，是耐硕兰的僧侣赫克白尔特〔于克巴尔德〕（Hucbald，840—932）所发明的。最初他发明一种复音唱歌法，叫做"奥尔冈那姆"（"organum"）。其法，一旋律与其上方或下方的五度或四度上的他旋律同时并进；或两旋律从同一主音出发，渐次分离，相隔二度、三度或四度而进行，造成谐和的复音唱歌。后来此法改进，名为"迪史康土史"〔狄斯康特（复调）〕（"discantus"），则应用四度五度以外的协和音，唱法更为复杂。更进一步，即成为"对位法"。十五六世纪的百余年间，为对位全盛时代。关于对位法，在第十一讲"乐曲的形式"中已有说明。今将对位法的诸大家列述如下：

　　最初期的对位法大家，是法王却尔〔查理〕七世的宫廷歌人奥侃哈姆（Okeghem，1420—1515[1]，比），此人享寿百龄

---

[1] 一般音乐辞典为：1430—1495；《新格罗夫音乐与音乐家辞典》为：约1410—1497。

以上[1]，故作品甚多。他的作品，以卡农曲（见前第十一讲）为主。其作法以同旋律一逆一顺，同时进行，特称为"crab canon"〔"逆行卡农"〕。

次期的作家，是法王路易十二世的宫廷歌人乔司冈（Josquin Despres〔若斯坎·德普雷〕，1440—1520，法），他的作曲，不拘泥于卡农曲形式，而注重内容的纯美。

第三期的音乐家人最多。其中最有名的，是乔司冈的学生威勒尔德（Willaert，1480—1562，法），此人在意大利担任威尼斯的寺院乐师长。故为近世"威尼斯乐派"的始祖。此外又有顾迪美尔（Goudimel，1510—1572，法）、洛尔（Cyprian de Rore，1516—1568，耐硕兰）等名家。这时期的音乐的特征，是俗乐的渐兴。各作家于宗教音乐"antiphony"〔"交替圣歌"〕唱歌法（见前第十一讲）的研究之外，又研究俗乐的作曲法，制作许多优良的俗乐。其中最盛行的是"牧歌"（"madrigal"，或曰恋歌，见前第十一讲）。

第四期的作家拉索（Lasso，1520〔一说约1532〕—1594，比），是宗教音乐的对位法的完成者。他也是寺院的乐师长，后来漫游各国，名满全欧，与后述的大家巴来斯德里那〔帕莱斯特里那〕（Palestrina，1514〔一说约1525〕—1594，意）同时代，声誉亦相匹敌。当时各国君主，称颂他为"音乐之王"。对位法至拉索而完成；北欧音乐在拉索之后也就衰颓。以后音乐中心地南迁于意大利。

---

[1] 百龄以上，疑系作者误算。

3. 意大利派文艺复兴时代——此派中又分两派，即罗马与威尼斯派。

a. 罗马派的首领巴来斯德里那，此人最初是寺院的乐师长，后来办罗马音乐学校。这学校的影响极大。一世纪间，巴氏的乐风流行于全欧。他的乐风的特色，是音乐从坚苦的宗教倾向于自由的世俗乐。因为文艺复兴期希腊精神复兴，又适逢宗教改革的时会。人们渐渐厌弃沉重艰涩的寺院音乐，而渴望自由的作风。故巴氏的作品，旋律美丽而流畅，和声简单而自然，与近世音乐渐渐接近。故巴来斯德里那是中世音乐的伟大的革命者，又是近世音乐的远源。

b. 威尼斯派是承继上述的威勒尔德及洛尔的作风的。名家有安特烈·加布里哀里（Andrea Gabrieli，1510—1586，意）。此人是威勒尔德的门人，乐风祖述乃师，他的侄儿乔望尼·加布里哀里（Giovanni Gabrieli，1557—1613，意），长于器乐，致力于器乐伴奏的研究。近世管弦乐合奏，就是从他的研究出发的。中世寺院式音乐，到了他手里全部衰亡了。

中世宗教音乐的发达情状，大致如上。宗教音乐因了宗教改革和文艺复兴而渐渐衰落；因了加布里哀里的器乐研究而全部沦亡。世俗的艺术的音乐起而代之，就是下讲所说的近世音乐。

中世宗教音乐时代，仍有俗乐流行；不过不被重视，少人研究。其实含有极丰富的艺术意味，对近世音乐颇有关系。中世俗乐可分为四派，今逐述于下。

1. 罗马游民琼格来尔（Jongleur）歌人〔杂耍游唱艺

人〕——远在第三世纪时，有野蛮人哥德〔哥特〕族（Goth）侵入罗马，残杀人民，烧毁市街。罗马人出奔，漂流四方，在各国的帝王前唱歌以度生涯。这群漂泊的歌人，名曰"琼格来尔"。其人在法国者多。最初不过是一群卖唱者。后来，到了十二三世纪之交，他们的音乐非常进步，渐为世人所重视。法国、德国上流社会的音乐团体，常聘请他们作伴奏。

2. 法国的德罗罢独尔（troubadour）歌人〔行吟诗人〕——这是法国东南部的贵族上流人所组织的俗乐团体。他们为欲获得通俗音乐的趣味，集团研究民间的歌谣，且模仿了制作歌曲。后来这集团发达起来，有名的作家辈出，优良的作品极多。这正是十字军东征的时代。这班歌人参加十字军东征者甚多。从军的时候，把东洋音乐带回欧洲。这在欧洲音乐发达上有很大的影响。德罗罢独尔乐人有一段著名的故事：勃隆代尔（Blondel）为英王李却特〔理查〕一世的宫廷乐人。第三次十字军东征时，英王有大功，为各国王侯所妒，在旅军途上被人掠去。英人失王，遍觅不得。勃隆代尔就漂流各地，在到处的城下唱李却特王所作的歌。有一天，他在奥国城中唱这歌，听见一所邸宅内有人和唱，正是他的主人的声音。因此线索终于把主人救出。十八世纪比利时歌剧家格来德利〔格雷特里〕（Grétry）所作的歌剧《李却特狮子王》〔《狮心王理查》〕（Richard Lowenherz），就是以这故事为题材的。

3. 德国的明耐歌人〔恋诗歌手〕（minnesinger）——这是十三世纪时德国的俗乐团体。当时有"斗歌会"，借以互相鼓励技术的研究。十九世纪乐剧家华葛纳尔〔瓦格纳〕的名作《汤诺伊才尔》〔《汤豪舍》〕（*Tannhäuser*），便是以斗歌会为题材的。主人公汤诺伊才尔正是明耐歌人中有名人物。明耐歌人所唱的歌，大都是关于恋爱的民歌。他们后来创办俗乐学校，教授关于俗乐的作曲法。下述的马伊史推尔歌人就是从这学校发生的。

4. 德国的马伊史推尔歌人〔名歌手〕（Meistersinger）——其中最有名的人是沙克斯〔汉斯·萨克斯〕（Hans Sachs，1494—1576），其作风置重俗乐的作曲规律。华葛纳尔的乐剧《马伊史推尔歌人》，就是以这乐团的逸事为题材的。德国自从出了明耐与马伊史推尔两俗乐团以来，俗乐特别发达。连寺院乐也取用民歌风。这风气弥漫欧洲大陆，各地有叫做"市中吹笛者"（"town piper"）的漂流乐人团。其团长称为"吹笛王"（"piper king"），英国受其影响，也产生两种漂游乐人，即"minstrel"〔"游吟诗人"〕与"waits"〔"唱更人"〕。耶稣降诞节前夜（十二月二十四日）在街上步唱的乐人，就是"waits"。

近世的音乐[1]

近世音乐,是指十八世纪及十九世纪上半的音乐。这百余年间,是西洋音乐史上最辉煌的一个时期。大音乐家及杰作,都集中在这时期。西洋乐坛的两大台柱"古典乐派"与"浪漫乐派",就是这时期的产物。近世音乐所异于前代者,有两大特点:第一是音乐脱离了狭隘的声乐,而变成广大的器乐。第二是音乐从宗教的桎梏中解放,而变成独立自由的世俗音乐。最初把音乐从寺院中解放的人,是罢哈〔巴赫〕。故罢哈是音乐的救世主。后人称颂他为"音乐之父"。罢哈登高一呼,唤起裴德芬〔贝多芬〕、莫札尔德〔莫扎特〕、修陪尔德〔舒伯特〕、孟代尔仲〔门德尔松〕、修芒〔舒曼〕、晓邦〔肖邦〕等大家,合演庄严灿烂的近世音乐史。今分为两节,古典派与浪漫派,逐述于下。

一 近世古典乐派

近世古典乐派,是音乐由复趋单的枢纽,故可分为前后两

---

[1] 本篇是《音乐知识十八讲》的第十四讲。

期。前期为罢哈等的"近世复音〔复调〕乐派",后期为裴德芬等的"古典单音〔主调〕乐派"。

1 前 期

近世复音乐派有二大家,即罢哈与亨代尔〔亨德尔〕。

1. 赛佰史丁·罢哈〔塞巴斯蒂安·巴赫〕(Johann Sebastian Bach, 1685—1750)是德国的邱林根州人氏。初为乐长,后当音乐教师。此人有多方面的天才。对于风琴、钢琴、声乐、戏剧(神剧〔清唱剧〕)、怀娥铃〔小提琴〕、管弦乐,他都精研,都有作品。他的神剧(oratorio)如《马太受难乐》(*Matthew Passion*),永为剧乐的模范。对于钢琴音乐,罢哈的功绩尤为不朽。当时钢琴音乐还很幼稚,没有一定的奏法,奏者仅用四根手指(拇指闲却不用),且各指伸直,平压键板,技术笨拙得很。罢哈开始改正这奏法,添用拇指,且教四指弯成九十度角,用指尖按键。对于复音乐,亦大加改良。他尽行废除以前风琴用的卡农曲(见第十一讲),而改用赋格曲(见第十一讲)。赋格曲是最高的近世复音乐。他的赋格曲,至今流传于世的还是很多。

2. 亨代尔(George Friedrich Handel, 1685—1759)是罢哈的同时代的同国人。此人最初研究歌剧。后来漫游各地,归而悉心研究神剧,就创作千古不朽的大作《救世主》〔《弥赛亚》〕(*Messiah*)及《在埃及的伊史来尔》〔《以色列人在埃及》〕(*Israel in Egypt*)等。亨代尔在音乐上的伟业,是声乐法与管弦乐法的进步。管弦乐法的成功尤大。其作风十分接近于单音乐。故亨代尔是由复音乐趋向单音乐的桥梁。

2 后 期

古典单音乐派——这派的代表者是海顿,莫札尔德,裴德芬。但在三人之前,尚有许多的先驱者。即可兰理〔科莱里〕、史卡拉底〔多美尼科·斯卡拉蒂〕、哀马纽尔·罢哈〔埃玛努厄尔·巴赫〕、克来门提〔克莱门蒂〕。今依次介绍于下:

1. 可兰理(Corelli,1653—1713,意)是最早的怀娥铃作曲家。所作怀娥铃朔拿大〔小提琴奏鸣曲〕(violin sonata)甚多。他的朔拿大都由四乐章成立,为最古式的朔拿大。后来的朔拿大都托根于此。故可兰理是使音乐由复趋单的一大枢纽。

2. 史卡拉底(Scarlatti,1685—1757,意)是钢琴音乐家。对于钢琴奏法,他有许多改良。他的歌剧中的音乐,都用单音乐作法,且把歌剧曲移用于钢琴。故史卡拉底对于初期单音乐有很大的功勋。

3. 哀马纽尔·罢哈(Emanuel Bach,1714—1788,德)是"音乐之父"的罢哈的第三子。他曾多年在柏林当宫廷乐师,故通称为"柏林的罢哈",以别于他的父亲。他的作风,与乃父大异,都是唱歌风的单音乐,全无复音乐的痕迹。他是朔拿大的完成者。后人称他为"朔拿大之父"。

4. 克来门提(Clementi,1752—1832,意)是钢琴音乐的专家。他发明种种巧妙的钢琴奏法。所作朔拿大、交响乐甚多。现今的钢琴曲选中,克来门提作品最多,最是脍炙人口。

经过上述四家的先驱,乐坛上就产生千古未有的三乐圣,近世音乐的殿堂于此完成。这三乐圣便是海顿、莫扎尔德与裴德芬。

1. 海顿（Franz Joseph Haydn，1732—1809，奥）的父亲是一个车匠。海顿六岁时，有亲友发现他的天才，劝他父亲送他到昂不尔兀〔海恩堡〕去学音乐。后来就当了管弦乐队的指挥者。他留经游历英国，大受伦敦乐界的欢迎。他的十二个大交响乐，便是在伦敦作成的，故总称为"英吉利交响乐"。他的作品甚为丰富，有交响乐一百八十曲，四重奏八十三曲，神剧五曲，歌剧十九曲。此外还有许多室乐。他的神剧，在剧乐界尤为著名。他的器乐曲以交响乐为最著，故后人称他为"交响乐之父"。海顿家有悍妻，家庭幸福全无。他的生活兴味集中于音乐，故有这样伟大的成就。

2. 莫扎尔德（Wolfgang Amadeus Mozart，1756—1791，奥）是享年只有三十五岁的短命天才。他的父亲是当时有名的音乐家。莫扎尔德以神童著名。三岁时，听他父亲教他姐姐弹琴（当时的钢琴尚未完成，名曰 harpsichord〔羽管键琴〕）。听过几遍，就不忘记，五岁时已能弹琴。六岁时跟了父亲及姐姐赴各地演奏旅行。两幼儿合奏钢琴大曲，见者惊叹为神人。有一次，他在奥国皇后面前演奏。奏毕，他爬到皇后的膝上，吻她的颈。又指着娇小的皇女说："我要娶她作新娘。"满座大笑，佳话传遍全国。但莫氏年长以后，生涯坎坷、失恋、贫穷，终于夭死。他十二三岁时已开始作曲。作品甚多，主要的是器乐曲朔拿大。他的《C 短调〔小调〕朔拿大》为钢琴曲中最伟大的作品。四十九曲交响乐中《降 E 调交响乐》（Op.543, $^{b}E\text{-}dur$

Symphony）、《G 短调交响乐》（Op.550，*G-moll Symphony*）、《C 长调〔大调〕交响乐》（Op.551，*C-dur Symphony*，即《周彼得〔朱庇特〕交响乐》*Jupiter Symphony*），这三篇最为有名。

3. 裴德芬（Ludwig van Beethoven，1770—1827，德）是全世界到处知名的乐圣。他比拿破仑后一年生。两个英雄同时，那一个因了政治的野心而终于败亡，这一个因了艺术的奋斗而永远不朽。裴德芬的一生，整个是奋斗史。他的父亲是一个酒徒，全不关心子女的教育。他看见裴德芬富有音乐天才，一心想他做个神童，卖艺赚钱。所以督责甚严。幼小的裴德芬常受严父的苛责，落泪在 clavier（即当时的钢琴）的键盘上。他的神童天才不亚于莫札尔德，十二岁就成为卓越的演奏家。他曾经在当时已成名的莫札尔德面前演奏，大受赞赏。又曾师事海顿。但他的奔放不羁的天才，终于不受拘束，而自成伟业。他的一生，比莫札尔德更为坎坷。壮年恼于贫穷，老年复患致命的耳聋。三十二岁时，他忽然觉得野外的农夫的笛声模糊不清，知道耳朵已渐失聪，不胜悲观。拿破仑侵略维也纳，裴德芬怕炮声增重他的聋疾，常用两指塞住耳孔。晚年两耳几近全聋，然而努力作曲，所作的正是他的最大杰作《D 调庄严弥撒》与《第九交响乐》（即《合唱交响乐》）。这是一个旷世的奇迹！好像是神明帮助他作成的！他的作品，是今日音乐的宝典。现在将他的各方面的代表作列表于下。其中多数是今日的演奏会中所常演奏的乐曲。

朔拿大
- 《悲怆朔拿大》（*Sonata Pathetique*）
- 《华尔特史泰因〔华尔斯坦〕》（*Waldstein*，Op.21）
- 《阿派匈那大》〔《热情奏鸣曲》〕（*Appassionata*，Op.29）
- 《月光朔拿大》（*Moonlight Sonata*）
- 《克罗伊才〔克鲁采〕朔拿大》（*Kreutzer sonata*）

交响乐
- 《第一交响乐》（Op.21）
- 《第二交响乐》（Op.36）
- 《第三交响乐》（即《英雄交响乐》，*Eroica Symphony*）
- 《第四交响乐》（Op.60）
- 《第五交响乐》（即《命运交响乐》，*Fate Symphony*）
- 《第六交响乐》（即《田园交响乐》，*Pastoral Symphony*）
- 《第七交响乐》（Op.92）
- 《第八交响乐》（Op.93）
- 《第九交响乐》（即《合唱交响乐》，*Choral Symphony*）

序曲 ⎧ 《来奥诺来第二》（*Leonore No.2*）
　　　 ⎨ 《来奥诺来第三》（*Leonore No.3*）
　　　 ⎨ 《爱格孟德》（*Egmont*）
　　　 ⎩ 《可理奥拉奴司〔科里奥兰〕》（*Coriolanus*）

歌剧——《斐代里奥》（*Fidelio*）

神剧 ⎧ 《橄榄山》（*Mont of Olives*）
　　　 ⎩ 《D调庄严弥撒》（*Missa Solemnis in D*）

竞奏曲〔协奏曲〕⎧ 钢琴竞奏曲（*Piano Concerto*）
　　　　　　　　 ⎨ 五曲
　　　　　　　　 ⎨ 怀娥铃竞奏曲（*Violin Concerto*）
　　　　　　　　 ⎩ 一曲

裴德芬一生的作品，可分为三个时期。第一期是受海顿、莫札尔德的影响的时期，即自一七九二至一八〇三年之间。作品第一至第五十，属于这时期。第二期是他的个性表现的时期，即自一八〇三至一八一五年之间。第三至第八交响乐即此时期的作品。第三期是晚年的超越时代，即自一八一五至一八二七年之间，两耳全聋的时代。《第九交响乐》及《D调庄严弥撒》即属于此时期。他的作风，不受传统形式的拘束，而充分发挥个性。这一点正是后来的浪漫乐派的基础。故在音乐史上，裴德芬是古典乐派与浪漫乐派之间的桥梁。

二　近世浪漫乐派

古代乐派与浪漫乐派的区别,是前者注重形式法则,后者注重内容情绪。前者是规则的,后者是独创的。所以音乐到了浪漫派时代,尽量发挥个性,全然不拘形式了。时代在十九世纪前半,地点集中于德、法二国。名家辈出,重要者有七大家,属于初期者二人,即修陪尔德与韦伯。属于成熟期者三人,即孟代尔仲、修芒与晓邦。属于现代乐派的过渡期者二人,即陪辽士〔柏辽兹〕与李斯德〔李斯特〕。逐述于下。

1. 修陪尔德(Franz Peter Schubert,1797—1828,德)是"乐曲之王",在前面第十一讲中曾经说过的。他是维也纳地方一位小学教师的第十四个儿子,自幼贫困,一生坎坷,享年三十二岁而夭逝。他青年时代就在父亲的学校里当小学教师。但天才早已迸发,十八岁时已经作了一百三十五个歌谣曲。至今脍炙人口的《魔王》(*Erlkönig*)、《野蔷薇》〔《野玫瑰》〕(*Heidenroslein*),就是这初期的作品。他长后无家可归,飘泊终身。晚间常寄宿于酒肆。有名的《云雀》(*Hark, Hark, the Lark*),便是在酒肆中作成的。他常手持歌德(Goethe)诗集,徘徊朗诵。忽然乐想来到,取笔在五线谱上疾书,顷刻之间完成一首千古不朽的杰作。所以他的生涯虽短,作品甚多。歌谣曲共有八百余首。此外尚有钢琴朔拿大二十四曲,弦乐四重奏二十四曲,交响乐十曲。有名的《未完成交响乐》(*Unfinished Symphony*,或名《b短调交响乐》),是因为他作曲未完而死,就此成立的。

修陪尔德的生涯、作风、器度、抱负，均与裴德芬相似，相貌也略相似，故有"小裴德芬"的雅号。这两大乐圣，生于同时同地，但只见一面。裴德芬年长，扬名较早。修陪尔德仰慕他，有一天拿了自己的歌曲集去拜访。裴德芬不在家，他就把歌曲集留呈而去。不久裴德芬患病了。病中偶然拿这歌曲集来阅读，惊叹他的天才，在病床上痛恨相见的无缘。修陪尔德知道这消息，就去看他。裴德芬已是弥留的时候了，举眼向他注视，断断续续地说一声"我的灵魂是弗郎芝（修陪尔德的名字）的！"便闭了目。裴德芬出殡，修陪尔德拿了火炬送葬。归途同友人到酒店痛饮。他举起酒杯说："为座上最早死者干杯！"一年半之后，他自己竟抽中了这签。弥留之际叫道："这不是我的屋子，裴德芬不在这里呀！"向友人提出一个要求，死后要葬在裴德芬的墓旁。友人们遵行他的遗嘱，给他葬在离开裴德芬的墓三尺的地方。两个伟大的灵魂，从此永不相离了！

2. 韦伯（Carl Maria von Weber，1786—1826，德）是浪漫派歌剧大家。他的父亲是音乐家，母亲是歌剧中的歌手。他跟了父母漫游各地，对歌剧获得了充分的修养。十二岁时就作歌剧。终身以歌剧创作为事。就成了浪漫派歌剧的建设者。他的作风，是打破歌剧的旧形式，而注重情绪的自由表现。又采用德国民间音乐为作曲的基础。这一点，对现代音乐有极大的影响。关于这人，在第十六讲"歌剧乐剧与神剧"中另有详说。

3. 孟代尔仲（Felix Mendelssohn-Bartholdy，1809—1847，德）是浪漫派成熟期的作家。他的父亲是犹太人，家中很富裕，且慈爱子女。故孟代尔仲的生涯十分幸福，不愧名叫 Felix

（幸福）的。他的天才早年发露，十五岁时已作了四个歌剧。十七岁作成名闻世界的《仲夏夜之梦》（*Midsummer Night's Dream*）。他的记忆力特别强，在演奏会中听过的音乐，归家都能背写出来。他的作品，器乐居多，歌剧次之。《苏格兰交响乐》（*Scotish Symphony*）、《意大利交响乐》（*Italian Symphony*），不但充分表现国民性，又以描写法的巧妙著名。他的钢琴音乐，富有诗趣。像《无言歌》，最是充分表现他的特色的作品。总之，他的作风，美丽可爱。没有裴德芬的庄严伟大，却有别人所无的清新隽逸。浪漫乐派的优点，被孟代尔仲全部垄断了。

4. 修芒（Robert Schumann，1810—1856，德）早年丧父，其母不慈，忽视他的乐才。十八岁时，他入莱府大学法律系。但一面自修音乐。他热中于钢琴，每日练习七小时之多。因此伤了手指的筋。这时候他的母亲被感动了，方始教他舍弃法律而正式研究音乐。但指已受伤，不能作钢琴家（pianist）了。他就埋头研究作曲。二十五岁时，他爱上了一个女人，但恋爱磨折甚多，受了五年间的苦恼。这些恋爱苦恼却转化为许多美丽的钢琴音乐。结婚以后，颇有数年幸福的生活；但因为他的个性激越，后来家庭终于破裂。一度投河自杀，幸而得救。但从此精神异常，两年后死于疯人医院。他的生涯如此，故其乐风亦热狂奔放。所作以钢琴曲为最有名，《蝴蝶》（*Papillon*）、《谢肉祭》〔《狂欢节》〕（*Carnaval*）、序曲《耶娜伐》（*Genova*）[1]、

---

[1] 疑为：《格诺费娃》〔*Genoveva*〕。

《浮士德》（*Faust*）、《孟弗来特》〔《曼弗雷德》〕（*Manfred*），是其最著名者。他的小器乐曲亦甚隽妙。如《梦之曲》〔《梦幻曲》〕（*Träumerei*），是人人都知道的富于诗趣的小曲。

5. 晓邦（Frédéric François Chopin，1810—1848，波兰）的父亲是法国人，母亲是波兰人。他生于波兰。波兰的亡国的哀愁充满于他的心灵中。所以他的作风，哀怨而悲愤，凄凉而幽艳。晓邦八岁时就公演钢琴独奏。十余岁演奏旅行，到处受人赞誉，称他为"莫札尔德第二"。他游历中怀念沦亡的祖国，不胜悲愤。作品第十的《C短调练习曲》（原名《革命练习曲》）便是爱国心的表现。二十七岁时，对一浪漫派女文学家乔治·桑发生恋爱，不久结婚，爱情甚笃。后来晓邦患肺病，乔治·桑便抛撇他。晓邦失恋后，身心益衰，不久病死。享年只三十九岁。音乐史上又见一短命的天才。晓邦是近世唯一的钢琴专家。俄国钢琴大家卢平希泰因〔鲁宾什坦〕赞誉他为"钢琴诗人"。晓邦的作风极端优美。是女性的。"夜乐"〔"夜曲"〕（"nocturne"）是他最得意的杰作。波兰风舞曲"波罗内斯"（"polonaise"）也是他的专长。晓邦终年穿黑色衣服，又欢喜晚上作曲，性格非常温柔幽静。这便是法兰西人所谓"世纪病"（"La Mal du Siècle"）的表现。

6. 陪辽士（Louis Hector Berlioz，1803—1869，法）是法国一荒村中的医师的儿子。十八岁时到巴黎研究药学。不知怎的，忽然舍药学而入音乐学校。父亲反对他，断绝他的学费供给。故他的求学时代生活甚是辛苦。他恋着一个有名的女优。那时他还未成名，这女优看他不起，拒绝了他。陪辽士失恋之余，埋头作曲。有名的《幻想交响乐》(Symphony Fantastique)便是这单相思的苦痛的记录。他从此渐渐闻达，终于博得了"交响诗人"的荣名。后来他又爱上了一个女钢琴家。已经订婚，这女子背了约，和别人结婚了。陪辽士妒火中烧，身怀手枪，欲杀死这女子。他在途中看到了自然风光的美丽和平，忽然息了愤。从此屏除恋情，埋头作曲。二年间产生无数的杰作。有一次他开自己作品的演奏会。目录中有为旧恋人那女优而作的《幻想交响乐》。这女优恰好在听众之中。她听到了这曲，大为感动，就与陪辽士结婚。结婚后常苦贫困，晚年夫妻反目。不久妻死，所生的爱儿亦死。陪辽士在孤苦潦倒中逝世。他的音乐的伟业永远留存在世间。陪辽士的事业，主在器乐方面。作曲之外，又著有《器乐法理论》(Traite d'instrumentation)。这是管弦乐法的模范的教科书。作曲中交响乐最著。《在意大利的哈洛尔特》〔《哈罗尔德在意大利》〕(Harold en Italie)是根据拜伦(Byron)诗的。《洛米欧与周里爱德》〔《罗密欧与朱丽叶》〕(Romeo et Juliette)是根据莎士比亚的。这都是全世界时常演奏的作品。他的作风富于热情，长于抒情。故此人有"交响诗人"之称。

7. 李斯德(Franz Liszt，1811—1886，匈牙利)也是一个音乐神童，九岁时出席演奏，博得好评，被匈牙利的贵族醵资遣送游学。十一岁时在裴德芬面前演奏，裴德芬大加赞赏。从此以钢琴专家驰名各国。他热爱当时的浪漫派文学，故其作曲富有浪漫精神。二十岁以后，作长期演奏旅行，足迹遍欧洲。到处受人欢迎，所得演奏出席费不少。他就拿这些钱来赈灾，或帮助友人。又独出资金，在侃伦〔科隆〕建造裴德芬纪念碑。乐剧大家华葛纳尔〔瓦格纳〕曾经得到他不少经济的援助。所以李斯德是一个忠厚慷慨的音乐家。关于他的忠厚慷慨，有一段动人的逸话：李斯德旅行到某地。有一个素不相识的女钢琴家，正在该地开演奏会，而广告上大书"李斯德女弟子"的衔头。这女子得知李斯德来了，连忙到他的旅馆里去，流着惭愧的眼泪而请罪。李斯德毫不怪她。但请她弹一曲听听。弹过之后，李斯德给她种种指教。然后和颜悦色地对她说："好，我已教过你钢琴了，现在你真是李斯德的女弟子了！你开演奏会，我也来参加出席。"这女子感激涕零，五体投地。故李斯德不但音乐的成就伟大，其人格也很伟大！他的作品，钢琴曲及交响乐为主。钢琴曲除创作外，又多"改作曲"〔"改编曲"〕（"transcription"）。有名的《匈牙利狂想曲》（*Hungarian Rhapsodie*），便是用匈牙利民谣改造而成的。此外最著名的有交响乐《浮士德》（*Faust*）、《但丁神曲》（*Dante's Divine Comedy*）、交响诗《塔索》（*Tasso*）、《奥非乌史》〔《奥尔菲斯》〕（*Orpheus*）、《哈孟雷特》（*Hamlet*）等。陪辽士与李斯德，是浪漫乐派中的异军，是现代乐派的先驱者。他们的"交响诗"，便是现代"标题音乐"的起因。

以上已把浪漫乐派七大家的生涯与艺术说过了。此外尚有许多名家，其作品亦常见于今日的演奏会中，读者亦不可不知。现在但把他们的姓名表记在下面。上面所说的七人是大家；现在从第八人记起，共十四人，是次大家。浪漫派作家一共二十一人。

8. 史宝亚（Ludwig Spohr，1784—1859，德）。

9. 马尔修耐尔（Heinrich Marschner，1795—1861，德）。

10. 海尔来尔〔海勒〕（Ferdinand Heller，1811—1885，德）。

11. 福尔克曼（Robert Volkmann，1815—1883，德）。

12. 郎耐侃〔赖内克〕（Carl Reineke，1824—1910，德）。

13. 应陈〔延森〕（Adolph Jensen，1837—1879，德）。

14. 拉哈耐尔〔拉赫纳〕（Franz Lachner，1803—1890，德）。

15. 拉甫（Joachim Raff，1822—1882，德）。

以上是为德式浪漫乐派。

16. 顾诺〔古诺〕（Charles François Gounod，1818—1893，法）。

17. 马伊亚陪亚〔梅耶贝尔〕（Giacomo Meyerbeer,1791—1864，德）。

18. 侃乐比尼〔凯鲁比尼〕（Luigi Cherubini，1760—1842，意）。

19. 史邦底尼（Gasparo Spontini，1774—1851，意）。

20. 裴理尼〔贝里尼〕（Vincenzo Bellini,1801—1835，意）。

21. 陶尼才底〔多尼采蒂〕（Gaetano Donizetti，1797—1848，意）。

以上为法式浪漫乐派。这六人都是歌剧方面的作家，在第十六讲"歌剧乐剧与神剧"中另有详说。

现代的音乐[1]

现代音乐，是指十九世纪末及二十世纪初的音乐，最近的音乐，未有定论的，不在其内。

现代音乐的特征是标题音乐与国民性音乐的发达。故"现代乐派"就是"标题乐派"与"国民乐派"〔"民族乐派"〕的总称。这种作风，导始于前讲所说的浪漫派异才陪辽士〔柏辽兹〕与李斯德〔李斯特〕二人。他们用器乐描写心象，抒发情感，名曰"交响诗"（"symphonic poem"）。这就是标题音乐的先导。现代音乐最发达的是德国、法国及俄国。其次是意大利、波海米亚〔波希米亚〕、斯干的纳维亚〔斯堪的纳维亚〕半岛、英国和美国。今分别叙述于下。

一　德意志现代乐派

德意志现代乐派的代表者，可举两大家，即勃拉姆斯与希德洛斯〔施特劳斯〕。

1. 勃拉姆斯（Johannes Brahms，1833—1897）与裴德芬

---

[1] 本篇是《音乐知识十八讲》的第十五讲。

〔贝多芬〕和罢哈〔巴赫〕，合称为音乐史上"三大B"。即：

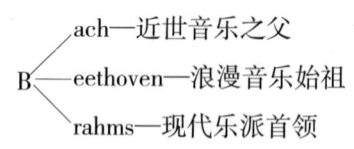

B—— ach——近世音乐之父
　　 eethoven——浪漫音乐始祖
　　 rahms——现代乐派首领

　　罢哈和裴德芬的功业，前面已经详说，都是音乐史上划时代的乐圣。现在要说的勃拉姆斯，又是一位创业垂统的领导者。他是复古主义者，翻陈出新，演成现代乐派的。

　　勃拉姆斯十四岁就出席钢琴演奏，十九岁已是出名的钢琴家了。他的弹琴技术，敏捷无比。有一段逸话可以证明他的鬼才：有一次，他和一个朋友同到某市开演奏会。这朋友独奏怀娥铃〔小提琴〕，勃拉姆斯用钢琴伴奏。正要开演，忽然发现会场上的钢琴，调子比平常的钢琴低半音。他的朋友的怀娥铃是照普通钢琴调整弦线的，要他放低半音，他怕音色不好，影响于演奏技术，颇有难色。勃拉姆斯从容不迫地说道："不妨不妨，让我提高半音弹奏好了！"他不须练习，立刻提高半音弹奏。复杂急速的伴奏，一点也不弹错。从此他的钢琴圣手，名誉益高。初任音乐院教授，后为管弦乐团指挥者，晚年专心于作曲。代表作有四大交响乐，即《C短调〔小调〕交响乐》、《D调交响乐》、《F调交响乐》、《E短调交响乐》。还有许多钢琴曲。《镇魂乐》〔《安魂曲》〕（*Requiem*）也是他的得意之作。他的作风，是复古主义，即新古典主义。评家说他是"在古典的坛中装浪漫的酒"。又有人说他是"罢哈的身体穿了裴德芬的衣服"。所以他的作曲，具有古典的形式与浪漫的精神。勃拉姆斯的复古主义出世，德国音乐家普遍蒙受影响。许多作家回到古代去研究对位法。有两位现代对位法的名家，即勃罗克耐尔〔布鲁克纳〕（Bruckner）及来干尔〔里格〕（Reger），便是受勃拉姆斯的复古影响最深的人。勃拉姆斯以后欧洲乐风一致复古，有新古典主义、新浪漫主义等流派。其中最正统的承继者，是下述的希德洛斯。

2. 希德洛斯（Richard Strauss，1864—〔1949〕）是今年八十五岁高龄的老音乐家[1]，他也是一个音乐神童，四岁学钢琴，六岁会作曲。他最初完全承继勃拉姆斯。后来倾向陪辽士与李斯德，自成一种现代作风。陪辽士与李斯德的"交响诗"，到了希德洛斯手里而作法愈加凝练融和，特称为"音诗"（"tone poem"）。他的最初作的音诗是《麦克白》（Macbeth）与《童·访》〔《唐·璜》〕（意名 Don Juan，德名 Don Giovanni）。此后心理描写法更加进步，就产生杰作《死与净化》（Tod und Verklaerung）。在这曲中，他用巧妙的手法，写出人类临死时的心情。对于生的爱着和对于死的恐怖，最后又写出超生死的法悦的心境。为现代音乐中心理描写最深刻的作品。

希德洛斯的心理描写日渐精深，终于达到标题音乐的极致。以尼采作品为题材的《查拉徒司德拉如是说》（Also Sprach Zarathustra），引人深入哲学的境地。这真是一篇动人魂魄的雄大的音诗！故评家称这作品为"尼采哲学的音乐化"。此

---

[1] 此书作于1949年。过去十余年间，战乱频仍，消息沉滞。但愿这位老音乐家平安在世。——作者原注。

外杰作,有《吉诃德先生》(*Don Quixote*)、《英雄的生涯》(*Ein Heldenleben*)、《家庭交响乐》(*Symphonia Domestica*)等。

德意志现代乐派除上述二大家外,尚有次大家十一人,亦不可以不记,今将其姓名列下:

3. 来因陪尔干尔〔赖因贝格尔〕(Joseph Rheinberger, 1839—1901)。

4. 勃罗克耐尔(Anton Bruckner, 1824—1896)。

5. 勃罗甫〔布鲁赫〕(Max Bruch, 1838—〔1920〕)。

6. 雪林格〔席林斯〕(Max Schillings, 1868—〔1933〕)。

7. 乔尔格·修芒(Georg Schumann, 1866—〔1952〕)。

8. 来干尔(Max Reger, 1873—〔1916〕)。

9. 哥尔特马克(Karl Goldmark, 1830—〔1915〕)。

10. 亨巴定克〔洪佩尔丁克〕(Engelbert Humperdink, 1854—〔1921〕)。

11. 马莱尔〔马勒〕(Gustav Mahler, 1860—1911)。

12. 怀因格尔忒耐尔〔魏因加特纳〕(Felix Weingartner, 1863—〔1942〕)。

13. 沃尔夫(Hugo Wolf, 1860—1903)。

二 法兰西现代乐派

近世纪来,世间说起音乐,首先想到德国。实因德国在最近两世纪中出了不少的大音乐家,音乐的权威集中在德国之故。但是,盛极必衰。十九世纪末,德国音乐开始凋谢,而音乐的重心移向法国与俄国。现在先说法国的现代乐派，即所谓"印象派"。主要作家有五人：

1. 杜褒西〔德彪西〕（Claude Debussy，1862—1918，法），本世纪之初，世界最大的音乐家，首推法国印象乐派的创导者杜褒西。他十一岁入巴黎音乐院，二十二岁得罗马奖，游学意大利。他的创立法国印象乐派，是从俄罗斯国民乐派得到暗示的。他发现俄罗斯音乐中含有法兰西音乐的成分，就研究俄国音乐，撷取其精英，而另创印象派音乐。他热爱当时法国大文学家波特来尔〔波德莱尔〕（Baudelaire）的象征派诗。他的最初的杰作，是《牧神午后前奏曲》（Prélude á l'Apres—midi d'un Faune）。这乐曲使他的名声震响于全世界。"印象乐派"的名词由此创生。印象派音乐的特征，是旋律美丽，和声富有变化，曲趣鲜艳。他的作曲，自由奔放，不拘形式。他所用的音阶，亦非普通音阶，有时采用古代希腊的音阶。他的钢琴曲优美婉丽，与"钢琴诗人"晓邦〔肖邦〕媲美。著名的钢琴曲是《海》（La Mer）和《三个夜曲》（Trois Nocturnes）。他又是歌剧名家。详见第十六章"歌剧乐剧与神剧〔清唱剧〕"。

2. 富郎克（César Frank，1822—1890，比）是杜褒西的学生。幼有天才，十一岁已成名为钢琴家，旅行演奏于比利时各都市。后来移居巴黎，任音乐院风琴教授，同时努力作曲。他的作品，以风琴乐、室乐〔室内乐〕及歌谣曲为主。名作有交响诗《喜乐》〔《八福》〕（Les Beatitude）、歌剧《许尔达》〔《于尔达》〕（Hulda）、神剧《赎罪》（La Redemption）等。他的作风，根据中世复〔复调〕音乐，而自有一种神秘的情调。他与上述的杜褒西,同为法国现代乐派的先导者。

3. 商·赏〔圣 – 桑〕(Camille Saint-Saëns, 1835—1921, 法)是极早熟的音乐神童。二岁时就能弹钢琴,五岁时已能读管弦乐总谱(score),十一岁就上台演奏,十六岁作成他的第一交响乐。自此以后,陆续作出大量的名曲。他的作品以交响乐为主,此外各方面都有制作。乐风与杜褒西相近似,作品则比他更为丰富。今列举其最著名的作品如下:

a) 交响乐诗:

《沃摩法尔的水车》〔《奥姆法尔的纺车》〕(*Le Rouet d'Omphale*)。

《费顿》(*Phaéton*)

《哀伤的舞蹈》〔《骷髅之舞》〕(*Dance Macabre*)。

《赫格尔的青年》(*Le Jeunesse d'Hercule*)。

《亚尔耶组曲》〔《阿尔及利亚组曲》〕(*Suite Algerienne*)。

b) 神剧:《大洪水》(*La Déluge*)。

c) 歌剧:《银色的音》〔银铃〕(*Le Timbre d'Argent*)。

《亨利八世》(*Henry VIII*)。

法兰西现代乐派除上述三大家之外,还有歌剧方面的两大家,即比才(Georges Bizet, 1838—1875)与马斯耐(Jules Massenet, 1842—1912),当在第十六讲"歌剧乐剧与神剧"中详述。

三 俄罗斯现代乐派

俄国为古来民谣曲最发达的国家。故从音乐方面,亦可看出俄国是人民力量强大的国家。只因数千年来受政治宗教的压迫（俄国宗教禁律极严，音乐限于教堂用，民间不得弄音乐。谓民间音乐者死后必入地狱受罚）。不能伸展其天性。直至十九世纪中业，开始解放。寂寥了数千年的俄国，至此一鸣惊人，各方面都表示辉煌的发展。音乐自不能例外，"国民乐派"的奇才接踵而起。名闻于全世界的，有下列这许多大音乐家：

1. 格林卡（Michael Glinka，1803—1857）。

2. 卢平希泰因〔鲁宾斯坦〕（Anton Rubinstein，1830—1894）。

3. 柯伊〔居伊〕（César Cui，1835—1918）。

4. 李摩斯基-可沙可夫〔里姆斯基-科萨科夫〕（Rimsky-Korsakoff，1844—1908）。

5. 巴拉奇来夫〔巴拉基列夫〕（Balakireff，1837—1910）。

6. 却伊可夫斯基〔柴科夫斯基〕（Peter Ilich Tchaikovsky，1840—1893）。

7. 史克里亚平〔斯克里亚宾〕（Alexander Scriabin，1871—1915）。

8. 拉赫马尼诺夫（Sergei Rachmaninoff，1873—〔1943〕）。

9. 格拉左诺夫（Alexander Glazunoff，1865—〔1936〕）。

10. 亚伦斯基（Anton Stepanovich Arensky，1861—〔1906〕）。

11. 波罗定〔鲍罗丁〕（Alexander Porhyrievitch Borodin，1833—1887）。

12. 史德拉文斯基〔斯特拉文斯基〕（Igor Fedorovich Stravinsky，1889—〔1971〕）。

13. 莫索奇斯基〔穆索尔斯基〕（Modeste Petrovich

Mousorgsky，1838—1881）。今择其重要者四人，分述于下：

1. 格林卡是俄罗斯现代乐派的始祖。他最初研究钢琴，后来游历德，意，法诸国，归而致力歌剧创作。《为皇帝的生命》〔《伊凡·苏萨宁》〕（*Das Leben für den Czaren*）及《罗斯浪与罗特米拉》〔《鲁斯兰与柳德米拉》〕（*Russlan und Ludmilla*），是他的两大代表作。

2. 卢平希泰因是继格林卡而起的人。他是犹太人的儿子，自幼即有天才，九岁的时候就在莫斯科出席演奏钢琴。后来复游学巴黎，得到李斯德的指教。成名以后，归国创办音乐学校。俄皇曾赠他勋章。杰作有《大洋交响乐》（*Ozean Symphonie*）、歌剧《恶魔》（Der Dämon）、《耐洛》〔《尼禄》〕（*Nero*），神剧《巴比尔之塔》〔《巴别塔》〕（*Der thurm zu Babel*）、《失乐园》（*Paradise Lost*）等。

3. 却伊可夫斯基是"折衷乐派"的作家。盖自格林卡以后，俄国乐坛分为两派，即国民乐派与折衷乐派。国民乐派的代表者是柯伊等。折衷乐派的代表者便是却氏。却氏青年时代修习法律，到了二十二岁开始入音乐学校研究音乐，天才突发，竟成为世界的大音乐家。他的作品极多，器乐、声乐各方面都有。歌剧亦多杰作。其中最表现特色的，是标题音乐的交响乐。其中著名者有下列各曲：

a）《序曲一八一二年》〔《1812序曲》〕（*Overture 1812*）。

b）《第四交响乐》（*Symphony No.4*）。

c）《第五交响乐》（*Symphony No.5*）。

d）《悲怆交响乐》（*Pathetic Symphony*）。

e）《孟弗来特〔曼弗雷德〕交响乐》（*Manfred Symphony*）。

却伊可夫斯基的作品，最能表示俄国的风味，即北欧特有的沉痛忧郁的情调。

4. 史克里亚平是现代乐派最高潮的作家。他的母亲是钢琴家，他小时候受母教，五岁已能奏钢琴曲。八岁已能作小曲。后入莫斯科音乐院，十九岁毕业后，专攻钢琴音乐。其作风类似晓邦而加以神秘的构想。关于左手的弹琴技法，他有特殊的发展。这是因为他幼时被马车撞伤了右手的锁骨。右手运指稍不自由，因此向左手上发展。钢琴音乐向来着重右手，而忽略左手。因了史氏右手的受伤，而钢琴的左手技术得以发展，亦可谓"因祸得福"。他的管弦乐用器法〔配器法〕精妙无比，评家称之为"交响乐的水晶宫"。作品中最著名的是《法悦的诗》〔《狂喜之诗》〕（*The Poem of Ecstacy*）、《泼洛美修史》〔《普罗米修斯》〕（*Prometheus*）、《神秘》（*Mystery*）等。

现代音乐的精英，集中在上述的德、法、俄三国。德国的希德洛斯、法国的杜褒西、俄国的史克里亚平，总称为现代音乐三大家。其他诸国的现代音乐续说于下。

四　意大利现代乐派

意大利是歌剧的发祥地。故现代意大利音乐亦偏重歌剧。关于歌剧，当在第十六讲"歌剧乐剧与神剧"中详述。今列举现代意大利音乐各方面的作家如下：

1. 歌剧方面：

a）凡尔第〔威尔第〕（Giuseppe Verdi, 1813—1901）。

b）马斯加尼（Pietro Mascagni, 1863—〔1945〕）。

c）莱昂卡伐洛〔莱翁卡瓦洛〕（Ruggiero Leoncavallo, 1857—1919）。

d）普起尼〔普契尼〕（Giacomo Puccini, 1858—〔1924〕）。

e）乌尔夫·费拉里（Wolf-Ferrani, 1874—〔1948〕）。

2. 器乐方面：

a）斯冈罢底（Giovanni Sgambati, 1843—〔1914〕）。

b）马尔土济（Giuseppe Martucci, 1856—〔1909〕）。

c）蒲索尼（Ferruccio Busoni, 1866—〔1924〕）。

d）波西（Marco Bossi, 1861—〔1925〕）。

上列诸人中，斯冈罢底是李斯德的弟子，又是华葛纳尔〔瓦格纳〕崇拜者。波西有风琴乐及神剧等名作。意大利近来宗教衰退，而波西专攻宗教音乐，作有巴来斯德里那〔帕莱斯特里那〕式的弥撒甚多。意大利宗教音乐为之复兴。此三人为世纪初意大利音乐的领导者。

关于歌剧方面的，在第十六章"歌剧乐剧与神剧"中详述。

五　波海米亚的现代音乐

波海米亚与俄国同样，其音乐到了十九世纪中叶方始为世人所注目。其代表者二人，都是世界的乐才。

1. 史美塔那〔斯美塔那〕（Bedrich Smetana，1824—1884）是波海米亚的艺术的音乐的先觉者。他最初师事李斯德。后来游学瑞典。归国后，为国民剧场的乐长。后得狂病，被监禁于养育院，至死。他的乐风，承继陪辽士与李斯德、华葛纳尔。作品中最有名的是歌剧《交换新娘》〔《被出卖的新娘》〕（Prodanà Nevěstá）。交响乐诗《我的祖国》（My Fatherland）。

2. 特复约克〔德沃夏克〕（Antonin Dvořák，1841—1904）为波海米亚乐派中最杰出的人物。幼时家贫，将操屠牛业，幸有怀娥铃天才，被雇任为剧场的微渥拉〔中提琴〕（viola）手。其音乐天才迸发，地位日高，终于受美国人聘请，到纽约当国立音乐学校的总裁。留美的期间，他研究美洲土人的音乐，作《第五交响乐》，又名《新世界交响乐》（From the New World）。归国后为本国音乐学校校长。作品甚多，最著名的有交响乐五曲，交响诗《斯拉夫舞蹈》（Slavische Tanz），宗教歌曲《圣母的哀悼》（Stabat Mater），康塔塔《妖怪的新娘》〔幽灵的新娘〕（Cantata: Spectre's Bride），神剧《圣·罗特米拉》（St. Ludmila）。他的乐风，地方色彩特别鲜明，为其他作家所不逮。

六　斯干的纳维亚半岛的现代音乐

这半岛位在北欧，与俄罗斯及波海米亚同样，其音乐也到十九世纪中而为世所知。一时名家辈出，不可胜数。其最知名者如下：

1. 茄代〔加德〕（Niels Gade，1817—1890，丹麦）。

2. 蒲尔（Ole Bull，1810—1880，挪威）。

3. 基耶罗夫（Halfdan Kierulf，1815—1868，挪威）。

4. 格理克〔格里格〕（Edvard Grieg，1843—1907，挪威）。

5. 史芬逊〔斯文德森〕（Johann Svendsen，1840—〔1911〕，挪威）。

6. 辛定克〔辛丁〕（Christian Sinding〔1856—1941〕，挪威）。

7. 才代尔曼〔瑟德曼〕（August Södermann，1832—1876，瑞典）。

8. 赛格伦（Emil Sjögren，1853—〔1918〕，瑞典）。

9. 奥林（Tor Aulin，1866—〔1914〕，瑞典）。

10. 西皮柳士〔西贝柳斯〕（Jean Sibelius，1865—〔1957〕，芬兰）。

茄代为半岛音乐的先觉者。专攻怀娥铃，作曲甚多。作风以德意志式浪漫派为外形，以斯干的纳维亚精神为内容。这位丹麦乐人，推为全半岛音乐的倡导人。而半岛音乐的重心，则在于挪威。

挪威的格理克，是全斯干的纳维亚中最大的天才。他曾留学德意志，后来师事茄代，游历欧洲各国，到处开演奏会，备受赞誉。作品中最有名的是组曲《比尔·京德》〔《培尔·金特》〕（Suite: *Peer Gynt*）。他的钢琴竞奏曲〔钢琴协奏曲〕（Piano Concerto），小器乐及歌谣曲，最为精妙，富于挪威民谣的色彩。

格理克的后继者是史芬逊。他最初与格理克一同留学德国，后来游历各国，从事演奏及作曲。名作有序曲《洛米欧与周里爱德》〔《罗密欧与朱丽叶》〕(*Romeo and Juliet*)。其他交响乐、竞奏曲甚多。最为人所称誉的，是他的小器乐曲 romance〔浪漫曲〕（参看第十一讲）。挪威的辛定克，是技术非常熟练的钢琴家。所以钢琴曲甚多。其中特别有名的是组曲及变奏曲（variation）。

芬兰的西皮柳士与格理克齐名，为半岛中二大音乐家。此人初习法律，后来改习音乐，担任本国音乐学校校长。作品中著名于世的有歌剧《塔中的少女》(*Tornissa Olija Impi*)、管弦乐《芬兰地亚》〔《芬兰颂》〕(*Finlandia*) 及《亚因·萨茄》〔《传奇》〕(*En Saga*)。其作风富于芬兰特有的阴郁与奇怪的趣味。北国苦寒，自然威胁力大，故艺术中表现反抗自然的苦闷。

七　英美的现代音乐

英美两国有一共通点：国民的音乐教养的平均程度都很高，而从古以来少有特别的音乐天才出世。这大概与他们的保守的享乐的民族性有关，英国乐界中较为有名的，有下列诸人：

1. 罢尔夫（Michael Balfe，1808—1870）。

2. 萨里凡（Arthur Sullivan，1842—1900）。

3. 托马司（Arthur Goring Thomas，1850—1892）。

4. 马根济（Alexander Mackenzie，1847—〔1935〕）。

5. 巴理（Charles Hebert Parry，1848—〔1918〕）。

6. 柯温〔考恩〕（Frederic Hymen Cow'en,〔1852—1935〕）。

7. 史当福特〔斯坦福〕（Charles Villiers Stanford, 1852—〔1924〕）。

8. 日尔曼（Edward German,〔1862—1936〕）。

9. 可兰理琪·泰洛尔〔科尔里奇－泰勒〕（Samuel Coleridge-Taylor, 1875—〔1912〕）。

10. 爱尔茄〔埃尔加〕（Edward Elgar, 1857—〔1934〕）。

以上诸家中，歌剧家罢尔夫、萨里凡及纯音乐家泰洛尔、爱尔茄最为有名。泰洛尔是入英国籍的黑人，故作品中有黑色人种的旋律的特色。其名作有《夏华硕》〔《海华沙之歌》〕（*Hiawatha*）。爱尔茄为英国第一流音乐家，所作交响乐与竞奏曲甚多。他的神剧《耶隆提纳史的梦》（*The Dream of Gerontius*）为孟代尔仲〔门德尔松〕以来最大神剧。

美洲的音乐家，著名者有下列诸人：

1. 麦克道惠尔（Edward MacDowell, 1861—1908）。

2. 彼因（John Knowles Paine, 1839—1906）。

3. 却特辉克〔查德威克〕（George W.Chadwick, 1854—〔1931〕）。

4. 富德（Arthur Foote, 1853—〔1937〕）。

5. 康浮史〔康弗斯〕（Frederick Converse, 1871—〔1940〕）。

6. 劳富勒（Charles M.Loeffler,〔1861—1935〕）。

7. 裴起夫人（H.H.A.Beech）。

8. 唐洛修（Walter Damrosch, 1862—〔1950〕）。

9. 耐文〔内文〕（Ethelbert Nevin, 1862—1901）。

10. 哈勃德〔赫伯特〕（Victor Herbert，1859—〔1924〕）。

11. 派克〔帕克〕（Horatio Parker,〔1863—1919〕）。

其中最大的天才，是麦克道惠尔。他游学德国，作风极端倾向于标题乐派，善于描写情趣。善取美洲未开化的土人的旋律，而加以诗的描写，使成为优秀的现代艺术。名作《印第安人组曲》(*Indian Suite*)，便是其一例。他是哈佛大学的音乐长，他的乐风影响美国乐坛甚大。其乐派名曰"波士顿派"。

哈勃德本来是英国人，后赴美，为歌剧指挥者。其作品亦多取用土人旋律，名作有大歌剧《拿托马》（*Natoma*）等。

美国最著名的作曲家是派克。他是爱尔大学的音乐长。名作有大合唱曲《霍拉·拿微西马》（*Hora Navissima*）、歌剧《莫拿》（*Mona*）等。后者获得政府奖章。

*　　　　*　　　　*

总之，二十世纪初头的音乐，集中于德、法、俄三国。德国的希德洛斯，法国的杜褒西，俄国的史克里亚平，尤为人类精神的深刻的表现，而突破标题音乐的最高水准。欧洲大战以后，音乐界暂呈停顿状态。虽有许多新进作家出世，要不外前人作风的延续或尝试的制作。现在还未能加以定论。从表面看，今日世间的音乐，可分苏联、美国两中心。苏联的生气蓬勃的精神，正在酝酿一种精练的乐风；而美国的新世界的（美国建国还不到二百年）无成见的民族性，则应用他的资本来采集古今东西各种的音乐。纽约的乐坛，犹如世界音乐的博览会，而其中没有美国自己的音乐。我们拭目待看世界音乐的未来的新姿态。

歌剧乐剧与神剧 [1]

歌剧（opera），在中国演出的机会甚少。都市中亦甚难得，乡村更不必说。但这不妨拿中国的京戏来比较而说明其性状。京戏（或类似京戏的地方剧，如评剧、越剧等）在中国，流行非常广大普遍。荒村僻壤的人，都有看京戏的经验。西洋的歌剧，大致与京戏相似，是一种音乐与演戏与舞蹈合并而成的综合艺术。其所以异于京戏者，是音乐比演戏舞蹈更为注重；即音乐为主而演戏舞蹈为副，中国的京戏，剧情尽管变化，音乐不外西皮、二簧等几种曲调。歌剧则不然，每一歌剧有一套专用的曲调。故京戏可由戏剧家编制，而歌剧必须由音乐家创作。

歌剧的远源，发生于古代希腊。但正式的诞生，在于十六世纪末的意大利。到现在已有三百多年的历史了。其间有一位革命的作家，是德国人，叫做华葛纳尔〔瓦格纳〕的，把歌剧大加改革，使音乐与演剧融合一致，成为一种调和美满的综合艺术，就不称为歌剧而改称为"乐剧"（"music drama"），故歌剧与乐剧，实际是同一种东西，不过进步程度的差别而已。

---

[1] 本篇是《音乐知识十八讲》的第十六讲。神剧今译清唱剧。

现在先把它的组织与种类说一说。

一般的歌剧，大都由下列各部组织而成：

1. 序曲（overture）——是歌剧开幕前用管弦乐演奏的乐曲。这曲中暗示歌剧的内容情趣，例如悲哀的、雄壮的、滑稽的等。古代的歌剧的序曲，大都很长大。把剧中的主要曲调的旋律采集在序曲中，详细地奏出剧的内情。莫札尔德〔莫扎特〕、裴德芬〔贝多芬〕的歌剧，便是这样的。自从华葛纳尔革命之后，序曲改小了。因为乐剧的主旨是融合音乐与演剧为一体，所以序曲不要长大，只要短短的来个"闹场"。这就不称序曲，而改称为"前奏曲"（"prelude"）。华葛纳尔以后的乐剧家的作品，都是用前奏曲的。希德洛斯〔施特劳斯〕的《沙洛美》（Salome），差不多没有前奏曲；仅奏三小节的音乐就开幕。

2. 间奏（entract 或 intermezzo）——是幕与幕之间所奏的音乐。这音乐用以表示两幕的推移，暗示事件的经过。

3. 合唱（chorus）——歌剧中盛用合唱。二重唱（deut）、三重唱（trio）、四重唱（quartet）、五重唱（quintet）、六重唱（sextet）、七重唱（septet）、乃至八重唱（octet）都有。这种合唱曲，常被取出作为独立的乐曲，名曰歌剧拔萃。

4. 独唱（solo）——是歌剧中主角或主要人物所用的。独唱在歌剧中最为重要。其音乐有二种，即"宣叙调"（"recitative"）与"咏叹调"（"aria"）。宣叙调也有朗诵式的，也有近似普通会话的。即根据于言语的自然的语气（accent）而加以旋律的节奏的技巧。或不用伴奏，或用简单的和弦为伴奏。咏叹调是用以叙情的，都用二部形式或三部形式的歌谣曲。

除以上几种音乐外，还有一种称为"阿里屋索"〔"咏叙调"〕（"arioso"）的。是接在宣叙调中间或最后的短小的旋律。从宣叙调移到咏叹调时，也常用阿里屋索。

歌剧的分类法及名称，各国习惯不同。

在意大利，歌剧分为二种，即：

a）正歌剧（opera seria）——大都是严肃的、悲壮的。例如顾诺〔古诺〕的《浮士德》便是。

b）喜歌剧（opera buffa）——大都是快活的、滑稽的，以欢庆结束的。例如陶尼才底〔多尼采蒂〕的《恋之药》〔《爱的甘醇》〕（*L'Elisir d'Amore*）便是。

在法兰西，称正歌剧为"grand opera"〔"大歌剧"〕，喜歌剧为"Opera comique"，巴黎地方还有一种形式很自由的"抒情歌剧"（"opera lyrique"）。

德国人称歌剧为"operette"或"singspiel"。英国人则称喜歌剧为"light opera"〔"轻歌剧"〕。

但以上是习惯的分类法，是根据歌剧的内容情节而分别其名称的。如果把歌剧当成音乐与戏剧舞蹈的综合艺术看，则它的分类法应该只有两种，即：

a）grand opera 是形式比内容更注重的。开始必有序曲，全剧分为数幕，各幕又分数场（scene），后半部必有长大的乐曲，名曰"罢来"〔芭蕾〕（ballet）。初期一般正歌剧都是其例。

b）opera lyrique，是内容比形式更注重的。不用序曲而用短小的前奏曲。不一定有"罢来"。剧的效果比前者强。例如华葛纳尔的《罗安格林》(*Lohengrin*)便是。

歌剧诞生于十六世纪末的意大利。十八世纪中经过格罗克〔格鲁克〕的改革,十九世纪又经过华葛纳尔的改革,以至于现代的国民歌剧。今将歌剧史划分为四个时期,分述于下。

一 初期的歌剧

一六〇〇年顷,意大利弗罗伦司〔佛罗伦萨〕地方有一群音乐家,集中在当地一位富裕的贵族罢尔第(Giovanni Bardi)的邸宅中,共同研究古代希腊的悲剧。他们企图由此创造一种新的音乐剧。他们废止了当时盛行的复音乐〔复调音乐〕的对位法(参阅第十一讲),而试用单音乐〔主调音乐〕的和声学(harmony)。他们以希腊的悲剧为根据,而用单音乐的技法创作新的音乐剧。原来古代希腊的悲剧,音乐与演剧有不可分离的密切关系。故歌剧的远源,实出于希腊的悲剧。又,十六世纪顷,正是文艺复兴(Renaissance)运动开始的时代,"归希腊"的呼声,普及于全艺术界。音乐界自然也受影响。音乐界的文艺复兴的产物,便是歌剧。而这罢尔第邸宅,正是音乐史上的一个纪念地。

这班研究古代希腊的悲剧的音乐家群中,有一位名叫悲李〔佩里〕的,是大天才。他最初创作一歌剧,叫做《达甫耐》(*Daphne*),于一五九七年在弗罗伦司上演,博得大众的赞誉。这便是最初的歌剧。三年之后,为庆祝法王〔教皇〕亨利四世的婚仪，他又作《优里第采》〔《尤丽狄西》〕（*Eurydice*）。这便是第二个歌剧。自此以后，歌剧风行全欧，作者辈出。意、德、法、英四国，尤多名家。在发祥地的意大利，歌剧作风分了三派。开山老祖悲李的一派，叫做弗罗伦司派，蒙台凡尔第代表的一派叫做威尼斯派，史卡拉库代表的一派叫做拿破利派。其他德国、法国、英国各成一派。今将初期歌剧诸派作家列表于下：

1. 意大利弗罗伦司派：

悲李（Jacopo Peri，1560—1630〔1561—1633〕）。

2. 意大利威尼斯派：

a）蒙台凡尔第（Claudio Monteverdi，1567—1643）。

b）卡伐理（Francesco Cavalli，1600—1674〔1602—1676〕）。

c）契史底（Marc〔Pietro〕Antonio Cesti，1620〔1623〕—1669）。

3. 意大利拿破利派：

a）史卡拉底〔斯卡拉蒂〕（Alessandro Scarlatti，1659〔1660〕—1725）。

b）史德拉台拉（Alessandro Stradella，1645—1681〔1644—1682〕）。

4. 德意志派：

a）修兹（Heinrich Schütz,〔1585—1672〕）。

b）卡伊才尔（Reinhard Keiser，1673〔1674〕—1739）。

c）亨代尔〔亨德尔〕（George Frideric Handel，1685—1759）。

5. 法兰西派：

a）罗李〔吕利〕（Giovanni Lully，1632—1687）。

b）彼郎（Pierre Perrin，〔约 1620〕—1675）。

c）拉莫（Jean Phillippe Rameau，1683—1764）。

6. 英吉利派：

a）亨弗来（Pelham Humphrey,1647—1674）。

b）巴赛尔〔珀塞尔〕（Henry Purcell，1659—1695）。

悲李创制的歌剧，音乐方面除古式的"牧歌形式"（即 madrigale）之外，又加用"宣叙调"（recitative），以便于充分发表人物的情感。牧歌形式本来是复音乐风的民谣形式，不适于人物对话之用。故取用朗吟式的宣叙调之后，效果大著。

威尼斯派的大家蒙台凡尔第继续悲李的研究，歌剧更加进步，蒙氏致力于戏曲的表现。他的名作有《奥费乌》（Orfeo）、《亚利昂那》（Arianna）、《汤克来第》（Tancredi）等，蒙氏的歌剧创作的主旨，是音乐与演剧并重。不幸无人继承他的努力。以致后来的歌剧，仍多偏重音乐。故十七世纪的歌剧，都是注重抒情的咏叹调及"罢来"的。

拿破利派作家史卡拉底的作品，也是极端注重音乐的。剧中的咏叹调特别注重。故自此至格罗克改革之间，歌剧研究无异咏叹调研究。法国派的歌剧则特别注重罢来。罗李的作品，除罢来外，序曲亦特别注重，特称为"罗李式序曲"。德国派与意、法同风，都是偏重音乐的。

故在十八世纪前半以前，歌剧都是偏重音乐的，即音乐与演剧没有密切的关系，而综合艺术的价值不免低微。起而矫正这百年来的缺陷的，是德国人格罗克。

二 格罗克与浪漫歌剧

格罗克（Christoph willibald Gluck，1714—1787，德）的歌剧制作，注重剧的要素，企图音乐与演剧两相融和。他废弃宣叙调与咏叹调的传统的形式，而另用新的形式。又在管弦学上用交响乐的手法。于是歌剧面目一新。他的名作甚多，最著者有《奥费乌与犹里第契》（*Orfeo ed Eurydice*）、《在奥里史的伊斐干尼》（*Iphigénie en Aulis*）、《阿尔契史底》（*Alceste*）、《阿尔米特》（*Armide*）、《在托里史的伊斐干尼》（*Iphigénie en Tauris*）等。

但格罗克的歌剧，形式虽然改进，内容仍是古典的。格罗克以前的歌剧倘称为"古典派"，则格罗克的歌剧可称为"新古典派"。承继格罗克的新古典歌剧而引起后来的浪漫歌剧的，是莫札尔德。这大音乐家，在前面"近世的音乐"一讲中早已详述过，现在但说他的歌剧方面的制作。

莫札尔德是音乐神童，十四岁就作歌剧。他受格罗克的影响甚大。故他的作品比较起初期的意大利歌剧来，剧的效果甚为丰富。他的歌剧作品，重要者有六种：

a）《伊独美诺》〔《伊多美纽斯》〕（*Idomeneo*）。

b）《斐格洛〔费加罗〕的结婚》（*Nezze di Figaro*）。

c）《童·乔望尼》〔《唐·璜》〕（*Don Giovanni* 或 *Don Juan*）。

d）《可西·方·土底》〔《女人心》〕（*Cosi Fan Tutti*）。

e）《底土史》（*Titus*）。

f)《魔笛》(*Die Zauberflöte*)。

最后一曲,尤为他的名作。对后来的浪漫派歌剧作家,给予很大的影响。

莫札尔德以后,浪漫派歌剧家接踵而起。意、德、法三国,各有名作家出世。今将其姓名列表如下:

1. 意大利式浪漫歌剧家:

a)洛西尼〔罗西尼〕(Gioacchino Rossini, 1792—1868)。

b)侃尔皮尼〔凯鲁比尼〕(Luigi Cherubini, 1760—1842)。

c)史邦底尼(Gasparo Spontini, 1774—1851)。

2. 德意志式浪漫歌剧家:

a)韦伯(Carl Maria von Weber, 1786—1826)。

b)史博尔(Louis Spohr, 1784—1858)。

c)马尔修耐尔(Heinrich Marschner, 1795—1861)。

3. 法兰西式浪漫派歌剧家:

a)陶尼才底(Gaetano Donizetti, 1797—1848)。

b)马伊亚陪亚〔梅耶贝尔〕(Giacomo Meyerbeer, 1791—1864)。

c)裴理尼〔贝里尼〕(Vincenzo Bellini, 1801—1835)。

洛西尼是意式浪漫歌剧的最大作家。他在一八一三年(歌剧革命者华葛纳尔诞生之年)作《汤克来地》(*Tancredi*)。后二年,又作《赛微拉的理发师》〔《塞维利亚理发师》〕(*Il Barbiere di Seviglia*)。其后渐脱意大利风,作《廉威·推尔》(*William Tell*)。这歌剧为后来法兰西乐剧(grand opera,即法式浪漫歌剧)的起因,且对于大歌剧家华葛纳尔有很大的影响。

侃尔皮尼虽是意大利人,但因身任巴黎音乐学校的校长,长年滞居巴黎,故其作风介乎意、法之间,为由意式歌剧移到法兰西大歌剧的过渡作家。

意大利浪漫歌剧有一缺点,即太过注重音乐。一出歌剧,几乎变成许多大声乐曲的连续演唱。opera这词,原是opus(作品)的复数词。意大利的opera真个变成了声乐曲opus的复数了。故当时的评论家,对此有"声的体操"的讥评。这缺陷在洛西尼不能全免;在法兰西化的侃尔皮尼则不复有此缺陷。侃尔皮尼的影响之下,产生下面的德式与法式的诸浪漫歌剧家。

韦伯是德式浪漫歌剧的设立者,前承侃尔皮尼,后起华葛纳尔,筑成两人间的桥梁。他的名作有《自由射手》(*Freischütz*)、《欧里昂底》(*Euryanthe*)、《奥陪龙》(*Oberon*)。前两者尤为世人所共赏。他的作风的特色,是创用民谣风的"导旋律"〔"主导动机"〕("leit motif")。后来华葛纳尔的导旋律,即萌芽于此。

法兰西浪漫歌剧的发起人陶尼才底是意大利人,其完成者马伊亚陪亚是德国人。"法兰西大歌剧"是由这两人造成的。

陶尼才底初学洛西尼,后入巴黎,就创造"法兰西大歌剧"。他的名作有:

a)《罗克来几亚·波尔奇亚》(*Lucrezia Borgia*)。

b)《罗几亚·提·浪美莫亚》〔《拉美摩尔的露西亚》〕(*Lucia di Lammermoor*)。

c)《联队的少女》(*La Fille du Régiment*)。

d)《恋之药》(*L'Elisir d'Amore*)。

《罗儿亚·提·浪美莫亚》是他的最大杰作。其他诸曲，也都是在全世界到处开演的。

马伊亚陪亚生于德国而成名于巴黎，为法兰西大歌剧的完成者。当时的评家说："德意志的和声，意大利的旋律，法兰西的节奏，三者兼备的，唯马伊亚陪亚一人而已。"他的杰作有三：

a)《新教徒〔胡格诺教徒〕》(*Les Huguenots*)

b)《预言者》(*Le Prophète*)

c)《拉非利根》〔《非洲女郎》〕(*L'Africaine*)

马伊亚陪亚的作风的特色，是热狂的、夸大的。舞台面都很伟大，合唱都很刺激。这特色最适合法兰西人的性格。故其作品风靡一时。他有一缺点，即爱用意大利的形式，与浪漫的精神。这两者原来是不相容的，只是表面的妥协而已。华葛纳尔矫正他这缺点，改称歌剧为"乐剧"，这是歌剧的大革命，直接引起今日北欧的国民歌剧。

三 华葛纳尔的乐剧

华葛纳尔（Wilhelm Richard Wagner, 1813—1883）是德国莱府人，其人对于音乐和演剧，均有丰富的天才。他认为以前的歌剧，是音乐与演剧的不正当的结合。凭仗他的天才，实行大胆的改革，终于大告成功。他的歌剧特称为"乐剧"。

乐剧有四大特点：

1. 音乐与剧词同等重要，密切联合。所以华葛纳尔自作剧词，自作乐曲。

2. 用"导旋律"，以补文词语言之不足。导旋律者，就是对于人物的性格，用一个固定的旋律来暗示。使人一听了这旋律，便联想某人物。韦伯曾用此法，但未曾精究。华葛纳尔不但用导旋律描写人物的性格，又用以描写无生物，思想与观念等。

3. 用特殊的器乐法以表现各种人物的性格。故管弦乐与声乐地位相对等，管弦乐不复为声乐的伴奏。

4. 废除旧式的序曲，改用短简的"前奏曲"。每幕之前皆有前奏曲，暗示各幕的内容。

华葛纳尔的改革歌剧，有精详的理论。他有四种关于艺术理论的著作，即《艺术与革命》（*Die Kunst and die Revolution*）、《将来的艺术》（*Die Kunstwerk der Zukunft*）、《艺术与气候》（*Kunst und Klima*）、《歌剧与正剧》（*Opera und Drama*）。

华葛纳尔的乐剧作品，可分三时期，列表如下：

1. 第一期，受浪漫歌剧影响时代的作品：

a）《妖魔》〔《仙女》〕（*Die Feen*）。

b）《恋爱禁制》〔《爱情的禁令》〕（*Das Liebesverbot*）。

c）《李恩济》（*Rienzi*）。

2. 第二期，过渡时代的作品：

a）《飞行的荷兰人》〔《漂泊的荷兰人》〕（*Der Fliegende Holländer*）。

b）《汤诺伊才》〔《汤豪舍》〕（*Tanuhäuser*）。

c）《罗安格林》（*Lohengrin*）。

3. 第三期，乐剧时代的作品：

a）《尼裴伦根的指环》〔《尼伯龙根指环》〕（*Der Ring des Nibelungen*）。

前夜《莱因的黄金》（*Das Rheingold*）。

第一夜《华尔寇来》〔《女武神》〕（*Die Walküre*）。

第二夜《琪格弗利特》〔《齐格弗里德牧歌》〕（*Siegfried*）。

第五夜《诸神的黄昏》〔《众神末日》〕（*Die Götterdämmerung*）。

b）《德理史丹与伊索尔第》（*Tristan und Isolde*）。

c）《巴雪发尔》〔《帕西发尔》〕（*Parsifal*）。

其中第一期作品是旧式的。第二期作品开始革新。《汤诺伊才》初演时大家不要看，视华葛纳尔为狂妄之徒。连有名的修芒〔舒曼〕也不能理解他，说："这里没有旋律！"后来才认识他的伟大。《罗安格林》在德国大诗人歌德百年祭那天开演。李斯德〔李斯特〕大加赞赏，指为德国空前的大作。《指环》一剧，为华葛纳尔毕生最大作。题材取自挪威神话，音乐与文学并为不朽之作。这剧的完成，前后共费二十五年之久。德国南部裴洛伊德〔拜雷特〕（Bayreuth）地方，特设一华葛纳尔剧场，专演华氏的作品。《巴雪发尔》便是为这剧场而作的宗教乐剧。

四　现代国民歌剧

华葛纳尔死后，乐剧这名称无人袭用；而乐剧的实际精神影响于十九世纪末与本世纪初的一切歌剧。在德、法、意，称为"现代歌剧"，在北欧的俄国与波海米亚〔波希米亚〕称为"国民歌剧"。今将各国概况逐述于下。

1. 德意志的现代歌剧，受华葛纳尔的影响当然最大，其代表作家，有下列二人：

a）亨巴定克〔洪佩尔丁克〕（Humperdink，1884—1915〔1854—1921〕）是华葛纳尔的高足，曾在裴洛伊德办理华葛纳尔剧场事业。故所受华葛纳尔影响甚大。他初作《亨赛尔与格来推尔》（Hänsel und Gretel），名震一时，由此博得世界的名誉。后又作《侃尼格史京特尔》〔《王子们》〕（Die Königskinder），在纽约开演，亦得好评。他的作风，恪守师传，并未越出华葛纳尔一步。

b）希德洛斯在前讲已经说过，是交响乐大家。但同时他又是大乐剧家。他善于应用华葛纳尔的"导旋律"。又善用管弦乐描写人物性格。他的大作有《沙洛美》（Salome）、《爱来克德拉》（Elektra）。又有喜歌剧《蔷薇的骑士》〔《玫瑰骑士》〕（Rosenkavalier）。剧的效果与音乐的效果十分融和，技法不让于华葛纳尔。

2. 法兰西现代歌剧家，最有名的可举五人：

a）马史耐（Massenet，1842—1912）是作品最多的作家。他的作风，半属于华葛纳尔派，半属于法兰西大歌剧派。作品中最有名的是《马农》（Manon）、《惠尔推尔》〔《维特》〕（Werther）、《泰伊史》（Thaïs）、《勒·西特》〔《熙德》〕（Le Cid）、《吉诃德先生》（Don Quixote）等。

b）杜褒西〔德彪西〕，前讲已经说过，是器乐家，同时又是歌剧家。他的乐风，称为"印象乐派"。他的大作有《彼来与梅里生》〔《贝利雅斯与梅丽桑德》〕（*Pelleas et Melisande*）、《圣·赛罢史丁》（St.Sebastian）等。

c）窦卡〔杜卡斯〕（Paul Dukas，1865—〔1935〕）是杜褒西的承继者。其名作有《亚里昂与青髯》〔《阿丽安与蓝胡子》〕（*Ariane et Barbe Bleue*）。上述三家以外，尚有属于旧派的二人：

d）顾诺〔古诺〕（Gounod，1818—1893）原属旧派的歌剧家，而略受华葛纳尔的影响。其杰作有《浮士德》（*Faust*）、《洛米欧与周里爱德》〔《罗密欧与朱丽叶》〕（*Romeo et Juliette*），前者尤为名高。

e）比才（Bizet，1838—1875）亦是旧派歌剧家，而受华葛纳尔影响的。是法兰西轻歌剧家中的大天才。名作《采珍珠者》（*The Pearl Fisher*）与《茄米来》（*Djamileh*），是东洋风的歌剧。他的最大杰作，是世界闻名的《卡尔门》〔《卡门》〕。现代轻歌剧中，以此为第一佳作。尼采最爱此曲。在第一讲中曾有详述。

3. 意大利现代歌剧作者，亦人才济济。可记录的有下列五人：

a）凡尔第〔威尔第〕（Verdi，1813—1901）与华葛纳尔同年生。他的一生的作品中，显然可以看出浪漫派、华葛纳尔派、现代派三种作风。名作有《阿伊达》（*Aida*）、《奥推洛》〔《奥赛罗》〕（*Otello*）、《发尔史塔夫》（*Falstaff*）、《李各来托》

〔《弄臣》〕（*Rigoletto*）等。

b）普起尼〔普契尼〕（Puccini，1858—〔1924〕）是凡尔第的承继者。为现代意大利最大的歌剧家。他独特的长处，是旋律的美与管弦乐的丰丽。名作有《波海拇》〔《艺术家的生涯》〕（*La Bohème*）、《托史卡》（*La Tosca*）、《蝴蝶夫人》（*Madama Butterfly*）。《蝴蝶夫人》中用东洋服装与东洋音乐。尤为特殊的名作。

c）沃尔夫·费拉里（Wolf-Ferrari，1876—〔1948〕）为意大利现代歌剧的老大家。昔年曾受欧洲及美洲的人士的热狂的欢迎。其名作《圣母的珮玉》（*The Jewels of the Madonna*）。被誉为华葛纳尔以后的最大作，尚有：

d）马史卡尼（Mascagni，1863—〔1945〕）及莱昂卡伐洛（Leoncavallo，1858—1920〔1857—1919〕），此二人为马伊亚陪亚、华葛纳尔、凡尔第三人在意大利的余音。马史卡尼有名作《卡伐来理·罗史的卡那》〔《乡村骑士》〕（*Cavalleria Rusticana*）。莱昂卡伐洛有名作《伊·派格理亚济》〔《丑角》〕（*Pagliacci*）。

4.俄罗斯国民歌剧，是近代音乐界的异彩。这是斯拉夫族所特有的坚定的沉郁的精神，加以西欧的丰丽的精神而成的一种特殊的艺术。其作者有六大家。

a）格林卡（Glinka，1803—1857）是北欧歌剧的创设者。其名作《为皇帝的生命》〔《伊凡·苏萨宁》〕（*A life for the Czar*），为俄国国民歌剧的第一声。次作《罗斯浪与罗特米拉》（*Russlan and Ludmilla*），国民的感情比前者更强。

b）却伊可夫斯基〔柴科夫斯基〕（Tschaikovsky，1840—1893）是格林卡乐风的承继者，最大作有《尤格耐·奥耐京》〔《叶甫根尼·奥涅金》〕（*Eugène Onegin*）、《比克·达美》〔《黑桃皇后》〕（*Pique Dame*）。却氏在纯音乐方面的功业甚大，已见前讲。

c）莫索奇斯基〔穆索尔斯基〕（Mousorgsky，1839—1881）是俄国音乐家中最富独创性的。作品有《波理史·哥独诺夫》〔《鲍里斯·戈杜诺夫》〕（*Boris Godounov*）、《可凡底那》〔《霍宛斯基党人之乱》〕（*Khovantchina*）等。

d）波罗定〔鲍罗丁〕（Borodin，1834—1887）是莫索奇斯基的同志友人。作品以《伊各公子》〔《伊戈尔王》〕（*Prince Igor*）为最著名。

e）李摩斯基·可沙可夫〔里姆斯基-科萨科夫〕（Rimski-Korsakoff，1844—1908）是俄国风作家，而带西欧色彩。故其作品最为普遍受人欣赏。名作有《雪娘》（*Snegourotchka*）、《金鸡》（*Coq d'or*）等。

f）史德拉文斯基〔斯特拉文斯基〕（Stravinsky,〔1882—1971〕)作风最为新颖，且富于东洋的色彩。他的杰作《莺》〔《夜莺》〕（*Rossignol*），所演的是中国的皇帝及其所畜的莺的幻想的故事。《火的鸟》（*L'Oiseau de Feu*）、《春的牺牲》〔《春之祭》〕（*Sacre de Printemps*）等作品中，大胆地使用不协和音，获得特殊的效果。

5. 波海米亚与俄国，国情相同，乐风亦相同。国民歌剧亦很发达。著名的作家有二人。

a）史美塔那〔斯美塔那〕（Smetana，1824—1884）以作品《交换新娘》〔《被出卖的新娘》〕（*Prodaná Nevěstá*）著名于世。此歌剧中用波海米亚本国的故事，本国的音乐和本国的舞蹈。故充分表达出波海米亚的国民性。

b）特复约克〔德沃夏克〕（Dvořák, 1841—1904）是波海米亚国民歌剧的承继人。作有《罗萨尔卡》〔《水仙女》〕（*Roussalka*）、《阿米达》（*Armida*）两歌剧。但他的功业，主要在纯音乐方面，前讲已有详述。

五 神 剧

"神剧"（"oratorio"），也是十六世纪末发生于意大利的一种音乐剧。这是宗教界的歌剧，题材全是圣书中的事迹。后来废弃了舞台上的动作，而专用音乐演唱。故 oratorio 一词，原义是"神剧"，实际是"神曲"。再到后来，内容亦不限定宗教的，世俗的事件也可入神曲。这样，oratorio 就变成"没有舞台动作的歌剧"。

十六世纪末，意大利的罗马市的圣·马利亚（St. Maria）寺院〔教堂〕的牧师耐理（St. Phillip Neri），每礼拜集合信徒，在礼拜堂（oratory）中演习圣书中的事迹，附以音乐。后来规模渐渐扩大，便成一种作品，就称为神剧。最初的作品是《死后与生》（*L'Anima e Corpe*）。耐理之后，致力于神剧研究的，是卡理西米（Carissimi）。这两人称为罗马派，为神剧的先导者。入十七世纪以后，各大音乐家，均有神剧制作。其人在前面均已叙述过。今但将其姓名及作品名列表于下：

1. 亨代尔：

　　《救世主》〔《弥赛亚》〕（*Messiah*）；

　　《沙拇逊》〔《参孙》〕（*Samson*）；

　　《耶甫塔》（*Jephta*）。

2. 罢哈〔巴赫〕：

　　《马太受难乐》（*Matthew Passion*）；

　　《约翰受难乐》（*Johannes Passion*）；

　　《基督降诞祭》（*Weihnachts Oratorium*）。

3. 海顿：

　　《天地创造》〔《创世纪》〕（*Creation*）；

　　《四季》（*Seasons*）。

4. 裴德芬：

　　《爱尔陪格的基督》（*Christus am Oelberges*）；

　　《D调庄严弥撒》（*Missa Solemnis in D*）。

5. 孟代尔仲〔门德尔松〕：

　　《圣·保尔史》〔《圣保罗》〕（*St.Pauls*）；

　　《爱里亚》〔《以利亚》〕（*Elijah*）。

6. 陪辽士〔柏辽兹〕：

　　《基督的幼时》（*Infancy of Christ*）。

7. 李斯德：

　　《神圣的爱里沙勃史〔《圣伊丽莎白逸事》〕（*Heilige Elizabeth*）；

　　《基督》（*Christus*）。

8. 洛西尼：

   《圣母哀悼歌》（*Stabat Mater*）。

9. 顾诺：

   《庄严弥撒》（*Messe Solennelle*）；

   《赎罪》（*Rédemption*）；

   《莫洛与微塔》〔《生与死》〕（*Mors et Vita*）。

10. 富郎克：

    《悔恨》（*Ruth*）；

    《赎罪》（*Rédemption*）；

    《至福》（*Béatitude*）。

11. 勃罗夫：

    《美丽的爱伦》（*Fair Ellen*）。

12. 爱尔茄〔埃尔加〕：

    《圣徒》（*Apostles*）。

《世界大作曲家画像（附小传）》译者序[1]

这书包含七十四位大音乐家的画像和小传。从十六世纪初直到一千九百三十三年，从巴雷斯特利那〔巴莱斯特里那〕的弥撒曲直到最近的爵士音乐，世界各国所有的著名的作曲家，都被罕斯尔和考夫曼用文字，尼孙松用画图，简明生动地描写在这册子里了。这可说是一册图文并茂的精简音乐史。

尼孙松的肖像画是简笔的写实；有 caricature（漫画肖像）那么的明快，而没有它的怪诞；有照相那么的肖似，而没有它的噜苏。这可说是写实的漫画，或简笔的照相。所以，这册书中小传所叙述的作家的生活、思想和作风，在画像的眉宇神情之间也仿佛可以看得出来。罕斯尔和考夫曼的文章同画像一样，也可说是简笔的写实。每一个作家不消一千个字，便把他的生活、思想和作风提纲挈领地写出。他善于作简洁而活跃的描写，例如描写音乐家的爱人，说道："他同一位笑声像永不解决的短二度〔小二度〕而谈话像 presto scherzand（急速而谑谐）的英国最优美的女人结了婚。"又如他描写另一个人，说道：

---

[1]《世界大作曲家画像（附小传）》（罕斯尔、考夫曼合著，丰子恺译），1951年4月上海万叶书店出版。

"有一个美国女郎要向他学习钢琴,他知道美国女郎不肯用功,表示拒绝;后来这女郎就用同他结婚来报复他。"他不必噜苏地详叙,读者自能想见他的言外之意。只是我的译笔不良,不能全部传达原文的神情为憾。

关于这书的内容,我须得把原序节译一部分在下面:

关于这册书七十四位作曲家的派别,我是取极宽大的办法的。因为各派之间实际上没有严格的界限;况且有几位作家是一人兼作两三派的音乐的。所以我只能分别最显明的四大派,即古典乐派,浪漫乐派(包括标题乐派),歌剧派和现代乐派。

一切音乐所根据的最早时期的音乐,当然是虔敬的供奉上帝的音乐,因为那时代的人生活都是这样的。这些音乐都是单纯的赞颂歌,都在教堂里演唱,都是用记忆而不用谱表的。在这上面,建筑起巴赫、罕得尔〔亨德尔〕、海顿和莫差特〔莫扎特〕的复音乐〔复调音乐〕来。这四人和其他诸古典派作家的作曲,便是所谓"绝对音乐"("absolute music"),即"为美而美"("beauty for its own sake")的音乐,其中不混入个人的情感。这些音乐只给我们悦耳的和声和清楚的旋律的感觉,这一点是和其前或其后的音乐判然不同的。

巨人贝多芬是最初把自己个人的感情混入音乐表现中的人。他有几个作品依照古典派的原则,但是其他许多作品都是从他的内生活的情感上出发的。所以他是从古典乐派到浪漫乐派的桥梁。舒曼、舒伯特、索班〔肖邦〕、布拉姆斯〔勃拉姆斯〕都是浪漫乐派作家。他们所作的音乐,是一种自白,是把他们个人的渴慕和挣扎向公众表白。标题音乐则是用精致的音符来在乐曲中讲故事，陪伴又补助浪漫乐派的发展。

早期的教会音乐，由两条路趋向世俗化，即器乐的和唱歌的。歌剧的发展便是后者的结果——这发展和器乐的相并行，慢慢地从早期的滑稽歌剧（opera bouffe）和喜歌剧（opera comique）出发，通过了意大利歌剧繁荣的尝试时期，达到格卢克〔格鲁克〕的精美、新鲜和简朴，更进一步，达到华格纳〔瓦格纳〕的戏剧的和管弦乐的伟业和得彪西〔德彪西〕的神仙缥缈的境地。差不多每一个作曲家都作过歌剧；但我现在所称为歌剧作家的，是指专门作歌剧的人。

现代乐派作家表现二十世纪生活的颠沛和紧张，同浪漫乐派作家的表现个人的悲欢一样热烈。他们要把对于事物的印象十分适切地表现，所以有时超越了旋律、和声、对位法和曲式的规则。他们是严格的写实者，全无空想和闪避。像某作家说："你不能用美丽的声音来表现残酷的创伤。"但是这话不能阻止现代派作家用音乐去表现残酷的创伤。在写实的旗帜之下，生活的每一种情景都是现代的音乐的猎人的获物。

一九五〇年十二月七日丰子恺

苏联的音乐[1]

我二十年前曾经为《中学生》（本志的前身）读者讲过许多关于音乐的话。其中有一部分早已编成单行本在开明书店出版（如《孩子们的音乐》、《西洋音乐知识》等）。其中也曾讲到俄罗斯的音乐；但讲的都是旧时代的音乐。过了二十年，《中学生》已经变为《进步青年》；中国已因人民解放而遍地光明；苏联这先进国家，更有了灿烂的文化。我还是用那支自来水笔再替《进步青年》讲新时代的苏联的音乐。

讲新时代的苏联的音乐，仍要引证旧时代的俄罗斯大音乐家的话。十九世纪中叶，俄罗斯有一位大音乐家，名叫迈克尔〔米哈伊尔〕·格林卡（Michael Glinka，1803—1857）的，是俄国现代乐派的祖师，音乐史上称他为"俄罗斯音乐之父"的，他曾经说过这样的话：

创造音乐的是人民。我们作曲家不过编排而已。

他说这句话的时候，是十九世纪的上半，但这句话预言了百年

---

[1] 本篇原载1951年《进步青年》杂志第233期。

后的苏联的新音乐的倾向。现今的苏联音乐,正是从这句话出发的。创造音乐的是人民;音乐家不过替他们编排而已。换句话讲,就是说苏联的音乐家必须依照人民的爱好而作曲;苏联的音乐都是人民的音乐。

格林卡为什么有这样的先见之明呢?一则,音乐这种艺术。本来是民众之声,只因在封建、资本主义之下,冤枉地被关进教堂里或象牙塔里;变成畸形的发展。格林卡能够看到这一点,所以给它解放,使它回复本来面目。二则,俄罗斯音乐在格林卡以前,长期地被禁锢在教会里,而且非常严酷,只许教堂里演奏,民间竟不许有音乐。对这种压迫的反抗,便是格林卡的现代乐派。压迫越厉害,越长久,反抗的力越强大。格林卡的时候社会虽然还没有解放,音乐已经被他局部解放了,所以他能说出这句话来。社会解放之后,音乐更加欣欣向荣,完全恢复了它的自由而变成人民的艺术了。

"人民的艺术"的音乐,就是现在的苏联的音乐。现在把它的性状大略说一说:

第一,苏联的音乐是社会主义的。音乐怎么也有社会主义呢?有的!和政治无关,和社会脱离,为少数人享乐,而为大多数人民所不解的,不是社会主义的音乐;反之,与社会主义的苏联的政治社会及全体人民密切关联的,是社会主义的音乐。一千九百三十六年苏维埃联邦共和国宪法成立之后,苏联的音乐就和联邦的政治一致步调,稳健地发展,到现在已经确立了社会主义音乐的基础。苏联的音乐是苏联的文化的一部分,苏联的文化是苏联的政治的一部分。苏联的政府是苏联人民自己的政府。所以苏联的音乐是苏联人民自己的音乐。这不是统治者们独享的音乐，不是资本家玩弄的音乐，不是少数人陶醉的音乐，而是全体人民大家感到兴味的音乐。苏联全体人民为了他们的自由而作长期的坚苦的斗争，终于获得了光明灿烂的胜利。关于这斗争，关于这胜利的音乐，是苏联人民大家感到切身的兴味的音乐，便是今日的苏联人民的社会主义的音乐。与这斗争和胜利无关的游离生活的音乐，在苏联人民看来是一种奇怪的东西，他们绝不感到兴趣。因此这种游离生活，与社会政治无关的音乐，在苏联自然地消灭，苏联的一切文化，都同社会主义保住有机的关系而发展了。

苏联全体人民为了他们的自由而作长期的艰苦的斗争，终于获得了光明灿烂的胜利。所以他们对于他们的国家，对于他们的人民，对于他们的领导者，大家怀着热烈的"爱"。只有和这热烈的"爱"有关的音乐，才是他们所一致发生兴味的音乐。西欧资本主义国家的音乐，都是和劳动人民现实生活脱节的音乐，是资产阶级有闲阶级的音乐。

一千九百三十六年一月十六日，斯大林在莫斯科的音乐家联合大会上讲演，其要旨的第一点是"苏联音乐的社会主义的题材"。他说："人民为自由而斗争的主题，是音乐的最高理想。"联邦的音乐家代表，全体一致赞成并且拥护这提案。因为斯大林所提的不是他个人的爱好，而是全体人民共通的爱好，所以立刻获得热烈的拥护；而从此确立了苏联社会主义音乐的基础。

苏联音乐的基础是这样确立下来的。因此，苏联音乐家的修养也和资本主义国家的音乐家判然不同。他是音乐家之外，又是历史家，科学家，社会工作者，布尔什维克主义的学理专家。换言之，他不是一个孤独的机械的音乐家，而是一个社会主义者兼音乐家。在封建、资本主义的国家中，"音乐家"是孤立的，机械的；他一生埋头在音乐的技术中，不管世间一切事体。越是不管，越是被视为"高尚"，"超脱"。中国过去也如此，不但是音乐家而已，凡讲起"艺术家"，人们多以为是一种超然的与社会、政治、人民无关的人。倘若有关，便被视为"俗"，被视为"不雅"。甚至于说：音乐家的作曲，听得懂的人越少越好，所以有"曲高和寡"之说。曲高和寡便是说曲子越高，懂得的人越少。这曲也许是技术很高深困难的；但是听得懂的人太少，终究不是好的音乐；这音乐家也终究不是健全的人，否则为什么这样孤苦伶仃无人理睬呢？这种奇怪的现象是怎样产生出来的？其根本就在政治社会的组织上，封建、资本主义时代的政府，是统治者包办的，人民是被统治者，与政府相对立，相敌视；人民不胜被统治，被压迫之苦，就逃进"艺术之宫"或"象牙塔"里去，对世事可以不闻不问，自得其乐，作为消极的抵抗。在统治方面，看见艺术家们躲进"艺术之宫"，不来管他们的账，觉得很放心，便帮他们提倡"高雅"，越是不管政治，越是"高雅"。于是艺术家就变成了一种脱离现实的"游魂"似的东西，他的作品就变成了一种毫无用处的"符咒"似的东西。艺术家和艺术都陷于病态了。苏联的艺术主义，便是要把艺术家和艺术从孤立的境地中救出，而把病态转变为健康。所以苏联的人民，反对"艺术范围之外的活动妨碍艺术创作"的旧说，而提倡艺术家必须接触社会种种问题，必须接近人民，必须博学广闻，必须过问自己的政府的事；这样，他的创作才有生气。苏联的艺术家不把艺术看作他个人的利益，而看作对全体人民的责任。所以苏联的音乐创作，不是某个人的爱好，而是全体人民的爱好。正如格林卡所说："创造音乐的是人民。我们作曲家不过编排而已。"

第二，苏联的音乐，是写实主义的。怎么叫做写实主义？就是拿现实的事体作题材。一千九百三十六年一月十六日斯大林对音乐家联合大会的讲演中，曾经提出："歌剧的主角宜用现代人。"就是说，不要专选古人为题材，要把我们所目见耳闻的现代的英雄作为歌剧音乐的主角。古代的故事，凡人民所爱讲，爱听，在今日同在数千百年前一样地有生气的，当然可以取作歌剧题材；但是目前的事实，例如十月革命中的可歌可泣的故事，更是良好的歌剧题材。欧洲资本主义国家批评苏联歌剧，说"革命的色彩太浓重"。的确浓重，但这浓重是人民所要求的；他们亲身经历这长期的艰苦的斗争，居然达到最后的胜利，获得解放的自由，他们对于这斗争中的史迹，谁都发生浓烈的兴趣。把它们搬到舞台上来，用音乐艺术来表演出来，他们看了更加发生浓重的兴趣。即使这些故事中有悲壮殉难的哀史，苏联的人民看了也不会颓丧，因为他们已经获得光荣的最后胜利，已经替这些殉难的人彻底地报仇雪耻了；他们即使在剧场里流眼泪，这眼泪也是甜的。这种情况，是死气沉沉的西欧资本主义国家的人们所难于理解的。

自从斯大林提出了写实主义题材之后，苏联就有三个崭新的写实歌剧出现，而且果然为全体人民热烈地欢迎。这三个歌剧，第一个叫做《静静的顿河》（英文名 Quiet Don），第二个叫做《被开垦的处女地》（Virgin Soil Up-turn），第三个叫做《波腾金战舰》〔《波将金战舰》〕（Battleship Potenkin）。前两个的作者名叫德塞尔星斯基〔捷尔仁斯基〕（Ivan Dzershinsky），后一个的作者名叫契希可（O.Chishko）。两人都是青年作曲家。这三个新歌剧出世之后，苏联人民对于西欧的旧歌剧的兴趣都减少了。有些神怪的，荒诞的，低级趣味的旧歌剧，在苏联开演的时候，竟没有人要听了。苏联的人民走过这些歌剧院的时候，往往作轻蔑的微笑，意思仿佛在说："我是一个活的人，而这歌剧院里所演的是与这活的世界全无关系的东西，我要看它做什么呢？"

其实，歌剧的非写实化，也是封建、资本主义所养成的一种艺术的病态。歌剧的本意，原来是注重写实的。俄罗斯十九世纪中还有一位大音乐家，名叫莫索斯基（Modeste Petrovich Moussorgsky，1839—1881）的，是格林卡以后的第一个大音乐家。他曾经说：

歌剧应该是和人民对话的。

可见：使人民不感兴趣的歌剧，便是不能和人民对话的歌剧，便是不好的歌剧；反之，使人民感到切身兴味的歌剧，便是能和人民对话的歌剧，便是良好的歌剧。换句话说，写实主义的音乐是良好的音乐。因为写实是用现实题材，是人民所感到切身兴味的。

　　这里引起了一个问题：便是音乐与歌词的问题。我们普通唱的歌，都是音乐和说话合并在一起的；但是也有不唱歌而光是弹琴的，便只有音乐而没有说话。前者称为"声乐"，后者称为"器乐"。上面所说题材，是文学，是说话。这样说来，声乐才有题材，器乐是没有题材的。但这话并不完全正确。器乐用乐器演奏，不能表出说话；但是旋律和节奏，也能表出一种抽象的意义，不过没有像文字说话这般确切而已。你倘不信，请不唱"起来，不愿做奴隶的人们……"，而单唱乐谱，也会感到一种坚毅沉着，勇往直前的精神；请不唱"太阳一出满天红……"，而单唱乐谱，也会感到一种愉快兴奋，生气蓬勃的趣味。只是没有用具体的说话来表出而已。倘在音乐上加了具体的说话，使变成歌曲或歌剧，便因了音乐与说话的合作，表现力更加强大。所以声乐是音乐中最有力的表演，声乐是音乐的本体（所以在音乐的发达史上，是先有声乐而后有器乐的），音乐是天生成要和文学（即说话）合作的。不但如此，在这合作中，文学还比音乐占优先呢。试想音乐的起源：原始人类有感情要用声音来发表，一定是把平常的说话变成呼啸叫号的形式而喊出——这便是原始的唱歌。无论音乐如何进步，这一点根本的性质是不变的。所以文词在音乐上是很重要的事。所以苏联音乐要求选择文词的题材是自然的合理的要求。这并非从苏联开始，十九世纪意大利的大音乐家浦契尼（Puccini，1853—？〔1858—1924〕）早已说过：

没有脚本不能作歌剧。

这便是说：必须先有脚本，后有歌剧音乐；文词是音乐的根据；文词是音乐存在的理由。所以我们对于歌剧（或歌曲），第一要求好的题材（内容），第二要求好的音乐（形式）。倘使题材（文词）不好，即使音乐（旋律）很美丽，也是要不得的。苏联的写实主义的音乐，对于歌剧（或歌曲）要求写实的题材，便是为此。人民有切身兴味的写实的题材，再加上写实的音乐，才成为良好的歌剧或歌曲。

第三，苏联的音乐，是民族的。苏联十六个联邦，共有两百零九个民族！种族不同，风俗不同，言语不同的这许多民族，已经在"社会主义"的共同纲领之下团结起来，成为一个强大有力的大团结了。每一个民族（无论如何小的）都有代表出席在联邦政府的大会中，都有预闻联邦政治的权份。他们大家热爱他们的联邦，热爱他们的领袖；同时又热爱他们自己的民族和自己的语言。苏联虽然努力统一两百零九个民族的思想和政治；同时又努力保存两百零九个民族的民族性。在艺术上，音乐上，这一点尤其注重。一千九百三十六年一月十六日斯大林的讲演中，曾经提出："音乐应该注重本源，应该作在本地的方言上。"在别处又说：

"文化的发展，必须实质是社会主义的，形式是民族的。"斯大林这种话，证明他对于艺术有深切的理解和明确的见识。艺术是离不开民族性的。苏联的艺术家培林斯基〔别林斯基〕（Belinsky）曾经说："民族性不是一种道德，但是真的艺术创作的必要条件。"——这并不是苏联的新艺术理论；旧时代的艺术理论也是推崇艺术中的民族性的。苏联音乐看重民族性，因此看重各地方的民谣。苏联有许多研究各地民谣的专家。他们周游各地，去采访民谣。就中有一位最有名的民谣专家，名叫萨塔耶维契（Zatayevich）的，曾经在卡萨克斯坦〔哈萨克〕（Kazakhstan）搜集许多良好的民谣，出一册书，叫做《卡萨克斯坦民谣一千首》。这书风行全欧，脍炙人口，法国的艺术批评家罗曼·罗兰（Romain Rolland）对这册民谣集大加赞美，他说："这些歌曲好比许多可爱的花，把卡萨克斯坦这个无树草原装饰得十分美丽了。"卡萨克斯坦在苏联革命以前，一向被欧洲人视为不开化的野蛮民族。萨塔耶维契把他们的民谣表彰于世，罗曼·罗兰大加称赞，这民族忽然被世人所注意，他们的地位忽然增高了。苏联音乐家对于各民族的民谣的搜集和研究，非常热心。莫斯科音乐院新开了"苏联人民音乐研究"一科。苏联科学院特设一个"民歌研究会"。音乐家组织远征队，到联邦的每一个角落里去搜寻民谣。莫斯科开办了庞大的唱片制造厂，把各地的民谣制成唱片，或者加以说明，或者加以翻译，使它们流通在联邦的到处。今日苏联的音乐界，可说是"民谣的黄金时代"。

这些民族音乐的内容，题材不限于革命的或写实的，凡是人民所热爱，在今日同在数百年前一样地脍炙人口的，无论古代传说，神话，故事，或地方风俗，都有搜集和提倡的价值。凡是对"社会主义"这个大纲领不相背驰而为"人民"所爱好的，都是良好的音乐。

第四，最后还有一点要说：苏联的音乐，是乐观主义的。对于这一点，我们中国人尤其值得注意。因为我国的艺术，数千百年来蒙上了很厚的一层悲观的色彩，正好借苏联音乐的乐观主义来洗刷一下。苏联的人民经过了艰苦的长期的斗争，而达到了胜利，获得了自由。他们是斗争中的胜利者，他们对于"最后胜利"的信心非常坚强。他们全体人民同心协力，从事于建设，他们的眼前只见光明。因此，他们的音乐尽是乐观的。就是有短音阶的悲哀的乐曲，也是归根于乐观的，即我国古人所谓"哀而不伤"的。我国现在已经解放，应该向苏联学习：从前那种悲叹感伤，啜泣呻吟的腔调，现在都用不着了。"无病呻吟"，即并无苦痛而假装忧愁以为风雅，更是过去时代的笑话了。我们中国的音乐，经过几千年的发展，具有优良的民族特色。今后我们要在这种民族形式中灌注社会主义的，写实的，乐观的内容，创造新中国的人民音乐。

附带要说的，是苏联音乐界的批评精神。苏联的音乐界（其他各界都如此），已经养成一种坦白率直的批评及自我批评的习惯。俄罗斯民族，本来是以"心直口快"著名于世的。革命以后，这种习性更加合理地发展，变成了批评与自我批评的精神。不拘老人或青年，大家互相批评，互相纠正错误。非但不以为仇恨，反而因互相批评而更加团结合作。因为这些批评都是善意的，出于友爱的，并非恶意的攻击，所以不会引起仇恨。我批评你的作曲有什么缺点，是希望你作得更好，你批评我的弹琴有什么缺点，是希望我弹得更好。互相要好，互相感谢，岂有仇恨之理？据说，西欧及英、美资本主义国家的音乐家初听到苏联的批评情形，吓得要打寒噤。假如一个英国或美国音乐家受到了这样直言不讳的批评，一定可使他的心情完全破产，他的名誉完全扫地。这完全是政治性质、社会背景不同的原故。在苏联，政府就是人民自己。一切人民的心情，都被对自己的政府的"爱"所统调，所以他们对于文化事业的音乐创作，不看作个人的私业，而看作一种公共的建设，不过由某个人代表动手制作而已。在这情形之下，一切"批评"都是"助力"。但在英、美等国家，完全没有这种统调，作家都是孤立的，个人的，因此谁批评谁，便是谁攻击谁。中国在过去，这种情形恐怕比英、美更多。但是我相信中国解放之后，中国人民的批评精神已经赶得上苏联。中国古来有许多良好的格言存在着，例如"勇于改过"，"虚怀若谷"，"三人行必有我师"，"公而忘私"等。只因政治不良，社会腐败，这等格言久已变成具文，变成虚饰。今后必将复活起来，变成使文化进步，使人民团结的一股力量。

一九五一年二月十日于上海作

《子恺漫画选》（彩色版平装本）序言[1]

这些画，是万叶书店的主持人钱君匋同学从我大后方带回来的画箱里选出来用彩色版复制的。我的画出版的虽多，彩色印的只有这一册。现在能够出版，我很高兴。然而这些都是旧作，解放以前的作品。这里面除了生活描写之外，还有几幅讽刺的悲观的绘画。现在人民解放，光明遍地，这些辛酸的东西其实可以取消了。但是在这地球上，反动势力还未完全消灭；这些画也许还可靠着它们的刺激作用而把辛酸化为力量。因此我不删去它们，照旧出版。但我希望，将来续版时，这些辛酸的东西完全失却其意义，为一切人民所不解。那时我更高兴地把它们删去，并且换上乐观的光明的新作品。

一九五一年三月四日上海人民反美武装日本
示威大游行声中记

---

[1] 《子恺漫画选》(彩色版平装本)，1951年4月1日上海万叶书店出版。

《父与子》序言[1]

这是德国人卜劳恩所作的连环漫画。一共五十题，除了八处图画中本来有的文字以外，其余的都是纯粹的画，绝不借文字作说明。故可称为"无字连环漫画"。画的题材是一个顽皮的孩子和一个贪耍的老子，两人所合演的种种可笑可爱的故事。

文化生活出版社吴朗西兄藏有这书的原本，有一天拿来给我看。我看一幅，笑一幅，一直笑到了底。这原本装订线已经脱落，封面已经扯破，想见看过的人，笑过的人已经很多了。但是朗西兄似乎还嫌不够，想要把它复制刊印，在中国社会里引出更多的笑声来。我很赞成这件事，乐愿替他作序。

这里没有抗美援朝，没有镇压反革命……这里全是无关紧要的玩耍。为甚么我赞成它有在中国刊印的价值呢？只为了两个理由：

第一，为了这种画法值得中国人采用：这是不用文字而单靠图画来描写事件，表现意义的一种艺术；不识字的人也能够完全了解，完全欣赏。这种艺术是现在的中国所需要的。因为现在中国解放还只两年，需要广大深入的宣传与教育，使全体

---

[1] 本篇原载《父与子》，〔德〕卜劳恩(E.O.Plauen)作，吴朗西编，文化生活出版社1951年6月初版。

人民大家自觉，自励，团结，奋斗，为新中国争取胜利，光荣与幸福。但是中国文盲还很多；所以图画的宣传比文字的宣传更为有效，而无字图画的宣传尤为有效。若能采取这种无字漫画的方法，把抗美援朝，镇压反革命，完成土改，加紧生产等故事翻译为漫画，而广泛流通，就好比把全中国的文盲扫除干净。其宣传教育的效力伟大无比。所以这书有刊印的价值。

第二，为了笑是现在的中国人所需要的：我们固然需要严肃的斗争和艰苦的学习，但也需要愉快的笑。因为这可使我们恢复元气，增加学习的兴趣与斗争的力量。厂里的工人，田里的农人，前线的兵士，都需要用笑的愉快来调济工作的辛苦。所以，无关抗美援朝，镇压反革命……而光是引人笑笑的书，在现在还是需要的。四月二十六日《文汇报》附刊上载着一篇短文，现在引证几段在这里："高尔基描写列宁道：我生平没有见过像佛拉地米尔〔弗拉基米尔〕·伊里奇那样会笑的人。……列宁同志的笑是真挚的笑，非常动人。只有看穿人类鲁钝的笨拙和造作的狡猾，并且有小孩子一般天真烂漫的性情的人，才能有这样的笑。……列宁这样一个严格的现实主义者竟会笑得像小孩子一样，笑得流出泪来，笑得喘不过气来。一个人能笑得这样，必定是有着最健全又最力强的心灵的。"

这样说来，无关紧要的玩耍，却也是有关紧要的。因此我赞成这本书的出版，并且为它作序。

一九五一年五一节丰子恺记

《漫画阿Q正传》十五版序言[1]

这画册是十二年前（一九三九）避寇居桂林时所作的。原序末了说："全民抗战正在促吾民族之觉悟与深省。将来的中国，当不复有阿Q及产生阿Q的环境。"当时不过希望而已，岂料十二年后十五版的时候，中国民族果然因了人民解放而一齐站起，振作自新，果然不复有阿Q及产生阿Q的环境的存在了！这是何等使人兴奋而可庆的事。现在我们真有资格可以告慰鲁迅先生在天之灵了！

解放之后，我又把鲁迅先生的其他七八篇小说译成绘画，书名《绘画鲁迅小说》，由万叶书店出版。那书和这书是一类的，应该合并的，所以介绍在这里。

关于这书，我有一点说明：出版十余年来，常常收到读者来信，质问我：第十二图的假洋鬼子为什么有辫子？他的辫子早已剪脱，他的老婆不是为此跳了三回井么？大概是你画错了吧？关于这质问，我曾经在大后方的某报上登过一篇解答，但是看到的人不多，胜利后我回到上海，仍然有人写信来问。现在我就在此说明一下：假洋鬼子的辫子是假的。原文中说："阿

---

[1] 《漫画阿Q正传》系1939年7月北京开明书店初版，1951年9月十五版。

Q尤其深恶而痛绝之的,是他的一条假辫子。辫子而至于假,就是没有了做人的资格;他的老婆不跳第四回井,也不是好女人。"(见《呐喊》一三一页)但我的绘画所节录的原文,因为篇幅限制,未曾把假辫子这一段节录进去,因此引起了读者的疑问。这虽是由于读者不读全篇原文的原故,但我的节录的不周到也有责任。现在只得在这里加以说明。

一九五一年八月十八日丰子恺记于上海

阿萨非也夫 [1]

上回我介绍你们认识苏联的音乐家阿雷桑德罗夫教授。今天再介绍一位,也是已经过世的苏维埃音乐家,他的姓名叫做波里斯·符拉地米洛维契·阿萨非也夫(Boris Vladimirovich Asafiev,1884—1949)。他是前年才逝世的,享年只有五十六岁;然而他在苏联音乐上的功业却是不死的。

阿萨非也夫在苏联音乐上的功业,主要的有两种:一是音乐理论,二是巴莱〔芭蕾〕舞曲。

阿萨非也夫从小富有音乐的天才。从前德国的音乐家莫差特〔莫扎特〕(Mozart)六岁就跟了父亲去演奏旅行;俄国的音乐家卢平斯泰因〔鲁宾斯坦〕(Rubenstein)九岁就在莫斯科出席钢琴演奏,后人称他们为音乐的神童。阿萨非也夫的早熟实在不亚于他们,他婴儿时代,耳朵很聪,听见别人唱了一曲歌,就牢记不忘。七八岁的时候,已经能够在钢琴上奏即兴曲。即兴曲,或者叫做"即席演奏",就是临时作曲,当场演奏。这是很困难的一件事,只有特别富有音乐天才的人才能够。所以阿萨非也夫不愧称为苏联的音乐的神童。但是他

---

[1] 本篇原载 1951 年《进步青年》杂志第 237 期。

的家境不很好。他的父亲是帝俄时代的一个小文官，收入有限，不能充分培养他的早熟的天才。然而，他的努力战胜了环境，十九岁的时候，他已经创作儿童歌剧，得到当时音乐界的称赏。

俄国解放的时候，阿萨非也夫正是三十多岁的有为青年。他看见祖国走上了光明的大道，非常兴奋，更加努力于他的音乐的研究。过去他看见，俄国音乐理论很少，尤其是新的音乐理论更少。因此他早已下决心，从事于音乐理论的研究。起先，他用一个笔名叫做伊哥尔·格雷波夫（Igor Glebov），在各种刊物上发表论文。革命的时候，政府需要人才，就聘请阿萨非也夫当艺术史馆的馆长。后来又聘他当列宁格勒音乐院的院长，直到一千九百三十年为止。这期间他写了许多音乐理论，重要的有下列的几种：《柴科夫斯基的器乐曲的研究》、《交响乐研究》、《音乐的形式》、《从过去到未来》、《思考与冥想》、《格林卡》。

最后一册，是论格林卡的音乐的。他因了这册书，获得斯大林文学奖金头等奖。格林卡（Michael Glinka，1803—1857）是俄国现代乐派的始祖。国民乐派〔民族乐派〕是俄国音乐解放的开始。俄国古来为民谣曲最发达的国家，只因数千年来受政治宗教的压迫（俄国旧时宗教禁律极严，音乐限于教堂用，民间不准弄音乐。说民间弄音乐的，死后必入地狱），不能伸展其天性。直到十九世纪中叶，因了格林卡的提倡国民乐派，方始走向人民艺术的大道。那句名言：

> 创造音乐的是人民,我们作曲家不过替他们编排而已。

便是格林卡说出来的。所以格林卡可说是苏联人民音乐的最早的导师。阿萨非也夫研究这位前辈的作品,颇有心得,因而作这册《格林卡》。他的观点很正确,他的文字很平明,很通俗。因此获得斯大林头等奖。

阿萨非也夫的音乐观点很正确。现在我把他的重要的论旨简要地传达给你们:

第一,他认为:"西欧的音乐,已经陷入'形式主义'。华丽繁复的形式表现,抹杀了作家的个性及人格。"——这句话,《进步青年》的读者是否大家能够了解,我不能确知。倘使你是熟悉西欧音乐的,一定能够了解;但倘使你所学过的西欧音乐,只是唱几曲歌,听几曲进行曲,至多在钢琴上弹几个小奏鸣乐(sonatina),那么我现在对你讲西欧音乐的"形式主义"的弊害,你当然不容易接受。因为,这必须多听十九世纪欧洲的古典乐派、浪漫乐派、标题乐派、印象乐派等作品,对它们先有了认识,然后说得上批评。但是,我可以举别的东西来作比方。所谓"形式主义"的音乐,就好比是中国从前的某种文言文,用许多文雅的古典,华丽的字眼,有巧妙的对仗,铿锵的音节,即所谓"骈四骊六"之类。这些文学表面上很漂亮,其实内容很贫乏,很虚空,大都不是真话,大都是同人类生活没有关系的玩耍。——用"独来米法"来代替文字而作曲,也可以作出这种玩耍来,便是"形式主义"的音乐。阿萨非也夫痛恨这种东西。他作了许多文章，攻击西欧的形式主义的音乐，登在各种刊物上。他曾经办过一个"新音乐会"，他在这会里，听到了许多醉心于西欧形式主义音乐的人的论调。他大起反感，于是开始攻击。在苏联，许多前进的音乐家大家赞成他的论旨，响应他的号召。苏联的苏维埃音乐因此积极地走向"写实主义"。什么叫做"写实主义"的音乐，在上两期中，我所写的《苏联的音乐》一篇话中，记得曾经提及，就是与人民生活密切关联的音乐。倘是一支歌（有文词的），这支歌一定是人民大众的呼声；倘是一个曲（没有文词的，乐器上演奏的），这曲调一定是人民大众爱听的旋律。

第二，他认为十九世纪以来，所谓"艺术的音乐"（音乐的个人的创作）与"大众的音乐"之间久已有了很深的破裂。换言之，即"艺术"离开了大众，变成少数人享受的东西。他指出，这是音乐上的危机。他要求，苏联音乐作家应该有一个伟大的音乐型范，方可挽救个人创作的危机。

这里，我先要辨明"艺术的"一句话的意义。在西欧，在我国从前，"艺术的"三个字大都用以表示高深的，专门的，玄妙，少数人所能享受的东西。这个思想，由来已久。尤其是在中国，古代有"曲高和寡"这一句"名言"。这就是说，音乐的价值越高，听得懂的人越少。从古以来，大家把这句话当作"至理名言"，常常拿这句来安慰失意的人：譬如一个人发出不通的论调，大家反对他，攻击他。这人的要好朋友就用"曲高和寡"来安慰他。《进步青年》的读者，听到这话一定觉得可笑。那么，我们就好来谈"艺术的"三字的真义了。原来"曲高和寡"这句话,不过是文学上的夸大的描写而已,在音乐上是绝对不通的。这句话的来源,出于《文选》,大意是这样:楚王问宋玉:"你大概品行不好,为什么大家说你的坏话?"宋玉就讲一个故事来回答楚王。他说:"楚国有一个唱歌的人,在首都的街上唱歌。最初他唱的歌叫做《下里巴人》,和着他唱的有数千人。后来他唱《阳阿薤露》,和着他唱的有数百人。后来他唱《阳春白雪》,和着他唱的不过数十人。最后他唱更高深的歌,和着他唱的不过数人了。由此可以知道:曲子越高妙,和的人越少。"这可能是宋玉捏造出来替自己辩护的,音乐上其实不会有这样情形。有之,便是十九世纪以来西欧的所谓"艺术的"音乐。他们把"艺术的"一语当作"少数人玩的"的代名词。中国人被宋玉那句话先入了,也便盲信西欧。其实,在音乐上,应该是"曲高和众"。良好的音乐,一定具有客观的优良条件,一定是"有耳共赏"的。我们应该这样规定"艺术的"三字的真义。

客观的优良条件,便是大众所共赏。阿萨非也夫说:"西欧的作家,惯用非民族的审美标准来估计民族艺术的价值。"艺术的音乐对大众音乐的分裂,原因就在于此。所谓"非民族的审美标准",就是不合于民族大众的趣味和爱好的标准。所以不合的原因,就因为音乐家脱离群众,玩自己小圈子里的"艺术";只顾主观的趣味而不顾客观的条件。所以他主张:要建立苏联音乐的伟大的型范,音乐家必须努力研究民族的音乐,苏联政府尊崇他的意见,创办了许多民族音乐研究的机关;派遣许多人到各联邦共和国去搜求并研究各地方固有的民族音乐。从前被视为"野蛮的","未开化的"音乐,一经音乐家搜集挑选而加以改良,都变成了"艺术的民族音乐",而在莫斯科或世界各大都市演奏起来。这些音乐富有真正的"艺术的"价值,而为人民大众所亲爱。

我国现在也有许多音乐家搜求各地的民歌,加以修改编制,使成为良好的乐曲。这些乐曲中国人听了很容易上口,很容易发生爱感,不像那些西洋曲子的难学。这足证民族的音乐是真正的"艺术的"。最近大家欢迎崔承喜的歌舞,就因这是东方民族艺术的原故。

阿萨非也夫的第一种音乐功业,即音乐理论,就如上述。他还有一种功业是巴莱舞曲的创作,续说如下:

巴莱舞曲(ballet)这个名词,读者也许有人还没有熟悉。因为中国过去音乐文化贫弱,国内没有人演巴莱舞曲,读者难得看到。现在我先把这名词略加解释:

巴莱舞曲,是一种用音乐和舞蹈来表现一个故事的音乐剧。原来是十七世纪中一个意大利人叫做加斯托尔提(Gastoldi)的所创始的。后来世界各国大家爱好这种音乐剧,逐渐加以修改,流行于全世界。原来的巴莱舞曲,都是"马特立加尔"("Madrigal")风的舞蹈剧乐。"马特立加尔"是一种乐曲形式的名称。这个字原出于拉丁语 Mandra,就是"兽群"或"家畜"的意思。可知这种乐曲,原来是牧人唱的。因此,"马特立加尔"或可意译为"牧歌"。牧歌大都是与恋爱有关的,因此也可译为"山歌","恋歌"。原来的巴莱舞曲,是盛用恋歌和舞蹈的一种剧乐。但是后来逐渐改进;现在,已经同

"歌剧"相类似,不过特别注重舞蹈。"歌剧"("opera")中国本来极少,解放后也渐渐有起来,像《白毛女》便是歌剧的一种。将来一定更多,巴莱舞曲也定要在中国流行。因为这是广大群众所爱好的一种音乐舞剧。

且说阿萨非也夫在音乐创作方面,是一位剧乐的天才。他十九岁就发表儿童剧,足见他对于此道是从小专精的。他的剧乐作品,最著名的如下:

歌剧:《塞维尔的拐子》(Seducer from Seville)

《马克培斯》〔《麦克白》〕(Macbeth)

《会计员的妻子》(The Treasurer's Wife)

《斯拉夫美人》(The Slavonic Beauty)

巴莱:《巴黎的火焰》(Flames of Paris)

《巴赫契萨赖的啜泣的泉水》〔《巴赫契萨拉伊喷泉》〕(The Weeping Fountain of Bakhchisarai)

《高加索的囚犯》(The Caucasian Prisoner)

最后的巴莱舞曲《高加索的囚犯》,尤为杰作。这乐曲奠定了苏维埃巴莱舞曲的型范。苏联的巴莱舞曲史,可说是由《高加索的囚犯》创造起来的。

《高加索的囚犯》原是普式金〔普希金〕的诗篇,阿萨非也夫拿来编成巴莱舞曲,于一千九百三十年上演。演出之后,莫斯科的报纸上一致赞美,群众热烈欢迎。评者说这作品是"写实主义与民族主义的联系"。因为这作品中,音乐与文词密切地相结合,文词造成了音乐的性格,舞台场面多样变化,描写惟妙惟肖,给每个欣赏者以尽善尽美的感念。这高加索的囚犯被本地一个女郎所热爱，因此剧中添加了恋爱的风波，剧情更加复杂。大雪中的高加索山国，雾中的圣彼得堡铜像，圣彼得堡的卖俏女郎、银行家、侦探、出版者……都描写得惟妙惟肖。管弦乐队中加用高加索的民族乐器，演出极华丽的东方的音调。

阿萨非也夫是苏维埃音乐的领导者之一。他虽然已经离开我们而长逝，但他的音乐将永和我们作亲切的对话。我们希望他的《高加索的囚犯》将来到中国来开演。

杜纳耶夫斯基[1]

音乐家,或艺术家,自古以来有两种人。一种是专心于自己的艺术创作而没有能力与兴味去做社会事业的。还有一种是又能专心于自己的艺术创作,又能热心于社会活动的。

过去音乐史上著名的音乐大家,大多数是属于前者的。像乐圣贝多芬(Beethoven),脾气古怪得很,多疑心,会生气,常常同他周围的人发生冲突,常常同邻居闹翻而马上迁居。不要说社会事业,连他自己一身的事务都管不周到。然而他的音乐作品能感动全世界的人,能传到千古不朽。虽然广义地说来,这便是莫大的社会事业,然而在他未成名的时候,这不能不说是一种缺陷。因为他只顾自己而不顾别人。音乐史上最热心于社会事业的大音乐家,算来只有利斯德〔李斯特〕(Liszt,匈牙利钢琴大家)。他曾经热心于赈灾,曾经拿他的演奏会的收入来帮助贫病的音乐家,曾经出资建造贝多芬纪念塔……他可说是过去音乐史上的一位最热心于社会事业的大音乐家。然而比起我今天所要讲的苏联现代大音乐家杜纳耶夫斯基来,利斯德的社会活动真是渺小得很了!

---

[1] 本篇原载 1951 年《进步青年》杂志第 240 期。

杜纳耶夫斯基（И·Дунаевский）是现代苏联著名的歌曲作家，同时又是伟大的音乐事业家。他是一千九百年生的，现在正是五十二岁的中年人。

读者一定已经唱过他所作的歌曲了。现在我先抄出两曲来，作为介绍。下面这一曲你们一定会唱的吧！

这《祖国进行曲》的乐曲是杜纳耶夫斯基作的，歌词是列别节夫－库马奇作，椿芳译的。这歌是反复唱三遍的。独唱部还有两首歌词，抄录在下面：

（二）我们田野你再不能辨认，
　　　我们城市你再记不清；
　　　我们骄傲的称呼是同志，
　　　它比一切尊称都光荣，
　　　有这称呼各处都是家庭，
　　　不分人种黑白棕黄红；
　　　这个称呼无论谁都熟悉，
　　　凭着它就彼此更亲密。

（三）春风荡漾在广大的地面，
　　　生活一天一天更快活；
　　　世上再也没有别的人民，
　　　更比我们能够欢笑，
　　　如果敌人要来毁灭我们，
　　　我们就要起来抵抗；

我们爱着祖国有如情人，

我们孝顺祖国像母亲。

祖国进行曲

G调 4/4

我们祖国多么辽阔广大，它有无数田野和森林；（合唱）我们没有见过别的国家，可以这样自由呼吸！我们没有见过别的国家，可以这样自由呼吸！打从（独唱）莫斯科走到遥远的边地，打从南俄走到北冰洋；人们可以自由走来走去，就是自己祖国的主人。各处生活都很宽广自由，像那伏尔加直泻奔流；这儿青年都有远大前程，这儿老人到处受尊敬。（合唱）我们

还有一曲,也是最近脍炙中国青年人口的,也抄出在下面:

我 的 莫 斯 科

♭E调 4/4

1 2 | 3 3·3 6·3 | 5·4 4 4 0 1 2 | 3 ♯2·3 6 3·1 |
我走 过天底下 不少 地方， 住土 窑,住战壕,住荒

7 - 0 1 2 | 3 3·3 1·1 | 7·3 3 3 0 3·3 |
林， 有两 回被活埋死 活 来， 懂得

6 5·4 1·2 | 3 - 3 0 3 3 | 6 6·6 ♭7·6 |
爱,懂得别离 情， 我永 远 说不出 多

5 4 0 4 4 | 3 3·3 7 ♮5·3 | 1 - ·7 6 |
骄 傲， 我到 处 反复说我 的 话： 最亲

6 7·7 5·4 | 4 3 0 ♯2 3 | 5 4·3 7·1 | 6 - - 0 ||
爱就是我 的 首都！ 最宝 贵我的 莫 斯科！

（二）我珍爱莫斯科四面丛林，
　　　我也爱你的河,你的桥，
　　　我也爱你的红场啊红场，
　　　也爱听克里姆林宫钟声，
　　　从城市到顿河各乡村，
　　　讲历史讲神话总有你。
　　　最亲爱就是我的首都！
　　　最宝贵我的莫斯科！

(三)那一年秋天冷,杀气腾腾,
　　坦克叫,劈刺刀,闪亮光,
　　说起那二十八个英雄汉,
　　让光荣归于你亲娘。
　　纳粹党急跺脚,急跳墙,
　　没办法按得下你的头。
　　最亲爱就是我的首都!
　　最宝贵我的莫斯科!

(四)我们在莫斯科感到光荣,
　　教胜利太阳光升起来,
　　祝贺你推不动也打不翻,
　　里面有斯大林住着在。
　　说起你说不出多骄傲,
　　你光荣直活到万万代!
　　最亲爱就是我的首都!
　　最宝贵我的莫斯科!

这是杜纳耶夫斯基作曲,里相斯基·阿格拉年作歌词,马璟舒、廖辅叔合译为中文的。

这两首歌曲一流传到中国,立刻被广大群众所爱唱。这是什么原故呢?因为杜纳耶夫斯基是苏联有名的"大众歌曲作者",苏联的最高会议曾经授他红旗奖的。

现在我要把他的生活，艺术和事业，向读者介绍一下。

杜纳耶夫斯基于一千九百年生于波尔塔发〔波尔塔瓦〕附近的克罗维洛地方。他是一个神童。婴孩的时代，一听见音乐，就不肯离开。大人们倘抱了他走开去，他便啼哭。这足证他一出世就具有灵敏的耳朵，这是丰富的音乐天才的征候。他的父母是犹太人，看见婴孩杜纳耶夫斯基如此爱好音乐，就发愿教养他。他四岁的时候，父母正式教他弹钢琴。从前德国的音乐神童莫差特〔莫扎特〕（Mozar）五岁时能弹钢琴，杜纳耶夫斯基还比他早一年呢！他八岁时，要求父母教他小提琴。十岁的时候，他已经能够作曲。父母就把他送进卡尔可夫专门学校。这专门学校后来就改为卡尔可夫音乐学校了。

杜纳耶夫斯基从童年起就不断地从事作曲。他起初专心于创作长大严正的作品。一千九百十九年，即他二十岁的时候，就受卡尔可夫剧院的嘱托，替他们作剧乐。他那时曾经作许多器乐曲，其中有一曲名叫《在一个中国主题上作的》。就是取东方音乐——中国音乐——的特色为主题的。这曲曾经流行一时。这表明杜纳耶夫斯基对中国音乐早就爱好。

一千九百二十年，杜纳耶夫斯基二十一岁的时候，他忽然发见了自己的天才的倾向。他确信他自己的音乐天才不宜于创作严正长大的剧乐及器乐。他确信他宜于创作"轻快"的"短篇"的音乐。从这时候起，他渐渐倾向舞曲方面，歌曲方面。他特别爱作儿童的歌曲。有一支儿童歌曲，叫做《谋尔西尔卡》（Мурзилка）的，内容描写一个矮人的冒险故事，尤为儿童所爱好。他为苏联儿童合唱队作二十四个儿歌，以庆祝该队的五周年纪念。这些儿歌在苏联普遍地流传着。

杜纳耶夫斯基的作曲,充满了北国的幽默情趣。节奏(就是拍子等)的美,是他的作品的特色。他的作品风行在苏联。世人称他为"爵士乐风的苏联作曲家"。

"爵士音乐",读者大概听见过这个名词。这是美国流行的一种音乐,即 jazz music。这些音乐大都用于跳舞,是一种不良的音乐。说起"爵士",容易使人联想酒醉糊涂,放荡淫佚的美国少爷。那么杜纳耶夫斯基为什么采取爵士风呢?须知"爵士"本来是美洲本地人的狩猎音乐,即美洲印第安人的一种原始风的音乐。节奏的强弱,旋律的抑扬,都很猛烈,这原是帮助劳动人民工作,或作为工作后的庆祝和慰藉的音乐,是很爽气,很愉快的音乐,并不是坏东西。谁知后来被美国人模仿去,在舞场里,咖啡店里演奏,就变成了带黄色,带桃色的东西。杜纳耶夫斯基的所谓爵士乐风,当然不是模仿美国人的那种爵士音乐,而是取用美洲印第安的劳动人民的爽气而愉快的节奏的特色。一千九百三十二年,苏维埃电影院请他作曲,他作一曲名叫《第一小队》。这曲为大众所热爱。从此以后,他的作风更倾向于轻快愉悦的方面了。

杜纳耶夫斯基不断地在那里作曲,我们希望他的作品源源地产出,来润泽全世界人民大众的心灵。

以上是关于杜纳耶夫斯基的作曲的话。以下再讲他的音乐的社会事业。

杜纳耶夫斯基天性富有组织能力。他善于联络群众,帮助他们学习,帮助他们团结。他不识辛苦,他舍己利人。这真是为人民服务的精神！一千九百三十七年，他当了列宁格勒的苏维埃作曲家联合会的主席。这位主席的事业真正伟大！他办了许多支会：戏剧音乐、交响乐、室乐〔室内乐〕、大众音乐、军乐、电影音乐、儿童音乐、政教音乐、宣传音乐，以及音乐批评，他都有健全的组织。苏联的著名音乐家，像萧斯塔可维契（Шостакович）、普洛可非耶夫（Прокофьев）等，都被他请到各会来担任讲演和指导。

他尽力帮助青年音乐者。联合会规定办法，凡从事音乐制作的人，可以向联合会申请支助，忠告，批评，或物质的帮助。其申请条件，只要你的工作是有价值的，而且能保证在三个月之后进步或成功的，就可获得助力。列宁格勒当时所有巨大的制作，都是作曲家联合会所助成的。

杜纳耶夫斯基亲自到工厂里，到军队里，到工人俱乐部里，去观察他们的生活，供给他们音乐的需要。

对于生活困难的音乐家，联合会有经济的帮助，使他们安心作曲。他又创办音乐工作者休息所，所内设备周全，供音乐家去休养。

杜纳耶夫斯基主张：铁路工人、纺织工人、铅业工人等，都应该有他们自己的音乐组织，同军队一样。一千九百四十年，他出版一本《铁路工人歌曲集》，供给铁路工人音乐的粮食。

杜纳耶夫斯基的音乐天才，完全是属于民众方面的。他作曲用自然的乐句，愉快的节奏和乐天的作风。他的作品人人都能够理解。在苏联，能够用音乐来联络二百零九个民族的，只有杜纳耶夫斯基一人。

印度艺术展览介绍[1]

印度是艺术史上的古国之一。印度艺术和中国艺术在过去有很多的关系。印度艺术到中国来展览，在中、印文化交流上具有重大的意义。

印度艺术发达很早。释迦牟尼时代，即中国孔子时代，印度艺术已很进步。释迦在世时所筑石造建筑，如鹿野精舍、祇园精舍等，根据后人发掘出来的遗迹，可知其艺术已非常发达。阿育王时代，即中国秦代，印度的建筑、雕塑、绘画尤为发达。后人在华子城发掘出来的遗迹上，有阿育王时代的铭文，可以确证印度艺术在纪元前三世纪时的发达的盛况。阿育王造塔八千四百座，精舍、支提（即舍利塔）、佛菩萨像无数。锡兰王所造无畏山塔，至今尚存，高四十丈，为世界第一巨塔。

印度艺术所特有的式样，即犍陀罗艺术，是美术史上有名的艺术形式之一。纪元前后，印度的迦腻色迦王时代，印度艺术与希腊艺术相结合，形成一种特殊的样式，即犍陀罗艺术。迦腻色迦王曾经建造高七百尺的宝塔，高一百五十尺的巨像。

---

[1] 本篇原载1952年6月15日《弘化月刊》第8卷总第133期。

建筑、雕塑、绘画,在这时代特别发达。所以后人发掘的遗物中,犍陀罗艺术为最多。

纪元初年,中国汉平帝时代,佛教始由印度传入中国。七世纪初,唐僧玄奘往印度求佛经。以后更有往还。在这些期间,中印文化艺术互相交流,互相影响。中国过去的佛教美术,便是受印度艺术的影响的。

现在印度艺术将在上海展出,我们可以在这展览会中看到这种美术史上有名的艺术,是很难得的机会。我们应该向主办这展览会的印度政府、印度驻华大使馆和筹备这展览会的全印美术工艺协会致谢!这展览作品共有四百十九点,分为三部:第一部是印度现代画家的作品,凡二百六十一点。这些作品中表现着浓厚的印度民族形式和优良的传统。第二部是印度古代和近代的绘画的彩色复制品,凡七十八点。从著名的阿旃陀石洞的壁画,蒙兀儿的绘画,以至近代许多重要画家的作品,都有代表作。我们看到这部分,就像读到一部简明扼要的印度绘画史。第三部分是照片,凡八十五点。其中包括印度各时代的建筑,著名的画家、诗人、音乐家等的造像,各地风光,人民生活,古代和近代的雕刻,以及美术工艺等。这是内容很丰富的一个展览会。

中印两国国境相连,在历史上一向和平相处,在文化上早有交流。中华人民共和国成立以来,中印两国的关系更加增进,文化的交流也更加频繁。去年冬天,中国文化代表团访问印度,曾在印度各地举办中国文化艺术展览会。现在,印度艺术作品和印度文化代表团同时来到中国,印度艺术展览会在北京举行过之后,又在上海开幕。中印两国的人民,将因文化艺术的交流而更深地互相了解;中印两国人民的友谊,将因文化艺术的交流而更加增进,这是很可庆幸的事!

敬祝印度艺术展览成功!中印人民友好万岁!

美术与图画教学[1]

最近我在苏联的图画教学书中看到关于初级小学生图画观赏课的记录,节译如下:

在初级小学三年级里,给学生观赏优秀的俄罗斯艺术家伐斯涅左夫的三幅绘画:《阿缭奴喜卡》《骑灰色狼的伊凡王子》和《十字路口的勇士》。

关于《阿缭奴喜卡》的画,可和学生作这样的谈话:这幅画里描着的是什么人?这少女的姿势怎样?她坐在什么地方?画中所描写的是什么季节和什么时候?

学生的回答必须是说明绘画的内容的:画里描着的是

---

[1] 本篇原载《美术》1954年4月号。

一个农家少女,这从她的服装上可以看出的;她赤着脚,她坐在树林中的湖畔的一块大石头上。这少女把两手放在自己的膝上,忧愁地低着头。她的目光是沉思的、悲哀的。周围是茂密的树林。掉落在水上和地上的黄叶表明着季节——这是早秋。画的上端的一块天空涂着淡橙色,表示这是傍晚时候。

大多数儿童都知道通俗的民间故事《阿缫奴喜卡和她的兄弟伊凡奴喜卡》。学生们都懂得《阿缫奴喜卡》正在为她的兄弟伊凡奴喜卡的溺死而悲哀。教师必须指出:这艺术家十分强调地表现出这悲哀,连周围的自然景物和时候也是强调这悲哀的;这全幅绘画是用了对于这失迷在森林中的孤独的少女的热忱和同情而描成的。

研究了《阿缫奴喜卡》的画之后,再挂起以民间故事《骑灰色狼的伊凡王子》为题材的画来。给儿童们一些时间来看画,然后和他们谈话:这幅画里插着的是什么人?这青年和这少女到哪里去?怎样去的?这事件发生在什么地方?……

用类乎此的问话来使儿童渐渐理解绘画的内容:在大树的茂密的森

林中,一匹灰色狼正在奔跑,它的背上坐着伊凡王子和叶列娜美人。儿童从故事中知道,伊凡王子是别林杰王的儿子,叶列娜美人是达尔马特王的女儿,所以他们的服装是那么富丽的。

这幅画充分地表现着这故事。周围的自然景物——茂密的森林——强调着它的神话性。

第三幅画《十字路口的勇士》,是由这位艺术家根据俄罗斯历史故事中的主题而作的。

三年级里的儿童在阅读课上听了教师的故事,认识了关于我们的祖先斯拉夫人的历史的特性和关于我们的民族对外来侵略者的斗争的若干情况。

儿童用谈话的方式叙述这幅绘画:在近景中,一位勇士骑在一匹结实的白马上。他站定在一块大石头前面,石头上写着:'向前进者,人马皆死。向左转者,人死马活。向右转者,人活马死。'

石头前面有人的骷髅和人的骨头，四周飞着黑色的乌鸦，其中一只乌鸦在地平线上飞着。一切自然景物——平原和凸出的石头——都表明着俄罗斯辽阔的土地与画中所描写的勇士相似的勇士们，大无畏地保卫这土地，抵抗草原游牧民的侵略。（见 В.Н.Кожухов. Рисование в школе. 第六十三页。）

我想起了中国的初级小学三年级学生。他们是不是也有这样的图画观赏课？我们是不是也有这样的古画可供他们观赏？

据我所知道，我们的初级小学里只有描画，没有图画观赏课；也没有古画可供十来岁的儿童观赏。

普通学校的图画科的目的不是养成专门画家。上图画课时一味令学生描画（尤其是临摹报纸上的漫画），是不适当的。有三千年文化遗产的古国，没有古画可给儿童观赏，是不应该的。

于是想起了美术和图画教育的联系的问题——尤其是为正在成长中的下一代整理美术文化遗产的问题。

中国没有像《阿缭奴喜卡》《骑灰色狼的伊凡王子》和《十字路口的勇士》等可供初级小学三年级学生观赏的绘画？我想一定是有的，不过没有人注意它们，没有人欣赏它们，更没有人为了正在成长中的下一代的艺术教育而整理它们。过去的美术专家们所注意的，所欣赏的，大都是成人所感兴味的，专家所能鉴赏的山水、仕女、花卉、翎毛。古董对初级小学生，好比烟酒对婴孩一样，毫不相关。

苏联的美术史，比较起我国来，短简得多。然而苏联的优秀的古典美术、古典音乐、古典文学，都已由专家选择，整理，而在教学纲领中指示了学生观赏用的作品。上述的三幅画，便是图画教学纲领所选定给初级小学生观赏用的。

我国美术年代悠久，史料丰富。三四世纪时代的中国画（如顾恺之等人的作品），到现在还赫然存在于世间。只因过去的统治者们大都糟蹋文化，过去的社会生活不安定，以致作品散失，湮没，没有系统的收藏、负责的保管和有计划的整理。这个责任，现在已经放在新中国美术专家和美术教育工作者的肩上了。

为人民大众观赏而整理美术遗产，这固然是重要的；但为学生观赏，尤其是为小学生观赏，也很重要。因为学校是拿这些作品当作教材，而由教师像前面节译的那么详细周到地指导儿童观赏的，其观赏比一般人民大众的观赏更为切实。

把中国自己的美术作品给小学生观赏，对于他们的爱国主义思想的培养具有极大的帮助！过去的崇洋思想，在文艺上——尤其是音乐和美术上——毁灭了我国人民的爱国心。在过去时代的学校里，民族音乐和民族美术被视为鄙贱的东西，学生唱的和听的都是洋腔，描的和看的都是洋画。在这情况之下，艺术的爱国主义思想哪里还有立锥之地呢？解放以来，情形就全不同了，我们有了很好的条件来进行民族美术遗产的整理和研究工作。我想，我们可以为孩子们分一部分心，给他们搞些优秀的美术作品欣赏，以培养下一代的民族自尊心和爱国主义思想。满足他们的欣赏要求，提高他们的欣赏能力。

我希望新中国的美术专家分一部分注意力在儿童身上：为了小学生的观赏而选拔优秀的古典作品，为了小学生的观赏而创作我国历史上民族英雄、爱国志士等的绘画。我希望美术和图画教学发生关系，而为孩子们造福。

一九五四年三月十二日

《钱君匋刻长跋巨印选》序[1]

钱子君匋富于美术天才,幼时在艺术师范学画,头角崭然,冠于侪辈。长而技益进,欲穷美术之源,由画进于书法,更进于金石,遂大展其才,自成一家。夫书画同源,而书实深于画,金石又深于书。盖经营于方分之内,而赏鉴乎毫发之细,审其疏密,辨其妍媸,非有精微之艺术修养,不足与语也。君匋于斯道揣摩有年,印谱斐然成章,其中刚柔浓纤,各尽其妙。当今艺术珍重民族形式之时君匋能专精于我国所特有之金石,实大有贡献于人民也。

一九五四年清明丰子恺书

---

[1] 《钱君匋刻长跋巨印选》系1985年2月上海人民美术出版社出版。本序言原为手迹制版。

《子恺漫画选》自序 [1]

一九五四年秋天，人民美术出版社来信，提议刊印我旧作漫画的选集，并且教我自己选定。我对刊印表示同意，但要求由我请托王朝闻同志代选。因为我相信客观意见往往比主观意见正确；而且王朝闻同志前年曾经在《人民日报》上，发表过关于我的画的文章（此文后来收集在他的《新艺术论集》中），请他选画最为适当。人民美术出版社对我表示同意，王朝闻同志也慨允我的请求，这画集便选定了。

人民美术出版社和王朝闻同志都希望我自己写一篇序言，对读者谈谈我当时的创作经验；借王朝闻同志的话来说，便是要我说明我"怎么会发生《阿宝两只脚，凳子四只脚》这种作品的创作冲动"。他们的意思都是希望我的话能给读者作参考，帮助他们在生活中发见画材。

然而真惭愧，我创作这些画时的动机实在卑微琐屑得很，全然没有供读者作参考的价值。因为这无非是家庭亲子之情，即古人所谓"舐犊情深"，用画笔来草草地表现出罢了，其实全不足道。不过既蒙嘱咐，姑且把三十年前的琐事和偶感约略

---

[1] 《子恺漫画选》系 1955 年 11 月人民美术出版社出版。

谈谈：

我作这些画的时候，是一个已有两三个孩子的二十七八岁的青年。我同一般青年父亲一样，疼爱我的孩子。我真心地爱他们：他们笑了，我觉得比我自己笑更快活；他们哭了，我觉得比我自己哭更悲伤；他们吃东西，我觉得比我自己吃更美味；他们跌一跤，我觉得比我自己跌一跤更痛……我当时对于我的孩子们，可说是"热爱"。这热爱便是作这些画的最初的动机。

我家孩子产得密，家里帮手少，因此我须得在教课之外帮助照顾孩子，就像我那时有一幅漫画中的"兼母之父"一样。我常常抱孩子，喂孩子吃食，替孩子包尿布，唱小曲逗孩子睡觉，描图画引孩子笑乐；有时和孩子们一起用积木搭汽车，或者坐在小凳上"乘火车"。我非常亲近他们，常常和他们共同生活。这"亲近"也是这些画材所由来。

由于"热爱"和"亲近"，我深深地体会了孩子们的心理，发见了一个和成人世界完全不同的儿童世界。儿童富有感情，却缺乏理智；儿童富有欲望，而不能抑制。因此儿童世界非常广大自由，在这里可以随心所欲地提出一切愿望和要求：房子的屋顶可以要求拆去，以便看飞机；眠床里可以要求生花草，飞蝴蝶，以便游玩；凳子的脚可以给穿鞋子；房间里可以筑铁路和火车站；亲兄妹可以做新官人和新娘子；天上的月亮可以要它下来……成人们笑他们"傻"，称他们的生活为"儿戏"，常常骂他们"淘气'，禁止他们"吵闹"。这是成人的主观主义看法，是不理解儿童心理的人的粗暴态度。我能热爱他们，亲近他们,因此能深深地理解他们的心理,而确信他们这种行为是出于真诚的,值得注意的,因此兴奋而认真地作这些画。

进一步说,我常常"设身处地"地体验孩子们的生活;换一句话,我常常自己变了儿童而观察儿童。我记得曾经作过这样的一幅画:房间里有异常高大的桌子、椅子和床铺。一个成人正在想爬上椅子去坐,但椅子的座位比他的胸脯更高,他努力攀跻,显然不容易爬上椅子;如果他要爬到床上去睡,也显然不容易爬上,因为床同椅子一样高;如果他想拿桌子上的茶杯来喝茶,也显然不可能,因为桌子面同他的头差不多高,茶杯放在桌子中央,而且比他的手大得多。这幅画的题目叫做《设身处地做了儿童》。这是我当时的感想的表现:我看见成人们大都认为儿童是准备做成人的,就一心希望他们变为成人,而忽视了他们这准备期的生活。因此家具器什都以成人的身体尺寸为标准,以成人的生活便利为目的,因此儿童在成人的家庭里日常生活很不方便。同样,在精神生活上也都以成人思想为标准,以成人观感为本位,因此儿童在成人的家庭里精神生活也很苦痛。过去我曾经看见:六七岁的男孩子被父母亲穿上小长袍和小马褂,戴上小铜盆帽,教他学父

亲走路；六七岁的女孩子被父母亲带到理发店里去烫头发，在脸上敷脂粉，嘴上涂口红，教她学母亲交际。我也曾替他们作一幅画，题目叫做《小大人》。现在想象那两个孩子的模样，还觉得可怕，这简直是畸形发育的怪人！我当时认为由儿童变为成人，好比由青虫变为蝴蝶。青虫生活和蝴蝶生活大不相同。上述的成人们是在青虫身上装翅膀而教它同蝴蝶一同飞翔，而我是蝴蝶敛住翅膀而同青虫一起爬行。因此我能理解儿童的心情和生活，而兴奋地认真地描写这些画。

以上是我三十年前作这些画时的琐事和偶感，也可说是我的创作动机与创作经验。然而这都不外乎"舐犊情深"的表现，对读者有什么益处呢？哪里有供读者参考的价值呢？怎么能帮助他们在生活中发见画材呢？

无疑，这些画的本身是琐屑卑微，不足道的。只是有一句话可以告诉读者：我对于我的描画对象是"热爱"的，是"亲近"的，是深入"理解"的，是"设身处地"地体验的。画家倘能用这样的态度来对付更可爱的、更有价值的、更伟大的对象而创作绘画，我想他也许可以在生活中——尤其是在今日新中国的生气蓬勃的生活中——发见更多的画材,而作出更美的绘画。如果这句话是对的,那么这些话总算具有间接帮助读者的功能,就让它们出版吧。

  附记:王朝闻同志在百忙中替我选画,我衷心地感谢他。还有这画集的封面题字,是封面画中的阿宝(她现在叫做丰陈宝,已经是三十六岁的少妇了)的女儿朝婴所写的,她们母女俩代替我完成这封面,也是难得的事,不可以不记。

一九五五年元宵丰子恺记于上海

中国美术家应该知道中国美术史[1]

我看到有些中国美术工作者不知道中国美术史。问他吴道子、顾恺之是怎样的人,马远、夏珪的画怎么样,他们都不能回答,甚至连这些人姓名都不知道。唐伯虎他们也许知道,因为在小说戏曲中听到过;八大山人他们也许知道,因为在茶壶上看到过。

听说:曾经有一次外国的美术家到中国来,碰到一位中国美术家,就向他"请教"中国画情况。这位中国美术家瞠目不知所对,使得这位外国美术家很吃惊。原来这位外国美术家所知道的中国画情况,比这位中国美术家——而且是画家——所知道的多得多。这真是国际的笑话。

造成这笑话的原因,我想一则在于过去的崇洋思想没有根除,使中国人自己看不起自己的美术遗产,因而不屑顾问。二则在于过去的技术主义,使有些画家变成了漆匠,不学无术。三则在于中国还没有好好的中国美术史,使美术工作者无从学习。所以现在我们首先应该有一部好好的中国美术史,而且要求所有的中国美术工作者都来学习。同时还要有中国古代名画的复制品,来配合这美术史,使美术史不致成为空洞的理论,而便于学习。

---

[1] 本篇原载《美术》1956年6月号。

雪舟的生涯与艺术[1]

一　雪舟的生涯

雪舟姓小田，名等杨，是十五世纪日本最伟大的画家。他的别号很多，像备溪斋、雪谷轩、米元山主、渔樵斋、扶桑、紫阳、杨智客等，但是一般都称他为雪舟。他是日本备中赤滨人，生于一四二〇年即日本应永十七年，正是日本所谓室町时代，十二三岁的时候就在井山的宝福寺里做了和尚。然而他从小喜欢绘画，不肯修行佛法。他的师父屡次训诫他，要他摒除绘画而修佛法，他始终不听。后来师父看见他的画技非常高明，知道他富有美术天才，就不再干涉他，让他做一个"画僧"。当时在日本，僧人长于绘画的很多，画僧是当时日本艺苑的一种特色。

后来雪舟离开宝福寺，来到京都，入当时有名的相国寺，从洪德禅师为师。以后他又到镰仓，向当地建长寺的画僧玉隐永玙学画。雪舟的别号之一渔樵斋，就是他的禅师兼画师玉

---

[1] 本篇原载 1956 年 7 月上海人民美术出版社《雪舟的生涯与艺术》一书，原文结尾处还有"图版说明"一节，今删。

隐永玛给他取的。当时日本有两个大名鼎鼎的画僧,一个叫如拙,一个叫周文。这两人年纪比雪舟稍长些,在画坛上出名也比雪舟早些。雪舟的绘画就是师法这两人的。周文也是相国寺的禅僧。雪舟曾经直接向周文学习画技,然而青出于蓝,他的艺术的成就比上述两人更大。如拙——周文——雪舟,是当时日本画坛上一脉相承的三位主将,也是日本美术史上极重要的一个画派,叫做"宋元水墨画派"。这画派到了雪舟而集大成,所以雪舟是日本宋元水墨画派的代表人物。

日本应仁元年,即公元一四六七年,雪舟四十八岁的时候,日本政府派使者西渡中国,雪舟就和他的弟子秋月搭船来到大陆上。他一向研究中国画道,现在来到中国,希望到这水墨画的发祥地来穷其源泉。这一年是中国明宪宗成化三年,正是中国画院最隆盛的时期。所谓画院,是朝廷任命画家为职官的地方。中国五代时就有这制度。到了宋朝,画院更盛,政府设置翰林图书院,罗致天下画家,封赠官衔,优加秩禄,规模甚大。元朝不设画院。明朝恢复了宋朝的旧制,盛况不减于宋朝。宪宗以前的宣宗时代,有宣德画院,其中有当时名画家倪端、戴文进、李在、谢环、石锐、周文靖等。宪宗的成化画院里有吴伟、吕纪、吕文英、王谔、林时詹等画家。宣宗和宪宗以后的孝宗,都自己擅长绘画,宪宗亦酷爱绘画。世界上从古以来对于绘画的看重,恐怕无过于这时候的中国了。雪舟来到中国,躬逢其盛。他到了北京,就向宣德画院的画家李在学习。李在是南宋马远、夏珪一派的画家,正是日本的水墨画所宗的一派。雪舟又向其他画家如张有声等学习。元代画家高克恭是雪舟所私淑的。

雪舟离开北京，南游江浙，来到宁波，就在宁波四明山天童寺当了和尚，名为天童第一座。他一面做和尚，一面抚摹中国古来大画家如马远、夏珪等的真迹，深深地探究了宋元画道的要义，同时他又从事创作，大大地发挥他的画才。然而雪舟认为仅仅学习中国大画家的笔墨，不能满足他渡海西来追求良师的愿望。他是富有天才的人，他看到了中国历代绘画杰作，尤其是看到了大陆上的名山大川的风光，就在画道上恍然大悟，认为"师在于我，不在于他"，中土的大自然景色是更可贵的良师。于是他一面观摩中国历代的大作，一面遨游大陆上的名山大川，直接师法现实。此后他的画技大大地进步，到处获得中国人的称誉。宪宗皇帝闻其名，曾经"敕令"雪舟入宫，任命他绘制礼部院中堂的壁画。画成之后，明朝君臣对这壁画大加赞赏。当时的士大夫争先恐后地敬求雪舟的墨宝，雪舟的名声大噪于中国。雪舟在中国所作的画，大都用扶桑、紫阳、等杨等笔名。

一四七〇年，雪舟五十一岁的时候离开中国，回到日本。[1]他在本国的丰后地方建造一所楼阁，叫"天开图画阁"。他就住在这里面研究绘画，把中国的画道传授给学者。百年来支配日

---

[1] 关于雪舟留明的年代，没有明确的记载。日本人所编的《世界美术全集》（旧版）第18卷第21页上说：雪舟于应仁元年，即1467年（48岁）渡明。同书第17卷第58页上又说雪舟渡明是宽政四年或应仁二年，归朝是文明二年。日本《国民百科大辞典》第七册第11419页上说，雪舟于文明二年归朝，时年五十一岁。照年龄计算，雪舟留明大约是四年。但《国民百科大辞典》同页上又说他留明二年。究竟几年，不能确定。——作者原注

本画坛的宋元水墨画,由于雪舟的宣扬,更加普遍盛行,技术亦更加进步,日本水墨画到这时候可谓登峰造极了。后来雪舟离开丰后,到山口地方隐居。他晚年迁居到石见国,住在益田的大喜庵里,就在这庵里"示寂",时在日本永正三年八月八日,即公历一五〇六年,享年八十七岁。

雪舟的生涯大约如上。他是日本室町时代最有名的画家,同时又以造庭著名于时。造庭就是布置庭园,日本人一向很讲究这种技术。庭园的布置法,与画道相通,所以这位名画家又是造庭名手。当时在日本,雪舟设计的庭园处处皆有。

最后,还有一个和雪舟留明有关的逸话,也可以表示这位大画家的性行:他在中国的时候,有人请他画一幅日本风景图,他就写了一幅日本田之浦的清见寺风景图以应雅属。后来雪舟回国,有一次经过清见寺,看见寺的附近并没有宝塔,而他在中国时所写的那幅画里是有一个宝塔的。这宝塔是原来有过而后来坍塌了的,还是根本没有而由画家想象出来的,不得而知。总之,画和现实不符了。雪舟认为这是他的绘画上的一个大缺憾。为了弥补这缺憾,他就自己拿出钱来,在离开清见寺十九町(町是日本尺度名称,一町约合一〇九公尺)的地方建造了一个宝塔。他认为这样才完成了他对那幅画的责任。这是很有意义的一个逸话。

二 日本画和中国画的关系

为了要阐明雪舟的艺术,不得不把产生雪舟的时代背景从头至尾说一说。

日本这个国家，很早就和中国交往。日本文化的源泉出自中国。这一点，只要看日本的文字就可想见。在日本很早的推古时代，中国南北朝的文化经过了朝鲜而输入日本，这还是间接的交往。公元二八五年，即晋武帝太康六年，百济王仁率织工并携《论语》及《千字文》至日本，这便是中国文化直接输入日本的开始。自此以后，在晋朝和隋朝，日本常常派使者到中国来。到了唐朝太宗贞观四年，即公元六三〇年，日本置设一种职官，叫做"遣唐使"，专司和中国交往的事，也就是专门来采访大陆文化的。所以到了推古时代以后的白凤时代，日本的文物制度完全模仿唐朝。白凤时代的日本画完全作唐画风。天平时代的元明天皇依照唐朝制度在奈良建设大规模的平城京。天平时代的艺术也完全是唐朝艺术的模仿。平安朝，日本派空海、最澄两个僧人出使于唐，带了许多中国绘画（其中多数是佛像画）回国。后来又继续派人入唐，这些人被称为"入唐八家"，即空海、最澄、常晓、圆行、圆仁、惠运、圆珍、宗叡。故奈良时代盛行的绘画，是唐风的密教[1]佛画。唐朝画家李真等所作的"真言五祖像"就在这时候传入日本，这就开辟了日本肖像画的传统。这时代的日本画叫做"大和绘"。大和绘的根源是唐画。日本美术编者田中一松说："大和绘中平稳起伏的山峰，郁郁苍苍的树林，其趣致与式样殆不出唐画范围。"[2]

---

[1] 密教，或称密宗，或称真言宗，是佛教里的一派。——作者原注

[2] 见日本《世界美术全集》（旧版）第10卷第25页。——作者原注

到了镰仓时代，宋代艺术变成了日本艺术的模范。如田中一松所说："从来日本艺术的变迁，常有待于大陆艺术的刺激和感化。当时鞭策镰仓新兴精神而引起新兴艺术运动的，是宋代艺术。宋代一反唐代的华丽倾向，一面发挥淡雅之趣，一面作强力的表现。此风对于我国藤原以来的艺苑感化甚深，终于促成了镰仓新兴艺术的抬头。由唐代艺术倭化而成的藤原艺术传统虽然还是存在，但是已经失却其固有的特质了。"[1] 镰仓时代的日本绘画不但画风仿宋，连画的题材也完全一样：例如罗汉、白衣观音、出山释迦、达摩祖师、布袋和尚、寒山、拾得、铁拐李等，都是日本释道画的主要题材，都是抚宋元本的。

十二世纪初，北宋画院体发达到了顶点，文人画升到了最高阶段。这种画风就随着佛法输入日本。一一六八年，即日本仁安三年，日本派荣西、重源两僧人出使于宋。此后遣使不绝，都是来采访佛法及文化的。这时候日本禅宗和南宋禅宗有了直接联系，这是南宋文化输入日本的最大通路。中国画流传到日本的很多。一三六五年校订的"佛日庵集藏"中，就有宋元画二七八幅，其中包括人物图一一五幅，花鸟野兽画九一幅，山水画七二幅。山水画中包括牧溪、夏珪、玉磵、张汝芳、梁楷、马远、李龙眠、宋徽宗、任月山、曜卿之、孙君泽、王摩颉、马麟、钱瞬举等的作品[2]。一四〇一年，当中国明朝，日本派商人肥富及僧人祖阿到中国来通商，两人运去中国画极

---

[1] 见日本《世界美术全集》（旧版）第 13 卷第 23 页。——作者原注
[2] 见日本《世界美术全集》（旧版）第 15 卷第 93 页。——作者原注

多。日本相阿弥所撰的《君观台左右帐记》中，列记着一六〇位中国画家的姓名，其中宋元画家占有大多数[1]。他们对于南宋画院的马远、夏珪一派，最为尊崇；牧溪、梁楷、玉磵等的富有禅味的作品亦颇受鉴赏。日本的山水画家大都是宗奉这等中国画家的。雪舟的前辈如拙便是马、夏一派的画家。周文的构思和笔致，完全出于南宋画院体。雪舟从如拙和周文间接地学习中国画，又到大陆上来直接地学习中国画，因此成了日本水墨画派集大成的作家。

雪舟以后，即日本足利时代末期，日本画进入了中国画模仿的第二阶段。当时盛行的画派叫做"狩野派"，是画家狩野正信所领导的。狩野派一方面模仿中国画，一方面发挥日本固有的画趣。雪舟的水墨派的清新淡雅，到了狩野派而变成了绚焕灿烂。这就引起了其次的桃山时代的以装饰味为特色的日本画。这时候的日本画专重形状色彩的美丽，往往花卉布满画面，不留余地。所谓"浮世绘"，便是桃山画坛的一种流派。然而在这时代，水墨画仍不衰亡，远汲雪舟之流者，有名画家云谷等颜、长谷川等伯。这两人私淑雪舟，传述他的笔意。等伯的画尤富于宋元风。那种装饰味的桃山绘画，到了德川时代末期又渐渐为日本人所唾弃，日本画风又复归于水墨派。当时有名的画家探幽、山乐，皆倾向于宋元画。海北派的雪友，曾我派的二直庵、云谷华益、长谷川春信等，皆抚摹足利以来的宋元风，作遒劲的描写。后来私淑雪舟的画家极多，以画鹰及水

---

[1] 见日本《世界美术全集》（旧版）第 17 卷第 6 页。——作者原注

墨山水有名的雪村，是其著者。

如上所述，可知日本画和中国画的交往非常复杂，关系非常亲密，雪舟就出现在这样的时代背景上。宋元画给予日本画的影响尤多。雪舟是宋元画的最热心的传道者，也是日本水墨画派最首要的代表者。这使得我们中国人在纪念雪舟的时候感到特别亲切。

三　雪舟的艺术

日本美术论者沟口祯次郎说："从当代先驱者如拙、周文以至宗湛、蛇足，都是禅僧，这是最可注目的一点。正因为如此，所以东山时代的绘画大都富有禅味。而此等画僧之中，在修禅和画技两方面都有代表性的，其惟雪舟。雪舟之所以为雪舟，正在于他能够全部咀嚼宋元画风，一线一划亦必遵循其法格。……要之，东山艺术的骨髓，在于消化宋元画，在遒劲秀拔的笔墨之中表现富于禅味的画趣。集大成于一身者，实为雪舟。"[1]

前面说过，日本水墨画的先驱者是如拙和周文两禅僧。如拙专工于清劲的水墨山水，周文更进一步地研究中国画。这两人都是替雪舟创立根基。周文有一个门人小粟宗湛，亦入相国寺为僧，其画略似周文。还有一个用中国姓名的画僧，叫做李秀文，其画常与周文的画混同。李秀文的儿子曾我蛇足也

---

[1]　见日本《世界美术全集》（旧版）第17卷第9页。——作者原注

是周文的门人，其画也宗周文。这许多学生之间最突出的是雪舟。

由此可知雪舟的画是富有禅味的水墨画。他的画大都用简单而刚强的笔法，象征地表现出自然景物。他作画往往不描画面的全部，而留出很多的空白地位，使观者感到空廓和深远。这就是所谓禅味。然而"禅味"这个名词深奥玄妙，拿这两个字来说明绘画不容易说得明显。现在我想加以较切实的说明，替雪舟的画试作一个较具体的解释。雪舟的画有四点特色：

第一，雪舟的画布局灵秀。日本画大都富丽豪华，一幅画中填得满满泛泛，不留余地。雪舟的画法一反此种"大和绘"风，物象大都布置得很疏朗，画面常常留很多的余地。而这些余地绝不使观者觉得空闲，反之，觉得全靠有这些空地，主题表现得更加强明。这正是雪舟构图巧妙的地方。中国画家大都擅长这种灵秀的经营布置法，宋元文人画尤加讲究此道。雪舟博览中国名画，深深地体会了这个诀窍。所以他的画不但在日本画坛上别开一新天地，就是在中国，也是列入上乘的。

第二，雪舟的画设色淡雅。日本的绘画，所谓"大和绘"，大都绚焕灿烂，金碧辉煌。在雪舟以后的桃山时代，这倾向尤其显著。那时的画家很喜欢屏障画，画得非常华丽，具有浓厚的装饰风味。雪舟则一反此种"大和绘"风，专研一色的水墨画。即使是着色的画，色彩也很淡雅。水墨画在中国也是后起的，在宋元时代特别盛行。向来的说法，以为这是绘画受佛法的影响，即所谓富有"禅味"。然而从美术研究说来，水墨画的成立自有其色彩学的根据：黑色是由红黄蓝三原色等量混合而成的，黑色之中包含红黄蓝三原色，所以墨色是一种圆满具足的色彩。这种色相最饱和，最耐看，最富有独立的资格，最宜于用以作画。雪舟的画大部分是水墨画，色彩都很淡雅。这在日本画坛上也别开生面，富有一种朴素的美。

第三，雪舟的画用笔遒劲有力。日本的"大和绘"大都是工笔画。比雪舟的水墨画略后兴起来的"狩野派"和"土佐派"，便是工笔画的著例。桃山时代的装饰风日本画，用笔尤工。工笔画的好处是精致，粗笔画的好处是有力。雪舟的画大都是粗笔画，他的线条往往描得很粗，很刚强。我们细看他的作品，可以想见他作画时的大胆，落笔不改，一气呵成。有些地方毛笔枯了，也听其自然。他的作画，可说是同用毛笔写字一样，信手挥毫，不加矫饰。所以他的画中的线条都遒劲有力，简直像一根一根的铁丝。这也是中国画的特色。我们中国自古有"书画同源"之说，中国画法是同书法同一源流的。试看我国的篆字，有几个象形文字，简直就是一幅小小的简笔画或漫画。看了雪舟画中的线条，使人想起中国的篆字，使人感到宋元画的气息。

第四，雪舟的绘画的最可贵的特色，是其现实风。前面说过，雪舟留学中国，从李在、张有声等画家学画，后来他认为仅学中国画家的笔墨，不能满足他的愿望。于是遍游我国名山大川，向大陆上的大自然学习画法。这一点是雪舟艺术最可贵的特色。雪舟之所以为雪舟，要点正在于此。绘画原来是现实世界的美的表现。画家的研究对象是大自然，是现实世界。倘使离开了现实世界,而从书本上、笔墨上钻研,便是舍本逐末,决不能有伟大的成就。所以自古以来的伟大画家,没有一个不是师法自然,从现实出发的。师傅和范本不过是学画的一种参考。雪舟是悟得这绘画真诠的。中国明代绘画古典遗产十分丰富,画院人才济济,但这些都不能使雪舟满足。因此他就发心遨游名山大川,从现实世界中学习绘画。换言之,从写生学习绘画,他的见识的高远实在令人钦佩!英国人劳伦斯·平云(Laurence Binyon)曾说:"伦勃兰特[1]当引雪舟为知己。伦勃兰特能用芦苇笔和乌贼墨制的褐色颜料来画寥寥数笔,而表现景物的神态……雪舟能运用毛笔的力量来使人惊奇。他突然地、使劲地、猛烈地下笔,似乎无心于构成形态,然而一切物象都生动活跃,仿佛魔术的表演。"[2]德国人格洛斯(Ernst Grosse)曾说:"雪舟的画能把实物浑然地表现出来。"[3]这两位西洋人对雪舟的绘画的这几句评论是十分中肯的。不过平云关于雪舟也有不中肯的见解。譬如他说:"他决心到中国去,希望在这艺术的发源地得到新的灵感。但是使他惊奇的是:他向别人学得的少,而他教别人的多。"这完全是不正确的见解。只要看本文所引日本人自己的话,就可证明这话的不正确。我们总不能说雪舟是到中国来教画的。我们只能说,雪舟留学中

---

[1] 伦勃兰特〔伦勃朗〕(Rembrandt,1607—1669)是荷兰名画家。——作者原注
[2] 原文载劳氏所著之《远东绘画》(《Painting in the Far East》)。——作者原注
[3] 原文载格氏所著之《东洋水彩画》(《Die Ostasiatische Puschmalerei》)。——作者原注

国，从名山大川学得的比从明朝画家学得的更多。可知雪舟西游中国，师法明朝画家还在其次，主要的是到大陆上来"写生"，来"体验生活"。这种体验使雪舟的绘画富有现实作风，使雪舟突出于东方画坛，而在文化艺术上获得了国际的地位。

费新我《草原图》读后感[1]

费新我兄远游内蒙古，回来后不久，带了一幅《草原图》长卷来给我看。这手卷长凡五丈，他把此次旅行写生中所见的内蒙古人民生活及漠北风景巧妙配合，演成这五丈长的手卷。我从头至尾看了一遍，仿佛身历其境，眼界为之一新。古人有"卧游"之说，我现在正是"坐游"内蒙古。我"游"毕之后立刻想起了斛律金的《敕勒歌》：

"敕勒川，阴山下。天似穹庐，笼盖四野。天苍苍，野茫茫。风吹草低见牛羊。"我就把"天苍苍"以下三句题在这长卷的末端了。我幼时读这古歌时，只是想象漠北旷野的光景而已。今天在这《草原图》中看到了实景的写生，觉得这诗句真是名文，而新我兄这画图真能传神！不然，怎么会使我看了画立刻想起幼时所读的诗句来呢。

长卷这种绘画格式，恐怕是我们中国所特有的吧。西洋有 panorama，意思是"一览图"、"全景"。但我们的长卷似乎又和 panorama 不同，艺术趣味更加丰富。我以前看见过古人的《长江万里图》和《清明上河图》，现在看见了这位现代画家的

---

[1] 本篇原载 1957 年 6 月 18 日《人民日报》。

《草原图》，觉得我国这个美术优良传统毕竟还保存着。我读了新我兄这幅《草原图》，仿佛看到了内蒙古的《清明上河图》。

新我兄的笔法自有他独得的特色：线条遒劲，用笔单纯明快。他的线条像书法，他的用笔像速写。这也可说是我们中国美术的优良传统之一。仔细吟味，其中显然含有西洋风成分；然而这西洋风并不破坏中国格调，却反而相得益彰，使这幅《草原图》表示了新时代中国画的倾向。

我个人对这幅《草原图》更有一种可亲的感觉。因为三四年前我曾经和青西及丰一吟三人根据俄文本合译蒙古作家所著的《蒙古短篇小说集》。本来蒙古人民共和国与内蒙古自治区有许多相同的地方，我没有到过内蒙古，更没有到过蒙古，翻译的时候但凭作者的文字描写而想象漠北风光，常常觉得是一种缺憾。现在看了这幅内蒙古《草原图》，仿佛得到证实，"啊，原来如此！"那短篇小说中有这样的描写：

……眺望远山的淡淡的轮廓、篷帐中发出的烟气、放牧的羊群、马群、缓步跟随羊群的骑马牧人，或者全速力奔驰而把轮索投到马群中被注目的马的项颈上去的骑马牧人。……（第五九页）

……光秃的断崖。它的白皑皑的山岭耸入青空，而山麓隐没在草原的烟雾里面。崖石嶙峋的斜面曝露在灼热的太阳底下，热得连手都不能碰。几乎没有植物，只是在峡谷里和北面的斜坡上可能找到一些矮草。这个地方车子简直无法通过。因此住在这一带的游牧者没有车辆。一切笨

重的物件都由牲畜来驮运。……（第八〇页）

　　青的水，绿的草，白的石头——这一切构成了美丽的图案，可以用来点缀在节日穿的服装上面。（第八一页）

　　诸如此类的文字描写，现在都被《草原图》的造形表现所证实了。我想：如果我能够早点看到这《草原图》，也许我的译笔还要生动些。

1957年5月于上海

《李叔同歌曲集》序言[1]

音乐出版社为了纪念最初介绍西洋音乐到中国来的李叔同先生，嘱我选编一册李先生的歌集，我欣然应命，就在大暑中完成了这工作。

我选编这歌曲集的目的，主要是为了保存世纪初的中国音乐文献，不是专为供给青少年唱歌材料。因为这集子里所载的歌曲中，有一部分是不宜给青少年歌唱的。在旧时代，文艺界普遍存在着消极的、悲观的情绪。李先生生在晚清的黑暗时代，所以他的歌曲中有几首含有感伤的、超现实的、出世的情绪（例如《悲秋》、《长逝》等），是现代青少年所不宜歌唱的，只能当作过去时代的音乐文献来保存，然而也有积极的、乐观的、愉快的歌曲（例如《大中华》、《春游》、《春景》、《冬》、《秋夕》、《送出师西征》、《西湖》、《采莲》等），适于作为学校唱歌教材。

李先生曾经多年在东京研究音乐，主要的是钢琴音乐，世纪初二十年代我在杭州第一师范从李先生学习音乐的时候，曾经听他弹奏过他自己作的奏鸣曲，然而那时候他已经不以钢琴家自任，而全心全意地当师范学校音乐教师，所以不再继续研

---

[1] 《李叔同歌曲集》（丰子恺编）系北京音乐出版社1958年1月出版。

究钢琴，而专心于谱制作为教材的歌曲，这集子里所收的，便是他当时的教材的一部分，换言之，便是他教我唱的歌曲。这里面包括他的作曲、选曲（所选的大都是西洋人的作曲。第一首《大中华》，我记得是培利尼〔贝里尼〕——Bellini 的作曲。其余的我记不清楚，手头亦无书可查，所以暂时不标作曲者姓名）、作词、配词。然而他的作曲不多，大多数是作词或选曲配词。这里所收的，绝大部分是从我三十年前所编的《中文名歌五十曲》（开明版）中选出来的。此外李先生还谱制了不少歌曲，但事隔多年，又曾经战乱，学生们所保存的讲义都已散佚，难于搜集。此次我编这集子，曾经发许多信向当年的老同学征求讲义，然而一无所得。只有吴梦非兄帮助我在《中文名歌五十曲》中改正了几点错误。我记得，梦非兄也记得，李先生作曲作词的，还有一首叫做《隋堤柳》，末了一句是"谁家庭院笙歌又"。然而遍求不得全曲，无法选入，诚为憾事！希望将来能够找到并补入。[1]

音乐出版社要我照《中文名歌五十曲》一样作补白画并手写歌词，我都乐愿。但这些画是"补白"，是装饰的，不是替歌曲作插画。所以《悲秋》的补白画并不悲哀，《长逝》的补白画并不感伤。

这书所得的稿酬，将全部用在纪念李叔同先生的建筑物上。

一九五七年八月十四日丰子恺记于上海

---

[1] 《隋堤柳》载于 1906 年李叔同在日本编的《音乐小杂志》第 1 期，现已找到。

看了齐白石先生遗作展览会[1]

我看了齐白石先生遗作展览会，觉得有一种特别亲切之感，远胜于看西洋画展览会。原因是为了我是中国人，而齐白石先生的画是纯粹的中国画，趣味投合的缘故。但我觉得齐白石先生的画比别的中国画更加可爱。原因是为了他的画中最富有中国画的特色的缘故。

中国画的特色之一，是单纯明快。齐白石先生的画，大多数是寥寥数笔，单纯明快的。我最注意这画展中的人物画，例如《却饮图》、《歇歇图》、《上学图》、《戏耍图》等。这些画中的人物，都只寥寥数笔，而且头大身矮，姿态奇特。然而神气活现，印象明快。我曾对着这些作品想：要画得细致果然难，然而要画得简单更难；要画得同实物一样果然难，然而要画得不同实物一样而又肖似实物更难。这里有一个关键，就是深入观察现实，大胆地删去其琐屑而捉住其要点，这才能使对象简单化，明快化。齐白石先生决不是不会画细致的工笔画而只会画简单的粗笔画。试看他画的蝴蝶，非常细致；试看他画的《黎夫人像》，竟工细到不能再工细的地步。可知他的简笔画是

---

[1] 本篇原载 1958 年 4 月 3 日上海《解放日报》。

经过深入观察、千锤百炼而得来的成果。这正是中国绘画的特色之一。

我看了齐白石先生的画,容易想起小时候玩的玩具:泥龙、泥娃娃、泥老虎、泥鸡等。这些玩具上面用粗笔画着大红大绿的花样,大都是单纯明快,怪可爱的(最近邵宇同志所编《来自民间的艺术》,选绘尤为精妙)。这些玩具上的画,是我国民间的无名画家的创作。齐白石先生的功夫当然比他们更深,所以使人看了有特别亲切之感。

"单纯明快";"从群众中来,到群众中去"——这是我看了齐白石先生遗作展览会的感想。

一九五八年四月二日

为儿童作画[1]

鲁迅先生是很重视儿童读物的,他也很注意给儿童看的图画。他说过:"孩子是可以敬服的,他常常想到星月以上的境界,想到地面下的情形,想到花卉的用处,想到昆虫的言语;他想飞上天空,他想潜入蚁穴……所以给儿童看的图书就必须十分慎重,做起来也十分烦难。"(《且介亭杂文》人民文学出版社,第三十七页)

这段话是值得为孩子们写书作画的人永远记住的。

儿童对绘画喜欢"叙述";儿童画是一种形象化的"故事"。所以我们要替儿童作画,要创作适于儿童欣赏的绘画,宜乎选取有内容可叙述的故事画。详言之,仅乎形状、色彩、线条、笔法很美丽,而内容简单、贫乏、虚空,例如西欧印象派之类的绘画,描写几个稻草堆或一片水光和几朵睡莲的绘画,是儿童所不感兴味的,同时也是对他们没有益处的。反之,形状色彩很美丽,同时内容又很丰富,例如列宾的"不期而至"、列舍特尼科夫的"又是一个两分"等,才是儿童所感兴味而对他们有益处的绘画。广义地说,绘画不一定要有一个故事,只要不

---

[1] 本篇原载 1958 年 5 月 31 日《人民日报》。

专讲形式而"言之有物",都是儿童所喜爱而富有教育意义的绘画。

在我国数千年的历史中,有许多可敬可爱的英雄人物和动人的事迹,其中有许多是儿童所能了解而富有教育意义的画材。特别是在轰轰烈烈的解放战争中,例如刘志丹、刘胡兰、黄继光等无数可歌可泣的英雄事迹,和在辉煌灿烂的社会主义建设中,工农业各个方面涌现出的可惊可喜的新气象与新人物,都需要画家们去选择并创作出作品来给儿童们看。在寓言和童话方面,在我们中国也多得很。举最普通的来说,例如鹬蚌相争、愚公移山、守株待兔、中山狼等等,都是儿童所感兴趣的,都是儿童欣赏画的好题材。总之,不论古今中外,凡是内容意义符合于儿童五爱——爱祖国、爱人民、爱劳动、爱科学、爱护公共财物——的故事,都可以创作出各种形式的美术作品来,供给广大的儿童们欣赏。

画家们,为儿童多创作些作品吧!

回忆儿时的唱歌[1]

我所谓儿时,是指前清宣统二年至民国二年(1910—1913年)的期间。这时候科举已废,学堂初兴。我在故乡浙江石门湾的新办的小学堂里所唱的歌,大都是沈心工编的《学校唱歌集》里的歌曲。学校从嘉兴请来一位唱歌(兼体操)教师,叫做金可铸先生(平湖人)。他弹着一架三组风琴,教我们一班十三四岁的学生唱歌。这是我们最初正式学习唱歌,滋味特别新鲜;所唱的歌曲也特别不容易忘记。直到五十年后的今天,我还能背诵好几首可爱的歌曲。现在根据回忆默写三曲在下面(沈心工编的书,现已不容易找到了)。

我每逢回忆此种歌曲,总觉得可爱。倒并非为了留恋我的儿时,却是为了这些歌的确好。例如《扬子江》,旋律豪壮、奔放,歌词押韵确切自然,现在唱起来也并不逊色。《女子体操》本来不是我们男孩子唱的,但那时因为歌曲很难得,我们的学校里虽然没有女学生(吾乡小学校男女同学,是后来的事。我儿时学校不收女生),我们男孩子也照样地唱。现在回想觉得好笑。但这首歌词实在作得很好。那时候,半世纪前,沈心工先

---

[1] 本篇原载 1958 年 5 月北京《人民音乐》杂志。

扬 子 江

沈心工作歌词

长长长，亚洲第一大水扬子江。源青海兮峡瞿塘，蜿蜒腾蛟蟒。滚滚下荆扬，千里一泻黄海黄。润我祖国千秋万岁历史之荣光！

女 子 体 操

沈心工作歌词

娇娇这个好名词，我们决计不要！我既要我学问好，我又要我身体好。超超二十世纪中，吾辈也是英豪！

生就勉励女子求学问，锻炼身体，并且预言了二十世纪中的女性英豪。至于第三曲，诫儿童不可采花，在现在也还是有意义的。沈心工先生的《学校唱歌集》中的歌曲，我们几乎全部都唱，但有许多现在记不清楚了。

我儿时所唱的，另外还有一个歌曲，我记得很清楚。那便是李叔同先生作的《祖国歌》。一九五七年三月七日《文汇报》上黄炎培先生谈李叔同先生的文章中也曾引证这歌曲，是李先生手写的。

祖 国 歌

C调 4/4

李叔同作歌词

| 6 6 2 5 | 4 - 1 2 | 4 - 2 4 | 4 6 5 - | 6 6 2 5 |

上下数千 年，一脉　　　延，文明　　莫与肩。　纵横数万

| 4 - 1 2 | 4 - 6 5 | 4 2 1 - | 1 1 6 6 | 1 1 5 - |

里，膏腴 地，独享　　　天然利。　国是世界　最古国，

| 6 5 4 4 | 2 4 5 - | 6 5 5 6 | 1 - 1 2 | 4 - 2 4 |

民是亚洲 大国民，　　乌乎大国　民！乌　　乎，唯我

| 4 2 1 - | 1 2 1 6 | 5 - 5 6 | 1 - 1 2 | 1 6 5 - |

大国民！　幸生珍世　界，琳　　琅 十倍　增声价。

| 5 1 1 5 | 6 5 4 - | 2 4 1 2 | 4 6 5 - | 5 1 1 5 |

我将骑狮 越昆仑，　　驾鹤飞渡　太平洋。　谁与我仗

| 6 5 4 - | 6 6 2 5 | 4 - 1 2 | 4 - 6 5 | 4 2 1 - ‖

剑挥刀？　乌乎大国　民，谁与　　我　鼓吹　庆升平？

那正是外患日逼的时候。中国在各国的侵略之下，简直有些支撑不住。一八九四年甲午之战，败于日本。一八九五年割地赔款，与日本讲和。一八九七年德占胶州湾。一八九八

年英占威海卫,清廷发生戊戌政变。一八九九年法占广州湾。一九〇〇年八国联军占北京,一九〇一年订约赔款讲和。那时候的有志青年,大家忧心忡忡,慷慨激昂地发挥他们的爱国热忱。李叔同先生这歌曲便是在那时候作的。[1] 这时候李先生刚从日本回来,在上海杨白民先生所办的城东女学中教音乐。这歌曲在沪学会的刊物上发表之后,立刻不胫而走,全中国各地的学校都采作教材。我的故乡石门湾,是一个很偏僻的小镇,我们的金先生也教我们唱这歌曲。我还记得:我们一大群小学生排队在街上游行,举着龙旗,吹喇叭,敲铜鼓,大家挺起喉咙唱这《祖国歌》和劝用国货歌曲。那时我还不认识李先生,也不知道这歌曲是谁作的。直到我在小学毕业,考入杭州两级师范[2],方才认识李先生,方才知道我们以前所唱的《祖国歌》原来就是他作的。

记得当时的同学少年们对这《祖国歌》有两种看法:有一种人认为这歌曲"村俗",不喜欢它。因为那时候提倡"维新",处处模仿"泰西",甚至盲目崇洋。所以他们都喜欢唱沈心工先生的歌曲(旋律是采自西洋和日本的),而不喜欢这首纯粹中国风的歌曲。原来这歌曲的旋律是中国民间所固有的。我幼时请一个卖柴的叫做阿庆的人教胡琴,那人首先教我拉这曲子,其曲谱是"工工四尺上,合四上,四上上工尺……"。人们常常听到这曲调,因此视为"村俗"。还有一种人和他们相反,

---

[1] 《祖国歌》作于1905年。李先生1910年从日本回来,1912年任教于城东女学。
[2] 指杭州的浙江省立第一师范学校。两级师范是其前身。

认为这曲子好听，容易上口。但在少年中这种人是少数，而多数是普通的成人。现在回想，我觉得李先生取民间旋律来制作爱国歌，这大胆的创举极可钦佩！多数普通成人爱听这《祖国歌》，就证明这歌曲的群众性很强。换言之，这曲调合乎中国人胃口，具有中国的民族性。可惜那时崇洋习气很盛，李先生提倡以后没有人继续发展这创作路线，以致中国的音乐深入洋化，直到近年才扭转过来。李先生这《祖国歌》可说是提倡民族音乐的最早的先声。

好 朋 友

C调 4/4

沈心工作歌词

| 6 6 5 - | 6 6 5 - | 3 3 3 5 | 6 - · 0 | 5 5 3 5 |
| 好朋友， | 好朋友 | 大家牵了 | 手。 | 大家牵了 |

| 6 - 5 3 | 2 2 3 1 | 5 - · 0 | 6 6 7 7 | 6 - 5 5 |
| 手，花园 | 里边慢慢 | 走。 | 好花心里 | 爱，爱花 |

| 2̇ 2 7 2̇ | 6 - · 0 | 5 - 3 - | 5 5 6 - | 5 3 2̇ 3̇ |
| 不可随意 | 采， | 留 在 | 枝头看， | 比在手里 |

| 2̇ 7 6 - | 5 - 5 3 | 6 6 5 3 | 2 2 2 1 | 2 - · 0 |
| 好百倍。 | 还 有 | 花的清香 | 风中吹过 | 来。 |

任何国家的人都重视自己的民族音乐。沈心工先生的《学校唱歌集》中的旋律大都是从日本采取来的。日本人是模仿西洋歌曲而自己创作的。然而他们所创作的歌曲并不完全和西洋

一样，却是"日本风的"。例如上面所举的《好朋友》，日本风尤为显明。日本的国歌：|2̱1̱ 2̱3̱|5̱3̱ 2̱0̱|3̱5̱ 6̱5̱6̱|2̇ 7̱0̱5̱|3̱5̱ 6̱0̱|……和这《好朋友》很相像，一听就闻得出一股日本气息。我们的作曲，当然可以采用西洋的技法，但不可放弃中国民族精神，也必须有中国气息才好。李先生那首《祖国歌》虽然很简单，但其所以能够不胫而走，搬上全国各地儿童和成人的口头，正是由于富有中国气息的缘故吧。

[1958 年]

《陈之佛画集》编者序言[1]

花鸟画在中国绘画中与山水、人物成鼎足之势，具有悠久的历史传统和优良的民族风格。我国唐朝时候就有花鸟画专家边鸾、刁光胤等，到了五代的徐熙、黄筌，宋朝的赵昌等而隆盛。其后代有名家，各展所长。花鸟画就在中国画史上蔚成大观。考古人作花鸟画，无不从写生着手。徐熙常游园林，谛视花鸟；黄筌画鹤时往往致生鹤于画侧；赵昌有"写生赵昌"之号称。他们都师法自然，结合实际，非依样画葫芦者。所以他们的民族风格的作品都富有艺术价值，能传之不朽，到今天还是人民群众所宝贵的艺术遗产。

吾友陈之佛兄早年毕业于东京美术学校图案科，为中国最早之图案研究者。我和他同客东京的期间，曾注意他的重视素描，确知他对写生下过长年功夫。他归国后，应用这写生修养来发扬吾国固有的民族风格的花鸟画，所以他的作品能独创一格，不落前人窠臼。他是采取洋画技法中的优点来运用在中国民族绘画中。换言之，是使洋画为国画服务。

人民美术出版社将刊印陈之佛画集，因为我和他的相稔，

---

[1] 《陈之佛画集》系1959年8月人民美术出版社出版。

嘱我担任编辑之责。他的作品很多,这里所选的二十二幅,只是其代表作的一部分。做这编辑工作的时候,之佛兄正远客波兰,我未能征求本人的意见。然而我确信他一定同意,又确信这些都是我国广大群众所爱读的画。

一九五八年六月丰子恺记于上海

《君匋书籍装帧艺术选》前言 [1]

深刻的思想内容与完美的艺术形式的结合，是优良艺术作品的根本条件。书籍装帧既属艺术，当然也必具备这条件，方为佳作。盖书籍的装帧，不仅求其形式美观而已，又要求能够表达书籍的内容意义，是内容意义的象征。这仿佛是书的序文，不过序文是用语言文字来表达的，装帧是用形状色彩来表达的。这又仿佛是歌剧的序曲，听了序曲，便知道歌剧内容的大要。所以优良的书籍装帧，可以增加读者的读书兴趣，可以帮助读者对书籍的理解。

对于我们的书籍装帧，还有一个要求：必须具有中国书籍的特色。我们当然可以采取外国装帧艺术的优点，然而必须保有中国的特性，使人一望而知为中国书。这样，书籍便容易博得中国广大群众的爱好。

君匋长年致力于装帧艺术，深切地体会上述的条件与要求，所作不乏佳品。三十余年前，开明书店创办之初，他就负责该书店的装帧工作。我的旧著，有好几册是他装帧的。解放以来，他在党的文艺方针的正确领导下努力学习，进步不息，

---

[1] 《君匋书籍装帧艺术选》系 1963 年 8 月人民美术出版社出版。

成绩斐然。

现在人民美术出版社将刊印君匋历年所作书籍装帧艺术的选集。君匋嘱我写序言。我于此道殊非专长,但从读者的见地率书所感如上。广大读者群众,有目共赏,正恐不须此赘言耳。

1960年5月

护生画第四集后记[1]

广洽法师将予历年陆续写寄之护生画八十幅在星洲付刊，以祝弘一大师八十冥寿。此乃予之宿愿，人事粟六，迁延未偿；今得法师代为玉成，殊感欣慰。此中所刊，绝大部分取材于古籍记载。其中虽有若干则近似玄秘，然古来人类爱护生灵之心，历历可见，请勿拘泥其事实可也。予于校阅稿样之夜，梦见千禽百兽，拜舞于前。足证生死之事，感人最深。普劝世人，勿贪口腹之欲而妄行杀戮，则弘一大师、广洽法师、舍财诸信善及书画作者之本愿也。

庚子〔1960 年〕冬子恺校后记

---

[1] 此后记系手书。原题如此。有关出版情况见《护生画三集自序》题注。

《上海花鸟画选集》序[1]

我国花鸟画之发展，已历千有余年。盖自边鸾之翠彩金羽、徐熙之传神写照、黄筌之钩勒彩晕以来，花鸟已与人物、山水鼎足而三，于中国画苑中占有重要之地位矣。自是而下，代有发展：元之简逸、明之淡雅、清之豪放，各尽其妙。花鸟画苑，遂呈绚焕瑰丽之相，金碧辉煌之貌，蔚为大观，世无俦匹。

解放以还，政通人和。百废俱兴，万象更新。中国画苑，更臻昌盛。山水、人物，各展新猷；花鸟一道，尤多伟绩。盖名花好鸟，感精神之粹美；万紫千红，壮祖国之英姿。效用之大，宁有极欤！

我沪江南佳丽，海上繁华；风光煜煜，人物济济。花鸟画家，得天独厚。或工致以绮丽，亦简劲而清新；既秾艳以灿烂，又淡雅而萧疏。燕瘦环肥，皆有可取；浓妆淡抹，各得其宜。爰选佳制，刊成是帖。海内同心，幸共所赏。

壬寅〔1962年〕百花生日丰子恺序于缘缘堂之日月楼

---

[1] 《上海花鸟画选集》系1962年8月上海人民美术出版社出版。

《护生画集》（第五集）序言[1]

广洽法师刊行《护生画集》第四集，至今已阅六年。其间各方读者寄来诗文题材甚多，且有盼望第五集提早出版者。据余三十余年前夙愿，自弘一大师五十岁时开始，每十年出一册，幅数依照岁数，直至大师百龄时出第六集百幅为止。照此计划，第五集当在大师九十岁时即一九六九年出版，文画各九十幅。去岁检阅题材，去九十已不远。而广洽法师亦来信劝余提早编绘。因即将来稿加以润饰，并以自作补充，今已凑足九十之数。乃请虞愚居士书写，仍交广洽法师集资刊印。盖系提早四年出版也。但望今后各方读者继续踊跃提供题材，俾第六集百幅亦能提早出版，则夙愿成遂，功德圆满矣。当与广大读者及广洽法师共勉之。

乙巳〔1965年〕仲夏缘缘堂主人记于海上日月楼

---

[1] 此序言系手书，原题仅"序言"二字。有关出版情况见《护生画三集自序》题注。

《敝帚自珍》序言 [1]

予少壮时喜为讽刺漫画，写目睹之现状，揭人间之丑相；然亦作古诗新画，以今日之形相，写古诗之情景。今老矣！回思少作，深悔讽刺之徒增口业而窃喜古诗之美妙天真，可以陶情适性，排遣世虑也。然旧作都已散失。因追忆画题，从新绘制，得七十余帧。虽甚草率，而笔力反胜于昔。因名之曰《敝帚自珍》，交爱我者藏之。今生画缘尽于此矣！

辛亥〔1971年〕新秋子恺识

---

[1] 这是作者晚年为"爱我者"所作的一批画的序言，原件为毛笔手书，标点符号系编者所加。